本书出版获安徽师范大学学术著作出版基金资助

唐诗品读

吴振华　编著

安徽师范大学出版社

责任编辑：胡志恒
装帧设计：张培树

图书在版编目(CIP)数据

唐诗品读 / 吴振华编著. — 芜湖：安徽师范大学出版社，2016.8（2018.3 重印）
ISBN 978-7-5676-2556-3

Ⅰ.①唐… Ⅱ.①吴… Ⅲ.①唐诗－鉴赏 Ⅳ.①I207.22

中国版本图书馆 CIP 数据核字（2016）第 167225 号

唐 诗 品 读

吴振华　编著

出版发行：安徽师范大学出版社
　　　　　芜湖市九华南路189号安徽师范大学花津校区　邮政编码：241002
网　　址：http://www.ahnupress.com/
发 行 部：0553-3883578　5910327　5910310（传真）E-mail：asdcbsfxb@126.com
印　　刷：虎彩印艺股份有限公司
版　　次：2016年8月第1版
印　　次：2018年3月第3次印刷
规　　格：700mm×1000mm　1 / 16
印　　张：20.75
字　　数：350千
书　　号：ISBN 978-7-5676-2556-3
定　　价：58.00元

目　录

导论　盛唐·唐诗·唐人

一、盛唐

首先要明确一下我所讲的"盛唐"有三重含义：

（1）"盛唐"是将整个唐代（618—907年）这289年的历史作为一个整体来看待，是一个关于中华民族历史发展的概念，就相当于我们常常将大汉（西汉）（前206—25年）称为"炎汉"（汉德属火，故称炎汉；唐德属土，故称盛唐）一样。

西汉是强盛的，而最鼎盛的也就是汉武帝在位的54年时间，在这期间，西汉对匈奴长达半个世纪的战争取得了决定性的胜利，稳定并拓展了西汉的疆域，奠定了以汉民族为主体的强大封建帝国的地位，也形成了我们汉民族的一些基本的国家观念，塑造了汉民族的基本性格（如统一民族国家的观念，保持民族气节的观念，大中华的观念，以儒家思想为主流文化指导思想的观念，反抗侵略、保家卫国、积极进取、建功立业的观念，等等）。这并不是说整个西汉都是非常强大的，其实除了汉武帝统治时期，其他时间西汉并非很强盛，最后竟然导致王莽在公元8年夺取帝位，改国号为"新"，随之而来的是二十多年的混乱战局，西汉终于灭亡。"盛唐"也是就整个朝代来说的，并非289年都是强盛的。那么，"盛唐"的"盛"又表现在哪些地方呢？这个问题我下面要详细解释。

（2）"盛唐"具体指唐代最强盛的唐玄宗统治的"开天盛世"，即唐玄宗开元（713—741年）、天宝（742—756年）时期，共44年。

可以说这44年是整个中国历史上最光辉灿烂的时期，也是中国人最有尊严的时期，更是中国人创造力最旺盛的时期，创造了当时世界上最耀眼的物质文明与精神文明。756年（天宝十五年）爆发"安史之乱"后，唐代一蹶不振，从此走下坡路，进入衰世，因此历史学家将756年作为中国封建社会历史由盛转衰的转折点或分水岭。从这个角度讲"盛唐"是一个关于唐代历史阶段的概念。

（3）"盛唐"还特别指中国古典诗歌最辉煌的阶段，与历史的盛唐同时出现但不完全一致。

历史的盛唐在756年终止，但是诗歌具有独特的惯性，只要伟大的诗人还在世，他们就仍然要进行创作，甚至在战乱之中还在放胆歌吟。杜甫和李白就是典型的代表，李白一直坚持到安史之乱结束前一年（762年），而杜甫更是顽强地活到唐代宗大历五年（770年），以李白、杜甫为代表的诗歌朝代一般被认为是中国古典诗歌最鼎盛的黄金时代，因而成为"诗歌盛唐"。

总结一下"盛唐"：

（1）中华民族的盛世（618—907年）；

（2）唐代最强盛的历史时期（713—756年）；

（3）中国古典诗歌最鼎盛时期（713—770年）。

下面我们具体谈谈历史的"盛唐"的一些特点。

（一）当时世界上最强大的国家

唐代的历史版图在秦汉的基础上又有新的拓展。

【秦代】《史记·秦始皇本纪》："地东至海暨朝鲜，西至临洮、羌中，南至北向户，北据河为塞，并阴山至辽东。"（羌中，指临洮西南古羌族活动地带；北向户，在今天越南境内。）即秦代版图包括今天河北、山东、山西、河南、陕西、江苏、浙江、安徽、福建、江西、湖北、湖南、贵州、广东、广西等十五省的全部，内蒙古南部及宁夏东南部，并有今越南东北部及朝鲜西北部一隅之地，成为当时世界上最大的国家。

【西汉】中国的疆域东起库页岛，西到巴尔喀什湖及葱岭以西，北至贝加尔湖，南迄南海及越南。即东面扩展到今朝鲜中部，西至河西、西域，西南达到川西南及云、贵等省，为现代中国的广大疆域奠定了基础。

【唐代】东至库页岛，北及外兴安岭及贝加尔湖以北，西到咸海以西。设立了单于、安北、安西、北庭、安东、安南六大都护府，并通过文成公主[贞观十五年（641年）嫁给松赞干布]和金城公主[中宗景龙四年（710年）嫁给赞普尺带珠丹]入藏和亲，使吐蕃归附唐朝，实现了汉、藏一家的亲密关系。

（二）政治清明，经济繁荣

唐代初期，统治者汲取隋朝灭亡的历史教训，实行比较开明的政治制度，采取有利于人民休养生息的政策，使隋朝末年逃离家园的农民纷纷回到故土，重新建立家园，这样经过了几十年才使人口逐渐增长起来。政治上，结束了东汉、三国及隋朝以来的高门世族控制朝政与把持文化的局面，通过打击豪强世族，为广大中下层庶族地主阶级的知识分子打开了仕进之门，改变了统治阶层的成分结构，使整个社会充满一种积极向上、渴望建功立业的新气象。先是唐太宗统治下的"贞观之治"，不拘一格取用人才，实行科举考试，以诗赋取士，为寒门弟子敞开了仕宦的大门。看着广大士子为了功名利禄源源不断地走进考场，唐太宗兴奋地说："天下英雄尽入吾彀中矣！"此后唐高宗李治与武则天进一步巩固贞观之治的政治和军事成果，使唐代社会、经济进一步发展，为唐玄宗开天盛世的到来奠定了雄厚的基础。

我们知道，任何一个社会的发展，都是经济基础决定上层建筑。唐代政治文化的繁荣，也依赖社会经济的发展。中国是一个农业大国，经济繁荣的一个最重要的指标是粮食的丰富程度。据统计，唐代最鼎盛的天宝末年，全国户数为：8 914 709户（按，这是官方户口册上交租庸调的户数，不含很多的黑户）；人口：52 919 309人（按，同样不包括黑户人口）。人均粮食每年人均：826斤（这个数字与当今中国人均粮食相当）。这些数字可能有一点枯燥，下面我想以一首杜甫怀念开元盛世的诗歌《忆昔》来说明一下。

> 忆昔开元全盛日，小邑犹藏万家室。
> 稻米流脂粟米白，公私仓廪俱丰实。
> 九州道路无豺虎，远行不劳吉日出。
> 齐纨鲁缟车班班，男耕女桑不相失。

我们可以从诗中看到盛唐繁荣的具体情景：首先是人口繁盛带来的城市的繁荣。一个小小的县城都有上万家人居住，唐代鼓励多生多育，按平均一家五口人计算，一个小小的县城都有五、六万人口。人气旺就会形成繁荣兴盛的景象。其次就是粮食丰富。稻米像脂肪一样雪白，连金黄的粟米也成白色（这是记忆中的颜色，应该是金黄色），官府的粮仓和老百姓家的粮囤都装得满满的。据说，当年李白只要拿着一支毛笔，随便走到哪里都有美酒佳肴招待他；杜甫竟然有十年在外地漫游不需要家里提供生活费的经历，即使需要提供生活费也是能够出得起的，家里并不着急逼迫杜甫赶快去找到工作拿工资养家糊口，杜甫从24岁开始一直漫游到34岁。第三，社会环境非常安定。九州道路没有车匪路霸，更无强盗剪径干杀人越货的勾当，出门办事不需要看哪一天才是黄道吉日，因为每一天都是好日子。最后两句讲是社会秩序井然，你看路上来往的商人络绎不绝，马车、骡车、驴车还有骆驼身上载满了各种商品，南来北往的进行长途贩运；在广大的农村，男耕女织在按部就班进行，人们在各自的岗位上，安心工作，整个社会都是安居乐业的景象。这首诗后面还有很多内容，大致讲皇帝到大臣们都兢兢业业，社会稳定，文化也非常发达。总之，整个社会呈现出和平宁静、繁华稳定、安居乐业、文化繁荣的景象。可以说，生活在盛唐就是一种幸福！

（三）军事强盛，交通发达

军事上，唐朝一直对周边侵扰大唐边境的少数民族保持着高压的进攻态势，不像秦朝那样被动的靠修筑长城来阻挡匈奴等少数民族的侵扰，也不像汉武帝那样靠动用全国之力来与匈奴进行决战，尽管汉武帝"寇可往，我亦可往"的主动出击思想让我非常钦佩，但是长期战争导致国乏民困却不是一件好事，"秦时明月汉时关，万里长征人未还"的悲剧代价实在太大了。唐代在军事上主要采取攻势，匈奴基本上被消灭，唐朝的军队甚至越过葱岭去进攻大食（今天的阿富汗、伊朗境内），在西域拓展了一片与大唐国土面积相当的土地，并在这些地方设立都护府管理政治、军事、经济等事务。盛唐时期，读书人非常神往西域这片由拓边战争开辟的土地，都渴望从军边疆，建功立业。初唐著名书生神童杨炯在读了十七年书后，突然把笔甩掉，说："宁为百夫长，胜作一书生！"骆宾王则干脆跟随大将薛云贵西征大漠。年轻的天才诗人王昌龄多次到边塞漫游，写下了许多气概豪迈的边塞诗，如"但使龙城飞将在，不教胡马度阴山""前军夜战洮河北，已报生擒吐谷浑""黄沙百战穿金甲，不破楼兰终不还"等，表现了盛唐人充满必胜信心保家卫国、建功立业的时代精神。还有高适、岑参、李白、杜甫都有很多这样的诗句。

军事上的成功，保证了通往西域的"丝绸之路"的畅通。另外，唐代与朝鲜、日本之间的海上交通也比较发达，有"新罗道""南岛路""大洋路"三条直航的海上路线；从广州出发到印度洋的南海航路，则直接将唐朝与大食帝国联系起来，形成著名的"海上丝绸之路"。而日本从隋朝时候就开始向中国派遣使者，在唐代先后派出遣唐使十九批，其中十五次顺利到达大唐首都长安。那位最著名的遣唐使阿倍仲麻吕（即晁衡）不仅留华三十六年，还在唐朝廷担任三品高官，并在唐朝娶妻生子。交通便利带来的经济繁荣当然不在话下。而全国内地的经济繁荣，主要依赖水陆交通的发达。

水上交通运输除了黄河、长江、淮河、泗水等四大天然的内陆河流以外，还有著名的京杭大运河，江南更是河道稠密，船运迅捷，唐人舟行诗众多即说明了这一点。如孟浩然《宿建德江》："移舟泊烟渚，日暮客愁新。野旷天低树，江清月近人。"李白的《望天门山》："天门中断楚江开，碧水东流至此回。两岸青山相对出，孤帆一片日边来。"张继的《枫桥夜泊》："月落乌啼霜满天，江枫渔火对愁眠。姑苏城外寒山寺，夜半钟声到客船。"杜牧《泊秦淮》："烟笼寒水月笼沙，夜泊秦淮近酒家。商女不知亡国恨，隔江犹唱后庭花。"

著名的京杭大运河是隋炀帝时候修建的，当时花费了巨大的民力物力，最终成为隋末农民起义的导火索之一，成为一条荼毒生灵的灾难性河流。但是它带来的南北交通的巨大便利在唐代发挥了重要的作用。大运河以洛阳为中心，由"通济渠"（沟通黄河与淮河）、"山阳渎"（沟通淮河与长江）、"永济渠"（沟通黄河与永定河）、"江南河"（沟通长江与钱塘江）四部分组成，全长2 700多公里，形成西通关中盆地，北抵河北平原，南达太湖流域，遍及今天北京市、天津市及陕西、河南、河北、山东、安徽、江苏、浙江等九个省市的巨大水上运输网络。将黄河、海河、淮河、长江、钱塘江五大水系联系在一起，有如一把折扇，以政治中心洛阳为扇轴，沿着扇形的两边，分别向东北和东南开凿了穿越黄河下游南北及长江下游经济富庶地区的运输通道。京杭大运河可以将江南地区丰富的物产及工艺品源源不断地运往北方和关中地区，成为交通的命脉之一。

陆上通道：至于唐朝的声威所及，则东臣新罗、日本，北服西伯利亚的流鬼国，南震南海。在幅员广阔的版图上，唐代国内的交通路线在继承秦汉的基础上又有新的拓展。据唐李吉甫《元和郡县志》所载，上都长安与各州之间都有通道，其主要路线有六条：

（1）上都西北行至陇右道鄯州（今青海乐都）驿站，可达凉州、甘州、伊州（今新疆哈密）、安西都护府（今库车）；

（2）上都西行至剑南道松州（今四川松潘）驿站，可至剑南道文州（今文县）；

（3）上都西南行至剑南道益州（今四川成都市）驿站，可远达姚州（今云南姚安）；

（4）上都东北行至河东道河中府驿路，可达单于都护府（今内蒙古和林格尔北）和天德军（今乌拉特前旗北）；

（5）上都东行至东都洛阳驿站，可到温州、漳州（今福建漳浦）；

（6）上都东南行至山南东道襄州（今湖北襄樊市）驿路，最远可达梧州、广州。

不仅驿路畅通四达，而且邮驿制度更趋完备，它承袭汉代"三十里一置"，全国共设驿站1 639所。陆驿备有马，水驿提供船，以供官员往还和政府文书的传递，因而兼具汉代"驿""邮"两种性质。驿站除设供来往官员止宿的官方馆舍外，也允许私人开设店肆。这些私人客栈不仅卖酒食，还提供租赁工具，杜佑说盛唐时期可以"远适数千里，不持寸刃"。

唐代鼎盛时期的著名诗人如孟浩然、王维、李白、杜甫等，都有"行万里路"的漫游经历，就是建立在上述背景上。大唐王朝雄伟壮阔的胸襟气度，繁荣昌盛的蒸蒸气象，和平安祥的田园氛围，锐意开拓的进取精神，孕育了一代又一代诗人豪迈奔放的气质，淋漓酣畅的逸兴，飞腾壮丽的想象，清灵静澈的心境（唐代自建国到灭亡的289年中，至少有200年左右的时间处于和平发展状态）。诗人们在这样恢宏广阔、如诗如画的背景中，以都城为中心，或使往四方，或自四方云集京师，为求学、从宦、赴军、游历而不断奔忙。在金碧辉煌的皇宫大殿，通都大邑的客栈酒肆，达官要人的别墅山庄，风景秀美的山川胜地，空旷苍莽的边塞军营，甚至淳朴简陋的农家村舍，都不时举行宴会，会有人离别而去，也有人不断路过或赶到这些宴会的地方。唐代赠别、留别、酬赠诗就大部分产生于这样的背景或氛围之中。

（四）首都长安建筑的壮丽辉煌

任何一个国家经济繁荣之后，都会建造一些标志性的建筑物，像法国的埃菲尔铁塔，美国被撞毁的世贸大厦双子塔，迪拜828米高的哈里发大楼，等等。唐代经济繁荣的一个伟大作品就是首都长安城的建筑布局。唐都长安，是一座非常繁荣、规模空前、壮丽辉煌的特大城市。由宫城、皇城、外郭城三部分组成。宫城是供皇帝及皇族居住和处理朝政的地方，位于长安城北部的最中央。"东西四里，南北二里二百七十步，周一十三里一百八十步，崇三丈五尺。"（《长安志》卷六）南面五门：东起为永春门、长乐门、承天门、广运门、永安门。北面二门：玄武门、至德门。承天、玄武分别为南军、北军的重地①。皇城又名"子城"，是政府机关的所在地，紧附于宫城之南，北面没有城墙，与宫城相隔一条三百多步的横街。"皇城东西五里一百一十步，南北三里一百四十步，周长一十七里一百五十步。"城门共有七座：南面正中为朱雀门，东为安上门，西为含光门；东面有延喜门、景风门；西面有顺义门、安福门。外郭城又名"京城"，是一般居民和官僚的住宅区，也是长安城的商业区，从东、西、南三面拱卫宫城和皇城，因此也称"罗城"。"前直子午谷，后枕龙首山，左临灞岸，右抵沣水，东西长一十八里一百一十五步，南北一十五里一百七十五步，周六十七里，其崇一丈八尺。"（《唐两京城坊考》卷二）②南城的商业区布满了商店、旅馆，住着从中亚、朝鲜、日本和东南亚以及欧洲三百多个国家来的商人。据统计，住在长安城的各类人口，达到一百万以上。

长安，不仅是唐代的政治经济文化中心，也是当时世界经济文化的中心。那时候世界各国的人们以到长安求学、经商、为官为荣。中国人是当时世界上最有尊严的人！

那么，这种经济高涨、国力强大，对于文学艺术的发展有什么作用呢？

（1）提供了雄厚的物质基础：我们知道人必须首先活着，才能去创造文学艺术。唐代丰富的物质文明使一般文人都能吃饱肚子，不至于整天为柴米油盐发愁；有较安定的环境让他们读书，同时也有书可读；甚至能让他们有经济条件到各地游历，增长见识。在读万卷书、走万里路的基础上来做诗人。那个时代，可以让一些文人用毕生的精力，甚至是几代人的努力，来从事精神艺术活动，一天天积累，一代代提高。杜甫说："诗是吾家

---

① 唐代的军队主要驻扎在朝廷之外的四方军事重镇，皇都的禁军只有六千人，其中五千在玄武门，一千在承天门。唐代历次宫廷政变都是由玄武门杀入才取得成功。像李世民的"玄武门之变"和李隆基的绞杀太平公主都是先占领玄武门。

② 长安城原来的面貌现在不存在了，但是据考古发掘出来的原来的长安故城墙基的长度为35公里，长安城是现在西安市城墙区域以内的7.5倍。

事"(《宗武生日》），把写诗当作他家族的神圣事业。他的诗写得好，跟他家从祖父（杜审言）起就积累了足够的写诗经验有关系。

（2）这种繁荣的经济、强大的国力，带来了文化的高涨，激发了民族的自信心和自豪感，激发了作家的积极进取、昂扬奋发的精神，出现了诗歌史上的"盛唐气象"。这种气象，具有其他时代所没有的那种魄力、那种气度、那种胸襟，那种飞动的气势、理想的色彩、青春的旋律。实际上，这种气象不仅出现在唐诗中，在唐代其他艺术部门中也是这样。敦煌壁画主要是唐代的作品，那些唐代壁画是那样的热烈、壮丽、飞动，充满活力，充满人间乐趣。其中的佛像是胖的、丰满的，不像南北朝那样清瘦并且唐代佛像常带着诗意的微笑，很神气。唐代社会的审美心理也能反映出这种气象。唐代人喜欢牡丹，主要是喜欢它的雍容华贵，一种天然的富态美；唐代对女性的审美要求也是以丰满富态为美；唐代对男子的审美要求也不是奶油小生，而是健壮阳刚。吏部选人，"体貌丰伟"是一种重要标准。

二、唐诗

（一）唐诗的伟大成就

1. 作家作品数量多

清代康熙年间，曹雪芹的祖父曹寅曾经主持编纂的《全唐诗》收录唐诗共有48 900多首。不过，这部书所收的唐诗并不齐全，后来有很多学者都在陆陆续续地给它做补遗的工作。中华书局近年出版的《全唐诗补编》共收补遗的唐诗5 500多首，除去重复的和误收的，流传至今的唐诗总数至少在5万首开外。这样的数量是在不到三百年（618—907年）的时间创作并流传下来的，相当于现存的从西周（《诗经》）到隋代一千七百多年的时间当中诗歌总量的三倍。也许有人会说，5万首诗并不算多啊，清代乾隆皇帝一个人就写了4万多首诗。但我们要知道，唐代还没有广泛运用雕版印刷术（采用雕版印刷的主要是佛经），这些诗都是靠人们一代代地传抄下来的。因为是抄写，所以副本不可能多，很多人的诗自然也就遗失了。所以，唐诗留传下来数量和遗失的数量相比，借用韩愈的一句诗来说明，就是"流落人间者，泰山一毫芒"。明代学者胡震亨根据唐代图书目录、《旧唐书·经籍志》和《新唐书·艺文志》记载的唐人文集推算，认为唐诗实际卷数约二千卷，等于现在数目的两倍多，但这还是非常保守的估计。在唐代诗人中，白居易的诗是自己抄了4个副本流传下来的，所以他的存诗最多，有近3 000首。其他诗人没有这么做，所以遗失的就多了。号称"斗酒诗百篇"的李白只留下近1 000首，杜甫号称"诗圣"只留下1 458首。按照白居易的标准，李白诗至少丧失三分之二，杜甫诗遗失一半。其他的诗人，像王之涣诗名很大，但现在只留下6首；号称"以孤篇压倒全唐"的张若虚，虽然严格讲不算孤篇，但除《春江花月夜》之外，余下的作品只不过一首，可见遗失数量之多。他们实际创作绝对不止这个数目，由此可以想象唐诗的实际数量之多。

《全唐诗》统计作者有2 200多人，这样的创作队伍在唐代以前是最庞大的。除文人和官吏（这是主体）外，上至皇帝，下至商人、和尚、道士、尼姑、妓女、丫环、牧童、马夫都有诗歌流传。年龄上不仅有七八十岁的老人，还有几岁的小孩；民族成分上不仅有汉族的诗人，还有少数民族的诗人、外籍诗人（如日本晁衡、波斯后裔李珣、朝鲜崔致远）。唐诗巨大的创作数量正是建立在这样一支庞大的创作队伍之上的。

2. 内容丰富多彩，反映了广阔的社会画面

唐诗对当时社会的各个侧面无不加以反映。建安时代也是诗歌发展的繁荣时期，但还没有反映社会的各个侧面，主要反映悲凉慷慨的情调（总括性的时代氛围）。唐诗则把艺术触觉伸展到社会的各个角落，各种类型的社会生活、各个阶层的社会生活都有反映。题材方面，无论是重大的现实斗争，还是历史题材；地域方面，无论是从南到北，还是从内地到边疆，无不加以描写。在诗歌这样一种受意境和格律限制得很严的体裁里，反映这样广阔的社会生活，不仅唐以前没有，唐以后也没有（空前绝后）。杜甫的诗反映了"安史之乱"前后20多年间广阔的生活，被称为"诗史"。《全唐诗》也可以说是最伟大的一部"唐代诗史"，它对整个唐代的社会生活进行了全面的反映。

3. 体裁完备，艺术完美

古代诗歌各种体裁到唐代都已经完备了。古诗有多种体裁，至少可划分为两大类：一大类被唐人称为"古体诗"，另一大类被唐人称为"近体诗"。前者包括四言、五言、七言各种（还有杂言诗），后者包括律诗和绝句。这些体裁到唐代都成熟了。每种形式在唐人手里都能运用自如，各种

体裁都有特别擅长的诗人。五古、七古，前人已有不少的成就，唐人仍有不小的推进。近体诗更能体现唐诗的创造性成就。五律在初唐时就已定型并初步繁荣；七律到了杜甫手中达到了很高水准，在李商隐手中又有了新的发展；五绝、七绝在盛唐时代均有名家名作，李白、王昌龄尤其是七绝高手。

唐诗在内容和形式上都达到了完美的统一，虽经历了一千多年，今天读来，仍觉新鲜，终身难忘，甚至还有"刚脱笔砚"的感觉。鲁迅："我以为一切好诗，到唐已被做完，此后倘非能翻出如来掌心之'齐天大圣'，大可不必动手。"①

4. 出现了李白、杜甫和众多优秀作家

在众星闪烁的唐代诗坛上，出现了李白、杜甫这样的"双子星座"。他们在世界上也是第一流的作家，而且他们差不多是同时出现的。在世界文学史上，同时出现代表不同流派、不同风格的大作家并不多见，郭沫若说这种现象是"太阳月亮并出"，这在文学史上是很少见的奇观。另外，还有王维、孟浩然、高适、岑参、韩愈、白居易、李商隐、杜牧等著名的诗人，还有一大批有独特风格的作家，至少不下五六十家：有的倾向现实，有的倾向浪漫；有的写边塞、山水田园，有的写友情、爱情；艺术风貌上有的华美，有的朴实，有的平易，有的怪诞艰涩。这就形成了各种流派争奇斗艳的局面，使唐代诗坛出现了空前繁荣的局面。

5. 影响极大

先从国内方面来看。唐诗影响中国一千多年：宋朝诗人，从一开始的西昆派学李商隐，到后来的江西诗派学习杜甫，尽管所学的对象不一，但都离不开对唐诗的学习与借鉴。到明朝，提出了"诗必盛唐"的口号，唐诗更是成为创作的典范。清人作诗不限于（盛）唐，也有人提倡宋诗，但无论怎么推崇宋诗，也不过是把宋诗提到与唐诗差不多的高度，而不可能说宋诗超过了唐诗，这仍是以承认唐诗崇高地位为前提的。至今没有哪个朝代的诗歌地位能超过唐诗，没有哪个朝代诗歌的出版超过唐诗。

唐诗在国际上的影响也很大。当时就影响了东方各国：日本历史上出现了一个模拟学习唐诗的时代；朝鲜、越南有许多人会做汉诗（如胡志明）；韩国许多有文化传统的家庭很重视对孩子进行汉文教育，学习唐诗是其中重要的内容。20世纪初，中国王维、李白的小诗传入西方，也引起巨

---

① 鲁迅《致杨霁云》,《鲁迅书信集》(下卷),第699页,人民文学出版社1976年版。

大的影响，刺激了现代派的产生。西方掀起过"意象派"（Imagism）诗歌运动。意象派大师艾兹拉·庞德（Pater）曾经说过，读了中国的诗，我才觉得西方人根本就不懂诗。

（二）作家成分的改变与文化思想的活跃

1. 作家成分的改变（从士族到庶族）

这实际上是文艺掌握在谁手里的问题。六朝时代，门阀士族不仅垄断政治经济，而且垄断文坛。士族文人多数养尊处优，对社会缺少了解、体验，他们生活空虚、奢侈排场，写起文章来也是空虚的、华而不实的。从南北朝到唐朝，由于经历了几百年的动乱，特别是隋末农民大起义，在政治上、经济上严重削弱了士族地主的力量，使得他们不仅在政治经济上甚至在人数上，也不能再维持对全国的统治。庶族地主便应运而起，得到了很大的发展。这些庶族地主中有一部分原来没做什么官的，一部分是实行均田制以后由自耕农上升来的，也有的是立功的士兵或下级军官。当时，最高统治者为了扩大其统治基础，就吸收中小地主中间的知识分子参与政权和国家社会的一些重要部门（所谓"旧时王谢堂前燕，飞入寻常百姓家"，就是对这种历史变化的形象写照）。这样就使得大批中下层知识分子都活跃起来了，登上了文化舞台。李白、杜甫、王维、高适、白居易、刘禹锡、韩愈、李商隐就是他们中间在文学上的代表人物。他们比起六朝士族文人，在创作上有很大的不同：（1）由于他们阅历丰富、了解社会，题材内容空前丰富。（2）由于他们所处的地位接近下层，所以他们思想作风有更多的民主性，艺术情趣健康，在诗歌里表达了对腐朽政治的不满、对人民的同情，并且从民间艺术中吸收了丰富的营养。这是讲诗人的阶级地位跟六朝时不一样了。而与此同时，甚至是更重要的，影响于这些诗人的社会空气也跟从前不同了，这就是思想禁锢的解放，或者说是学术文化思想的相对自由。

2. 学术思想的自由

唐代统治阶级由于自身力量的强大，对自己比较有信心，所以在思想文化方面较为开放，中国传统文化中的儒、释、道三家思想，唐代统治者都支持。诗人们写诗，写文章，发牢骚，骂朝廷，一般不会受到追究。比如唐高宗时的文人员半千，向高宗上书求官，夸下海口，自称能五步成诗，又说如果皇帝不肯作用他，那就看皇帝到哪里去找治理国家的人才。

再比如唐玄宗与杨贵妃的风流韵事，在杜甫、刘禹锡、白居易、李商隐的诗中均有反映，有的还很尖锐。高适有诗反映军队中的黑暗面（"战士军前半死生，美人帐下犹歌舞"），杜甫的名句"朱门酒肉臭，路有冻死骨"，反映社会阶级的对立，也很尖锐，但没有听说他们因为写了这些诗而受惩罚，在他们当中，高适后来还做了大官，成为唐代诗人中官运最亨通的一位。白居易的《长恨歌》咏叹的是宫廷秘史，《琵琶行》涉及朝廷政治是非，而唐宣宗李忱在白居易死后亲手写下了《吊白居易》诗，诗中曰："童子解吟长恨曲，胡儿能唱琵琶篇。"由于思想活跃，敢讲大话，更敢讲真话，体现出一种浪漫而解放的精神，所以唐人能写出好诗。

（三）诗赋取士

全社会重视诗歌。唐代继承了隋朝的科举考试。在科举试中，最重要的是进士科，而进士科就是以诗赋取士的。为了考上进士，唐人将诗作为终生学习、研究的对象，这自然提高了创作水平。

（四）帝王能诗、重诗，社会普遍喜好诗歌，诗的应用价值空前提高

1.帝王能诗、重诗

唐代的皇帝，特别是唐太宗、武则天、唐玄宗，特别喜欢诗。中宗、德宗、宪宗、文宗、宣宗也非常喜欢，他们经常和大臣们在一起做诗，甚至开赛诗会。

李世民《帝京篇十首·一》：

> 秦川雄帝宅，函谷壮皇居。
> 绮殿千寻起，离宫百雉余。
> 连薨遥接汉，飞观迥凌虚。
> 云日隐层阙，风烟出绮疏。

唐玄宗《经邹鲁祭孔子而叹之》（入选清代蘅塘退士编的《唐诗三百首》）：

> 夫子何为者，栖栖一代中。

地犹鄹氏邑，宅即鲁王宫。

叹凤嗟身否，伤麟怨道穷。

今看两楹奠，当与梦时同。

武则天《石淙》：

三山十洞光玄箓，玉峤金峦镇紫微。

均露均霜标胜壤，交风交雨列皇畿。

万仞高岩藏日色，千寻幽涧浴云衣。

且驻欢筵赏仁智，雕鞍薄晚杂尘飞。

武则天时，有龙门应制宋之问与东方虬争夺锦袍的故事。据说，当年在黄河壶口瀑布边的龙门，举行盛大的赛诗会，由上官婉儿担任评判官。凡是不合格的诗就会从台上婉儿手中飞落地下。一时间纸张像雪片似的飞下来，只有一张纸还在婉儿手中，就是左史东方虬的诗歌。东方虬得意洋洋走上领奖台，正在此时，最后一位诗人的作品呈上来了。婉儿看了一会，将其中一张纸扔了下去，留下来的竟是最后交来的宋之问的诗歌。东方虬很尴尬，结果那件象征最高荣耀的锦袍被宋之问夺得。你可以想见当时宋之问的得意和兴奋！

唐中宗时赛诗会更是规模浩大。这对于喜好诗歌的社会风气的形成自然会产生很大的影响。所谓"上有所好，下必甚之"。在唐代前期，如果不会做诗，连朝会都难参加，因为朝会上皇帝常常会写一首诗让大臣们唱和，如果不会做诗，那就麻烦了。相反，如果诗做得好，就能得到皇帝的另眼相看。像李白因为诗写得好，一度得到玄宗的赏识，这是人尽皆知的事实。

在唐代，会写诗有时还能直接获得官职。例如，在唐玄宗开元年间，有个叫史青的人给皇帝上书，自称五步能诗，玄宗下诏召见。以《除夕》为题作诗：

今岁今宵尽，明年明日催。寒随一夜去，春逐五更来。气色空中改，容颜暗里回。风光人不觉，已入后园梅。

唐玄宗当即授官给他。除了因为诗受到赏识得官的人，还有人因为写的诗受到皇帝的赏识而免罪乃至得到了意想不到的自由和幸福。有一次，唐玄宗命宫女为守边士兵作战袍，有个宫女在自己缝制的战袍中缝了一首诗：

> 沙场征战客，寒苦若为眠。
> 战袍经手作，知落阿谁边。
> 蓄意多添线，含情更著绵。
> 今生已过也，结取后生缘。

这首诗被发现后，宫女主动承认是自己写的，皇帝不但不加罪，而且御批令其成婚。中唐时，代宗有一次想给韩翃升官，但手下人说朝中有两个韩翃，问皇帝究竟召见谁，皇帝就说是写"寒食东风御柳斜"的韩翃。

韩翃《寒食即事》：

> 春城无处不飞花，寒食东风御柳斜。
> 日暮汉宫传蜡烛，轻烟散入五侯家。

2. 社会普遍喜好诗歌

不仅皇帝是如此，王公大臣也好诗。比如玄宗时的宰相张说，很欣赏诗人王湾的诗句"海日生残夜，江春入旧年"（当残夜还未消尽时，海上一轮红日，已经喷薄欲出；当旧年还没有过尽，春天的气息已经预先进入大江，从青山绿水间显露出来了。这两句诗很能表达大唐帝国前期在旧的基础上开创新局面的那种朝气蓬勃的面貌，从中可以感受到时代的脉搏）。因此，他把这两句诗亲笔题写在办公的政事堂上，说这是新诗，叫人以之为楷模，可以想象这是多么大的荣誉。除了宰相一类人物外，一般人对诗歌的普遍重视和爱好也成为当时的社会风气。这种例子非常多，这里我举一个特例：晚唐有一位不大出名的诗人叫李涉，有一次在安庆遇到了强盗，强盗问他叫什么名字，李涉自己不敢说，同行的人说，这是李博士，强盗头目一听，连忙说："若是李博士，不用剽夺，久闻诗名，愿题诗一篇足矣！"李涉当即题诗一首："暮雨潇潇江上村，绿林豪客夜知闻。他时不用逃名姓，世上如今半是君。"强盗很高兴，不仅马上放了他，还送给他不少礼物。诗可以用来应付绿林好汉，现在看来是天方夜谭，但在当时却是事实。又比如，中唐的时候，有妓女因为会唱白居易的《长恨歌》而自高身价。

由此可知，整个社会上自皇帝，下至庶民、强盗都喜欢诗。

3.诗的应用价值空前提高

诗在唐代可以用来博取皇帝和大官们的赏识，也可以做为傲世的资本（中唐诗人卢仝就曾说过："千首诗轻万户侯"）。在唐代，送人从军要写诗，送人还乡要写诗，宴会要写诗，与朋友分别要写诗，祝贺别人考上进士要写诗，安慰人落第要写诗，升官、贬官以及婚丧喜吊都要写诗。比如李商隐的名句："若道团圆似明月，此中须放桂花开。"就是一首题扇诗中的句子。诗歌在唐代已经生活化，已经进入日常生活的各个领域，而诗人又总是以诗人的眼光来看待生活，所以好诗层出不穷。

在各种应用需要中，对诗歌最有刺激的是当时的国家音乐机构。各处歌楼舞馆对诗歌有大量需求，需要有诗作为歌词，谱成曲子演唱。只要有好诗传开来，诗人马上就会得到社会的尊敬，所以当时虽然没有报刊发表，但这种传唱比发表还有轰动效应。白居易曾说："文场供秀句，乐府待新词。"讲的就是这种情况，这些自然有力地刺激了诗歌的发展。

（五）诗歌自身传统的发展，以及各种文化艺术的相互促进

1.诗歌自身传统的发展

文学高潮不是离开前代文学的基础而突然产生的，要有一个酝酿和准备的过程。从先秦到六朝，中国文学积累了丰富的遗产，从内容到语言文字，给唐代诗歌的发展打下了基础，提供了借鉴。我们可以从两个方面来看。

（1）体制（体裁、声韵）

一个文学高潮的到来总是和一些文学新形式的出现有关。中国在魏晋以前就已经普遍有了四言诗和五言诗，魏晋以后又出现了七言古诗。同时，六朝诗人在诗歌声律、辞藻等方面下了功夫，律诗和绝句也慢慢产生了。六朝后期，就有了近体诗的雏形。这样，可以说，到唐初的时候各种诗歌形式都已经大体具备了，其中不少是新形式，这些新形式有很大的潜力。这就好比一个习武的人，在习武之前把十八般武艺（兵器）都准备好了，只等他将来去大显身手，来表现自己的才能了。这就说明，唐代诗歌的繁荣，也是诗歌本身自然发展的结果，如果没有以前诗歌的积累，特别是六朝时期在形式声律上的准备，唐诗是不会在各种体裁上很快都达到那

样繁荣成熟的境地的。

（2）语言意象

唐代以前的诗为唐诗所作的准备还表现在语言、意象方面。我们可以想一想这样一个道理：为什么我们现在读唐诗里面写到酒的诗句，如"葡萄美酒夜光杯""新丰美酒斗十千""劝君更尽一杯酒""吴姬压酒劝客尝"等，觉得有诗意；写到马的诗句，如"马鸣风萧萧""春风得意马蹄疾""雪尽马蹄轻""浅草才能没马蹄"等，也觉得有诗意呢？实际上，古代的酒与现代的香烟的作用差不多，马和现代的小轿车差不多，但为什么把这些东西写到诗里就觉得没有诗意呢？这里有一个很重要的原因，就是唐代以前的酒和马已经经常出现在生活里，被诗歌长期作为表现的对象，从而在民族心理上得到诗化了，带有丰富的意象内涵。所以酒与这些词语，一出现在诗里，就容易获得一种诗意，而现代的香烟、小轿车之类的东西都还没有被诗化，出现在诗里也就没有诗意，甚至会引起反感。

王维的诗：

> 新丰美酒斗十千，咸阳游侠多少年。
> 相逢意气为君饮，系马高楼垂柳边。

如果改成"相逢意气抽香烟，宝马停在澡堂边"，那就立马变成打油诗了。

再比如贾岛有一首诗：

> 十年磨一剑，霜刃未曾试。
> 今日把示君，谁有不平事！

一副肝胆相照的侠义心肠感人至深。你如果把"剑"改成"手枪"，就缺乏诗意了。原因是手枪还没有被诗化。类似的例子还有很多，比如古代的长亭、短亭和现在的车站，古代的驿楼和现在的码头，等等。

所以在唐代之前，诗歌语言的发展、积累，文学艺术不断地把一些东西诗化，使唐代诗人在创作时，有一个供他们使用的意象群和意象体系，这就像一个装满珍珠玛瑙等高档原料的材料库一样，对唐代诗歌的创作很重要。

2. 南北文化的融合与中外文化的交流

从横的方面来讲，还有一个文化的大融合和大交流，给诗歌发展带来积极的影响。隋唐的统一，结束了中国近400年的分裂局面。此前南朝和北朝文学风格不同：南方讲究文彩，婉约而细腻，如《西洲曲》："采莲南塘秋，莲花过人头。低头弄莲子，莲子清如水。"莲塘、清水、荷花、少女构成优美的画面，形成妩媚的格调；而北方则刚健有气骨，如"敕勒川，阴山下，天似穹庐，笼盖四野。天苍苍，野茫茫，风吹草低见牛羊"（《敕勒歌》）、"万里赴戎机，关山度若飞。朔气传金柝，寒光照铁衣。将军百战死，壮士十年归"（《木兰辞》），苍天、原野、铁马、秋风，构成壮阔的画面，形成雄浑的风格。南北文风方面各有短长，隋唐混一区域，双方开始融合，南方的文采妩媚融入北方的气骨刚劲，到了开元时期，终于出现了既刚健又有文采、风骨声律兼备的文质彬彬的局面，这就是南北文风合其所长的结果。

除了国内文化交融外，唐代同中亚各国以及印度、日本等国家，也发生广泛的文化交流，首都长安是当时世界上规模宏伟的国际大都市，住着许多来自外国的使者、商人、艺人、僧侣，他们天天都在进行文化交流。由于国力强盛，从统治者到底层人民，都有高度的民族自信，敢于以一种泱泱大国的胸襟，大胆吸收其他民族的文化和外来文化的精华。这种吸收，首先表现在题材的扩大（对异域生活的描绘）和某些艺术手法的借鉴；其次，这些外来的文化拓展了诗人们的眼界，提高了诗人的艺术素养，使他们的作品更加气象恢宏，更加富有浪漫情调和丰富的想象力。

3. 各种艺术形式的互相促进

唐代是艺术的春天，并非诗歌一花独放，而是万紫千红。音乐、舞蹈、绘画、雕塑都很繁荣，形成一种气势宏大的艺术气场。各种艺术形式都有杰出的大师，都有辉煌的成就。其中绘画、音乐对诗歌影响较大。绘画中色彩线条的运用、构图的技巧，对诗歌就有很大影响，如王维名句"大漠孤烟直，长河落日圆"就用简洁的构图表现出雄浑的境界。音乐对诗歌的影响更深，一方面，借助音乐使诗歌流传更广，使诗人的创作兴趣更浓厚；另一方面，音乐与诗歌相结合，能增强诗歌的音乐性与抒情性。唐代不少诗人同时兼画家、音乐家，具有多方面的艺术造诣，也有很多诗人与音乐家、画家、歌舞艺人关系密切，他们必然会从其他艺术中汲取营养，融入到诗歌中，使诗歌更富于艺术韵味，从而促进唐诗的繁荣。

三、唐人

讲到唐人，首先要讲到唐代的诗人，因为唐代几乎每个人都是诗人，所以我们就可以从唐诗中看看唐人的精神状态和思想品质，看看他们的神采风貌。

（一）唐人具有开阔的胸襟

这种开阔的胸襟首先可以从他们描写的宏伟开阔的景物境界中来体会。如描写大海：

张若虚《春江花月夜》这样开头："春江潮水连海平，海上明月共潮生。滟滟随波千万里，何处春江无月明。"非常壮丽雄浑，气象万千。

写洞庭湖：

孟浩然《望洞庭湖赠张丞相》："气蒸云梦泽，波撼岳阳城。"杜甫《登岳阳楼》："吴楚东南坼，乾坤日夜浮。"景象气势磅礴，雄伟壮观。

写长江：

王湾《次北固山下》："潮平两岸阔，风正一帆悬。海日生残夜，江春入旧年。"将长江下游春天行船的江面开阔境界描写得如诗如画，难怪宰相张九龄要将其中两句书写在政事厅的大墙上。

写黄河：

李白《将进酒》："君不见黄河之水天上来，奔流到海不复回。"用惊人的想象写出了黄河奔腾咆哮流入大海的巨大声势。

写大漠：

王维《使至塞上》："大漠孤烟直，长河落日圆。"运用单调简洁的线条将塞外大漠雄浑苍莽的气象表现出来了。

写边疆大雪：

岑参《白雪歌送武判官归京》："忽如一夜春风来，千树万树梨花开。"在酷寒的冬天里想象着江南春天的生机勃勃，表现出不畏严寒坚守边关的万丈豪情。

写瀑布：

李白《望庐山瀑布》："飞流直下三千尺，疑是银河落九天。"《庐山谣》："登高壮观天地间，大江茫茫去不还。黄云万里动风色，白波九道流雪山。"将庐山瀑布及其登庐山所见到的壮丽景象写得栩栩如生。

写皇宫：

王维《奉和圣制从蓬莱向兴庆阁道中留春雨中春望之作应制》："云里帝城双凤阙，雨中春树万人家。"《和贾舍人早朝大明宫之作》："九天阊阖开宫殿，万国衣冠拜冕旒。"写出了皇宫的壮丽辉煌和各国使节朝拜唐代皇帝的隆盛景象。

写泰山：

杜甫《望岳》："荡胸生层云，决眦入归鸟。会当凌绝顶，一览众山小。"将神往中登上泰山将众山尽收眼底的景象写出来了，同时也表达出杜甫涵容天地吞吐万象的胸襟气魄。

写东北边疆：

祖咏《望蓟门》："燕台一望客心惊，箫鼓喧喧汉将营。万里寒光生积雪，三边曙色动危旌。沙场烽火侵胡月，海畔云山拥蓟城。少小虽非投笔吏，论功还欲请长缨。"那边疆雄浑苍茫、大战一触即发的氛围和士兵情绪高昂、决心报效祖国、建功立业的豪情非常感染人。

这种保家卫国、建功立业的精神是唐人最富有特色的气概。请看这些诗句：杨炯《从军行》："宁为百夫长，胜作一书生。"王昌龄《从军行》："青海长云暗雪山，孤城遥望玉门关。黄沙百战穿金甲，不破楼兰终不还。大漠风尘日色昏，红旗半卷出辕门。前军夜战洮河北，已报生擒吐谷浑。"李白《塞下曲》："晓战随金鼓，宵眠抱玉鞍。愿将腰下剑，直为斩楼兰。"岑参《送李副使赴碛西官军》："功名只向马上取，真是英雄一丈夫。"甚至像终生苦闷的天才诗人李贺也说："少年心事当拏云，谁念幽寒坐呜呃。""男儿何不带吴钩，收取关山五十州。请君暂上凌烟阁，若个书生万户侯。"感伤主义诗人李商隐青年时期也有宏伟的人生理想，他在《安定城楼》中说："永忆江湖归白发，欲回天地入扁舟。"一生穷苦命途多舛的诗人孟郊在连续四次落榜之后，终于在四十六岁时高中进士，这对他来说是多么难得的幸福啊！他的《登科后》："昔日龌龊不足夸，今朝放荡思无涯。春风得意马蹄疾，一日看尽长安花。"那种近乎癫狂的心态刻画得多么真切！

唐人的这种精神境界来自他们对自己人生的强烈自信，他们都认为自己是天地间一个顶天立地的大写的人。李白是他们的最典型代表。皇帝要召见他，他昂起头说："仰天大笑出门去，我辈岂是蓬蒿人。"对前途充满了无限的信心和期待，认为他的"大济苍生，使海县清一"的理想马上就要实现了。他喝着酒，忽然说："天生我材必有用，千金散尽还复来。"对自己充满强烈的自信；甚至说："长风破浪会有时，直挂云帆济沧海。"但是现实是残酷的，永远不像想象的那样美好，李白想成为吕望、鲁仲连、范蠡那样的帝王之师的愿望最终落空，不得不离开唐玄宗的宫廷。实际上他连一官半职都没有弄到，但是却发出了这样的怒吼："安能摧眉折腰事权贵，使我不得开心颜！"没有办法只好去喝酒麻醉自己，喝着喝着豪情又喷涌而出："俱怀逸兴壮思飞，欲上青天揽明月。""兴酣落笔摇五岳，诗成笑傲凌沧洲。"在诗的想象里找到了发挥自己才能的最佳场所。

我们还可以将王之涣的《登鹳雀楼》与晚唐李商隐的《登乐游原》进行对比，看看盛唐人的胸襟气象。同是傍晚时分，同是面对夕阳美景，前者注目西山，远眺黄河，充满无限的展望，说"欲穷千里目，更上一层楼。"对王之涣来说，一切都在自己的心中，他要飞得更高，在高远处有更加雄伟壮丽的风景；而对李商隐来说，大唐已经开始没落，自己也常常陷入苦闷彷徨之中，绚丽美好的黄昏美景，没有激起他的雄心壮志，反而使他无限感伤地说："夕阳无限好，只是近黄昏。"一个伟大的时代即将谢幕，留给李商隐的是大厦将倾独木难支的无奈与悲凉。与李商隐生活同时的诗人许浑说："山雨欲来风满楼。"杜牧也说："但将酩酊酬佳节，不用登临恨落晖。"都表现出晚唐所特有的悲凉情绪，与盛唐时代昂扬奋发的精神境界有明显的差异。

（二）唐人具有很强的正义感，敢说敢做，无所顾忌

请看王维二十岁左右写的一首小诗《息夫人》：

> 莫以今时宠，难忘旧日恩。
> 看花满眼泪，不共楚王言。

这首诗包含一个动人的故事。话说大唐盛世时期，唐玄宗的哥哥宁王李宪，礼贤下士，经常召集文人饮酒赋诗，成天风流潇洒。有一年，他发现隔壁邻居一位卖烧饼师傅的老婆长得很白，心里非常喜欢，就叫人将卖饼师傅弄来，说："我给你一百两金子，你把老婆让给我吧！"听宁王的口气，是志在必得。你想想，作为下层贫苦老百姓，面对皇帝哥哥的要求，

尽管心里十分不愿意。也没有办法，只好让出自己的老婆。宁王得到烧饼师傅的老婆之后，对这位新宠也很好，她穿的吃的用的都发生了天翻地覆的变化。一年来她很少跟宁王说话，总是沉默寡言，宁王很想弄明白烧饼师傅的老婆对她前夫是否还有感情。于是，他再叫人将烧饼师傅请到王府，让他们夫妇在堂上见面，谁知烧饼师傅的老婆虽然不敢说话，却流下了痛苦的泪水。当时一群诗人正在喝酒。见此情景，宁王突然来了兴致，说："今天的情景，正可以作诗。"青年诗人王维马上赋了这首诗。宁王读了诗，很是愧疚，就将女人还给了卖烧饼的师傅。王维这首诗为什么有这么大的能量呢？原来诗中包含一个典故。题目中的"息"原是楚国边疆一个很小的国家，因为息国国君妻子长得白而美，楚王对息夫人垂涎三尺，于是发动战争灭掉息国，将息夫人夺了过来。息夫人跟楚王生了两个儿子，但是三年来没有跟楚王说过一句话。有一年春天，息夫人在后花园里赏花，两眼噙满泪珠，这时楚王从后面跟过来，说："夫人，三年来我对你也算非常不错了，你为什么总是流泪，不跟我说话呢？"息夫人终于说："我一个妇人家，从了两个丈夫，你叫我还说什么呢?!"原来息夫人在怀念她的前夫和故国。这里，王维将宁王比作凶狠残暴的楚王，我们知道：施己不欲非义士，夺人所爱不仁人。好在宁王也很大度，并没有责怪王维。王维一首小诗救了一家人。可见诗人有一股不畏权贵的傲岸精神。

唐人对丑恶黑暗的现象、对残害人民的统治者都充满了义愤。高适《燕歌行》对边关军营主帅与士兵苦乐不均现象进行了控诉，他说："战士军前半死生，美人帐下犹歌舞。"曹松《己亥岁》中说："凭君莫话封侯事，一将功成万骨枯。"杜荀鹤《再经胡城县》："去岁曾经此县城，县民无口不冤声。今来县宰加朱绂，便是生灵血染成。"揭露了血淋淋的不公平的社会现实。张谓《题长安壁主人》："世人结交须黄金，黄金不多交不深。纵令然诺暂相许，终是悠悠行路心。"把人世间一切以金钱为中心的丑恶现象揭露出来了，直到今天还发人深省。面对一些黑暗现象，杜甫在诗中大喊："新松恨不高千尺，恶竹应须斩万竿。"李白则采取傲岸不屈的态度，要"一醉累月轻王侯"，说"功名富贵若长在，汉水亦应西北流"。

（三）唐人非常善良，有强烈的同情心

唐代诗人具有仁者情怀，非常同情生活在下层的贫苦人民，因为唐代最有成就的诗人基本上都是中下层庶族地主阶级的知识分子。你看，白居

易对那位"两鬓苍苍十指黑"的卖炭翁伐薪烧炭的遭遇十分同情，深情地说："卖炭得钱何所营？身上衣裳口中食。可怜身上衣正单，心忧炭贱愿天寒。"这位可怜的老人后来竟遭遇宫使的抢劫！白居易对这些冠冕堂皇的盗贼非常愤怒，在《杜陵叟》中就这样怒骂："典桑卖地纳官租，明年衣食将何如？剥我身上帛，夺我口中粟。虐人害物即豺狼，何必钩爪锯牙食人肉？"中唐时代李绅看到农民饿死的惨相，写出了大家熟悉的《悯农二首》："春种一粒粟，秋收万颗子。四海无闲田，农夫犹饿死。""锄禾日当午，汗滴禾下土。谁知盘中餐，粒粒皆辛苦。"杜甫一生四处漂泊，历经饥寒交迫的痛苦生活，所以对住房问题特别关注，761 年秋天，他好容易才建好的草堂遭到风雨的破坏，全家都生活在破屋漏窝中，这位胸怀博大的伟大诗人，竟然置自己的痛苦于不顾，想到天下更困苦的寒士上无片瓦遮天地的艰难，说："安得广厦千万间，大庇天下寒士俱欢颜，风雨不动安如山！呜呼！何时眼前突兀见此屋，吾庐独破受冻死亦足！"这就是推己及人的仁者情怀！当元和十一年贬官江州司马的白居易偶然与一位漂泊南方的琵琶女相遇后，不仅倾听她精湛的琵琶艺术，而且还专门为她写了一首《琵琶行》，其中这两句"同是天涯沦落人，相逢何必曾相识"温暖过多少天涯沦落者的心灵！晚唐时期，整个社会状况非常不景气，劳动人民生活更加悲惨。有这么一位农家姑娘，虽然人长得非常漂亮，还做得一手好针线活，但是就是没有人来给她说媒，始终不能出嫁，女诗人秦韬玉十分同情，写下一首《贫女》诗，有这样两句："苦恨年年压金线，为他人作嫁衣裳"！这是多么不公平的命运，贫家优秀女儿不能出嫁！不能出嫁的当然不只是这样的贫家女儿，还有一心想出嫁却没办法出嫁的妓女们。历代妓女都是被人唾弃的对象，唐人却不十分厌弃她们，罗隐就有一首《赠妓云英》的好诗："钟陵醉别十余春，重见云英掌上身。我未成名君未嫁，可能俱是不如人？"沉沦下丧魂落魄的诗人和十余年依然保持苗条身材的云英不正是白居易诗中的"同是天涯沦落人"吗？将一个妓女与诗人放在同等人格的地位，足见唐人心胸的仁慈与开阔。

　　唐代还有一类人最值得同情，她们就是待守空闺或空宫的妇女。她们心中充满了无限的伤怀和怨恨，成为唐诗中著名的"闺怨诗"和"宫怨诗"的素材。前者主要因为丈夫戍边去了，家庭全部重担都压在女人柔弱的肩头，她们还要承受长年累月的相思痛苦。我们不妨来读几首：王昌龄《闺怨》："闺中少妇不知愁，春日凝妆上翠楼。忽见陌头杨柳色，悔教夫婿觅封侯。"这个"悔"字含义丰富,标志着她摆脱了追求虚名的束缚,发现天天跟心爱的人在一起才是最大的幸福!李白《春思》:"燕草如碧丝,秦桑低绿枝。当君怀归日,是妾断肠时。春风不相识,何事入罗帏?"我们可以感受到这位思妇长年寂寞相思的痛苦,比那位后悔放丈夫出去参军觅封侯的少妇更为难熬!更让人痛心的是下面这位妻子的悲剧,她熬了多少年,只有她自己知道,丈夫已经很长时间没有回来了,也许永远回不来了,而这位思妇依然在梦中幸福地期待丈夫的归来。陈陶的《陇西行》写道:"誓扫匈奴不顾身,五千貂锦丧胡尘。可怜无定河边骨,犹是春闺梦里人。"我们再来看看宫怨诗,王昌龄的《长信秋词》五首最为有名,其中第三、四首是:"奉帚平明金殿开,且将团扇共徘徊。玉颜不及寒鸦色,犹带昭阳日影来。""真成薄命久寻思,梦见君王觉后疑。火照西宫知夜饮,分明复道奉恩时。"这位遭到皇帝遗弃冷落的宫女,整天与团扇寂寞相伴,尽管自己颜色如花,但是还比不上那丑陋的乌鸦,它们都能带着昭阳殿前太阳的光辉自由飞翔,而自己则只能如坐牢一样白白地消磨青春岁月。多么残忍的后宫制度!李白的《玉阶怨》:"玉阶生白露,夜久侵罗袜。却下水晶帘,玲珑望秋月。"这位亭亭玉立的浑身玲珑剔透的小宫女,也被冷落在深宫牢笼之中,夜深了还坐在洁白的台阶上,直到露水打湿了她的袜子,等回到房中还是难以入睡,索性卷起窗帘,望着那晶莹团圆的一轮明月。一切仿佛无比的美好,但是谁能知道这些宫女内心深处的无限痛苦!难怪贾元春说那是个见不得人的去处!有些宫女从十几岁入宫,一直到头发花白还没有见到过皇帝,一生就这样活活埋葬在深宫牢狱之中,唯一伴随她们的是永远流不尽的眼泪。张祜《宫词》说:"故国三千里,深宫二十年。一声何满子,双泪落君前。"

唐人甚至对古代历史人物也充满真挚的同情。如杜甫同情宋玉:"怅望千秋一洒泪,萧条异代不同时。"同情诸葛亮:"出师未捷身先死,长使英雄泪满襟。"李商隐同情贾谊:"可怜夜半虚前席,不问苍生问鬼神。"等等。唐人的同情心真可谓博大真诚,这份同情和关怀就是唐诗的生命核心!感人心者莫先乎情!

(四)唐人极富人性美、人情美

唐人健康的良好心态,除了对弱者苦难者深表同情之外,对亲人、对朋友、对爱人都有深厚的感情。首先,来看亲情之美。孟郊的《游子吟》:

慈母手中线，游子身上衣。

临行密密缝，意恐迟迟归。

谁言寸草心，报得三春晖。

通过母亲为远行的儿子密密缝补衣服的细节和思念儿子希望儿子早早归家的心情，表达了母亲对儿子博大、深厚、无私的爱，也表达了儿子对母亲的尊重和感激。孟郊一生境遇坎坷，到五十岁才成家，他三岁时失去父亲，和母亲相依为命五十多年，直到母亲八十岁时，做官还带着母亲，因为县尉俸禄太少，不能让母亲过上安稳的生活，他竟然辞去县尉之职，回到洛阳奉母闲居，靠韩愈等朋友的帮助度日。孟郊是唐代诗人中真正的孝子。唐人对自己的母亲大都如此。

唐人为了功名事业，经常远离家乡，远离亲人，但是不管他们身在何方，心总是系在故乡，系在亲人的思念里，家、家人、亲情永远是唐人心灵的栖息地。盛世如此，乱世更是如此。请看大唐盛世时期年轻的王维远离家乡山西祁县到永济县去做官，在重阳节写下的著名的《九月九日忆山东兄弟》：

独在异乡为异客，每逢佳节倍思亲。

遥知兄弟登高处，遍插茱萸少一人。

这首诗写出了远离家乡的人们在传统佳节到来之时最普遍也最真挚的思念亲人的感情。这触到了中华民族情感的深处，所以才会家喻户晓。在西安大唐芙蓉园里就为这首诗专门立了一座"茱萸台"，王维的诗句就刻在碑上，永远供人们景仰。

再来看一首白居易的《邯郸冬至夜思家》：

邯郸驿里逢冬至，抱膝灯前影伴身。

想得家中深夜坐，还应说着远行人。

前两句说冬至节令到了，天气开始寒冷了，而自己却独自漂泊在邯郸的驿站，只有寒灯照着自己的孤独身影，这样的时候，家中亲人也应该在思念我担心我，他们肯定也难以入睡，围坐在一起，在思念我吧。通过想象家人对作者的思念，来表达作者对亲人无限的思念，从中我们可以看到家的温馨、家的深情。

高适《除夜作》：

> 旅馆寒灯独不眠，客心何事转凄然。
> 故乡今夜思千里，霜鬓明朝又一年。

这首诗的情景比白居易的更为独特。除夕之夜，万家团圆之时，高适却独自羁留在异地他乡的旅馆，听着窗外祝福的爆竹声，听着四处喧腾热闹的欢笑声，高适的心里却突然变得十分凄然，一方面因为思念远隔千里的家乡，另一方面则因为长年的漂泊奔波，仕途却没有起色，眼看着两鬓白发渐渐增多，无颜面对江东父老。高适到五十岁时才弄到一个封丘县的县尉的官位，所以他对除夕之夜思念家乡有一种独特的体验。

如果自己在外地漂泊，突然遇到老乡，而老乡恰好要回家，那么诗人们会是什么心情呢？

张籍的《秋思》：

> 洛阳城里见秋风，欲作家书意万重。
> 复恐匆匆说不尽，行人临发又开封。

洛阳当时被称为东都，很多挤不进朝廷的闲置官员大量云集洛阳，张籍在老乡临行前又重新打开信封，再说几句自认为很重要的话，从这一细节可以看出家乡亲人在他心中的位置。

武元衡在一个美妙的春日，他突然引发思乡之情，写下一首《春兴》：

> 杨柳阴阴细雨晴，残花落尽见流莺。
> 春风一夜吹乡梦，又逐春风到洛城。

武元衡后来做到宰相，但此时正是仕途不顺的时候，他看到春花已经凋残，听到流莺婉转的歌声，没想到一夜的春风吹进了自己的思乡梦中，于是索性跟随春风回到洛阳城。

每当战乱爆发，亲人往往四散奔逃，于是为亲人担心的心情就变得非常急迫，逃难之中也就更显出亲情的珍贵。杜甫一生漂泊四方，兄弟们很少相聚在一起，甚至连妻子和儿子都不能在一起。请看《月夜》：

> 今夜鄜州月，闺中只独看。
> 遥怜小儿女，未解忆长安。
> 香雾云鬟湿，清辉玉臂寒。
> 何时倚虚幌，双照泪痕干。

756年，安史之乱爆发，杜甫将妻子儿女寄居在鄜州羌村，自己只身前去追随皇帝，不料长安被叛军攻破，杜甫被俘，由于官职太小，叛军并未对他严加看管，于是在夜晚杜甫徘徊在月光下，思念起自己的妻子和儿女来。结尾两句想象将来团聚的欢乐情景，很是凄切动人。其实当时杜甫对能不能活着回去都没有把握，与亲人团聚更是一种奢望。正因为是奢望，所以还在痛苦挣扎的人们因为有亲情的支撑，才能坚强地乐观地活下去！他的

《月下忆舍弟》：

> 戍鼓断人行，边秋一雁声。
> 露从今夜白，月是故乡明。
> 有弟皆分散，无家问死生。
> 寄书长不达，况乃未休兵。

这应该是白露节气时对兄弟的思念，第二联表现了强烈的思乡真情，竟然只有故乡的月亮是最亮的，言外之意就是漂泊在异地他乡，无论怎样美的月亮都只能引起痛苦的回忆，因而缺乏在故乡与亲人团聚的温馨和欢乐，面对兵戈阻隔，无法跟兄弟通书信问候，这是一种怎样难熬的焦虑与痛苦。白居易也有类似的遭遇，他在诗中说："时难年荒世业空，弟兄羁旅各西东。田园寥落干戈后，骨肉流离道路中。吊影分为千里雁，辞根散作九秋蓬。共看明月应垂泪，一夜乡心五处同。"他们兄弟五人天各一方，但是面对今夜的一轮明月，都会同时思念家乡。"隔千里兮共明月"是古人的诗句，白居易借用其意境，表达动乱年代亲人们相互慰勉问候的亲情，后来孟郊也说："别后唯所思，天涯共明月。"到北宋，苏轼进一步发展，写出了"但愿人长久，千里共婵娟"的温暖人心的诗句。

其次，来看唐人对朋友的感情。我们知道朋友是一个人生命中最重要的部分，朋友不是父母给我们带来的，而是自己在生命历程中寻找到的。朋友是谁？就是当你最需要的时候给你无私帮助的人，就是在你最困难的时候，不抛弃你站在你身边的人，朋友当然也是在你取得巨大成功的时候，与你分享快乐的人。交朋友绝对不能以物质利益作为标准，而应该以志同道合作为唯一标准。古人说："人生得一知己足矣！"又说："千古知音最难觅！"那么唐人是怎样表达友谊的呢？实际上，前面讲到的唐人对亲人、贫苦人的感情，只是他们情感世界的一部分，而唐人大都喜欢与朋友们在一起，特别是盛唐时代，像高适、岑参、杜甫、李白、孟浩然、王维、王昌龄等等，都是好朋友，他们一起游山玩水，一起饮酒赋诗，一起崇尚建功立业，甚至在仕途上也是相互关照提携。那确实是一个健康完美的好时代，很少看到诗人们尔虞我诈、勾心斗角。其中，李白最为典型，他与杜甫的感情大家都知道，他们亲如兄弟，曾经一起"醉眠秋共被，携手日同行"，别后，杜甫经常思念李白，写出12首诗怀念李白；李白与王昌龄感情也很深，当王昌龄因犯法被贬往夜郎时，李白无限同情地说："杨花落尽子规啼，闻道龙标过五溪。我寄愁心与明月，随君直到夜郎西。"当日本晁衡离别长安回归故国后，李白听说晁衡遇难，便写下深情的《哭晁卿衡》："日本晁卿辞帝都，征帆一片绕蓬壶。明月不归沉碧海，白云愁色满苍梧。"当安徽泾县的汪伦与李白离别时，李白即兴赠诗一首："李白乘舟将欲行，忽闻岸上踏歌声。桃花潭水深千尺，不及汪伦送我情。"汪伦很可能是一个平凡的农夫，充其量也不过是一个小商店的老板，然而因为与李白的关系将永远会被人们记住。李白的朋友中还有一个最为独特的，叫魏万，也叫魏颢。天宝十二年（752年），李白52岁，魏万只有26岁。从这一年春天开始，魏万就去寻找李白，希望跟自己的偶像见上一面，谁知李白行踪飘忽不定，常常在一个地方呆上一段时间就到另一处游赏，这样，魏万历经三个多月，追踪三千余里，地跨山东、河南、安徽、浙江、江苏五省，终于在秋天追上李白，他们在扬州见面了，你们可以想见这是怎样的场面！李白对这位眉宇间充满英俊奇气的青年十分欣赏，还特意带魏万到金陵游玩，去喝兰陵美酒（"兰陵美酒郁金香，玉碗盛来琥珀光"）。然后专门为魏万写了一首长达600字的送别诗，还将自己全部的诗歌交给魏万，请他代为编集，这就是著名的《李翰林集》。魏万撰写序言，将李白的赠诗排在最前面，将自己的答诗紧接其后。这是李白的第一本文集，可惜未能流传下来，但是他们之间的这一段故事却感人至深。他们之间就是不带任何物质利益的纯粹的友谊，这本身就是一份重要的文化遗产。

我们再来看看王昌龄与朋友的感情。《芙蓉楼送辛渐》：

寒雨连江夜入吴，平明送客楚山孤。
洛阳亲友如相问，一片冰心在玉壶。

辛渐是一位回洛阳的友人，等于是给王昌龄捎信的人。王昌龄当时正遭到小人的诬陷，为了不让洛阳亲友担心挂念，所以他在诗中表明心迹，说自己就像玉壶冰一样纯净透明，没有任何污点。这一纯洁的表白，今天被情人们广泛用来向对方表白心迹，可见它具有超越具体诗歌情境的普遍意义。

再如《送魏二》：

醉别江楼橘柚香，江风引雨入舟凉。
忆君遥在潇湘月，愁听清猿梦里长。

这首诗写得很优美，完全从魏二着笔，前两句写离别时的情景，橘柚飘香的深秋，细雨蒙蒙欲湿衣，江风把雨丝吹进舟中，给人以凉意。看着友人的船缓缓消失在天际，王昌龄悬想友人今夜一定会在潇湘舟中望着一轮明月思念我吧，梦里也会传来凄清的声声猿鸣。而我的关切与思念将是给你最好的慰藉。将朋友永远惦记在心中，就是唐人的风格。

这是送人往南方，带有南方特有的秀丽明媚婉转情长的特征，如果是往北方，又怎样呢？王维的《送元二使安西》最为大家熟悉：

渭城朝雨浥轻尘，客舍青青柳色新。
劝君更尽一杯酒，西出阳关无故人。

西北甘肃河西走廊两边都是一望无际的戈壁滩，寸草不生，一片荒凉，虽然雄浑壮阔，可是没有人烟，十分凄凉！朋友就要去边疆，一出阳关就再也没有故人相送了，所以还是多饮一杯酒吧，带着朋友的深情厚谊在寂寞孤独的旅途会倍感温馨的。最后两句在唐代就被广泛传唱，今天它也还是朋友之间表达情意的重要诗句，因为它写出了人类的一种普遍性的离别情感。

再看李商隐的《夜雨寄北》：

君问归期未有期，巴山夜雨涨秋池。
何当共剪西窗烛，却话巴山夜雨时。

有人认为诗中的"君"指李商隐的妻子，其实写此诗时，李商隐的妻子已经去世，他寄给的人肯定是一位亲密的朋友。李商隐一生十寄戎幕，四海为家，而且长年累月"为他人作嫁衣裳"，从事文笔工作，大中期间他在四川梓州，长安的友人问他什么时候回到长安，因为妻子去世之后，留下的一双儿女都寄养在长安的友人家里。面对巴山夜雨涨秋池的情境，李商隐温馨地憧憬未来的某一天我们会剪烛西窗，共同回忆今夜的相互思念，以虚幻的愿望来慰藉此时的寂寞凄凉，诗歌能够给分居两地的朋友带来心灵的滋润。

还有像王勃的"海内存知己，天涯若比邻"，高适的"莫愁前路无知己，天下谁人不识君"，张九龄的"海上生明月，天涯共此时"等诗句，都表现了对友人真诚的劝勉、鼓励和思念。唐人之所以留下如此多的送别佳句，完全是因为他们就是重情的人，心里永远装着别人，也永远带着别人的关怀和鼓励奔走四方，唐人人格的高尚堪称世界之最！今天的世界，物质很发达，人们却越来越感到精神空虚，没有寄托，我想可能是因为我们缺少志同道合的朋友的缘故，找到你心灵可以托付的朋友，你的生活将会变得更加精彩！

人是具有感情的动物，对他人尤其是弱者抱着一颗同情心，这是做人最起码的要求。比同情更高的是亲情，比亲情更珍贵的是友情，这是因为友情难得，而比友情更值得珍重的当然是爱情了。人类崇尚亲情、友情，而人类都是因为爱情才来到这世界上的。所以我最后想谈谈唐人对爱情的态度。

爱情首先表现在对对方的思念与关切。张九龄有一首《赋得自君之出矣》：

自君之出矣，不复理残机。
思君如满月，夜夜减清辉。

"自君之出矣"是一句古诗，张九龄接着往下写，说自从你（丈夫）出去当兵之后，我就不再去摆弄织布机了，我对你的思念就像天上的一轮满月，从此夜夜减少光辉。女诗人陈玉兰有一首《寄夫》：

> 夫戍边关妾在吴，西风吹妾妾忧夫。
> 一行书信千行泪，寒到君边衣到无？

丈夫在边关戍守，秋风起了就担心丈夫在外寒冷无衣，于是女子赶紧给丈夫寄寒衣，还一边叨念，我的书信该与衣服一起到了你手中了吧？深情、执着、温柔、善良，你看这样的女子多么值得珍惜！

王维的《伊州歌》：

> 清风明月苦相思，荡子从戎十载余。
> 征人去日殷勤嘱，归雁来时数附书。

十年在家中苦苦相守，为的是等待你出门时的一句承诺，可是至今却还没有你的书信寄来。这是何等高尚的自我牺牲。唐人信守婚姻的承诺如此真诚忠贞。

爱情具有强烈的排他性，不能同时爱上几个异性。李益的《写情》：

> 水纹珍簟思悠悠，千里佳期一夕休。
> 从此无心爱良夜，任他明月下西楼。

因为心中只有你，所以对周围的任何事物都失去兴趣，唐人爱情的专一令人赞叹。爱情最值得珍重的是它有理想的模式。白居易《长恨歌》告诉我们："在天愿作比翼鸟，在地愿为连理枝"是人类爱情最高贵的范式。而李商隐的无题诗则揭示出爱情无论遭遇多少阻隔，哪怕是绝望的境地，都要坚持，坚持到地老天荒，在李商隐的心中，带着一点殉情的悲剧性爱情最值得珍惜。请看这些诗句：

> 身无彩凤双飞翼，心有灵犀一点通。（《无题》）
> 刘郎已恨蓬山远，更隔蓬山一万重。（《无题》）

春心莫共花争发，一寸相思一寸灰。（《无题》）

春蚕到死丝方尽，蜡炬成灰泪始干。（《无题》）

读着这些诗句，令人想起林黛玉和贾宝玉之间那种一生只有一次的爱情，绝望之中永远不放弃追求，这是人类情感最高贵的地方。追求心心相印的伴侣是人类爱情的理想。

最后，让我们读读唐人无名氏的《金缕曲》：

劝君莫惜金缕衣，劝君惜取少年时。

有花堪折直须折，莫待无花空折枝。

同学们，珍惜时光，珍惜青春的黄金岁月，做一点自己想做的且对别人有意义的事，为自己的人生增添光彩，给深爱着你的人们一个满意的交代。愿你活得更加精彩！

第一讲　孟浩然诗的"清"境之美

　　虽然不能说一个作家生活的地域环境会决定他创作的最终趋向，但是，长期浸润于某种生活环境，尤其是一种山清水秀的美丽风景之中，其诗歌、散文很难不受这些自然景物的影响。谢灵运诗歌与永嘉山水的原生态风貌，陶渊明诗文与庐山、浔阳地区的山水田园风光，谢朓诗歌与宣城地区的秀丽景物，其间充满某种必然的联系已是不争的事实。山清水秀、林壑幽深、文物殷盛、隐逸成风的汉水流域的历史文化名城襄阳，既是盛唐诗人孟浩然生活隐居的地方，又是他心灵栖居的理想归所，此地深厚的历史文化积淀、清新秀美的自然风物及恬淡真纯的田园氛围，正是孕育孟浩然诗歌春容平淡、清醇雅洁风格的三重酵母。中年以后，孟浩然又沿江东下并长期漫游吴越地区，像长江流域的庐山、新安江流域的建德、钱塘江流域的杭州以及天台山、绍兴、永嘉等地也都是满眼清江绿树、岚烟翠峰、红花玉人、藻荇稻香的充满诗意的洁净无尘的环境，这无疑对孟浩然诗歌的总体格调会产生深远影响。这一讲探讨孟浩然"清"诗的艺术美，并揭示其形成的主观及客观原因。

一、 孟浩然其人其诗皆具有"清"品之美

　　文学史上"诗如其人"的佳例很多，孟浩然就是一个典型。他清纯磊落的个性与他那清新雅洁的诗歌意境非常相合，一直是人们谈论的话题。孟浩然与王维并称"王孟"，不仅因为他们的山水田园诗在继承陶渊明、谢灵运及谢朓之后，有新的艺术创辟，成为盛唐山水田园诗派的杰出代表，而且因为他们崇尚隐逸，且有深厚的友谊。孟浩然年长于王维，所以为王维、李白等年轻诗人所景仰。据宋人葛立方《韵语阳秋》卷十四记载，王维当年曾在绢丝上画孟浩然像，此画为毗陵孙润夫所收藏，上有王维题记，还有太子文学陆羽在唐贞元某年正月二十一日的序，此幅名画题为《襄阳孟公马上吟诗图》，后来南宋张泊再题识，其中有云：

虽缣轴尘古，尚可窥览。观右丞笔迹，穷极神妙。襄阳之状，颀而长，峭而瘦，衣白袍，靴帽重戴，乘款段马，一童总角，提书笈负琴而从，风仪落落，凛然如生。①

此画是王维真迹还是宋人摹本并不重要，重要的是上面引用的一段话所描写的画中孟浩然肖像和精神面貌与我们想象的孟浩然形象非常合拍。可以用"清凛""清峭""清简"等词来概括孟浩然的形象与品格特点，一句话，他就是一个品性高"清"的人。再看孟浩然的诗歌，其风格继承了陶渊明的冲淡浑朴，并增添了清秀幽静的新特色，形成具有盛唐意蕴的浑融完整的意境。孟诗不仅意境清远高妙，而且语言也逸韵隽永，成为清代王士禛推崇的神韵派的宗师代表。王士源《孟浩然集序》曾说：

孟浩然……骨貌淑清，风神散朗。救患释纷以立义表，灌蔬艺竹以全高尚。交游之中，通脱倾盖，机警无匿。学不为儒，务掇菁藻；文不按古，匠心独妙。五言诗天下称其尽美矣。间游密省，秋月新霁，诸英华赋诗作会，浩然句曰："微云淡河汉，疏雨滴梧桐。"举座嗟其清绝，咸搁笔不复为继。②

在王士源眼中，孟浩然不仅是"骨貌淑清"的高尚之人，而且他的诗更臻"清绝"的艺术境界。用"清"来评价孟浩然其人其诗已经成为唐人的通识，比如李白的《赠孟浩然》："吾爱孟夫子，风流天下闻。红颜弃轩冕，白首卧松云。醉月频中圣，迷花不事君。高山安可仰，徒此揖清芬。"③其中"清芬"一词可以说是对孟浩然人品与诗歌的双重赞美。杜甫在《解闷十二首·六》中也赞美孟诗是"清诗句句尽堪传"④。清新秀雅的佳句传布人口，自然也使人对孟浩然那清简洒脱的襟怀产生无限的神往。孟浩然的高标节操、淡泊襟怀与他诗歌的真纯淡雅是紧紧结合在一起的，甚至人与诗已融合成一个难以分割的整体，所以闻一多称赞说："淡到看不见诗了，才是真正孟浩然的诗，不，说是孟浩然的诗，倒不如说是诗的孟浩然，更

---

① [清]何文焕辑《历代诗话》（下册），第594页，中华书局1981年版。

② [唐]孟浩然著，徐鹏校注《孟浩然集校注》，第1页，人民文学出版社1998年版。

③ [唐]李白著，瞿蜕园、朱金城校注《李白集校注》（上），第593页，上海古籍出版社1980年版。

④ [清]杨伦《杜诗镜铨》，第815页，上海古籍出版社1998年版。

为准确。"①这种浑融一体的"淡"与"真"是相结合的，不妨说都是建立在人品、诗品双清基础上的。

既然孟浩然人清诗亦清，那么，其诗的"清"境有哪些具体内涵呢？

二、孟浩然诗歌"清"境的八种类型

"清"，据清人王筠《说文句读》，是"朖（朗）"的意思，即《释言》所说的"明朗"义，"水清必明，故以朖释清也。"《文子》说："清之言明，杯水见眸子；浊之言阇，河水不见泰山。"所以王筠认为"清"是指"澂（澄净）水之皃（貌）"，即"清"是形容水的澄净清澈透明宁静。②后转义形容人的品格高洁、清廉、公正等。再后，"清"被引入文学批评的审美领域，遂大放异彩，成为组合能力极强的单音词，据蒋寅《清——古典诗美学的核心范畴》一文统计有"清淡、清秀、清润、清寂、清峭……"等86种之多。③孟浩然诗歌当然不可能囊括这所有的"清"境，今根据阅读感受，简要概括为八种类型，可能几类相互之间亦有交叉，只是大致区分而已。

（一）清雄：清空雄伟

"清雄"一境，强调在"清"的基础上呈现出一种恢宏磅礴的气象，孟浩然是唐诗的大家，描写景物既可以是气势雄伟的大境界，也可以是宁静细微的小世界，多副笔墨使他能够悠游自如地状物抒情。堪称"清雄"的如著名的《临洞庭》：

> 八月湖水平，涵虚混太清。
> 气蒸云梦泽，波撼岳阳城。
> 欲济无舟楫，端居耻圣明。
> 坐观垂钓者，徒有羡鱼情。

这首诗的诗题一作《望洞庭湖赠张丞相》，张丞相又有指"张九龄"或"张说"两说。今不将此诗作为写景抒怀的酬赠干谒之作，而当作单纯的写景

---

① 闻一多《唐诗杂论·孟浩然》，第31页，上海古籍出版社1998年版。
② ［清］王筠《说文句读》卷二十"水"部（第三册），中国书店1983年版。
③ 蒋寅《古典诗学的现代诠释（增订本）》，第81—82页，中华书局2009年版。

抒怀诗，故此，全诗结构显得特别浑融完整。前四句描写洞庭湖气象万千的雄浑景象，磅礴万钧，力透纸背；后四句抒发自己求仕不得的隐衷，感慨深沉。情景交融，浑融一体。人们总是将"气蒸"一联与杜甫《登岳阳楼》的"吴楚东南坼，乾坤日夜浮"一联进行比较。可以看到：杜甫的诗句虽然写得气象宏大，境界壮阔，但显得动荡不宁，暗喻干戈不息、乾坤颠簸的深沉忧虑，带有杜甫乱世漂泊的印记；而孟诗的境界雄浑壮阔，气象雄放，"蒸"、"撼"二字写出洞庭湖的巨大力量，表现大唐盛世蒸蒸日上的气象，激发诗人建功立业的雄心壮志，为后面的抒发感慨做铺垫。面对清空雄伟、烟波浩渺的洞庭湖，诗人自然产生意欲"垂钓"建功立业的强烈愿望，但缺乏舟楫又使他产生一些"徒有羡鱼"的惶惑与苦闷，不过含蓄委婉的比喻中并没有一丝奴颜婢膝的姿态，相反却表现出对自己的高度自信，这正是盛唐人特有的精神风貌，即使有苦闷也是强者的苦闷。这首诗大气磅礴，境界雄奇阔大，但显然建立在"涵虚混太清"的洞庭湖清波澄澈与万里蓝天清空明净的背景上，或者说正是这样的"清"境，才产生出盛世特有的豪迈情怀。

又如《彭蠡湖中望庐山》写清晨在彭蠡湖中流眺望庐山的景象："太虚生月晕，舟子知天风。挂席候明发，渺漫平湖中。中流见匡阜，势压九江雄。黯黮凝黛色，峥嵘当曙空。香炉初上日，瀑布喷成虹。"也是在清旷"太虚"与"渺漫平湖"的背景下，写出庐山耸立中流、势压九江的宏伟气势，以及瀑布在旭日东升霞光万道的背景下，飞珠溅沫地形成云蒸霞蔚的壮丽彩虹。这可以说是孟浩然心中诗化的庐山与瀑布，清晨清流与高山大瀑统一于清空的背景下，显得气象无比峥嵘。此外，像被王士禛誉为"羚羊挂角，无迹可求"的《晚泊浔阳望香炉峰》，虽无一个"清"字，但是"常读远公传，永怀尘外踪"一联，却暗示了一种超尘脱俗的清澈明净的人格，与日暮时分从香炉峰东林精舍传来的清脆钟声，依然形成一种清空雄浑的境界，与洞庭湖的清雄相比，只是此诗显得空灵虚阔一些罢了。

（二）清旷：清新旷远

"清旷"一境，重心落在一个"旷"字上，它展现的是在清的背景上，呈现出一种清新旷远的境界。如小诗《宿建德江》：

移舟泊烟渚，日暮客愁新。

野旷天低树，江清月近人。

写傍晚泊舟建德江，异乡漂泊思念家乡的淡淡忧愁。首二句写将小船渐渐靠近傍晚炊烟袅袅的江中沙洲，那里茂林修树掩藏着温馨的农家村庄，牛羊归圈，鸡鸭回笼，渔人收桨，孩子们围绕灯下游戏，这是浩然多么熟悉和神往的田园情景啊！而此刻，漂泊异乡的诗人，却不得不夜宿江边，品味游子的孤寂，于是一缕乡思愁绪油然而生。后二句颇能显示孟浩然的胸襟和气度，他以小视点看大世界，小中见大，野旷天低虽显出个人的渺小，而江月近人则表现出大自然对诗人的温存。人与自然和谐相处，情景交融。完全没有崔颢在黄鹤楼上低吟"日暮乡关何处是，烟波江上使人愁"的浓重悲苦情怀。"野旷天低树"，一个"旷"字，既写出原野的空旷辽阔，也写出了诗人心境的旷达通脱，而这种超旷正是建筑在"江清月近人"清新温暖的背景上。因此，一个无限空阔的陌生世界，收拢聚集在这江边的一叶小舟和一轮明月的倒影之上，也将一个万象缤纷的世界浓缩进孟浩然那淡泊从容的心中。从某种意义上说，正是因为建德江清秀宁静的环境与故乡汉水流域襄阳城附近的涧南园有高度的相似性，加上大唐社会整体上和平宁静的时代氛围，才使孟浩然消解了远离故乡的愁情，让他感到，河山处处蕴清和，随遇温馨即故乡。建德江的清江明月与旷野绿树，渔火灯影与炊烟暮岚，建构了慰藉孟浩然孤寂心灵的精神家园。

　　如果说这首小诗是从视觉来写清旷境界的话，那么他的另一首小诗《春晓》则是从听觉来感知窗外的那个百花缤纷的奇妙世界："春眠不觉晓，处处闻啼鸟。夜来风雨声，花落知多少。"全诗虽然没有一个"清"字，但是无论构思还是意境，你都会感觉是一首构思清简、意境清新的好诗。首二句写一觉酣眠醒来，窗外竟然是百鸟喧鸣的世界，令人想起春雨初霁的清晨，那清新湿润的空气，那青翠娟洁的竹林，那潺湲欢快的溪流，那花红柳绿的芳野，那清脆甜美的歌声，总之是一个五彩缤纷的清新明媚的世界！后二句忽然想起昨夜的风狂雨骤，该有多少美丽的花朵遭到摧折啊，于是一种浓重的护花惜春之情油然而起。虽然诗人并没有离开温暖的被窝，但他却分明运用听觉描写和心理推测，从虚处展现出一个清新旷远的春天的世界，与上首诗将大自然收拢进心灵的模式相反，这首诗却是将心灵放飞，进入无边的窗外世界，通过曲折的心路历程，将一个清旷明丽、无限阔远的意境呈现在自由的想象之中，而这一切也都建筑在

"清"的背景上。

（三）清淡：清丽淡雅

"清淡"一境，着力点是在清的基础上，呈现出一种明丽淡雅的韵味，但又不是那种平淡无味的"淡"，而是蕴涵味外之味的那种"淡"，产生令人回味的意蕴。如《万山潭作》：

> 垂钓坐磐石，水清心益闲。
> 鱼行潭树下，猿挂岛藤间。
> 游女昔解佩，传闻于此山。
> 求之不可得，沿月棹歌还。

万山，即汉皋山，在襄阳西。万山潭，在万山脚下，潭水清澈见底。这里有郑交甫遇神女的传说，据《韩诗外传》："郑交甫将南适楚，遵彼汉皋台，遇二女，佩两珠，交甫目而挑之，二女解佩赠之。二女与交甫，交甫受而怀之，超然而去，十步循探之，即亡矣。回顾二女，亦即亡矣。"[1]由此可见，万山潭是个山清水秀且充满神话色彩的地方。孟浩然常常来此处荡舟垂钓，既欣赏秀美的自然风物，更驰骋想象，要神味此处神奇的文化意蕴。首二句写坐在巨大磐石上垂钓，潭水清澈见底，四周的绿树翠竹、芳草藤萝倒映水中，形成丝绸那样柔软的绿色翡翠，诗人的心境也变得格外的闲逸；次二句写所见，锦鳞穿梭于空明澄澈的水中，在潭中树影里从容游乐，猿猴们呼朋引伴在藤萝之间嬉戏追逐打闹，好不欢快，这哪里是钓鱼，简直是来欣赏山水风景；三联却神往此地流传甚广的郑交甫在汉皋遇神女的故事，从虚处写出万山潭朦胧迷幻的文化氛围，而这正是诗人心态闲逸、没有机心、不刻意追求在现实世界有所得的超然心境的产物；最后二句说虽然神女难以再遇，不免一丝遗憾，但是诗人依然那样超脱，摇着小桨，披着月光，唱着心灵的歌，返回温馨的家园。显然，诗人因钓鱼而前往，但意不在鱼，而在乎山水之间也，更在乎精神上的满足。诗人遨游其间，山水、动物清丽可爱，神女神话，真幻交织，清新淡雅，心旷神怡，俨然是孟浩然的一帧生活小照。这首诗正是闻一多极赞"真孟浩然不是将诗紧紧的筑在一联或一句里，而是将它冲淡了，平均分散在全篇中"

---

[1] 转引自王达津《王维孟浩然诗选集》，第157页，上海古籍出版社2012年版。

的佳例，并说孟浩然不是在写诗，而是"在谈话而已。甚至要紧的还不是那些话，而是谈话人的那副'风神散朗'的姿态。……得到了'诗的孟浩然'便可以忘掉'孟浩然的诗'了"①。这样的诗在孟集中较多，如《初春汉中漾舟》："羊公岘山下，神女汉皋曲。雪罢冰复开，春潭千丈绿。轻舟恣往来，探玩无厌足。波影摇妓钗，沙光逐人目。倾杯鱼鸟醉，联句莺花续。良会难再逢，日入须秉烛。"首二句引用羊祜登岘山堕泪树碑、交甫汉皋遇神女解佩的典故，营造一个神秘虚幻、遥远幽邃的文化氛围。然后继二句描写冰雪融化、溪水初涨、春潭清澈碧绿的现实真境，接着写他带着歌妓，荡舟往来于山光水色的画境里，恣意欢乐，饮酒赋诗，陶醉于波影沙光、游鱼飞鸟、莺歌花香的美妙春景之中。最后说良辰美景欢会难再，要秉烛夜游。可以看出，孟浩然纵情山水"风仪落落"的真性狂态，虽然此诗涂抹了一些丽色，但是底色还是"真孟浩然"的那种清淡雅洁的襟怀。还有《登江中孤屿赠白云先生王迥》中"悠悠清江水，水落沙屿出。回潭石下深，绿篠岸傍密。鲛人潜不见，渔父歌自逸"；《途中遇晴》中"天开斜景遍，山出晚云低。余湿犹沾草，残流尚入溪。今宵有明月，乡思远凄凄"，等等，无不充满清丽淡雅的隽永韵味。

（四）清凛：清迥凛冽

"清凛"一境，比较独特，主要着力点在整体环境清空迥远的背景下，表现一种清寒凛冽的氛围或对环境独特的感受，这种境界多呈现秋天的景象。如名作《与颜钱塘登障楼望潮作》：

> 百里闻雷震，鸣弦暂辍弹。
> 府中连骑出，江上待潮观。
> 照日秋云迥，浮天渤澥宽。
> 惊涛来似雪，一坐凛生寒。

颜钱塘，即钱塘县令颜某，名不详。钱塘障楼，即浙江杭州的樟亭驿楼，在县南五里，是唐代浙江观潮胜地。据《元和郡县图志》记载："江涛每日昼夜再上，常以月十日、二十五日最小，月三日、十八日极大，小则水渐涨不过数尺，大则涛涌高至数丈。每年八月十八日，数百里士女共观，舟

---

① 闻一多《唐诗杂论·孟浩然》，第30—31页，上海古籍出版社1998年版。

人渔子溯涛触浪，谓之弄潮。"又《浙江通志》也说："潮水昼夜再上，奔腾冲激，声撼地轴。郡人以八月十五日倾城观潮为乐。"鸣琴，喻县政治理，《说苑》："宓子贱治单父，弹琴身不下堂，单父治。"此诗写于开元十八年（730年）八月，记录了作者与颜县令等人在樟亭驿楼上观潮情景。首联叙写钱塘江大潮将要到来时，如滚滚轰雷威震百里的巨大声势，于是激起了县令观潮雅兴，急忙停下公务带领部属与浩然一起前往观潮，未见潮来却先惊观众，取得了先声夺人的艺术效果；次联写县衙内众吏连骑并出，来到江上等待观潮，浩大的阵势与静静地等待，既写出人们屏息期待潮来的情态，又轻荡一笔铺垫蓄势；三联转而描写秋景，阳光照耀下，蓝天高远，白云飘浮，大江仿佛颠簸摇晃，显得那么宽阔渺远，如此阔大的清空渺远境界，为大潮的到来作背景烘托；末联才正面描写惊涛，它奔腾轰鸣，排山倒海如银堆崩雪，一股凛冽的寒气迎面扑来，仿佛天地之间都被这股清凛的寒气包裹起来了，那天下奇观的浙江潮声势何其威猛，境界何其清迥凛冽啊！孟浩然写出了观潮的独特而奇妙的感受，令人回味无穷。可以说在所有的描写观潮的诗中，孟浩然对大潮扑来时清凛氛围的表现是最成功的。又如《早寒江上有怀》："水落雁南度，北风江上寒。我家襄水曲，遥隔楚云端。乡泪客中尽，孤帆天际看。迷津欲有问，平海夕漫漫。"这首诗写在江水枯退、北雁南飞、北风呼啸、江面清寒凛冽的背景下，诗人与好友张子容分别回乡时的愁苦情怀，乡路远隔万水千山，孤帆漂泊天际，而眼前"平海夕漫漫"的苍茫迷离景象，更让人产生怅然若失的情感，而含蕴这种浓重愁绪的正是无限清凛的秋境，秋气之凛冽与心境的苦寒是异质同构的对应关系。还有像《渡扬子江》中"海尽边阴静，江寒朔吹生。更闻枫叶下，淅沥度秋声"，也是刻画清迥凛冽的秋境，并通过听觉写出了大江尽头的江岸宁静萧瑟，寒冷的北风掠过江面，呼啸奔腾，那红透了的枫叶，随风飞转，发出淅淅沥沥的悲鸣，有力地烘托了诗人漂泊江海的凄楚情怀。

（五）清幽：清境幽静

"清幽"一境，偏重幽静的环境氛围，孟浩然与盛唐其他诗人一样，也好游寺庙兰若，这些庙宇往往藏在深山幽谷之中，幽静的清境是其典型特色。像常建《题破山寺后禅院》所描写的"曲径通幽处，禅房花木深"，王籍《入若耶溪》所描写的"蝉噪林逾静，鸟鸣山更幽"等就是最好的注脚。孟浩然更擅长描写清幽之境，如《题大禹寺义公禅房》：

> 义公习禅处，结宇依空林。
> 户外一峰秀，阶前群壑深。
> 夕阳连雨足，空翠落庭阴。
> 看取莲花净，应知不染心。

大禹寺，在今浙江绍兴市东南十四里会稽山上，其自唐以来为名刹。义公，即大禹寺高僧。禅，是梵语"禅那"的省称，意译"思维修"，即静思之意。习禅，即参禅打坐，静思灭虑，进入万象皆空的"禅境"。此诗写于开元十九年（731年）游会稽时，以环境的清幽烘托主人公高洁的品格，传达出诗人对佛法的礼赞。首联交代义公参禅的处所，结构于幽静清空的高山深林之中，这个"空"字，并不是空无一物，而是洁净空灵、人迹罕至的一片净土；次联写小小庙宇的优美环境，敞开门户远眺，碧蓝如洗的天空中，一座苍翠秀丽的山峰扑入眼帘，仿佛送来阵阵曼妙清雅的灵气，再俯视台阶之下，则见众峰连绵低伏，群壑幽深，仿佛掩藏着无限的神秘；三联最见精彩，夕阳的余晖浑红灿烂，那沿着山峰轮廓线斜射的金色光柱与骤雨停歇后"雨脚"的丝丝余点交融在一起，闪烁的雨丝形成串串缤纷的彩圈，而浓密高耸的暴雨洗涤后的翠树，则将绿荫覆盖在空明洁净的庭院，这哪里是人间，分明就是九天高处的仙境！最后说，看那小池中莲花的清雅纯净、清芬袭人，应该知道义公的心灵没有受到人间微尘似的欲念的污染。可见孟浩然漫游山寺佛境，也深受佛法的影响，对佛家清静空寂境界充满了精神上的皈依。

　　如果说此诗表现的是佛门清幽洁净境界的话，那么《夜归鹿门歌》则体现了充满道家清静幽居的氛围。"山寺钟鸣昼已昏，渔梁渡头争渡喧。人随沙岸向江村，余亦乘舟归鹿门"，这开头四句清空超旷，散朗飘逸。黄昏时分，夕阳西下，山寺钟鸣仿佛是一种讯号，正当人们劳作收工在鱼梁争渡、沿着沙堤回归温馨家中的时候，而孟浩然则踏着紫红的余晖，要前往隐居的鹿门山，在他的视野中那人间的情景，虽然拥有"故人具鸡黍"那种温馨甜蜜的氛围，但却是一个嘈杂喧嚣的地方，远远没有鹿门隐居的宁静清幽，显然可见孟浩然淡眼看人间的潇洒超脱襟怀。接下来的四句"鹿门月照开烟树，忽到庞公栖隐处。岩扉松径长寂寥，唯有幽人自来去"，描写月亮升上了天宇，清亮的月光，照透了鹿门山朦胧神秘的树林，洞开了一片神奇的新天地，忽然之间就来到了庞德公当年隐居的地方，仿佛从遥远的历史深处飘来一缕庞公高情厚德的芬芳，尽管此处的山岩和松树长久以来是寂寞寥落的，但是他的灵魂却独自来往于天地之间，而今我也步着庞公的足迹，在这与尘世隔绝的清幽寂静的山林，要与庞公的神灵高会，这表明孟浩然彻底领悟了"遁世无闷"的妙趣和真谛，躬身实践了庞公"采药不返"的道路和归宿，心里充满一种悠然自得的满足感。从整首诗的意境来看，孟浩然通过营造清幽的自然环境，来表现他隐逸超脱的旷世高情，达到了很高的艺术造诣。

（六）清净：清静洁净

"清净"一境，与上面的"清幽"有难以分开的一致性，只是后者着重在"幽静"，而前者着眼于"洁净"，清幽偏重客观环境，清净偏重主观感受。如名作《宿业师山房待丁公不至》：

> 夕阳度西岭，群壑倏已暝。
> 松月生夜凉，风泉满清听。
> 樵人归欲尽，烟鸟栖初定。
> 之子期宿来，孤琴候萝径。

题中的业师为襄阳龙泉寺僧，丁公即丁凤，开元间乡贡进士，孟浩然的同乡诗友。此诗因待友不至而作，情景交融，富有层次感。首联描写夕阳西下的景象，群山万壑忽然变得昏暗，一个"倏"字表达真切独特的感受，且暗示等待时间很久。次联是孟诗名句，令人想起左思《招隐诗》中"非必丝与竹，山水有清音"的佳句，明月照松间，清风习习，带来夜晚的凉意；松涛阵阵，泉声潺湲，风声泉声充满了悦耳的清音，这是何等清极净极的境界，还让人充满审美的愉悦。三联写樵人下山回家，鸟儿也在暮霭中归巢了，正是陶渊明《饮酒》中"山气日夕佳，归鸟相与还"的时刻，又是何等静极的境界，并充满温馨愉悦之感。尾联写诗人携琴独坐松萝烟霏的小径，等候知音丁大的践约前来夜宿，充满深情雅意的期待。这首诗展现环境清静雅洁，山水清音悦耳，深情等待知音，情感纯净雅致。

又如那首著名的《夏日南亭怀辛大》：

山光忽西落，池月渐东上。

散发乘夜凉，开轩卧闲敞。

荷风送香气，竹露滴清响。

欲取鸣琴弹，恨无知音赏。

感此怀故人，中宵劳梦想。

辛大，指辛谔，是诗人同乡好友。志趣十分投合，辛谔又妙解音律，故孟浩然视之为真正的知音，每有感兴，都愿向他倾诉。此诗写夏夜水亭纳凉，因景物触发，心有所感，立即想到他。高雅纯净，境界清远，又追求知音的心灵共鸣，故清绝高洁。尤其"荷风送香气，竹露滴清响"一联最为典型，夏天的夜晚，水池旁高轩闲敞，沐浴之后高卧凉榻，清风徐来，水波潋荡，映着月色的荷塘传来阵阵清香，四周是苍翠的凤尾竹，竹叶上的露珠滴落石板上，发出清脆的响声。月光、凉风、荷香、翠竹、清露、脆响，构成一个凉爽洁净、清纯高雅的境界。如果说陶渊明所写的"羲皇上人"是闲适高古的隐士的话，那么孟浩然的自画像则是盛唐时代"开窗高卧"的山林隐士。李白诗句"红颜弃轩冕，白首卧松云"颇能表现孟浩然超然物外的精神境界。另外，这首诗用响亮、清脆、下坠收声的仄韵，高而闭，响而促，虽然高朗，但往往缺乏悠长远神的余韵，而孟诗却给人高朗明净、真挚清纯的韵味。因为孟浩然诗歌的内核，有一股浩然充沛的气脉，淌出一股沁人心脾的情感之流，滋润着人们的心田。诗中洋溢着一股特有的和平宁静、甜蜜温馨的氛围，正是健康明朗的盛唐时代标记。

（七）清逸：清新逸兴

"清逸"一境，在清的背景下，主要体现主人公的逸兴雅怀，或闲适情态，如《耶溪泛舟》：

落景余清辉，轻桡弄溪渚。

澄明爱水物，临泛何容与。

白首垂钓翁，新妆浣纱女。

看看未相识，脉脉不得语。

若耶溪，在今浙江绍兴市南二十里，出若耶山下，向北注入镜湖。相传西施曾浣纱于此，故又名浣纱溪。这里水至清，映照众山倒影，五彩缤纷如画，是越中风景名区，尤其落日天净，余晖辐照，溪水更为清明透亮。此诗写于开元十九年（731年）孟浩然游吴越期间，以轻淡简洁的笔触，描绘出一幅水乡风情画，读来如南朝乐府民歌。首联写太阳落山了，清亮的余晖铺在清澈见底的若耶溪上，诗人荡舟水面欣赏傍晚美景；次联写喜爱水中千姿百态的水草和游鱼，在水面徘徊不忍离去；三联写水乡人物的悠闲情态，白头老翁正在聚精会神垂钓，刚刚沐浴更换新装的少女正在溪边浣纱洗衣；尾联抒发想与他们相识而没有机缘的遗憾，表现诗人对耶溪人家宁静安详生活的向往。诗中一派清新闲适的逸兴，也体现开元盛世宁静水乡恬静安闲、富于诗意的氛围。

  又如《游凤林寺西岭》："共喜年华好，来游水石间。烟容开远树，春色满幽山。壶酒朋情洽，琴歌野兴闲。莫愁归路暝，招月伴人还。"因为珍惜风华正茂的青春岁月，故与情感欢洽的好友来山水之间遨游，享受大自然的天籁清音。真可谓日出烟开香风满，远树芳姿入眼帘，春山冶艳妆若画，琴歌野趣兴空前。更妙的是，浩然与友人饮酒弹琴、自在从容，不知夜晚之将至，竟然要"招月伴人还"，好一个"招"字，气势豪迈，居然要对明月颐指气使，真给人逸兴遄飞的飘逸感。明人许学夷《诗源辨体》曰："浩然造思极精，必待自得。故其五言律皆忽然而来，浑然而就，而圆转超绝矣。"[①]"自得"正是孟浩然豪情逸兴的底色与内蕴。孟浩然喜欢在明月之下，沐浴清辉，放纵情怀，放松心态，施闰章《蠖斋诗话》说："浩然'沿月棹歌还'、'招月伴人还'、'沿月下湘流'、'江清月近人'，并妙于言月。"[②]孟浩然喜爱月下泛舟，这与盛唐诗人王昌龄喜欢在月中送别、李白喜欢邀月对饮，同一机杼，因为盛唐是一个充满展望的时代，诗人们的心胸是向外面世界敞开的，加上明月的洁净清纯，可以象征一种光明皎洁的人格，而孟浩然等人都有心地坦荡、真率自然、绝无矫饰的个性，所以才在明月的身上寄托了高洁的人生理想。

  再如一首有争议的《微雨》[③]："片雨拂檐楹，烦襟四座清。霏微过麦

---

  ① ［明］许学夷著，杜维沫校点《诗源辨体》，第215页，人民文学出版社1987年版。

  ② 转引自王达津《王维孟浩然选集》，第165页，上海古籍出版社2012年版。

  ③ 这首诗精致工整，气态神闲，"萧瑟"一词不合孟浩然习惯，可能不是孟诗，应该是中唐诗僧皎然的作品。但《全唐诗》归于孟浩然名下。

陇，萧瑟傍莎城。静爱和花落，幽闻入竹声。朝观趣无限，高咏寄闲情。"对微雨观察细致入微，雨丝飘拂于屋檐楹柱之间，轻烟一般笼罩着麦田、莎城，淅淅沥沥的发出萧瑟的微吟，诗人喜爱微雨细润花朵、飞入竹林的情态，更喜爱微雨霏霏的时候襟怀淡泊、四座清逸的闲适生活，故此兴味空前，要"高咏寄闲情"。虽与孟浩然诗歌主体格调有差异，但恰到好处地表现了孟浩然追求清逸的境界，也是难得的佳作。

（八）清兴：清秋兴发

"清兴"一境，主要揭示孟浩然创作清诗的动力源泉，与前面诸境或有交叉，或有包含。如《秋登万山寄张五》：

> 北山白云里，隐者自怡悦。相望试登高，心随雁飞灭。
> 愁因薄暮起，兴是清境发。时见归村人，沙行渡头歇。
> 天边树若荠，江畔舟如月。何当载酒来，共醉重阳节。

044

张五即张谔，早年隐居于襄阳，后隐居长安及洛阳，与王维过从甚密，是孟浩然的好友。首联引用梁代陶弘景诗"山中何所有？岭上多白云。只可自怡悦，不堪持赠君"，来表明自己悠游白云，以全高尚的人生旨趣，一个"自"字，写出了孟浩然的"自得其乐"的精神状态；次联写秋空万里净无云的时刻，登高相望好友隐居的山峰，思念之情油然而生，只好托大雁带去自己的情意，但是雁鸣声声消失在遥远的天际；三联"愁因薄暮起，兴是清境发（一作兴是清秋发）"抒发薄暮思友但知音不来的淡淡愁怀，而眼前的空阔清境却引发了自己的诗兴；接下两联写山顶所见清旷景象，尤其是"天边树若荠，江畔洲如月"两句，虽然模拟隋代薛道衡诗句"遥原树若荠，远水舟如叶"，但青出于蓝，正如王达津先生所言"颇入画境，风神清美"[1]。不仅比喻形象贴切，境界比薛道衡诗更为开阔，而且诗中有画，符合透视原理。[2]最后两句期待友人载酒前来，共醉重阳佳节。这是一首情清、境清、兴清、思清的好诗，虽有淡淡愁情，但情感真挚动人，更重要的是揭示了孟浩然创作的心理动力是"清境兴诗"，孟浩然的创作心路

---

① 王达津《王维孟浩然选集》，第162页，上海古籍出版社2012年版。

② 王维《山水诀》："凡画山水，意在笔先。丈山尺树，寸马分人。远人无目，远树无枝，远山无石，隐隐如眉，远水无波，高与云齐。此是诀也。"参赵殿成《王右丞集笺注》卷二十八，第490页，上海古籍出版社1998年版。

历程：薄暮景色引起愁思；清秋境界兴发诗情。这是情起于物感、物融于情境的典型表现。正如刘勰《文心雕龙·物色》所言："春秋代序，阴阳惨舒，物色之动，心亦摇焉。……若夫珪璋挺其惠心，英华秀其清气，物色相召，人谁获安？是以献岁发春，悦豫之情畅；滔滔孟夏，郁陶之心凝；天高气清，阴沉之志远；霰雪无垠，矜肃之虑深。岁有其物，物有其容，情以物迁，辞以情发。一叶且或迎意，虫声有足引心。况清风与明月同夜，白日与春林共朝哉！"①春夏秋冬四季物候交替，引发人们的情绪跟着变化，这具有普遍性，但是，对孟浩然来说，春天的舒畅与秋天的清愁，正是激发他诗兴的触媒，特别是阳春泛舟、清秋登高的时候，孟浩然的豪情逸兴最为酣畅淋漓。

三、孟浩然诗歌崇尚"清"境的原因探析

孟浩然非常喜爱这种清净澄澈的境界，除了上文分类列举的代表性作品之外，尚有大量描写"清"境界的诗句，如"迟尔长江暮，澄清一洗心"（《和张判官登万山亭因赠洪府都督韩公》）、"试览镜湖物，中流见底清"（《与崔二十一游镜湖寄包贺二公》）、"悠悠清江水，水落沙屿出"（《登江中孤屿赠白云先生王迥》）、"欲知清与洁，明月在澄湾"（《赠萧少府》）、"湖经洞庭阔，江入新安清"（《经七里滩》）、"勿剪棠犹在，波澄水更清"（《送韩使君除洪州都督》）等，长江、镜湖、清江、新安江、澄湾、清池，境界不分大小，都一律清净澄明，可见他对清水境界的神往，清澈的江水、湖水既可以使思虑与心境变得澄净透明，其中摇曳的藻荇、游鱼等水物还可以陶染性情，而明月映照澄静的水湾，还可以象征心地的纯洁明净，即在清澄的境界里找到了心灵皈依的处所。

孟浩然又是一个心底朗洁、性情天真的诗人，恬然宁静、高雅单纯的生活使他随时随处都充满豪情逸兴。他的逸兴既可以是欣赏山水清音，如"松泉多清响，苔壁饶古意"（《寻香山湛上人》）、"风泉有清音，何必苏门啸"（《题终南翠微寺空上人房》）、"阮籍推名饮，清风满竹林"（《听郑五愔弹琴》）、"百里行春返，清流逸兴多"（《陪卢明府泛舟回作》）、"周游清荫遍，吟卧夕阳曛"（《同王九题就师山房》）、"落日池上酌，清风松下来"（《裴司士员司户见访》）；也可以是弹琴或欣赏音乐，如"弦

① ［梁］刘勰著，范文澜注《文心雕龙注》，第693页，人民文学出版社1958年版。

歌既多暇，山水思微清"（《和张明府登鹿门山》）、"华烛罢燃蜡，清弦方奏鹍"（《夜登孔伯昭南楼时沈太清朱升在座》）、"香炭金炉暖，娇弦玉指清"（《寒夜张明府宅宴》），松泉清响、风泉清音、竹林清风、松下清风、百里清流与山水思清、华烛清弦、玉指弦清等等，凡是孟浩然生活游历的环境或者他生活中钟爱的高卧白云、吟诗饮酒、弹琴听乐，都喜欢这种"清"的境界、"清"的声音、"清"的曲调。总之，清的山水胜境或清的音乐境界，都能激发他的逸兴豪情。

我们知道，作家的创作，无不受其观念的制约，他选择什么来表达或忽略什么不加以表达，都是他心灵情感状态的外露，表面上看是一种内在自由的自然表现，但实际上是由他的生活环境和艺术追求来决定的。当然作家对前代文化艺术积淀的选择与继承也是一个不可忽视的因素。从孟浩然的情况来说，他生活的环境在汉水流域的襄阳，这里山清水秀、风物清美，其田园景物与风土人情肯定是决定性的因素，而他追慕的精神偶像又是崇尚并实践了隐逸山林、以全高尚的东汉名流庞德公，庞公的隐逸多少带着躲避战乱不愿与混乱时世和光同尘、不愿与尔虞我诈的黑暗官场同流合污的双重无奈，但他追求心灵境界的自由与超越却是具有范式意义的，其行为模式和高尚品德已经成为历史的积淀植根于当地人的心灵深处。尽管孟浩然生活的武周到开元盛世时期，社会上并无动乱纷扰，加上家境殷实富足，环境也安详宁静，先辈留下的基业使他无须辛苦劳作就能过上体面而有尊严的生活，但他在盛世却向往隐逸并付诸行动，虽然是当时的一种普遍的社会风气，但是如果不是心底真的爱好，即闻一多所说的"为隐居而隐居，为着一个浪漫的理想，为着对古人的一个神圣的默契而隐居"[①]，是很难解释的。另外，孟浩然的诗歌创作追慕的对象是东晋的陶渊明、晋宋之交的谢灵运和宋齐诗人谢朓，他们都以擅长田园或山水著称，这是孟浩然精神境界的又一重追慕。如果说对庞公的追慕仅仅体现在人格铸造和行为方式方面的话，那么，对陶、谢的追慕则体现在诗歌艺术理想方面。不妨说，孟浩然中年之后沿江东下漫游吴越，既是追寻三位诗人的历史足迹，也是以诗歌来实践其创作上的理想。加上，吴越地区的自然地理环境也是青山绿水，而且河网纵横，民风淳朴，这就更加强化了孟浩然对"清"的艺术理想的追寻。最后，还有一点，孟浩然喜欢游历佛寺道观，有很多佛道朋友，整体上看孟浩然还是渴望入世的，但他也说了很多

---

① 闻一多《唐诗杂论·孟浩然》，第28页，上海古籍出版社1998年版。

关于学无生之类的对佛教皈依的话，这也会影响他诗歌的意境。从具体创作来看，孟浩然仿佛主要是借佛门的清静境界来满足他心灵休息的需求，他的诗歌仍然是充满活泼的人间情趣的，他抱琴等待朋友来同宿佛寺就充满温馨的情调。当然佛门的空寂清净与道家追求的"三清"境界还是对他的诗歌产生了重要影响的。道家认为人天两界之外，别有三清"玉清、上清、太清"，都是神仙居住的仙境，孟浩然长期隐居肯定具有道教信仰，这种清洁如玉的"清"境，正是孟诗的境界。

综上所述，我们认为孟浩然诗歌"清"的艺术意蕴如下：首先，是一种"清"的人生境界，表现的是超然独立、清纯雅洁、清心寡欲、佛道双修的人生范式；其次，是一种"清"的最高物境，表现的是空气清新、清新明媚、清洁无尘的清虚灵境；再次，是一种"清"的诗歌境界，表现的是意境空灵、情思清澈、构思清简、语言清丽的诗歌新风格。

第一讲 孟浩然诗的『清』境之美

第二讲　王维诗歌的画境之美

一、王维的人生历程简述

　　王维（701—761年），字摩诘，蒲州（今山西永济）人。盛唐最有名望的诗人，天宝末期殷璠编选《河岳英灵集》所选二十四人中，王维列盛唐诗人之首，选诗16首，也是最多的，曾被唐代宗称为"一代文宗"，与李白、杜甫并称"盛唐三大家"。尽管从全部作品来看，王维的总体成就不及李杜，但是除李杜之外，盛唐诗人也没有超过王维的。王维与李杜相比，科举仕途算比较顺利，人生没有太多的跌宕起伏（除晚年陷贼之外），心境总体上比较平静，一直做到五品的给事中。加上他早慧，精通音乐，工诗善画，博学多艺，其才华得到唐玄宗御妹玉真公主及宁王李宪的青睐，年轻时期就出入王府宫廷，养成优雅沉稳的性格，他是盛唐时代全才诗人。

　　王维二十一岁登进士第，并释褐为太乐丞，到四十二岁弃官隐居终南山，可以算是他生命中的前期。总体上看是积极进取入仕为官，因遭挫折被迫归隐的时期。其中有两件大事对王维的思想影响很大：（1）二十二岁时，因伶人舞黄狮子越制，被贬为济州司仓参军，诗人对自己的非罪之贬感到愤懑不平，但在贬官期间结识了许多失意文士，对社会底层有了一些比较真切的认识；（2）开元二十四年张九龄罢相，结束了开元盛世的清明政治，开始了奸相李林甫弄权的昏乱黑暗统治时期，王维深感政治环境的险恶，产生了退出官场的想法。但是，总体说来，王维青壮年时代所生活的开元年间，社会经济繁荣，政治比较清明（姚崇、宋璟、张说、张九龄先后为相，号称盛唐四大名相），在这样一种社会环境的熏陶下，王维与其他盛唐诗人一样，沐浴着大唐的雨露阳光，具有积极向上的精神。即使在仕途遭遇挫折、弃官归隐的时候，他济世的抱负并没有消退。如《不遇咏》："今人作人多自私，我心不说君应知。济人然后拂衣去，肯作徒尔一男儿！"豪迈进取的时代精神刺激了诗人们激荡的情怀，产生了宏伟的理想，乐观的精神。王维这时期喜欢写边塞游侠诗（如《少年行四首》：（1）新丰美酒斗十千，咸阳游侠多少年。相逢意气为君饮，系马高楼垂柳边。（2）出身仕汉羽林郎，初随骠骑战渔阳。孰知不向边庭苦，纵死犹闻侠骨香。（3）一身能擘两雕弧，虏骑千重只似无。偏坐金鞍调白羽，纷纷射杀五单于。），也喜欢描写爱情和友谊（如《红豆》："红豆生南国，春来发几枝。愿君多采撷，此物最相思。"《九月九日忆山东诸兄弟》："独在异乡为异客，每逢佳节倍思亲。遥知兄弟登高处，遍插茱萸少一人。"）这些诗热情爽朗，富有蓬勃的朝气。不仅如此，他还写了许多关心现实政治的诗（如《献始兴公》："侧闻大君子，安问党与仇。所不卖公器，动为苍生谋。贱子跪自陈，可谓帐下否？感激有公议，曲私非所求。"），对张九龄任用贤能、反对朋比阿私的政治主张，由衷赞美，表现了比较进步的政治理想。

王维生命后期，于天宝元年出任左补阙，可能因为家有老母需要奉养，也可能因为隐居生活太清贫，故在此出仕为官，一直到安史之乱爆发，前后十三年之久，期间除母丧守服离职外，皆在朝廷任职，职位依迁升常规，由从七品的补阙升到正五品的给事中。由于李林甫、杨国忠相继专权，朝政日趋腐败黑暗，王维前期的进取之心和用世之志消减殆尽。李林甫为了剪除异己，巩固自己的地位而大兴冤狱，王维怕惹祸上身，处处谨小慎微，一方面他已经没有任何幻想，知道自己将无所作为，另一方面他又不愿意同流合污，而是企图逃避现实，因此采取"亦官亦隐"的方式，身在朝堂却心存山野，在辋川经营别墅，经常于公私闲暇游息中，过着半官半隐的生活。

这一时期，王维更加倾心于佛教，禅宗的清静观更加坚定了他的遗世之志。佛教的思想核心是一个"空"字，企图证明现实世界的一切都是虚幻不实的。佛教的空寂观，使他看破一切，任遇随缘，与世无争；同时也使他从中获得精神安慰，在焚香独坐、弹琴赋诗、逍遥山林之中，得以摆脱红尘的杂念，纠缠的痛苦，保持一种宁静闲雅的心境，禅宗的空静观和对生命的看法，让王维投身到大自然的怀抱里，用他的诗心画眼和生花妙笔，探寻自然美和发掘生活的乐趣。因此，他创作了大量的山水田园诗，奠定了他在中国山水诗史上的崇高地位。

天宝十五年，安史之乱爆发，这成为王维晚年生活的转折点。叛军攻占长安时，王维追驾玄宗不及，被叛军俘获，他服药取痢，被缚送洛阳，关押在龙门菩提寺。在寺中，对前来探问他的好友裴迪赋《凝碧池》诗，抒写内心的哀痛和对朝廷的思念。据《明皇杂录》记载：

> 天宝末，群贼陷两京，大掠文武朝官及黄门、宫嫔、乐工、骑士，于旬日获梨园弟子数百人。群贼因相与大会凝碧池，宴伪官数百人。陈御库珍宝，罗列前后。乐既作，梨园旧人不觉歔欷，相对泣下。有乐工雷海青者，投乐器于地，西向痛哭。逆党乃缚海青于戏马殿，支解以示众。闻之莫不伤痛。王维时为贼拘于菩提佛寺，闻之诗云："万户伤心生野烟，百官何日更朝天。秋槐落叶空宫里，凝碧池头奏管弦！"

　　从这首诗，我们可以看到，王维虽然未能像雷海青那样以死殉节，但他心里还是有民族情感的，他与驸马张垍、宰相陈希烈等投降变节者还是有本质区别的。不久，安禄山强迫王维做了伪给事中。这是王维一生中重要的关节问题，历代崇尚王维诗歌的人无不为之惋惜。这让人想起《红楼梦》中那位"欲洁何曾洁，云空未必空"的妙玉姑娘，她笃信佛教，本想靠烧香事佛保持本身的洁白，可是却偏偏凡根未尽，暗恋宝玉，最后竟被强人掳掠玷污了。王维也是虔诚向佛，焚香静坐数十年，随母师事大照禅师，本来想借此逍遥于山林泉壤之间，清静寂寥地度过晚年，谁知偏偏遭遇这场历史的浩劫，他未能像杜甫那样越狱投奔新主，又未能追随旧主玄宗，结果落得一个投降变节的结局，这对王维来说，确实是一个污点，再怎么回避，都是难以洗清的。因此，至德二载（757年），唐军收复两京，凡做伪官的人以六等定罪，驸马张垍及公主都赐死，而王维因为《凝碧池》诗和弟弟王缙的救护，终于得到肃宗的宽恕，降授"太子中允"，后迁升中书舍人，给事中，终尚书右丞，世称"王右丞"。

　　这个时期王维的思想是复杂的。一方面，他因曾任伪官而深感愧疚，对佛教的崇信愈益加深，正如他的《白发叹》所说"一生几许伤心事，不向空门何处消"；另一方面，他对皇帝的宽恕和提拔又十分感激，想报效朝廷，打消了退隐念头。这一阶段只有五年多，诗作不多，但也有一些佳作。如《和贾舍人早朝大明宫》："绛帻鸡人送晓筹，尚衣方进翠云裘。九天阊阖开宫殿，万国衣冠拜冕旒。日色才临仙掌动，香烟欲傍衮龙浮。朝罢须裁五色诏，佩声归向凤池头。"写出了早朝气象，具有宏丽典重的特色，在大乱之后还是具有振奋人心作用的。再如《冬晚对雪忆胡居士家》："寒更传晓箭，清镜觉衰颜。隔牖风惊竹，开门雪满山。洒空深巷静，积素广庭闲。借问袁安舍，翛然尚闭关。"中间四句为咏雪名句，沈德潜《唐诗别裁集》说"不削而合，不绘而工"之妙，取得了很高的艺术成就。

二、王维对山水诗发展的新贡献

中国古代山水诗的发展大致经历了这样的历程：先秦时代，《诗经》中的山水只是作为背景存在，描写相当简略，且多为起兴，还没有作为审美对象独立出来。《楚辞》中始有较多的山水景物，但也多是作为旅途或想象中的描写内容。到两汉时期的大赋中，方有大量的山水铺陈描写，如《七发》中观涛：

> "疾雷闻百里；江水逆流，海水上潮；山出云内，日夜不止。衍溢漂疾，波涌而涛起。其始起也，洪淋淋焉，若白鹭之下翔。其少进也，浩浩汤汤，如素车白马帷盖之张。其波涌而云乱，扰扰焉如三军之腾装。其旁作而奔起者，飘飘焉如轻车之勒兵。六驾蛟龙，附从太白；纯驰皓蜕，前后络绎。"

这一段描写壮观的浙江潮，非常有名，但赋体追求的是穷形尽相的肆意描摹，而且多怪异的夸饰，山水已经失真；更重要的是对山水的描写最终要归于"要言妙道"一类的讽谏，缺乏独立的审美品格。魏晋南北朝时期，真正的山水诗诞生了，虽然曹操的《观沧海》被认为是第一首山水诗，但那实际上只是一首借描写山水言志抒怀的乐府诗，曹操并未能有意识地创作出更多的山水诗。因此，我认为对山水诗作出重大贡献的是陶渊明、谢灵运和谢朓三位诗人。陶渊明严格说来只能算作田园诗人，他的《亭云》《游斜川》《桃花源诗》等，描写了宜人可心的山水田园风光，人乐在其中，表现了人与自然的和谐相融，并带有某种理想化的色彩，对后世意境空灵的山水诗有重要影响。其中《游斜川》的诗序云：

> 五月五日，天气澄和，风物闲美。与二三邻曲，同游斜川。临长流，望层城，鲂鲤跃鳞于将夕，水鸥乘和以翻飞。彼南阜者，名实旧矣，不复乃为嗟叹；若夫层城，傍无依接，独秀中皋。遥想灵山，有爱佳名。欣对不足，率共赋诗。

表现出诗人们对灵山秀水及闲美风物的流连叹赏，明确地将山水景物作为慰藉心灵的审美对象，可以说这才是真正的山水诗。稍后的谢灵运是第一个大力以赋法描写山水的诗人，他由于仕途蹭蹬，心怀愤懑，因此借悠游山水来发泄忧郁，表达其对人生的体悟及对玄理的体认。如《登池上楼》：

> 潜虬媚幽姿，飞鸿响远音。薄霄愧云浮，栖川怍渊沉。进德智所拙，退耕力不任。徇禄反穷海，卧疴对空林。衾枕昧节候，褰开暂窥临。倾耳聆波澜，举目眺岖嵚。初景革绪风，新阳改故阴。池塘生春草，园柳变鸣禽。祁祁伤幽歌，萋萋感楚吟。索居易永久，离群难处心。持操岂独古，无闷征在今。

又如《登江中孤屿》：

> 江南倦历览，江北旷周旋。怀新道转迥，寻异景不延。乱流趋孤屿，孤屿媚中川。云日相晖映，空水共澄鲜。表灵物莫赏，蕴真谁为传。想象昆山姿，缅邈区中缘。始信安期术，得尽养生年。

谢灵运的山水诗多与自己的人生苦闷和追求灵魂安顿、解脱相关，因此总有一条玄言的"尾巴"，并大都运用精确而艰涩的书面词汇来铺写山水景物，形成一种堆垛密实的山水奇境，从此确立了山水诗的基本模式。南齐诗人谢朓又将山水诗的技巧向前推进了一步，意象较大谢平易，用词趋向通俗明晰，结构和体式也不再追求繁复与堆垛，而是汲取永明体格律方面的成就，创造出一种体式较小、轻便灵活的山水小诗，对唐代律体山水诗的成熟有重要影响。

总体上看，对山水的发现与描写，经历了一个由简单到繁复再回归简洁的发展过程，在这螺旋式推进的后一阶段则达到了艺术上的诗画交融境界。而艺术形式方面，由诗经的四言体发展到骚体，经汉赋的铺排到大谢体（五古），再经小谢的过渡（永明体），最终形成了唐代的律体。

王维对山水小诗的新贡献：首先，对山水的描写，由谢灵运的"以形写形，以色貌色"发展为"以形写神，形神兼备"。在谢灵运的诗中，人与山水还未能很好融为一体，情是情，景是景，人景分离。一般是三段式：出发（心情不适，因而出门游览）—观赏（上下四方、早晚、明暗地展开描写）—感想（山水中悟道，玄言的尾巴）。诗中一般是山水景物，一半是"我"的活动与感想，二者未能浑融统一，即还未能达到情景交融的境界。在山水诗草创的阶段，这是可以理解的，何况谢灵运无所依傍，不仅结构体裁题材要创新，而且诗题也要新拟，他写诗的目的是排遣内心的愤懑与忧郁，故只能如此。经南朝诗人的努力，山水诗的地位渐渐提高，特别是永明体的确立，诗人们找到了一种更加轻便灵活的短小诗体，但由于人为的清规戒律（四声八病规则很繁琐）束缚了诗人的活力，所以还需要加以进一步简化处理。到了孟浩然，他打破了三段式写法，基本上丢掉了玄言的"尾巴"，他的五律和五绝描写的山水境界达到了人与山水融合的新高度，但是他的山水诗主要是描写旅行经历，这就不可避免受到谢灵运的影响，人在山水中活动，动态的景物比较多，也基本上是按照旅行线性展开描述，其写法还是赋体的铺排，尽管诗中洋溢着一种盛世安静祥和的氛围，具有冲淡醇厚的韵味，但还远未达到诗画的交融。王维的山水诗，写旅游少，写静观的多。"自我"融化在山水中，许多诗中，诗人不出场，但却让你更清楚地感觉到诗人的精神面貌。与大小谢及孟浩然等人不同，王维在山水中写出了自己的灵魂，写出了山水境界的神韵，从谢灵运到王维，经历了一个从"以形写形"到"形神兼备"的过程。

其次，王维的山水诗在构图上达到了"诗中有画"的妙境。谢灵运构图处在早期阶段，是遇景辄书，堆垛密实，有句无篇，像按照时间顺序排列的很多风景照片，靠人物的游览线索将它们贯穿起来，形成了一组应接不暇的画面，单张画看起来非常美丽，但主次远近高低虚实的搭配却缺乏浑融完整的画境，因而意境不够空灵淡远，缺乏耐人咀嚼的韵味，有些诗因为浓重的玄理反而掩盖了山水的真美。孟浩然的山水诗，是动点观景，是移步换形地写出他所见到的风景，但多数难以画出，如"野旷天低树，江清月近人"（《宿建德江》），"风鸣两岸叶，月照一孤舟"（《宿桐庐江寄广陵旧游》）等，境界画面都很美，但诗中的动态感难以体现出来，像"夕阳连雨足，空翠落庭阴"（《题大禹寺义公禅房》）的夏季暴雨之后的那种特有的空明洁净感是画不出来的，当然像"天边树若荠，江畔洲如月"（《秋登万山寄张五》）这等符合绘画透视原理的诗句在孟浩然诗中毕竟是少数，难以代表他的山水诗的整体成就。而王维则不同，他或是静观或是纯熟而巧妙地运用流动观照，善于经营位置，是"诗中有画"。从谢灵运到王维，经历了一个由"堆垛密实"到"诗中有画"的过程。从诗中有画，在形神兼备的前提下比较客观地反映山水的面貌方面来看，王维在诗史上的地位是无人能够替代的。

李白、杜甫虽然也有不少描写山水的诗作，像著名的《蜀道难》、《望岳》等，但李白更多的是借山水来表现自己的性格，不一定是客观描摹，山水诗中的想象、联想非常丰富突出，主体性情掩盖了其他方面，使他很难忠实地刻画自然景物。杜甫的一些山水诗虽然被称为"图经"，但他还是较多地继承了谢灵运的奇险一格，不大追求人与山水的"和"的一面。所以讲山水诗总是习惯上以王、孟为正宗。但孟诗偏向于"动"，王诗偏向于"静"。《旧唐书》《新唐书》《唐国史补》《图画见闻志》等均有记载："人有奏乐图，不知其名，王维视之曰：此霓裳第三迭、第一拍也。好事者集乐工按之，一无差。"说明王维善于在时间流动过程中抓住刹那间整体的空间印象。这与他画家的眼光和诗人的心灵巧妙融合有关。

三、"诗中有画"的探讨

苏轼《书摩诘蓝田烟雨图》说："味摩诘之诗，诗中有画；观摩诘之画，画中有诗。"（《东坡题跋》卷五）这是一个"诗画交融"的艺术命题，详味苏轼的本意，可能是对眼前所观赏的这幅《蓝田烟雨图》上的画面及题诗的评价，但是后人却加以拓展放大到对王维所有作品的评断，竟将"诗中有画"和"画中有诗"作为王维标志性成就的定评。"画中有诗"的情况今已难详，因为王维的画流传下来的不多（极罕见）。现在只能来讨论"诗中有画"的问题。

早在唐代，殷璠编选《河岳英灵集》时，就注意到王维诗歌与绘画有关系，他对王维诗歌的总评是："词秀调雅，意新理惬，在泉为珠，著壁成绘，一字一句，皆出常境。"其中"在泉为珠，著壁成绘"最堪玩味，说王维的诗歌是泉水中的珍珠，绘在墙壁上就成为名画，已经认识到王维诗歌富于画境。接下来殷璠列举的王维诗句有"落日山水好，漾舟信归风""润芳袭人衣，山月映石壁""天寒远山净，日暮长河急""日暮沙漠陲，战声烟尘里"等，也都是王维诗歌中颇有画意的名联。自苏轼之后，历代对王维诗歌的评论，均喜欢与绘画联系起来，如明人周敬、陈继儒就在评论王维《观猎》时说："摩诘诗中尽画，岂虚语哉！"（《唐诗选脉会通评林》）清人王夫之《题芦雁绝句》小序说："《辋川》诗中有画，画中有诗，此二者同一风味，故得水乳调和，俱是造未造、化未化之前，因限量而出之。"（《姜斋诗集·雁字诗》）

其实，诗歌与绘画是两种不同的艺术形式。中国古代对"诗"的讨论分内容和形式两方面。如"诗言志""温柔敦厚""诗缘情""吟咏性情"等，因此白居易总结说："诗者，情根，苗言，华声，实义。"（《与元九书》）即是说诗这种艺术作品，感情是它的根本，语言是它的枝叶，声音是它的花朵，思想是它的果实。归根结底，诗是一种语言的艺术，通过描述一个在一定时间长度的区间里发生的一系列场景过程来抒情言志。因此，从最本质上讲，诗是一种时间的艺术。而绘画，却是运用浓淡明暗的色彩和长短曲直的线条来勾勒事物的形状，以突出事物的外观形象，通过构造画面来描述特定空间里某一时间点上并列存在的一系列物体及其相关组合情景，来表达画家对生活的某种理解或情思。从终极目标来看与诗相同，但运用的手段不是文字和声音，而是线条和色彩，因此从本质上讲，绘画是空间的艺术。

德国著名的文艺理论家莱辛说："既然绘画用来摹仿的媒介符号和诗所用的确实完全不同，这就是说，绘画用空间中的形体和色彩而诗却用在时间中发出的声音；既然符号无可争辩地应该和符号所代表的事物互相协调，那么，空间中并列的符号只宜于表现那些全体或部分本来也是在空间中并列的事物，而在时间中先后承续的符号也就只宜于表现那些全体或部分本来也是在时间中先后承续的事物。"①莱辛这段话的核心观点是：诗与画不同。诗只宜表现动态过程；而画只宜于表现静物。

这样看来，要想"诗中有画"，就必须解决"时间过程空间化"的问题。我们来看看王维诗歌到底是如何处理与绘画的关系的。

（一）王维山水诗的画面感

"诗中有画"的第一个层次，是说王维的诗歌，通过无形的语言，唤起读者的联想和想象，使读者在自己的头脑中形成一幅有形的画面。当然，这一点并不是王维诗独特之处，因为凡是好诗均有这样的画面感。如孟浩然的"风鸣两岸叶，月照一孤舟"（《宿桐庐江寄广陵旧游》），李白的"烟开兰叶香风满，岸夹桃花锦浪生"（《鹦鹉洲》），杜甫的"星垂平野阔，月涌大江流"（《旅夜书怀》）等，都有很强的画面感，都能引起人们的联想，形成一幅有形的图画。但是，上举诸诗都不容易用画笔画出来，孟诗的关键词是"鸣""照"二字，但无论怎样画都难以体现月明风急的独特意境；杜诗"星垂""月涌"颇有气势，但不容易画出神韵；李白的"烟

---

① 莱辛《拉奥孔》，第82页，人民文学出版社1979年版。

开""锦浪"很美，但那种独特的暖融融的意境不容易表现。而王维的诗最讲究构图、着色技巧，能够画出画面来。如《使至塞上》："大漠孤烟直，长河落日圆。"大漠辽阔无边，长河纵贯其中，远方的地平线上有通红而浑圆的落日，近处长河边有笔直而青白的孤烟，四种景物安排得多么巧妙而恰当，构成了一幅雄奇壮丽的边塞风光图。色彩映衬方面，如《山中》："荆溪白石出，天寒红叶稀。山路元无雨，空翠湿人衣。"《春园即事》："开畦分白水，间柳发桃红。"《田园乐》："桃红复含宿雨，柳绿更带朝烟。"《辋川别业》："雨中草色绿堪染，水上桃花红欲然。"等等，都是体现画家调色搭配映衬之妙的作品。色彩鲜明、清新、秾丽，桃红配上柳绿，既带薄烟又含雨滴，比王冕画的荷花还要好看。也有淡墨轻烟式的例子，如"江流天地外，山色有无中。"（《汉江临泛》）简直就是一幅淡色的水墨画，洗尽了铅华，江流从天地外流到眼前，又从眼前流向天地外；隔江的山色若有若无，像蒙着一层轻纱，曼妙优美，似真似幻，令人遐思。有时，王维又追求画面的立体感效应，如"万壑树参天，千山响杜鹃。山中一半雨，树杪百重泉"（《送梓州李使君》），前两句铺写大山雄峻苍茫的景象，千山万壑，峰峦相连，漫山遍野，大树参天，此时到处传来杜鹃的啼鸣，展现出浓重的离别氛围；后两句忽转，因为昨夜的一场春雨，落得很酣畅，因此山谷溪涧水量充足，由近到远，重重叠叠的树顶，都有飞瀑倾泻流淌，富有层次感和色彩映衬之妙。还又"日隐桑柘外，河明闾井间"（《淇上即事田园》），"白水明田外，碧峰出山后"（《新晴野望》），前一联太阳躲到桑树柘树之外了，可见桑林何等浓密，那蜿蜒穿越闾井村落的一条小河还承受着余晖在闪烁着光彩；后一联将白水、明田、碧峰、山村组合得层次分明，绘出了雨后清新明媚、宁静优美、洋溢着生趣的乡村风光图。再如《山居秋暝》："明月松间照，清泉石上流。"《积雨辋川作》："漠漠水田飞白鹭，阴阴夏木啭黄鹂。"等等，不仅色彩调配和谐、明丽怡人，而且生机盎然，层次分明。既有如临其境如见其景之感，又可以用或浓或淡的色彩，按照王维精心布局的结构绘出图画来。这表明王维在诗中有意识追求这种画面感。

（二）王维诗境与画理的融合

如果山水诗中除了画面感之外，还能够显示绘画的原理，则是"诗中有画"的更深一层含义。

下面参考余恕诚先生的相关著作，以王维《终南山》和杜甫《望岳》为例，说明王维诗中深含画理意识。

《终南山》

太乙近天都，连山接海隅。

白云回望合，青霭入看无。

分野中峰变，阴晴众壑殊。

欲投人处宿，隔水问樵夫。

《望岳》

岱宗夫如何？齐鲁青未了。

造化钟神秀，阴阳割昏晓。

荡胸生层云，决眦入归鸟。

会当凌绝顶，一览众山小。

两首诗的相同点：都是五律，王诗首联与杜诗首联同，王诗颔联与杜诗颈联，王诗颈联与杜诗颔联大致相同；两诗都叙写了一个完整的自山外望山，到入山、登顶、下山（杜诗无此）的环节。

两诗不同点：王诗首联描写终南山巍峨阔大、高耸绵延的雄姿，运用十字构图的法则，以太一峰为主体，向东西延伸，画面清晰而简洁，也含有一定的想象与夸张；而杜诗首联设问并自答，没有办法入画，"齐鲁"为历史地名，也不能画成地图，"青未了"虽然写出了泰山青苍雄莽的魏巍气势，颇具气象，历史感、混茫感出来了，并带着一股雄杰之气，但无法构成图画。

王诗次联描述在山腰所见景象，回首脚下白云飘荡，前瞻密林青霭迷人，而走近一看，青霭却看不见了，相当真切的感受，同时也写出了终南山的高峻和幽深，既符合绘画的对称原则，又有鲜明的色彩，青、白搭配和谐贴切；杜诗的颈联与王诗所写大致相当，也是描写山腰所见景象，前句写层云在胸前飘荡，后句写山的幽深，眼睛目送飞鸟入涧壑深处，致使眼眶欲裂，杜诗想象力丰富，细节描写很见功力，但王诗中的人隐藏起来，只有白云飘飘、青霭迷人，可以如画，而杜诗人成为主体，且动作夸张变形，不能入画，即使画出来也不美观。

王诗颈联写登顶所见，"分野"是地理概念，讲终南山南北为不同的区域，山南为"梁州"，山北为"雍州"，终南山的巨大身躯成为一条区域和明暗的分界线，峰壑纵横，向阳背阴各不相同，很客观地描述了山顶俯视所见的景象，与首联呼应，写出了山之高耸和景的壮观，也是可以涂抹在画幅上的；而杜诗颔联前一句赞叹抒情，说大自然把神奇和秀丽堆聚在这伟大的泰山之上，后一句说泰山成为昏晓的分界线，即山的东面已经拂晓，而山的西面还在昏暗之中，想象很奇特，但昏晓差异太大，难以入画。末联想象登顶，留下想象余地，只可意会不可言传，更难入画。

王诗尾联写下山问路投宿，暗写山谷幽邃，两个小小的人物在山脚下的溪涧，隔水问答，符合中国画画法"经营位置"的要求，将人物置于画面两边角落或中下部位置，有烘托山高水深之用，突出山谷溪涧的层深感，既符合真实情境，又有画理蕴藏其中。而杜诗缺少这一细节，因而不够完整，完全靠腾飞想象构成宏伟的意境，与王诗的平淡幽深、宁静空灵大为异趣。

王诗还运用中国画的散点透视原理，表现为流动的观照。莱辛认为绘画、雕塑不宜于叙述（表现）动作过程，诗歌不宜于描写静物。从动静关系来看，杜诗才是一首动荡跳跃、充满激情的"诗"，而王诗则不太像"诗"。其实不然，山水诗是以山水为审美对象的，而山水千年不动存在于大自然的怀抱里，整体上是静态的，即使如水的奔流飞溅，形成于画面也是呈现静态。按照莱辛的观点，在基本属于静物的山水形象面前，诗歌是缺乏表现力的，而王维突破了莱辛理论的弱点，他巧妙地将静与动、时间与空间统一起来。王维运用与西方绘画以"一定时间""一定空间"的单向透视不同的散点透视方法，不限于一个立足点一个固定的视点来观察描绘物象，而是用假定的或流动的视点来表现更丰富或连续的内容。像在高空看盆一样，如敦煌壁画中辉煌的宫观楼阁，既可以观看全貌，也可以看到房间里的细部，唯远近高低的比例与西方的透视原则不合。还有《清明上河图》也是运用这种散点透视的杰作。当然，散点透视突破了单向透视的时间空间限制，形成了我们的民族特色，它可以有多种角度，多个立足点，对景物进行选择和构造，造成一种流动感。散点透视并不是王维的独创，但王维的诗里体现为一种圆润的流动观照，并不机械地交待观照角度，显得比前人高明。像《终南山》这首诗就是描写全景山水，是以流动观照摄取和组织起来的。余恕诚师认为：诗人经历了一个由远眺而入山、穿白云、出青霭、登中峰、观众壑、寻宿处、问樵夫的时间过程。诗中不断展示自然景象的不同空间位置和风光景致（即不断把时间过程空间化），但把观照的角度全部隐蔽起来，不直接说出行走路线，所以只觉得一幅幅画面连续展现，并没有感到导游式的解说（杜诗不符合画理的地方正在于插入了主观化的赞叹和导游式的解说）。这种直接展示境界变换而不加说明的方式，好像蒙太奇的镜头组接，王维的诗，有着连续发展的时间经历，通过散点透视、流动观照，蕴藏在空间转换过程中。这样诗与画就浑然不觉地结合起来了。

再回头来看看杜诗，首联设问、尾联抒情，中间既赞美又夸饰，缺乏王维诗歌的对称与均衡，又用了密集的意象群，显然是为了突出诗人的情怀，即强调主体性情。结尾最能见出两位诗人艺术个性的差异，王诗以写景作结，淡笔收住，用侧面烘托的手法，平淡而宁静；杜诗以抒写豪情作结，体现一种颇具浪漫色调的激情壮彩。王诗结尾表现出一个画家特有的观察事物的眼光和构图技巧，表现了王维诗人兼画家的艺术个性，而杜诗的个性在于突出强烈的主观化色彩。因此可以说王维追求的是"诗中有画"，而杜甫追求的是"诗中有人"。我们认为：对山水的描绘，既要李白《蜀道难》、杜甫《望岳》等作品那种大笔淋漓的渲染，写出自然界的奇异、非凡的神采，也需要王维那种如淡墨轻烟般的如实细腻描绘，这种作品往往更富于绘画意味。这是李白、杜甫不能替代的，李白杜甫在某种程度上是借山水来抒写自己的性格，而王维则更多地像画家在描绘山水。

（三）画面之外的意蕴美

绘画与诗歌一样，也有高低优劣之分，一幅上乘的画作，不仅具备形象生动的人物或景物，还需画出人物或动植物的神采内蕴，更须具有画外之境，能够引起观画者的情感共鸣，最终达到陶冶心灵的作用，从这个意义上讲，绘画的画面美也只是一个最基本的前提，比画面美更重要的还是画外的意蕴。诗歌也是如此，如果只停留在形象鲜明生动的层面，是难以意会诗歌内在深藏的韵味的。高明的诗人无不在刻画描述的景象之外，寄托更为深邃的内涵，而这又岂是色彩和线条所能表现的？我认为王维诗歌的绘画美，还表现在超越一般的画境，追求一种更加涵融包举的深邃意境。下面以《汉江临泛》为例，略加说明。

楚塞三湘接，荆门九派通。

江流天地外，山色有无中。

郡邑浮前浦，波澜动远空。

襄阳好风日，留醉与山翁。

首联总写汉江的地理形势：汉水流经襄阳城，南与三湘大地相接，而九条支流在荆门汇合，直通长江，形成滚滚滔滔的气势。这是空中观盆的写法，楚塞、三湘、荆门、大江四个地理名词的组合，非在高空不可观览，王维展开联想将远眺的景象组接在一起，与陈子昂、李白等人写荆门形势不同，首先视角以汉江为中心，长江成为配角；其次，不局限于荆门地区的空间，显得境界阔大；第三，有注《水经》的笔意，具有包举汉江的气势。颔联虚实结合，描写汉江烟波浩渺、雄浑壮阔的景象：江水浑灏无垠，仿佛一直流向天地之外，而远山若隐若现，若有若无，显得空旷渺远。富有中国山水画虚实相生、云烟苍茫的境界，简洁中隐藏着丰富，空白处皆生妙境，产生令人遐想、神往的艺术趣味。颈联写汉水的浩渺气势和巨大力量：沿岸的城市都邑仿佛是漂浮在滚滚波涛之上，而那浑浩流转汹涌澎湃的波涛仿佛在摇动远方的天空。远近的虚实结合，既写出了汉江气象万千的景象，又表现出诗人博大浩瀚的胸襟，这正是盛唐气象的表现，王维此次到南方去主持选举考试，虽有忧郁，但还是信心十足的。尾联说眼下正是金秋十月襄阳最美时节，风和日丽，秋高气爽，菊花盛开，正适合风流儒雅太守山简来高阳池嬉游酣饮，言外充满无限的神往。由眼前的美景，神往历史上襄阳的名人，表现对美景的赞美与向往，并点名自己公务在身，不能盘桓流连此地的遗憾。还是虚实结合。从艺术上看，这首诗一半写实一半写虚，实景可观可感，虚境则需要借助联想和想象，总体上看气象恢宏，境界阔大：表现出王维善于驾驭宏大景象的艺术腕力，也体现出博大浩渺、精神充沛的盛唐气象。体现诗中有画、画外有意的韵味，画面空间壮阔，有无相生，构图宏伟，满纸云烟，令人遐想。诗画的交融全靠虚实结合的运用，既有地点的远近、视角的远近的虚实，更有时空的虚实，现实与历史的交融，巧妙地结合在一起，创造一个令人神往的艺术佳境。此外像"坐看苍苔色，欲上人衣来"、"山路元无雨，空翠湿人衣"、"泉声咽危石，日色冷青松"、"日落江湖白，潮来天地青"等名句，都在画面之外含有难以言说的丰富意蕴和微妙的艺术体验，不是简单的画面所能够容纳的。

四、王维刻画人物形象与人物画

王维的"诗中有画"其实还包括一层内涵，就是刻画人物与人物画相关联，因为王维不仅善画山水，也是善画人物的。他在诗中描写人物也不可能脱离山水境界，因此有探究的必要。

刻画人物，最重要的就是要通过人物音容笑貌、言行举止、心理状态的描写，传达出人物的精神气韵。像《左传》、《国语》、《战国策》等史书，《孟子》《庄子》、《韩非子》、《荀子》等诸子著作，刻画人物已经积累了较丰富的经验，到司马迁写《史记》已经取得很高的成就，如描写项羽巨鹿之战、东城快战、乌江自刎，写蔺相如完璧归赵，写荆轲刺秦王等等，正面描写与侧面描写相结合，在紧张激烈或剑拔弩张的环境气氛下，将一个个历史人物刻画得栩栩如生，似乎能够跳出发黄的书页，跃然于读者眼前。此后《世说新语》、《搜神记》等小说更是以刻画人物为要务。但是在中国古代文学的发展长河中，注重人物形象塑造的大多为散文、赋、小说和戏剧等体裁，在诗歌中刻画人物形象相对比较落后。这种现象的产生有两个方面的原因。一方面因为诗歌体裁的限制，短小的篇幅和有限的容量更适合用于抒情言志，陆机《文赋》中提出"诗缘情而绮靡，赋体物而浏亮"，鲜明表达了诗和赋这两种文体在功能方面的区别，而事实上，中国古典诗歌常常接受赋与散文的影响，也自觉地继承赋体刻画人物的技巧，尽管人物描写并不占主导地位；另一方面，在某些诗歌中即使有人物描写，也并不以人物描写为主，有些人物描写是为了更好的说故事，是为叙事服务的，例如汉乐府诗歌，有些人物描写则往往只是全诗的一个片段，是为抒情服务的，例如汉魏六朝时期曹植、左思等人的诗歌。齐梁以来，诗歌由重玄理韵味向重感官色欲蜕变，宫体新诗风靡一时。宫体诗最显著的特点是出现大量的人物描写，诗人要么运用铺排手法，对描写对象进行了多方面的展示，如萧纶《见姬人》；要么是运用"抓特征，写细节"来突出人物形象，如萧纲《咏内人昼眠》；要么通过细腻委婉的心理描写，体察人物心理变化，表现人物内心世界，如萧纲的《金闺思》。宫体诗向来被认为是诗歌是发展进程中的一股逆流，因为诗人致力于在诗歌中刻画美女，尽管表现出对人物描写的强烈兴趣，对诗歌艺术有了一些进步，但是由于宫体诗整体上格调不高，尤其是对女性的描写怀着淫邪不纯的变态心理，缺少对女性人格的尊重，因而整体上看宫体诗里面的人物几乎等同于一堆花瓶式的美丽物品，丽则丽矣，却缺少内在神韵。而王维在诗歌中对人物形象进行刻画，就在借鉴人物画艺术和继承先唐诗歌刻画人物技巧的基础上，追求一种与宫体诗刻画人物注重形似相反的注重神似的审美趣味，从而将人物诗的创作推进到一个全新的境地。

（一）注重气韵生动

南朝齐代谢赫《古画品录》中提出著名的绘画六法，第一法即"气韵生动"，可见非常重视人物的精气神。王维对此深有体会，他晚年反思自己总结自己时曾说："宿世谬词客，前身应画师。"可见他对自己绘画才能的自信。如果说王维《论画三首》主要总结的是山水画技法的话，那么他的诸篇画赞则体现出他对人物画注重气韵的追求。如《皇甫岳写真赞》说："有道者古，其神则清。双眸朗畅，四气和平。长江月影，太华松声。"对皇甫岳画像的"神清""气和"的赏鉴，并以"月影""松声"来加以渲染，画中人物的神韵可以想见。据说他给孟浩然画了一幅肖像，给人的印象是"骨貌淑清，风神散朗"。也是擅长表现人物的精神风貌。王维在诗中刻画人物也深受人物画的影响，往往淡淡几笔就能体现人物的精神状态，令人远神。

如《少年行》其一："新丰美酒斗十千，咸阳游侠多少年。相逢意气为君饮，系马高楼垂柳边。"抓住少年游侠的豪爽意气，通过一见如故的豪饮，突出游侠志趣相投、豪迈奔放的情态，而那垂柳边悠闲地甩着尾巴的似乎也在亲热交流的两匹马儿，将少年游侠的神韵烘托出来，让人回味。正是这群游侠，他们来到战场上一显身手，更显得英姿飒爽："一身能擘两雕弧，虏骑千重只似无。偏坐金鞍调白羽，纷纷射杀五单于。"（《少年行·其三》）将游侠冲入敌阵似入无人之境，轻而易举地射杀敌人主将的英雄气概表现得酣畅淋漓。又如那位忍受极端屈辱苟且偷生的息夫人，王维仅用"看花满眼泪，不共楚王言"的细节描写，就将人物心灵深处的苦痛与仇恨表现出来，真有力透纸背之感。

再如《与卢员外象过崔处士兴宗林亭》：

绿树重阴盖四邻，青苔日厚自无尘。

科头箕踞长松下，白眼看他世上人。

前两句描写崔兴宗林亭景色：绿树掩映，浓荫匝地，青苔深厚，不染尘埃，好一个世外高人修心养性的绝妙佳境！接着两句抓住人物最显神采的两个细节"科头箕踞"和"白眼看人"，并烘托以枝干苍劲挺拔密叶纷披的老松，就将崔兴宗不拘礼法的放达形象表现得栩栩如生。再进一步联想到庄子"箕踞鼓盆而歌"和阮籍"白眼看俗士"的典故，你分明感到崔兴宗的放旷不羁之中又飘逸出一股来自历史烟尘深处的文化精神。

（二）人物画与山水画的有机融合

自从苏轼提出"味摩诘之诗，诗中有画；观摩诘之画，画中有诗"以来，人们都将"诗中有画"作为王维诗歌最主要的艺术特色，而且讨论诗画结合主要聚焦于他的山水田园诗。其实，只要我们细致阅读王维的山水田园诗，就不难发现这些像精美画幅的山水景致里，都会出现一个或一群人物的倩影，尽管我们可以认为这是王维有意识在山水田园之中点缀一些人物，但是有时候你分明感觉到这些面目刻画得并不十分鲜明的人物，却往往占据着非常重要的位置，甚至成为画面的灵魂，有时候甚至人与景水乳交融，很难将他们拆分开来。因此，我们认为：这是王维将山水画与人物画有机融合的奇妙景观。

如《田园乐》其三：

> 采菱渡头风急，策杖林西日斜。
> 杏树坛边渔父，桃花源里人家。

其四：

> 凄凄芳草春绿，落落长松夏寒。
> 牛羊自归村巷，童稚不识衣冠。

其五：

> 山下孤烟远村，天边独树高原。
> 一瓢颜回陋巷，五柳先生对门。

其六：

> 桃红复含宿雨，柳绿更带春烟。
> 花落家童未扫，莺啼山客犹眠。

　　这组描述田园乐趣的六言绝句一共七首，无疑是王维最富魅力的作品之一，不仅在于形式的新奇，更在于他将人物画与山水画交融在一起。先看第三首，诗的中心人物是那位在夕阳西下晚霞满天的时刻，拄着拐杖迎着西风来到采菱渡头的诗人，他在杏花坛边碰到打鱼归来的渔父，一番意趣相投的闲聊之后，无比羡慕这些生活在桃源仙境中的人家。显然只有将两个闲适自乐的人物与桃源境界融合起来才能体会出诗人感受的乐趣。第四首前两句分别描写春夏景色无疑是两幅绝美的风景画，后两句写村人（牧童）放牧归来，牛羊归圈，一派天真自适，对穿着官服的诗人陌生而好奇。这个"不识"含义丰富，既反映出牧童的纯朴天真未染尘杂的特性，也表现出他们根本就不需要"识衣冠"而自得自足的尊严。如果不将牧童作为画面的中心，这种田园乐趣实在难以体会。第五首前两句极富于层次感，显然可以作为王维山水画构图技巧的典范，但是画面的核心应该是那位并未画出的诗人，他既像箪瓢屡空却不改其乐的颜回又像躬耕田园而随性淳厚的陶渊明。只有这样的人才配住在这样的环境中，缺少这位恬然隐居的人物，画面顿然变得死寂。最后看第六首，这首诗不仅刻画了令人陶醉的春日山庄美景，而且塑造了诗人的自我形象。前两句描写桃红柳绿的春景：深红浅红的桃花上还饱含着昨夜的雨水，色泽更柔润可爱，雨后空气鲜澄，弥散着清甜的花香，沁人心脾；碧绿的柳丝笼着一片若有若无的烟岚，更丰姿婀娜，娇媚迷人。这是一幅色彩鲜丽、明媚清新的工笔重彩图。后两句写人的情态和心境：虽然院子里到处落英缤纷，但是家童还未洒扫，而主人呢，则在一片莺声喧语中，恬然酣睡，于身外之境一无所知。无论从哪个角度看，这首诗都是人物与风景水乳交融的杰构。

　　值得指出的是，人物与山水的交融是王维绝大部分山水田园诗的特色，如《山居秋暝》中乘着明月浣洗归来穿越光影斑驳幽静竹林而发出银铃般纯洁无邪笑声的农家姑娘，给美丽的山村带来多少活力和趣味；《渭川田家》中那位浑身沐浴着夕阳余晖"倚杖候荆扉"而念叨着未归牧童的老人浮雕般的身影，又给恬静纯朴的乡村带来多少人间的温暖；还有那位坐在空寂的春夜观赏桂花飘落静听山涧鸟鸣的诗人（《鸟鸣涧》）；那位在幽篁深处弹琴长啸的诗人（《竹里馆》）等，无一不是诗歌山水境界里的灵魂。王维的诗歌多描写空静幽寂的境界，但却让人感到万象缤纷、生机无限，我认为得益于诗人将山水与人物的水乳交融，人物给山水以灵动，而山水让人物熠熠生辉。

（三）不写之写，虚处传神

"不写之写"，即刻画人物时运用旁笔，通过烘托渲染对人物进行描述的方法，让人物在虚处显出神采来。这是王维诗歌描写人物非常突出的技巧。

第一种情况是人物并不出现，只有音响传来，但你分明感到人在其中。如《鹿柴》："空山不见人，但闻人语响。反景入深林，复照青苔上。""空山""深林""青苔"营造出一个空旷幽静的世界，那一抹夕阳的反照给森林带来了一线亮光，而深林里传来的人声使寂寞的境界带来真正的温馨，那空谷足音的声响才更加令人遐想。第一句正面描写空山的杳无人迹。第二句写深山中，偶尔传来一阵人语的声响，打破了山的寂静，但看不见人影，反衬出这里的山深林密。三、四句由声而色，描写深林返照，一缕落日的余晖透过密林的空隙，静静地照射在那密林深处的青苔之上。用小片的光影和大片的幽暗形成对比，反衬出深山的无边幽暗。这首小诗体现出诗、画、乐的结合，诗人以他特有的画家、音乐家对色彩、声音的敏感，把握住了空山人语响和深林入返照的一刹那间所显示的特有的幽静境界。

第二种情况是画面完全不出现人物。

如《栾家濑》：

> 飒飒秋雨中，浅浅石溜泻。
> 跳波自相溅，白鹭惊复下。

《辛夷坞》：

> 木末芙蓉花，山中发红萼。
> 涧户寂无人，纷纷开且落。

前一首诗写雨中山溪的迅急流泻和溪边白鹭的惊飞，画面活跃、生动，渲染出深僻幽静的境界。前两句写一场秋雨飒飒而至，风声雨声弥漫四周。雨中的山溪，石间的急流，迅捷地从沙滩上流过。后两句写波浪相互撞击，互相嬉戏，飞溅起朵朵雪白的浪花。这飞溅的水珠落到正在水里觅食的白鹭身上，它受惊飞起，随即又回旋而下。这首诗艺术上的特色是用动态来表现静境。通过"白鹭惊复下"的一场虚惊，来反衬栾家濑的安宁和静穆。尽管画面上并没有人物，但是这一幕生机勃勃的细节景象毕竟是隐藏幕后诗人观察所得，表现了诗人追求无忧无虑的宁静生活的情怀。

后一首诗也是没有人物出现，前两句写花开，后两句写花落，其中第三句点明辛夷花开花落的寂寥无人的生存环境。这首诗写美丽的辛夷花在绝无人迹的山涧旁静悄悄地自开自落，非常平淡，非常自然，没有目的，没有意识；诗人的心境，也有如这远离人世的辛夷花一般，他好像忘掉自身的存在，而与那辛夷花融合为一了。在这里，诗人宁静淡泊、超然出尘的思想和带有一点空虚寂寞的情绪，借助平凡的景物形象表现出来，因此，这首诗的风格显得既含蓄蕴藉，又冲淡平和。

第三种情况是人与景浑融无间。如《书事》：

> 轻阴阁小雨，深院昼慵开。
>
> 坐看苍苔色，欲上人衣来。

这是一首即事写景之作，写雨后天阴深院的景色与情趣。前两句写蒙蒙细雨刚刚停止，天色转为轻阴，诗人缓步走进深院，虽然是白昼，还是懒得去开那院门。淡淡两句，刻画出一片宁静的小天地，流露出诗人好静的生活性格与情调。后两句变平淡为活泼，以夸张渲染之笔，写出了诗人的幻觉：那一片绿茸茸的青苔，清新可爱，看着看着，那青苔的青色好像浮动起来，竟要爬到自己衣襟上来。它那鲜美明净的色泽，让人感到周围的一切景物都映照了一层绿光，连诗人的衣襟上也似乎染上了一点"绿意"。作者把握住了瞬间的独特感受，写出了自然万物在宁静中蕴含的生机。艺术上的独创是通过移情作用和拟人手法，化无情之景为有情之物，从而表达自己欣喜、抚爱的心情和新奇、独特的感受。

又如《观猎》："风劲角弓鸣，将军猎渭城。草枯鹰眼疾，雪尽马蹄轻。忽过新丰市，还归细柳营。回看射雕处，千里暮云平。"这首诗可以说是王维运用虚笔刻画形象的典型作品。明代周敬、陈继儒《唐诗选脉会通评林》说："首美将军猎不违时，声响高华。中写出猎之景与已猎之事，绮丽精工，神凝象外。结见非疆域宁靖曷得此举，闲淡超逸，机圆气足。玩'回看'二字味深，转出前此为目中所见，终不失'观猎'题面。摩诘诗中尽画，岂虚语者！"尽管有些分析刻意求深，不免拘泥，但是用"神凝象外""闲淡超逸，机圆气足"来概括虚处传神的技巧确实颇具眼力，尤为令人信服的是认为王维诗"诗中尽画"很有见地，这里的"画"显然是虚实结合的田猎画面和人物画的结合，结尾处将军那悠然的一瞥，烘染以"千里暮云平"的壮阔景象，真是韵味隽永，言有尽而意无穷。

综上所述，我们认为王维诗歌对刻画人物的艺术作出了重大推进，不仅超越了魏晋以来刻画人物呆板的赋体模式，而且成功地将人物画的技法应用于诗歌之中，塑造出姿态万千且神韵生动的人物画谱，为刻画人物传神写照作出了新的贡献。

五、对"诗中有画"的质疑

尽管历代都认为王维诗歌的最主要特点就是"诗中有画"，但是由于对这个"画"字的理解存在一定的模糊性，有简单化的嫌疑，仿佛指出王维的某首诗歌具有怎样的"画面"或"画意"就完成了对王维诗歌的阅读与理解，甚至有人认为王维的诗歌或其他人的诗歌具有"如画"的特点，简单化地将"诗"与"画"对等起来，认为"诗中有画"就是最高的艺术特色，这实际上是缩小了诗歌的内在意蕴，所以有人提出了反对的意见。蒋寅先生的论文《对王维"诗中有画"的质疑》[1]就是这方面的代表，他做了一个统计，自上世纪80年代以来，以"诗中有画"或绘画性为核心来讨论王维诗艺术特征的论文有60多篇，其中有创见的只有袁行霈、文达三、金学智等三篇，其他论文很少有新见。又搜罗了海外的研究，认为"诗中有画"是中外学者的共识。蒋先生对此提出质疑："当我们将这重与绘画性并不亲和的含义从'诗中有画'中剥离时，'诗中有画'还能葆有它原有的美学蕴含，还能支持我们对王维诗所作的审美评估吗？"他这一质疑的根据正是莱辛的理论，蒋先生指出尽管谈论诗中的画意不同于绘画本身，但从一般艺术论的意义上说，"历时性的、通感的、移情且发生变化的景物，实际

---

① 蒋寅《对王维"诗中有画"的质疑》，《文学评论》2000年第4期。

上是不能充任绘画的素材，而且根本是与绘画性相对立的，但它们却是最具有诗性的素材。"引用莱辛的名言"能入画与否不是判定诗的好坏的标准"，认为将"诗中有画"作为王维诗的主体特征来强调，"不仅是对诗歌艺术特征的漠视，也是对王维诗歌艺术价值的轻估"，损害了王维诗的艺术价值。他指出"王维诗当然有鲜明的绘画性也就是描述性，但占主导地位或者说更代表王维诗歌特色的恰恰是诗不可画，更准确地说是对诗歌表达历时性经验之特征的最大发挥和对绘画的瞬间显示性特征的抵抗"。

蒋先生列举了几个典型例子。《山中》："蓝溪白石出，玉山红叶稀。山路元无雨，空翠湿人衣。"他引用明代张岱的质疑，后两句无法入画，因为后两句旨在说明一种气候现象中包含的微妙的因果关系，完全无法展示为空间状态：山路原无雨是一种状态，也是一个原因，空翠湿人衣是一个过程，也是一种结果，这种感觉是难以画出来的。宗白华先生说："诗中可以有画，像头两句里所写的，但诗不全是画，而那不能直接画出来的后两句，恰正是'诗中之诗'，正是构成这首诗诗诗而不是画的精要部分。"再看明人许学夷《诗源辨体》的说法："东坡云：'为摩诘之诗，诗中有画，观摩诘之画，画中有诗。'愚按：摩诘诗如'回风城西雨，返景原上村'，'残雨斜日照，夕岚飞鸟还'，'阴尽小苑城，微明渭川村'，'行到水穷处，坐看云起时'，'山中一半雨，树杪百重泉'，'啼鸟忽临涧，归云时抱峰'，'返影入深林，复照青苔上'，'彩翠时分明，夕岚无处所'，'逶迤南川水，明灭青林端'，'溪上人家凡几家，落花半落东流水'，'瀑布松杉常带雨，夕阳彩翠忽成岚'，'云里帝城双凤阙，雨中春树万人家'，'新丰树里行人度，小苑城边猎骑回'等句，皆诗中有画者也。"但蒋先生认为这些为许学夷称道的"诗中有画"的作品都不容易画出。特别是像"残（雨）"、"尽"、"复"、"忽"、"一夜"、"时"、"明灭"、"常"等时间或反复出现的现象是不能入画的。他还认为袁行霈先生的文章中赞赏的诸如"泉声咽危石，日色冷青松"、"轻阴阁小雨，深院昼慵开。坐看苍苔色，欲上人衣来"、"江流天地外，山色有无中"、"明月松间照，清泉石上流"、"日落江湖白，潮来天地青"、"远树带行客，孤城当落晖"、"水国舟中市，山桥树杪行"、"白水明田外，碧峰出山后"等诗句，都是不可入画或决难画出。最后蒋先生得出结论：持"诗中有画"论者所有的论据都不能证明论点。并指出只要我们摆脱"诗中有画"的思维定势，不带任何成见去看王维诗，就不难发现他更多的诗是不可画的：他以诗人的敏感捕捉到异样的感受，以画家的眼睛观察到的主观色彩，以音乐家的耳朵听到的静谧的声响，以禅人的静观体悟到的宇宙的生命律动，都融汇成一种超越视觉的全息的诗性经验，把他的诗推向"诗不可画"的迥绝境地。以致我们一想到王维的诗，脑海中就浮现出那种伴有动态的色彩，伴有声音的静谧，伴有心理感受的景物，伴有时间流动的空间展示。蒋先生认为："诗中有画"并不能代表王维山水诗的精髓，而且王维本人的创作也显示出力图超越绘画性的意识，这正是六朝以来以谢灵运为代表的"工于形似之言"即重视诗歌语言的描绘性、呈示性特征的突破和超越，山水诗由此获得灵动，获得鲜活的生命。最后，从一般艺术论的角度说，诗歌是语言的艺术，是诉诸精神、诉诸时间的艺术，在艺术级次上高于绘画而仅次于音乐，用绘画性即视觉的造型能力作为衡量它的尺度，正像用再现性即听觉的造型能力来衡量音乐一样，是不可取的。蒋先生的观点有一定的说服力，但也显然具有片面性，特别是质疑历代论者列举的王维诗句时，都以"不可画""难画出"作为评判标准，我认为这样理解"诗中有画"太绝对，因为诗与画毕竟不是等同的艺术形式，不能硬性对照，何况只是说"诗中有画"，并不是说"诗就是画"！正如司空图说诗那样，主张味在咸酸之外，诗歌本来就追求象外之象，境外之境，一首诗歌就像一幅画那样，也有高低优劣之分，说王维"诗中有画"只是一个连类的比喻，王维诗画兼善，在创作诗歌时，融入他绘画的构图着色技巧，追求一种景物鲜明、意境空灵的画意美是完全可能的，他在作画时也常融入诗歌的韵味更是不争的事实，这样的景观在孟浩然、李白、杜甫等人身上表现得相对逊色，也是大家公认的，虽然我也赞同不能将"诗中有画"作为王维诗歌艺术最高成就的评价，但是认为王维诗歌具有绘画之美、具有画理意识，还是能够成立的。

第三讲　王昌龄的七绝送别诗

　　王昌龄（约698—756年），字少伯，京兆万年（今陕西西安市）人，一说江宁人。他虽然在科举上很顺利，却始终偃蹇不偶，沉沦下僚。开元十五年中进士，授秘书省校书郎，开元二十二年中博学宏词科，改授汜水尉。二十七年贬官岭南，翌年改任江宁尉。天宝中因事贬官龙标尉。安史乱起，返回乡里，途经亳州，欲避乱江淮，竟死于非命，被濠州刺史闾丘晓所杀。

　　王昌龄恃才傲物，不护细行，故不为世俗所容，偃蹇于清明时代，终身沦为一尉，这在盛唐时期是很罕见的，然而他在诗史上却获得了很高的地位，以七绝著称，被称为"诗家天（夫）子王江宁"，其七绝与李白并称。清人宋荦《漫堂说诗》："三唐七绝，并堪不朽。太白、龙标，绝伦逸群。"其诗绪密而思清，不仅构思缜密，而且思路清晰。今人胡问涛、罗琴有《王昌龄集编年校注》。

　　这一讲主要讲解王昌龄七绝送别诗的特色。

一、送别的传统与送别诗

　　中国是一个重亲情的国度，每到重要节日，人们都渴望全家团聚，哪怕一大家族早已数代同堂，也都不忍拆分为数家，一直保持千花共树同荣的大团圆局面，乃至文学作品也都追求这样的圆满结局。但是，人生不可能没有离别，男子长大成人，或负笈远游，或为宦异地，或从军边塞，或他乡漂泊；女子长大后，或被选入宫，或远嫁异域，或适配乡曲，或抛夫别子，都会与亲人分别，甚至有的人还是一别永诀。此时此刻，远行者与留别者，都会产生依依惜别、难舍难分的情愫。而这种种带有各自原因和特殊条件的离别场景，被写入文学作品之中，就会带着各人独特的伤离恨别之痛。《诗经·燕燕》被称为"万古送别之祖"，毛诗序的作者认为这是"卫庄姜送归妾"时含着悲伤眼泪的送别诗。而《诗经·采薇》这首戍役诗，其中"昔我往矣，杨柳依依；今我来思，雨雪霏霏"，前句写送别与家人依依惜别的深情，后句则写冒着雨雪踏上归途的兴奋喜悦，堪称典型名句，得到人们的欣赏。经历秦汉的厮杀和魏晋南北朝的分裂融合过程，这样的伤离恨别已经从个别现象成为社会普遍的态势，因而出现了江淹《别赋》这样以离别为题材的作品，江淹认为离别的普遍形态是：

> 黯然销魂者，唯别而已矣！况秦吴兮绝国，复燕宋兮千里。或春苔兮始生，乍秋风兮暂起。是以行子肠断，百感凄恻。风萧萧而异响，云漫漫而奇色。舟凝滞于水滨，车逶迟于山侧。棹容与而讵前，马寒鸣而不息。掩金觞而谁御，横玉柱而沾轼。居人愁卧，怳若有亡。日下壁而沉彩，月上轩而飞光。见红兰之受露，望青楸之离霜。巡层楹而空掩，抚锦幕而虚凉。知离梦之踯躅，意别魂之飞扬。

又认为"别虽一绪，事乃万族"。既有富贵者的含泪离别，因为"造分手而衔涕，感寂寞而伤神"；有侠义之士的诀别，他们为了"义"而以死报答知己，尽管"金石震而色变"，惊天动地，义薄云天，但却使亲人感到"骨肉悲而心死"；有负羽从军者的离别，水阔天长，战云阵列，生死难卜，导致闺中妻子和高堂双亲"攀桃李兮不忍别，送爱子兮沾罗裙"；也有远赴异国者的离别，背井离乡，远别亲朋，独赴异域，归途难卜，于是"可班荆兮憎恨，惟樽酒兮叙悲"；更有恋人之别："下有芍药之诗，佳人之歌，桑中卫女，上宫陈娥。春草碧色，春水渌波，送君南浦，伤如之何！至乃秋露如珠，秋月如圭，明月白露，光阴往来，与子之别，思心徘徊"。最后江淹总结说："是以别方不定，别理千名，有别必怨，有怨必盈。使人意夺神骇，心折骨惊，虽渊、云之墨妙，严、乐之笔精，金闺之诸彦，兰台之群英，赋有凌云之称，辨有雕龙之声，谁能摹暂离之状，写永诀之情者乎？"尽管江淹认为永诀之情难以表达，但是后来的诗人们还是努力写出这种独特的人间至情。如王勃的客中送客，高声唱道"海内存知己，天涯若比邻"；王维送元二出使西域，饱含深情地低吟"劝君更尽一杯酒，西出阳关无故人"；高适在兵戈动荡中送友人漂泊时安慰说"莫愁前路无知己，天下谁人不识君"；李白目送孟浩然下扬州，久久伫立黄鹤楼边，直到"孤帆远影碧空尽，唯见长江天际流"；柳宗元远贬南国荒江，历经万死，在柳江边与堂弟"零落残魂倍黯然，双垂别泪越江边"，凄惨景象令人伤怀；也有杜牧"蜡烛有心还惜别，替人垂泪到天明"那样的苦恋之别，等等，真是不胜枚举。倒是李商隐的《泪》以赋笔写出了各种苦痛的泪光："永巷长年怨绮罗，离情终日思风波。湘江竹上痕无限，岘首碑前洒几多？人去紫台秋入塞，兵残楚帐夜闻歌。朝来灞水桥边问，未抵青袍送玉珂。"简直就是一首用七律写的《别赋》，并认为所有的悲伤离别中，最惨沮的是贫困潦倒的寒士被迫送别玉珂贵人时，那种因极度的自卑而流下的眼泪。继承着李商隐的赋法，辛弃疾写下了名作《贺新郎·别茂嘉十二弟》："绿树听鹈鴂。更那堪、鹧鸪声住，杜鹃声切。啼到春归无寻处，苦恨芳菲都歇。算未抵、人间离别。马上琵琶关塞黑，更长门翠辇辞凤阙。看燕燕，送归妾。将军百战身名裂。向河梁、回头万里，故人长绝。易水萧萧西风冷，满座衣冠似雪。正壮士、悲歌未彻。啼鸟还知如许恨，料不啼清泪长啼血。谁共我，醉明月？"以壮怀激烈的情怀，唱出了抗金爱国的最强音，流下的眼泪也是钢浇铁铸一般的坚硬，洋溢着一股浩荡的悲怆之气。

二、送别诗的审美品格

　　送别诗，或称离别诗，确实是唐诗宋词中非常特别的一类，既具有抒悲娱忧的发泄功能，又具有滋润心灵的慰藉作用，因此极富审美品质。南宋严羽《沧浪诗话·诗评·四十五》中说："唐人好诗，多是征戍、迁谪、行旅、离别之作，往往能感动激发人意。"这"感动激发人意"便是送别诗审美品质的最好阐释。送别诗描写送别时的难舍难分，固然感人，而抒发别离后的相思也使人感觉缠绵悱恻，荡气回肠，如白居易《长相思》："汴水流，泗水流，流到瓜洲古渡头。吴山点点愁。　思悠悠，恨悠悠，恨到归时方始休。月明人倚楼。"流水的愁情，奔流浩荡，绵绵不尽，而思念的悠长，憾恨的深沉，在明月下倚楼远眺的目光、泪光中又是何等的凄怨无奈。又如林逋《长相思》："吴山青，越山青。两岸青山相送迎，谁知离别情？　君泪盈，妾泪盈。罗带同心结未成，江头潮已平。"因相爱相近而不能罗带结同心，也是人生最大的遗憾，而那种离别之苦就像那大江的浪潮虽已平静，却永难消除。

　　由此可见离别诗的美就在于：既情境真切，令人如临其境；又情感真挚，使人感同身受；还因为意境凄清，令人黯然神伤；也由于语言精美，使人回味不尽。

三、王昌龄的送别诗

王昌龄诗今存181首，其中送别诗占47首，约占26%，而绝句共有74首，其中送别诗就有30首，可见王昌龄是盛唐时期最喜欢以七绝来写送别的诗人。他虽然天资禀赋极高，才学绝人，但是数十年间竟然一贬再贬，一直在各处担任县尉的低级官职，且由于生性耿直孤洁，竟不为官场和世俗所容，既沉沦偃蹇于圣明之代，无所成就，又无法隐居名山，独享林泉幽胜，最终因动乱死于非命，他的一生是一个彻头彻尾的悲剧，然而在他生命精彩绽放的时刻，却留下了情真意挚的美丽诗文，一直温暖着人们的心灵。

如《芙蓉楼送辛渐》：

> 寒雨连江夜入吴，平明送客楚山孤。
> 洛阳亲友如相问，一片冰心在玉壶。

前两句写景、叙事：深秋时节，雾蒙蒙的江面上下着萧萧细雨，向人袭来阵阵寒意，一夜小雨之后的清晨，在江边送客，令人感到无限的失落与凄凉，连那蒙烟惹雾的座座山峰，也显得非常孤独。诗人在仕途上遭遇严重挫折，受到诬陷贬官江宁，又碰上客中送客的境况，心中自然郁闷，情绪变得低落。情感与景物相互交融。后两句抒情写志，说洛阳亲友如果问到我的境况，请您一定告诉他们："我就像'玉壶冰'一样，心地永远清明纯洁，表里如一。""玉壶冰"一典出自南朝诗人鲍照的诗句"直如朱丝绳，清如玉壶冰"（《代白头吟》），后来唐代姚崇《冰壶赋》序也说："内怀冰清，外涵玉润，此君子冰壶之德也。"王昌龄巧妙的化腐朽为神奇，创造出"一片冰心在玉壶"的美丽意象。史称王昌龄因为恃才傲物，行为放诞，不护细行，颇为同僚所轻，开元末年的贬官便是遭受谗言所致，后来的被杀也是由于同一原因。虽然盛唐时代是封建社会的盛世，但是也有很多诗人命途多舛。唐代没有给王昌龄机会，让他终身沉沦下僚，但是他深情的诗歌，却给后人带来无比的温暖。尤其是结尾两句，远远超越了送别诗的意境，已经成为朋友之间、恋人之间美好的表白。这个比喻虽然不是王昌龄首创，但是他优美的诗句却青出于蓝，被人们广泛传诵。

从艺术上看，这首诗情景交融，景物与情感相互映衬，以哀景烘托凄凉的感情，心与物异质同构；善于用典写志，青出于蓝，写出了人格追求的纯净境界，并且富有哲理意蕴；而且结构巧妙，先用倒装写景叙事，后用设问表明心迹；在郁闷低沉中开场，却在纯净高朗中结束，跌宕起伏中显示出铮铮傲骨和美好情愫。

再看《芙蓉楼送辛渐之二》：

> 丹阳城南秋海阴，丹阳城北楚云深。
> 高楼送客不能醉，寂寂寒江明月心。

前两句写眼前的景象和辛渐将要前往之地洛阳的迷茫景象，象征王昌龄送别挚友时的满目愁怀。第三句点题，写饮酒送别。最后一句以景结情，暗含心地光明皎洁但寂寞痛楚。如果从因果关系来看，这首诗应当为第一首，而前一首则当为后续的抒情言志。这位辛渐，应当是王昌龄最好的朋友兼知音，所以昌龄写了多首诗送给他，且都是离别诗。再如《别辛渐》：

> 别馆萧条风雨寒，扁舟月色渡江看。
> 酒酣不识关西道，却望春江云尚残。

前两句写送别时的凄凉景象和想象自己离别后江上看月的景象，来表达深情的思念。后两句写自己的迷茫意绪，酒喝得太多弄不清去关西的道路，回望春江只见残云飞散，象征自己杂乱纷纷的心境。

王昌龄与辛渐肯定是知己朋友，因为三首送别诗写得情感深厚。

与王昌龄友善的朋友亲人很多，而他又一直在各处漂泊，所以根据不同的送别情境，王昌龄送别诗的结尾模式非常有特色。基本上有如下几种常见的模式。

（1）慰勉鼓励式：这是送别的正格，因为送别是一种古老的传统，古人强调离别时要"赠人以言"，而诗歌应当是"言"的最精粹的形式，因此自《诗经》以来，从未断绝。在赠人以言的传统中，最早一般是一些为人处世、修身养德的格言之类，渐渐演变成心灵的相互关怀和慰勉，真诚的祝福和祈愿。如《别陶副使归南海》：

南越归人梦海楼，广陵新月海亭秋。

宝刀留赠长相忆，当取戈船万户侯。

前两句描写秋景，跨越广陵、海亭两地，说陶副使急于回归南海参与主帅
刘巨麟领导的平定永嘉海贼之乱，军情紧急以致形诸梦寐，在广陵的海亭
我们分别的时候，天地之间正一派萧瑟的秋意。一个"秋"字，烘托出浓
浓的离情别绪；后两句突转，慷慨以宝刀相赠，作为别后相思的见证，也
显出王昌龄的满腔豪侠气概，然后祝愿友人的戈船平乱取得成功，顺利取
得"万户侯"的高官厚禄。友人在接受如此馈赠之后，如何怀着兴奋与信
心踏上前程，其情景自不难想见。这样的鼓励，可以激励人奋进，令人感
到温暖。这是最常见的送别方式。又如《留别司马太守》："辰阳太守念王
孙，远谪沅溪何可论。黄鹤青云当一举，明珠吐著报君恩。"用黄鹤青云直
上来祝愿友人飞黄腾达，又以明珠报恩来劝勉友人为国效力。

其他诗人也大多喜欢运用这种方式结尾，如高适《别董大》："千里黄
云白日曛，北风吹雁雪纷纷。莫愁前路无知己，天下谁人不识君。"王维
《送元二使安西》："渭城朝雨浥轻尘，客舍青青柳色新。劝君更尽一杯酒，
西出阳关无故人。"都是这样的例子。

（2）以景结情形式：唐诗的结尾追求空灵远韵，追求余味隽永，故常
常以描写景象来寄托情感。如王昌龄的《送十五舅》：

深林秋水近日空，归棹演漾清阴中。

夕浦离筵意何已，草根寒露悲鸣虫。

这首诗送排行十五的舅舅，地点情事均不详，开头两句点明送别的时间是
深秋，地点应该是江边，树林一片衰飒的焦黄，天上点缀着清明的薄薄阴
云，空阔寂寥的江面上，小船荡开双桨，留下一圈圈波纹，渲染出一片浓
重的氛围。第三句回叙离别前的筵席上，酒未能尽兴，诗人也许本身就很
失落，加上离别的愁绪，这种情感就更加沉重难受。结尾只好转向江边的
景象，托景抒怀，以送别舅舅之后寒冷凄凉、秋虫悲鸣的景象表达自己寂
寞低落的情绪，以表达对舅舅的深情思念与留恋。草根的寒露和草丛间悲
鸣的秋虫，既是眼前的实景，又可以象征诗人悲苦的命运，所以诗情变得
更加凄切。又如《送柴侍御》："流水通波接武冈，送君不觉有离伤。青山

一道同云雨，明月何曾是两乡。"也是想象一路烟景来慰藉友人。再如《送狄宗亨》："秋在水清山暮蝉，洛阳树色鸣皋烟。送君归去愁不尽，又惜空度凉风天。"前两句写景，既写眼前景，又遥想友人前往之地的景色，构成二度思念的空间，第三句点出愁情不断，最后一句写别后寂寞难耐的萧瑟情怀，托景抒情。还有《巴陵送李十二》："摇曳巴陵洲渚分，清江传语便风闻。山长不见秋城色，日暮蒹葭空水云。"也是以景结情形式。

结尾以景物抒情的例子，也是诗人们最喜爱的形式之一，如李白《黄鹤楼送孟浩然之广陵》的结尾是"孤帆远影碧空尽，唯见长江天际流"，依依难舍的情思与碧天空阔、江水奔流的景物融合在一起。又如岑参《白雪歌送武判官归京》的结尾是"轮台东门送君去，去时雪满天山路。山回路转不见君，雪上空留马行处"，漫山遍野茫茫白雪上，一串脚印通向远方，脚印里分明都是牵挂与思念。这样的以景结情，都能使诗歌充满一种隽永绵长的韵味。

（3）悬想友人离别后的旅途景象，表达相思。如《送魏二》：

> 醉别江楼橘柚香，江风引雨入舟凉。
> 忆君遥在潇湘月，愁听清猿梦里长。

这位叫魏二的朋友要前往的地方在湖南潇湘一带，前两句写送别时的景色，正是橘柚飘香的季节，与友人醉别江楼，然而天公不作美，竟下起了雨，江面上呼呼的风刮进船舱，带给人一股凄寒的凉意，以环境的阴冷烘托离别时的感伤。后两句是悬想友人别后的情景：当你在遥远的潇湘之上，乘着一轮明月继续远航的静寂的夜晚，我想你的梦中一定是愁绪满怀地倾听猿猴的哀鸣。"潇湘明月"与"梦里清猿"恰好形成反衬，以表达对朋友的深情关切与思念，耐人寻味。这种形式较多，如《送窦七》："清江月色傍林秋，波上荧荧望一舟。鄂渚轻帆须早发，江边明月为君留。"这首诗是昌龄贬官龙标尉路过武昌时送别友人窦七的作品，前两句写江边的树林已经呈现出一派萧条落寞的景象，而窦七站在清江月色之中，遥望着波光闪烁的江面上那一叶轻舟，久久伫立已经形成一座凝固的雕塑，我本来应该多停留一些时间的，但行程紧迫，不得不乘着轻帆早早出发，江边的那一轮明月就留给您吧，我的思念与感激都托明月传递给你。以想象自己离别后的景象表达对友人的挂念与眷恋。再如《送程六》："冬夜伤离在五溪，青鱼雪落鲙橙齑。武冈前路看斜月，片片舟中云向西。" 也是悬想旅途景象，以表达慰勉相思。还有《送高三之桂林》："留君夜饮对潇湘，从此归舟客梦长。岭上梅花侵雪暗，归时还拂桂花香。"更为独特，想象高三回归时岭上的梅花在雪中开放，而身上则带着桂花的清香。

这种写法可能与赠别诗序有一些关系，我们知道从《诗经》、《楚辞》开始，描写送别场面时都会以环境景物来烘托情感，如宋玉《九辩》中说："登山临水兮送将归，泬寥兮天高而气清；寂寥兮收潦而水清，憭栗增欷兮薄寒之中人。"送别时的凄凉感伤与天高气清、水面寂寥、寒气伤人的环境气氛正好互为衬托，到了江淹写《别赋》时，则大量描写景物来烘托离情别绪。进入唐代，赠别诗序从骈赋中独立出来，一般与送别诗并蒂而生，是诗歌受赠序的影响还是赠序受诗歌影响，还难以断定，但是赠别诗与序具有强烈的相似性却是不争的事实。如骆宾王《秋日送尹大赴京》（《全唐诗》卷78）：

> 尹大官三冬道畅，指兰台而拾青；薛六郎四海情深，飞桂尊而举白。于时兔华东上，龙火西流。剑彩沉波，碎楚莲于秋水；金辉照岸，秀陶菊于寒堤。既切送归之情，弥轸穷途之感。重以清江带地，闻吴会于星津；白云在天，望长安于日路。人之情也，能不悲乎？虽道术相望，协神交于灵府；而风烟悬隔，贵申心于翰林。请振词锋，用开笔海，人为四韵，用慰九秋。诗曰：

> > 挂瓢余隐舜，负鼎尔干汤。
> > 竹叶离樽满，桃花别路长。
> > 低河耿秋色，落月抱寒光。
> > 素书如可嗣，幽谷伫宾行。

诗序前面描写别时的秋景，其目的是"既切送归之情，弥轸穷途之感"，后面的写景则属于想象别后情景，"虽道术相望，协神交于灵府；而风烟悬隔，贵申心于翰林"，就是对离别者的思念了。诗歌的第二联相当于宴会时的景象，而第三联显然是别后的景象，诗歌与诗序具有对应关系。

又如王勃《秋日饯别序》（《全唐文》卷181）：

> 黯然别之销魂，悲哉秋之为气！人之情也，伤如之何？极野苍茫，白

露凉风之八月;穷途萧瑟,青山白云之万里。奏鸣琴则离鹍别鹤,惊歧路之悲心;来胜地则时雨凉风,助他乡之旅思。琴书人物,冀北关西;去马归轩,云间日下。杨学士天璞自然,地灵无对,二十八宿禀太微之一星,六十四爻受乾坤之两卦。论其器宇,沧海添江汉之波;序其文章,元圃积烟霞之气。几神之外,犹是卿云;陶铸之余,尚同嵇阮。接光仪于促席,直观明月生天;响词辨于中筵,但觉清风满室。悠哉天地,含灵有喜愠之容;丘也东西,怅望积别离之恨。烟霞直视,蛇龙去而泉石空;文酒求朋,贤俊散而琴歌断。门生饯别,如北海之郡前;高士将归,似东都之门外。研精麟墨,运思龙章,希存宿昔之资,共启相思之咏。

写法相似,既写离别时的景象与气氛,也写别后的景象来寄托相思之情,只是因为王勃的诗歌已经遗失,不能看出诗序与诗歌的关系,大致看来,送别诗与赠别序由于创作于相同的情境之中,相互之间彼此借鉴也在情理之中。王昌龄等诗人大量运用悬想一路景物来慰藉远行者或留别者,正是对《诗经》、《楚辞》、骈赋写法的继承,而将悬想的景象与相思伤感的情感融合成一种更加简洁明朗的意境,则是新的创造。

（4）自誓心迹形式。如前面所引的《芙蓉楼送辛渐》,以"一片冰心在玉壶"的比喻来表白自己高洁无瑕的人格。又如《送吴十九往沅陵》:

> 沅江流水到辰阳,溪口逢君驿路长。
> 远谪谁知望雷雨,明年春水共还乡。

结尾以枯草渴望遇上雷雨象征得到皇帝的赦免,并期待与友人同归故乡,以达到慰勉友人的目的,同时也通过想象明年春天的美好景象,来温暖贬谪途中凄苦伤感的心境。又如《送崔参军往龙溪》:"龙溪只在龙标上,秋月孤山两相向。谴谪离心是丈夫,鸿恩共待春江涨。"也是期待君恩浩荡而趁春江涨潮回归故乡。

四、王昌龄送别诗中喜欢写月亮

月亮是一种光明皎洁的物体,也是心地纯净明澈的象征,与李白一样,王昌龄也非常喜爱月亮,喜欢在诗中描写月亮,在众多的送别诗中,王昌龄总喜欢带上一轮明月,除了前面所引诗中含有明月之外,这样的例子还有很多。如"山为两乡别，月带千里貌（《送任五之桂林》）、"幽娟松筱径，月出寒蝉鸣"（《山中别庞十》）、"月明见古寺，林外登高楼。……江月照吴县，西归梦中游"（《东京府县诸公与綦毋潜李颀相送至白马寺宿》）、"日西石门峤，月吐金陵洲"（《留别岑参兄弟》）、"竹映秋馆深，月寒江风起"（《巴陵别刘处士》）、"何处遥望君，江边明月楼"（《送胡大》）、"明月随良掾，春潮夜夜深"（《送郭司仓》）、"天长杳无隔，月影在寒水"《送李十五》）、"别后冷山月，清猿无断时"（《送张四》）、"扁舟事洛阳，窅窅含楚月"（《送刘十五之郡》）、"晓夕双帆归鄂渚，愁将孤月梦中寻"（《送人归江夏》）、"武冈前路看斜月，片片舟中云向西"（《送程六》），等等。各种情境下的明月与浓浓的秋意、寒冷的江风总是相生相伴，写月下景，抒月中情，成为王昌龄送别诗的一种标志性特征。

第四讲　李白诗歌的飘逸之美

　　李白（701—762年），字太白，号青莲居士。祖籍陇西成纪（今甘肃天水市），先世在隋代迁徙西域，至其父始迁回绵州彰明之青莲乡（今四川江油）。

　　李白是完整经历开天盛世及安史之乱的盛唐代表性诗人，号为"诗仙"，与杜甫并称"李杜"。也是屈原之后最杰出的浪漫主义诗人，更是古乐府的集大成者。他的诗歌风格以雄浑飘逸为主色调，也有清丽明快、自然天成的另一面。李白诗歌最有风采的是五古、七古和七绝三种体裁，其中七绝与王昌龄并称。

　　李白横空出世，惊耀盛唐，如璀璨的巨星，永远照亮中国诗歌的艺术天空。其主要的艺术特点是：想象丰富奇特，结构开合自然而变幻莫测，与情感变化大起大落相合，又擅长联想与夸饰，语言浑然天成，富有强烈的主观化色彩。

　　下面以具体作品为例，感受诗仙的飘逸之美。

《蜀道难》[1]

噫吁嚱，危乎高哉[2]！

蜀道之难，难于上青天！

蚕丛及鱼凫，开国何茫然[3]！

尔来[4]四万八千岁，不与秦塞[5]通人烟。

西当太白有鸟道[6]，可以横绝峨眉巅[7]。

地崩山摧壮士死[8]，然后天梯石栈相钩连[9]。

上有六龙回日之高标[10]，下有冲波逆折之回川[11]。

黄鹤[12]之飞尚不得过，猿猱[13]欲度愁攀援。

青泥何盘盘[14]，百步九折萦岩峦[15]。

扪参历井仰胁息[16]，以手抚膺[17]坐长叹。

问君西游何时还？畏途巉岩[18]不可攀。

但见悲鸟号古木[19]，雄飞雌从[20]绕林间。

又闻子规[21]啼夜月，愁空山。

蜀道之难，难于上青天，使人听此凋朱颜[22]！

连峰去天不盈尺，枯松倒挂倚[23]绝壁。

飞湍瀑流争喧豗[24]，砯崖转石[25]万壑雷。

其险也如此，嗟尔[26]远道之人胡为乎来哉！

剑阁峥嵘而崔嵬[27]，一夫当关，万夫莫开。

所守或匪亲，化为狼与豺[28]。

朝避猛虎，夕避长蛇[29]；

磨牙吮血[30]，杀人如麻。

锦城[31]虽云乐，不如早还家。

蜀道之难，难于上青天，侧身西望长咨嗟[32]！

【注释】

[1]《蜀道难》是乐府《相和歌·瑟调曲》旧题。《乐府古题要解》云："《蜀道难》备言铜梁、玉垒之阻。"此诗根据这一诗题的传统内容，以雄奇奔放的笔调，展开恢宏壮丽的联想与想象，运用极度的夸饰，描绘由秦入蜀道路上惊险而奇丽的山水景象，也寄寓了一些形胜之地易于割据的隐忧，其中也许含有一些仕途的蹭蹬之感。这首诗编在殷璠《河岳英灵集中》，在唐代就非常有名，据孟启《本事诗·高逸》记载，李白初至长安，贺知章往访，见《蜀道难》，"惊叹者数四，号为谪仙"。应当是安史之乱前的作品，但具体作时作地现在难以确定。[2]噫吁嚱：惊叹词，蜀地方言。相当于通常见到令人惊奇的事物时所说的"哇塞"。危：高。[3]蚕丛、鱼凫：传说中古蜀国的两个国王。茫然：渺远。[4]尔来：从那（蚕丛、鱼凫）以来。[5]秦塞：秦地，秦中自古为四塞之国。[6]太白：山名，终南山西段，在今陕西郿县东南，出于由秦入蜀的途中，当秦都咸阳之西。鸟道：只有鸟才能飞越的峡谷。[7]横绝：横度。峨嵋：山名，在今四川峨眉县。[8]地崩山摧：据《华阳国志·蜀志》载，秦惠王许嫁五个美女给蜀王，蜀王派五丁力士去迎接。回到梓潼，见一条大蛇钻入山穴中，五力士共拽蛇尾，把山拉倒，力士和美女都被压死，山也崩裂成五岭。[9]天梯：高峻入云的石壁上开凿的石级路。石栈：在山崖上凿石架木而建成的栈

道。[10]六龙回日：古代神话中，羲和驾着六龙所拉的车子载太阳在空中运行。此言山太高峻，连羲和的车子也得回转。高标：山的最高峰。[11]冲波逆折：向前冲的波浪遭遇阻拦回流。回川：回流的河水。[12]黄鹤：即黄鹄，善高飞的鸟。[13]猿猱：猿猴，蜀中多猿，善攀援。[14]青泥岭，山名，在今陕西略阳县西北。据说此山长年多雨，有"十里不同天"之说，故路途常有泥淖。盘盘：盘旋曲折。[15]萦：萦绕。岩：巨大岩石。峦：顶圆的山峰。[16]扪参句：参、井，二十八宿之一，参宿七星，属猎户座，井宿八星，属双子座。秦属参星的分野，蜀属井星分野。由参到井，是由秦入蜀的星空。意谓山高入天，行人仿佛可以摸到天上的星辰，紧张得连大气也不敢出。胁息：屏住呼吸。[17]抚膺：按住胸口。[18]畏途巉岩：令人生畏的路途上的陡峭悬崖。[19]悲鸟：鸣声让人感到悲惨的鸟。号：号叫。[20]雄飞雌从：雄鸟与雌鸟追逐飞鸣。[21]子规：即杜鹃，又名杜宇，是蜀中所产的鸟，相传为蜀古望帝魂魄所化。子规春末出现，啼声哀婉动人，听上去好像在说"不如归去"。[22]凋朱颜：青春容颜为之凋谢。[23]倚：贴靠着。[24]喧豗：喧闹轰鸣声。[25]砯崖转石：撞击山崖，绕着巨石翻腾（激发出声响）。[26]嗟尔：叹词。相当于"啊"。[27]剑阁：在今四川剑阁县北，即大剑山和小剑山之间的一条栈道，又名剑门关。峥嵘：气势雄伟。崔嵬：高峻险要。[28]一夫四句：张载《剑阁铭》："一夫荷戟，万夫趑趄。形胜之地，匪亲勿居。"意为一个人把手关口，一万人也难以攻破；若不是可靠的亲信镇守，就会恃险作乱，变成残害人民的豺狼。[29]猛虎、长蛇：比喻恃险作乱者。[30]吮：吸取。[31]锦城：即锦官城，成都的别称。成都以产锦著名，古代曾设官专理其事，故称。[32]长咨嗟：长声叹息。

唐玄宗天宝元年秋天，李白奉召入京，任翰林供奉。

一天，著名诗人也是名道士的贺知章，慕名前往旅舍拜访李白。一进门就被李白的天纵英姿所吸引，然后提出想拜读李白的新作，李白连忙拿出一首新诗，递到银须飘拂的贺知章手上，贺知章一边大声吟诵，一边赞不绝口，称李白真乃天上的谪仙人，并解下腰间的金龟请李白痛饮美酒，两人相见恨晚，一醉方休。这首诗就是李白模拟的古乐府《蜀道难》。

《蜀道难》是乐府古题，原属《相和歌·瑟调曲》的旧题，据宋代郭茂倩《乐府诗集》，收录的《蜀道难》有梁简文帝两首、梁刘孝威两首、陈阴铿一首、唐张文琮一首和李白一首等，共七首诗，除刘孝威、李白外，所有作品都是五言古诗。如简文帝诗："巫山七百里，巴水三回曲。笛声下复高，猿啼断还续。"刘孝威诗："隔山金碧有光辉，迁停车马正轻肥。弥思王褒拥节去，复忆相如乘传归。君平子云寂不嗣，江汉英灵已信稀。"张文琮诗："梁山镇地险，积石阻云端。深谷下寥廓，层岩上郁盘。飞梁架绝岭，栈道接危峦。揽辔独长息，方知斯路难。"规模都比较小，唯李白这首诗规模宏大，气势雄伟，极古乐府之变，达到了李白乐府诗的一个艺术高峰，这一题材至此被写尽，连他本人此后再也没有同题的第二首了。

我们知道，艺术创作一定有所继承，也必须有所创新。李白的这首《蜀道难》继承了他的前辈们诗中主要的一些意象，如蜀道、蜀地景物（如猿鸣）、蜀地典故、道路艰险等，但显然不止于此。首先是体制新奇，运用杂言体，容纳了丰富的内容，以雄肆的笔调，描绘了由秦入蜀道路上的奇异山水景观，简直就是一篇蜀道赋；其次就是变先前的客观描述，为带有强烈主观色彩的咏叹描摹，呈现出天地自然与人类心灵交融的奇妙景象。

如同这首诗的出现是一个奇迹一样，后代在接受这首诗时，也呈现出众说纷纭的状态，创造了李白诗歌接受史上的一个奇迹。古人本来就有探索本事的强烈兴趣，对诗人的创作意图的揣测成为读诗的重要方面，如果没有弄清创作本意，就似乎没有读懂一首诗。这首诗虽然是发挥传统内容（蜀道之难），但要比旧题复杂得多，牵涉到一些现实的问题和"西游之人（君）"，其主题一向引起争论。概括地说，有五种说法：（1）罪严武、危房杜说（见《新唐书》卷129《严武传》；卷158《韦皋传》）：认为李白在安史之乱后担心杜甫的安全，故写此诗以谴责严武。（2）讽刺玄宗入蜀说，认为安史之乱爆发后，唐玄宗逃往成都，李白作此诗讽刺玄宗幸蜀不是良策（元人萧士赟《李太白集分类补注》卷三）。这两种说法可以肯定是错误的，因为贺知章见过这首诗，而贺知章死于天宝三年，所以这首诗创作不迟于天宝三年。又，殷璠《河岳英灵集》收有《蜀道难》，而这本书成于天宝四年（745年）或十二年（753年），因此本诗创作最晚不能迟于天宝十二年（753年），这样才可能被收入《河岳英灵集》。这都是在安史之乱（755—763年）以前的事，而一、二两种说法均是安史之乱以后的事。（3）讽章仇兼琼割据说（见萧注引）：但实际上李白曾赞颂过此人，而且他担任四川节度使，为人并不坏，也没有在四川搞割据，而且一直争取到中央去做官，本诗和他的事迹联系不起来，所以此说亦不可靠。（4）送友人入蜀说：据诗中句子，有一定的道理；但将其坐实的根据则有点勉强（有人认为"君"是李白朋友王炎或道友元丹丘）。（5）歌咏山川，别无寓意：清人顾炎武《日知录》卷二十六说"即事成篇，别无寓意"，此说较为客观，可依。因为李白本来就善于借乐府旧题写诗，而家乡在四川的李白自然不会放过吟咏家乡的机会；而在历史上，四川又几度被割据，现实中的四川也是危机四伏，所以诗人在诗中不免发出一些告诫。我们认为对这首诗的主题不宜过分深求，也不必作繁琐考证，而要从诗的艺术形象和盛唐创作风气直接进行总结、概括。盛唐诗人创作喜欢结合送别写山水自然，如岑参的《白雪歌送武判官归京》，这样的创作方式李白也有（如《梦游天姥吟留别》）。这首诗很可能就是李白结合朋友去四川，写蜀道的奇险壮丽。这样说比较客观一些——《蜀道难》就是蜀道赞、蜀道颂。它写的是一种惊心动魄的美，是充满激情地对蜀道的赞颂。当然这首诗在"颂"的同时，又写出了形胜之地易于割据的隐忧。

李白这首诗的核心就是渲染"蜀道之难"，甚至不惜将其描写得有些阴森可怖，但全诗给人最突出的感受，仍然是雄伟开阔的境界，是壮美，能够激发读者对神奇的蜀道上奇丽山川的向往之情。从描写对象说，蜀道虽然艰难万状，使人害怕，但它又具有巍峨雄壮、惊险有力的特点，它在诗人的笔下，同美丽的神话传说结合起来，更形成一种诱人的魅力。从诗人主观世界来说，我们知道李白胸襟开阔，性格豪放傲岸，他这种思想性格特色在诗作中除直接的表白外，还常常借助于对外界雄伟的不平凡的事物来寄托和表现。他歌咏高山大川，不是纯客观地临摹自然面貌，而是深深打上了自己思想性格的烙印。《蜀道难》的夸张及其具有强烈抒情意味的描写，正是诗人特有的思想性格的一种特殊的反映。作者抓住了蜀道山川最突出的特点——雄奇险峻，加以强烈的渲染描绘，着重抒写诗人自己对山川强烈的印象。从中看出，李白的艺术天才并不表现为对自然的精工刻画、追求山水的形似，而是更突出地表现为对山水之神的捕捉。与王维诗相比，王诗努力创造情景交融的意境，对山水景物精心刻画；李白则偏重主观印象，李白诗中的山水，是融入李白性格因素人化的山水（性格化的山水、人格化的山水），既能体现山水的特点，又能体现自己的个性。李白将自己强烈的个性融入山水，使山水带有夸饰色彩的特征；而王维则以艺术家的眼光打量山水，精心构图着色，山水以画幅的形式客观呈现本来面目。

李白是浪漫主义诗人，表现在诗中就是大量运用神话、夸张、想象等手法，将眼前的山水景物与神话故事和想象境界结合起来，造成虚实相生的效果。如李白将蜀道难写得神乎其神，煞有介事，但我们知道，李白五岁之后一直没有走过这条由秦入蜀的蜀道。五岁以前即使走过，也可以忽略不计。可以说，李白这首诗几乎全是凭空落笔，主观化成分较多。既然是凭空落笔，就不可能太实，但又不能太虚。太实，他缺少这方面的材料，也不符合他的性格，不符合诗歌艺术的特征；太虚，则不可信，不足以服人。最好是虚虚实实，真真假假。这方面李白处理得很好。诗中有写实的成分，如"下有冲波逆折之回川"、"青泥何盘盘，百步九折萦岩峦"、"枯松倒挂倚绝壁"、"剑阁峥嵘而崔嵬"之类，这些实的东西既可能来源于历代文献的有关记载，也可能来源于李白对蜀地其他地方险山恶水的感受，李白将其移植过来，贴上"蜀道"的标签。只是他的移植不露痕迹，显得真实可信。诗中更多的是虚写。虚写李白最拿手，历史传说、神话、夸张（大话）、想象（假话）都派上了用场，而且用得多用得好。历史传说如"蚕丛及鱼凫"、"地崩山摧壮士死"，大话如"尔来四万八千岁"、"扪参历井仰胁息"、"连峰去天不盈尺"，假话如"上有六龙回日之高标"、"可以横绝峨眉巅"。不论它们是真是假，李白都写得大气磅礴，以这种大的才气、大的口气、大的气势统摄一切，令人不容置疑，让人觉得既真实可信，又无比神奇。在这种大气之下，人们只有佩服的份了。老诗人贺知章还未读完，就"称叹者数四，号为谪仙，解金龟换酒，与倾尽醉"。

章法结构与语言形式方面，这首诗也颇具特色：（1）章法结构：李白才气充沛，许多诗歌都是喷薄而出、随口而发的产物。这首诗也是如此，完全是一挥而就，但仍然有章法。这首诗写蜀道难至少有三条线索：一是由古及今的时间线索，由蜀道历史写到现实眼前；二是由秦入蜀的空间线索，由太白、峨眉、青泥一直写到剑阁、锦官城；三是由自然环境到政治形势（人文环境）。三条线索都很清楚。李白的过人之处在于，不是死守什么章法线索，而是灵活自如地将它们综合在一起，完全听从自己的支配。他不是先订章法后写诗，而是出口成章，边写诗边出章法，即所谓无招胜有招，也就是朱熹所说的："非无法度，乃从容于法度之中，盖圣于诗者也。"（《朱子语类》卷140）（2）语言形式（句式）：这首诗是以七言为主的杂言体乐府诗（七古），但风格不像初唐的《春江花月夜》。为了抒发其奔涌跌宕的感情，李白将楚辞、古赋和古文的句式引入诗中，用三言、四言、五言、九言、十一言这些参差错落的句式，营造出不同的节奏旋律。一开头，句式由三言迅速变为四言、五言，再变为七言，与之相伴的是跳跃动荡的节奏。中间多用长句，是长长的咏叹调（如"其险也如此，嗟尔远道之人胡为乎来哉"）。后半部分写剑阁形势，多用四言句，简劲有力、壁立千仞，也可见出形势之严峻。这些变化都用得恰到好处，那是因为李白才气大，可以自如地操纵这些形式。

抒情方式的选择方面，李白采取的是回环往复的咏叹。本诗很有气势，但不是平直地写下去的，在抒情上有回环往复、一唱三叹的效果。这种回环往复的抒情标志是三次出现"蜀道难，难于上青天"。它三次出现，像三条有力的纽带连贯全诗，给人波澜起伏之感。全诗围绕这句反复出现的诗句，一个波峰接着一个波峰，将诗情向前推进，表现感情的爆发、延伸和收束。开篇就用充分惊叹的语调，把对自然界景物的强烈感受凝结成一句"蜀道难，难于上青天"，这一开头是拔地而起、破空而来，具有先声夺人的效果，像一场威武雄壮的戏剧开始时那种震撼人心的锣鼓，定下了一个豪迈的基调；第二次出现是为了承前启后，是在前面大段的淋漓尽致的描写之后出现的，此处是对上面的小结，又是一个暂时的间歇和停顿，张中有弛，让读者紧张的神经舒缓一下，回味一下前面那惊心动魄的场面，为迎接下一次高潮做好心理准备；结尾出现是对全篇的总结，也是对全篇的照应、回味。三次重复，不是简单的重复和单纯的加深印象，而是和思想内容的发展相一致的、紧密联系的，像一首交响乐中的主旋律一样，将全诗的感情调动起来，使全诗在雄奇奔放中还有一唱三叹、回环往复之妙。它每出现一次，诗情就向前推进一步，主题就深化一层。它的三次出现还造成波澜起伏的感觉，把全诗的感染力集中起来，使蜀道的艰难时时紧扣着读者的心弦，从而产生回肠荡气的艺术效果。

《蜀道难》的奇特还在于运用"语象"来传达"物象"。王富仁说："李白的这首诗本身就像是一幅连绵不绝、山阜相属、岗峦错杂、陡岩壁立、奇崛雄伟的山景图。""语句的连绵同山势的连绵的感觉在读者的感觉中相通，全诗的长度则与山岭的长度相应和，其中句式的突兀变化、长短句的交相错杂，则与山势的奇崛、岗峦的错杂感在情绪上交相呼应。"[①]从一个新的视角来重新解读《蜀道难》，给人以新鲜有益的启迪。

---

① 王富仁《李白：语象、文象与物象》，《古老的回声》，第197页，四川人民出版社2003年版。

《望庐山瀑布二首》

庐山是一座驰名中外、称誉古今的名山，其"东南有香炉峰，游气笼其上，氤氲若香烟"，"其水出其腹，挂流三四百丈，飞湍于林峰之表出，望之若悬素，注水处石悉成井，其深不测也。"（《太平御览》引周景式《庐山记》）此水就是著名的"香炉瀑布"，成为庐山神奇秀美的标志，也成为历代诗人歌咏的对象。在众多的歌咏瀑布诗歌中，最为著名的当推诗仙李白的《望庐山瀑布二首》。

其一：

> 西登香炉峰，南见瀑布水。挂流三百丈，喷壑数十里。
> 欻如飞电来，隐若白虹起。初惊河汉落，半洒云天里。
> 仰观势转雄，壮哉造化功。海风吹不断，江月照还空。
> 空中乱潈射，左右洗青壁。飞珠散轻霞，流沫沸穹石。
> 而我乐名山，对之心亦闲。无论漱琼液，且得洗尘颜。
> 且谐宿所好，永愿辞人间。

这首五古采用大谢体，写登览香炉峰观赏庐山瀑布的具体情境及其感受，运用赋笔铺陈描写，可以说把瀑布刻画得惟妙惟肖：在香炉峰顶向南遥望，瀑布悬挂天地之间，高达三四百丈，飞珠溅沫在山谷石壁之间奔流数十里；她像一道银色的闪电从天空飞落山涧，又像一条白色的虹霓若隐若现地从山谷里飞上云霄。来到峡谷仰视瀑布，则惊奇地感觉到仿佛那是银河跌落人间，飞溅的水花像彩色的雨点从半空的云层里飘洒而下，那飞腾轰鸣的气势，那惊心动魄的神采，那雄伟壮丽的英姿，真是大自然鬼斧神工的创造！海风气势汹涌扑来想吹灭瀑布，可是她依然奔流不息；江月幽邃神秘地穿透万古时空想掩盖瀑布的光辉，可是她依然银光闪烁。她是宇宙间活泼泼的生命奇观，她从空中喷射出晶莹的水珠，洗涤着她身躯依托的青苍色的石壁；巨壑下的深潭中，飞溅的珍珠雪霰散射空中形成轻盈的云霞，奔腾的激浪将阻拦的穹石团团围住，宛然巨鼎中煮沸的佳馔。面对如此的奇景奇境，诗人抑制不住感情的倾泻，既赞叹瀑布的雄姿能让人心宁闲静，又快乐于用瀑布的玉液琼浆漱洗自己面目与心灵的尘埃，并愿意脱离红尘归隐在瀑布的身边。李白是一个"一生好入名山游"的主观性强烈的诗人，他与大自然有一种亲和力，能在大自然中找到安放心灵的处所。这首诗虽然采用直叙的线性结构，但已经完全摆脱大谢山水诗有句无篇、结尾落入玄想哲理的呆板模式，而是转向孟浩然山水诗的浑融完整，又比孟诗丰腴清润、气势雄健，体现出雄壮浑厚的盛唐气象。

再来看其二：

> 日照香炉生紫烟，遥看瀑布挂前川。
> 飞流直下三千尺，疑是银河落九天。

这无疑是李白七绝中最富于艺术魅力和独特个性的作品。首句采用烘云托月的手法，描写瀑布的背景：香炉峰苍翠耸立，从酷似香炉的峰巅袅袅升起团团白烟，飘渺于青山蓝天之间，在太阳的照射下，化成一片紫色的云霞，展现出云气蒸腾霞气氤氲的壮丽景象，日红云白山青气紫，加上想象中香炉虚幻的金黄，真是五彩缤纷，绚丽多姿。在这样奇幻背景的烘托下，瀑布出现在遥望的视野中：高耸入云的香炉峰与峡谷里奔腾的大河之间，瀑布像一条巨大的白练高挂于山川的前面。一个"挂"字展现出雄伟的大自然无与伦比的力量，包含了对造化奇功的赞颂。接着镜头由远景拉到中景：诗人视角转为仰视，喷涌倾泻的飞流，从陡峭的悬崖上垂直落下，潇洒飘落三千余尺，以磅礴万钧的力量触击深涧的巨石，发出雷鸣般的轰响，并飞溅起雪白的浪花，形成雪霰般的云霞。诗人惊叹惊讶惊奇惊异，于是眼前出现一个奇妙的幻境：仿佛那无限高远的蔚蓝的苍穹里，一道闪亮的银河飞落到人间。在这样的奇观面前，所有的赞美显得多余，这个想落天外的结尾既能引起读者神游八极的想象，又激起读者惊叹叫绝的情感波涛，显得意蕴无尽。体现出李白绝句"万里一泻，末势犹壮"的艺术特色。

从上面的分析来看，这两首诗尽管体裁不同，但是诗中所运用的意象基本相同，情感和意境也大体相似，只是第一首比较古朴苍劲，雄奇奔放，第二首则飘逸不群，含蓄隽永。应该说两首诗都能代表李白的成就，而且都堪称名作，但历代对二诗评价却褒贬不一，加上选本弃古选绝的抑扬，因此五古便不及绝句家喻户晓。这其中的原因耐人寻味，值得认真探讨。

据詹锳先生考证，此诗写于李白未入长安之前，大约在开元十四年左右，即是李白二十六七岁时的作品。此时的李白刚从蜀中出来，游览祖国的壮美河山，就生出归隐的愿望，可见庐山瀑布惊人的魅力，这种魅力此后一直成为李白心中的幻梦。安史之乱期间，他就偕夫人隐居庐山屏风叠，几乎实现了早年的人生梦想（后因永王李璘的邀请，入其幕，最终获罪远贬夜郎，隐居庐山的美梦破灭），此时还创作了《庐山谣寄卢侍御虚舟》，其中这样描写庐山及其瀑布："庐山秀出南斗傍，屏风九叠云锦张，影落明湖青黛光，金阙前开二峰长，银河倒挂三石梁。香炉瀑布遥相望，回崖沓嶂凌苍苍。翠影红霞映朝日，鸟飞不到吴天长。登高壮观天地间，大江茫茫去不还。黄云万里动风色，白波九道流雪山。"真是雄浑飘逸，气象壮阔，洋溢着一股奇绝的豪迈情怀。即使到了晚年寄居宣城，他对庐山的怀恋还是相当强烈，当他的侄子李崇要去游览庐山时，李白豪情满怀地写下诗序《秋于敬亭送从侄崇游庐山序》，其中这样赞美庐山瀑布："长山横蹙，九江却转，瀑布天落，半与银河争流，腾虹奔电，众射万壑，此宇宙之奇诡也。"简直可以和上面的诗歌相互媲美，诗序的最后表达了强烈的归隐庐山的愿望。可见：李白有庐山情结。他要调动五彩的诗笔来描绘心中向往的灵山胜景。

应该说李白的庐山情结和反复歌咏庐山及瀑布的优美诗篇，是庐山美名远扬的重要条件。而围绕两首诗的优劣问题则成为学术史上的一段公案。最早作出评论的当推李白同时的诗人任华，他是李白的追随者，也是一个颇具魏晋名士风度的狂放不羁之人，他在《杂言寄李白》中说："登庐山，观瀑布。海风吹不断，江月照还空，余爱此两句。"任华具有复古观念，对李白的五古非常欣赏，但他没有评论绝句，因此埋下两首诗优劣争端的引线。后来元人韦居安《梅磵诗话》回应了任华的观点，他说："李太白《庐山瀑布》诗有'疑是银河落九天'句，东坡尝称美之。又观太白'海风吹不断，江月照还空'一联，磊落清壮，语简意足，优于绝句，真古今绝唱也。然非历览此景，不足以见此诗之妙。"[1]《梅磵诗话》是被近人丁福保称为"持论精当，无所偏颇，深得诗话之体"的著作，但仅观这一条就看出了他的严重偏颇。显然韦氏是有意与苏轼唱反调才力主古体优于绝句之说，其主要的论据就是亲历其境的感受。这就很让人怀疑了：难道那首七绝不是亲历其境的作品吗？或者说七绝不能让人产生如临其境之感吗？原来，韦安居的观点并非自创，而是重复南宋胡仔《苕溪渔隐丛话》

---

① 丁福保辑《历代诗话续编》（中册），第534页，中华书局2006年版。

的观点，胡氏说："太白《望庐山瀑布》绝句，东坡美之，有诗云：'帝遣银河一派垂，古来唯有谪仙词。'然余谓前篇古诗云：海风吹不断，江月照还空'，磊落清壮，语简而意尽，优于绝句多矣。"再查考则知胡氏观点又来自葛立方《韵语阳秋》，葛氏认为李白绝句"银河一派，犹涉比类，未若白前篇云'海风吹不断，江月照还空'。凿空道出，为可喜也。"①此外，尚有南宋刘辰翁也持古优绝劣论。苏轼在中国古代文学批评史上具有重要的地位，诸如对陶渊明诗、王维诗、柳宗元诗、元白诗的评论都具有真知灼见，难道对李白的这首诗唯独走眼了吗？我认为其中包含着重大的审美观念的问题，值得仔细探讨。我们不妨先丢开古、绝优劣的问题，来讨论一下李白绝句与中唐诗人徐凝的《庐山瀑布》，诗曰：

> 虚空落泉千仞直，雷奔入江不暂息。
> 千古犹疑白练飞，一条界破青山色。

090　据说这首诗曾得到白居易的赞赏，还让诗人张祜哑然失色，平心而论，徐诗确实很有气势，"白练"的比喻也很形象，而且"千古""千仞"涉及时间与空间，尤其"界破"一词新颖而且富有力度感。但是遭到苏轼的严厉批评，苏轼作一首绝句讽刺说："帝遣银河一派垂，古来唯有谪仙词。飞流溅沫知道少，不为徐凝洗恶诗。"细较李白、徐凝两诗，从诗歌艺术境界来看，李诗雄浑壮阔，运用夸张手法将现实与想象联系起来，不仅气势恢宏而且境界阔大；而徐诗局限于瀑布本身，尾句使瀑布变得气度局窄，显得很细很亮，远远没有"银河落九天"那样的壮丽飘逸。再从艺术表现手法来看，徐凝的"虚空落泉千仞直"，用了"落""直"，但"落"为"泉"的修饰语，因而不具有运动感，导致后面的"直"也显得呆板，而李白的"飞流直下三千尺"，长度与垂直落下与徐诗相同，但"飞""直下"使瀑布有了倾泻的动感，故静中有动，神采活泼。徐诗"千古犹疑白练飞"，虽有"飞"字，但置于末尾，又受开头的"千古"限制，因此动态变成了静态形式，似乎是一匹白练挂在那里，千年不动，仍然显得呆板；而李诗"疑是银河落九天"，将惊疑的心境夹于诗的形象之中，一个"落"字，又写出飞泻的气势，动感极强。总之，李白将瀑布活泼泼的生命神态写出来了，境界开阔，形象生动，形神兼备；而徐凝将瀑布写得很死很呆板，境界局

---

① 何文焕辑《历代诗话》（下卷），第590页，中华书局1981年版。

窄，有形无神。总体上看徐诗远逊于李诗。这样看来，苏轼的审美判断是非常准确的。如果我们从文学创作渊源的角度来看问题的话，那么不难发现这两首绝句属于不同的类型。徐凝虽然运用绝句的形式，但实际上运用的是绝句最忌讳的赋法，属于谢灵运山水诗的描写模式，显然是中唐时代写实主义诗歌思潮在山水诗创作中的反映。徐凝注目于瀑布本身，调动一切手段刻画瀑布，过分追求形似，追求不同于盛唐空灵飘逸的踏实，流露出一种追新求险的艺术旨趣，过分的内敛使诗歌艺术形象窘迫，缺少神韵。而李白的绝句却有意避开五古全方位多角度的近境描摹，与瀑布保持不即不离的距离，运用铺垫烘托、艺术想象、化美为媚、动静转化等艺术手段，表现得淋漓顿挫，气度非凡，显然是盛唐恢弘豪迈的时代精神的折光。李白绝句的奔放空灵形神兼备与五古的雄浑劲健磊落清壮，形成相互映衬的双璧，实在不应该相互轩轾。既然从苏轼之后，众口一词地都说"古优绝劣"，那么我们就有必要来研究其中的深层原因。我们不难发现，南宋到元明时期，由于理学的兴起，从社会政治到文化艺术领域，都崇尚经世致用并追求理趣，彻底抛开虚空飘逸的美学宗旨，诗文变成载道的工具，标志着曾经辉煌灿烂浪漫飘逸的盛唐之音渐渐远逝。苏轼是一个艺术旨趣健康通脱的文人，他的诗学视野开阔，美学观念先进，对艺术的领悟具有独特性。所以他能发现沉藏在千年诗史中诗名隐晦的陶渊明的价值，又能在王维的诗中发现画意之美，各种艺术形式在苏轼看来是可以相互融通的。他蔑视徐凝赞美李白正是这种艺术观的体现，苏轼深邃的艺术眼光，不是胡仔、韦安居等人能够望其项背的。

英国文艺批评家布洛提出了著名的"心理距离"说。他认为艺术必须与实际的人生有所距离，有了距离，始置身局外，以无所为而为的态度观照之，故觉其新鲜有趣。然艺术又不能与实际人生距离太远，距离太远，则不能入情入理。距离远近适当，此艺术之所以为艺术也。中国古代画论一向重"神似"轻"形似"，故将"气韵"列为第一。唐代张彦远《历代名画记》（卷一）说："至于鬼神人物，有生动之可状，须神韵而后全；若气韵不周，空陈形似，笔力未遒，空间赋彩，谓非妙也。"因为重"神韵"，因而要求在作画时能"传神"。邓椿曾说："盈天地之间万物，悉皆含豪运思，曲尽其态，止一法耳。一者何也？曰神韵而已矣。世徒知人之有神，而不知物之有神，此若虚深鄙众工，虽曰画而非画者，盖只能传其形，而不能传其神也。"郭若虚瞧不起那些只能画出一些"非画"的一般画工，就因为他们的画徒具其形而未能传其神。可见"画"与"非画"的区别，根源于能否"写物传神"。中国古代山水画与山水诗关系非常密切，从历史演变来看，山水诗成熟比较早，艺术规范在盛唐达到完全成熟，而山水画及其理论则稍晚一些，在晚唐五代达到成熟。由此看来，山水诗的艺术原则对山水画理论有很深影响。画家作画，总是细心研摹物象，体味其神韵，然后经营位置随类赋彩，并将自己的人生感悟和理想融入艺术形象之中；而诗人写诗也相似，他们面对自然景物，也是静观默察，把握景物的特点，然后飞驰艺术想象，把自己的情感熔铸进物象之中，形成独特的艺术形象。舍形似重神似是山水画和山水诗一致的艺术准则，其中的艺术原理与西方的审美距离是相通的。岑家梧说："盖以其与实物无距离，无距离则与照相何异？然又不完全脱离形似，亦即不能距离实物太远，太远则失之物理，难于造物争奇，此即顾恺之所谓'以形写神'，'迁想妙得'是也。"（《中国画的神韵与形似》）如果我们运用这种理论来看待李白和徐凝的诗，则不难看出，徐诗距离瀑布太近，只能算是"以形写形"，这是赋法的最主要的艺术缺陷，李白的五古中主要的部分也存在这样的问题，古体诗的直遂径达就因为缺乏恰当的审美距离。而李白的绝句则十分符合"既入乎其内又出乎其外"的艺术原则，与瀑布保持了恰当的审美距离，故能以形写神，形神兼备。如果我们再认真考察韦安居的说法，则可以发现他要求诗歌要表现的是"亲历"其境的感受，实际上是要拉近诗人与物象之间的审美距离，归根结底是要"形似"，但是他们一致欣赏的两句恰恰表现了诗人与瀑布不即不离的审美距离，海风千年江月万古，显然是驰骋艺术想象的结晶。他们没有从整体上区分李白五古和绝句的优劣，表现了这种摘句批评的理论缺陷，因而也无法真正区分艺术作品造诣的深浅。

通过以上的分析，我认为李白《庐山瀑布二首》存在审美距离远近的差异，而两首诗最成功的地方都在于恰当把握了人与物之间的审美距离，对瀑布作了形神兼备的艺术表达，并融入了诗人的个性特点和鲜明的时代精神，具有后代无法复制也难以超越的艺术美，那些轩轾者无不表现出他们艺术观念的偏颇和缺陷。

《独坐敬亭山》

众鸟高飞尽，孤云独去闲。

相看两不厌，只有敬亭山。

李白七绝的特点表现为兴到神会、自然天成，如果写景，那是生动形象，充满灵气，像《早发白帝城》、《陪族叔刑部侍郎晔及中书贾舍人至游洞庭五首》；如果送别，则情真一切，情景交融，像《送孟浩然之广陵》、《赠汪伦》。而李白的五绝特点则简洁明快，清新隽永，情韵无限，自然含蓄。像这首《独坐敬亭山》。

敬亭山，一名昭亭山，在今安徽宣城县北。山下有北楼，相传为南齐宣城太守谢朓所建，谢朓曾在这里饮酒赋诗，留下历代传颂的佳话。李白渴慕魏晋风流，"一生低首谢宣城"，加上中年以后长期盘桓寄居此地，所以对敬亭山情有独钟。

这首小诗前两句营造一个鸟飞云去的空静意境，所有的鸟儿知趣地飞向高空，那仅剩的一片孤云也悠闲地飘向了远方，高大而幽深的敬亭山呈现出一派静谧安详的氛围。在这里"鸟""云"与"山"都富于象征意义：鸟飞云去，象征着嘈杂的喧嚣和漂泊的孤独远去了，而这山本是那鸟和云的故乡，现在鸟飞云去了，大山终于可以展露出安详静谧的永恒面貌来，成为安放清净禅心的理想场所，也是李白灵魂归向自然的最佳目的地。后两句在此基础上建构了一个"人"与"山"天人合一的大和谐：李白与敬亭山，相看两不厌，相互理解、相互欣赏、相互包涵。山以博大仁慈的胸怀接纳天涯漂泊的游子，慰抚他心灵的创伤；游子挣扎于人间的大海，身心疲惫后归隐山的灵境，灵魂得以栖息安稳。

全诗既意境高妙、超旷闲适，又清新隽永，情韵无限。后来柳宗元的《江雪》取径与此诗相同，也是先营构一个无比阔大空旷静寂的大雪世界，然后让孤舟独钓的渔翁来凝聚一种坚毅执著的精神，只是柳诗的孤峻高洁与此诗的超旷闲逸不同，不仅因为时代的差异，更因为两位诗人的命运境遇大为不同，他们在思考人与自然的关系时就会作出不同的价值选择。再后来，南宋的辛弃疾《贺新郎》说："我见青山多妩媚，料青山、见我应如是。"显然是从李白诗歌化出，但呈现出一种豪爽疏放的情致。

《玉阶怨》

玉阶生白露，夜久侵罗袜。

却下水晶帘，玲珑望秋月。

《玉阶怨》是乐府《相和歌·楚调曲》旧题，具体写作时间难以确定，但从题材的特殊性看，应该有宫廷生活的背景，或许作于供奉翰林期间，抑或赐金还山之后吧。

诗题即展现出一种人生命运的矛盾境况：一面是居住在"玉阶"的玲珑剔透、珠光宝气的环境中，一面却是孤寂无聊、哀怨落泪。用现代的话来说就是写嫁入豪门的孤独悲凉，物质世界的无限丰富和精神世界的无比贫乏，形成无法调和的对立两极，呈现出一种强烈的悲剧感。

李白的这首小诗，无一言说"怨"，只是运用白描手法刻画了一个玲珑剔透的小宫女形象。前两句运用倒叙，截去前奏，直接展示她坐在玉阶上的情景，她什么时候出来的？又为什么一个人坐在这里？她是谁又在思念什么？都全部截去了，只知道夜已经很深了，玉阶上都生出了白露，冰凉冰凉的，连她的洁白的真丝罗袜都打湿了，看看那碧蓝的天宇，几颗疏星陪伴着一轮孤独明亮的圆月，银辉洒向万水千山，洒向广袤无际的大地，整个金碧辉煌的宫殿，此刻也沉浸在皎洁的月光中，整个儿的世界仿佛就是一个琉璃般的水晶球，然而宫墙之外的喧哗热闹和宫墙之内的孤寂无聊形成强烈的对照，入宫之前在父母膝下承欢，在这样的三五月明之夜，与兄弟姐妹们玩耍逗乐，那是多么惬意的快乐时光啊！而今囚禁在这豪奢的宫殿中，却只能忍受无边无尽的孤独和悲凉。而那颗天真无邪的少女之心，又无时无刻不在渴望自由飞翔，所以即使夜深露重，也不愿回到宫室里去。这位玉人的心中该蕴藏着多少难以言说的苦痛啊！"生""浸"两个字，将一个浓缩的漫长时间过程展现出来，若隐若现地透露出宫女的凝重情怀，多少深宫悲剧在这一刻变得如此沉重，给青春活泼的生命带来一种难以摆脱的威压，这玉阶的宫殿中原来密藏着这等深重罪恶。

后两句，继续描写玉人的动作，她终于回到了温馨的闺房，该躺下睡觉了吧？但是我们可怜的小玉人，竟然拉下了水晶帘子，水灵灵的眼睛还是无限向往地望着那轮玲珑的秋月。不知是月玲珑还是人玲珑，总之，在这样的十五月圆之夜，玉阶、白露、罗袜、水晶帘、玲珑秋月等意象，构造出一个无比辉光洁净的琉璃般的世界，而玉人却只能满怀哀怨地望着无限广阔而渺远的夜空，给人的是一种彻骨的凄凉。如果单从意境上来看，或许你立刻想起张若虚的《春江花月夜》，确实那也是一个"滟滟随波千万里，何处春江无月明"的月圆之夜，但那是一个"月照花林皆似霰"的窗外世界，我们的主人公也是向那个无限广阔的银色世界展开怀抱，展开想象的，从精神层面上看，那位明月楼中的思妇，是自由自在的，她什么都可以做，什么都可以想，她在憧憬着春夜温馨的相聚，虽然有感伤，但那是青春的感伤，是对美满爱情追求的一种淡淡的哀感，却给人一种轻盈曼妙的美的享受，整个外部环境给主人公的并不是压抑，反而让人充满希望。而李白的这首诗，也许环境并不比美丽江南更坏，但是总给人一种沉重的压抑之感，是那股强劲的千古秋思让人沉重，还是这死寂的深宫让人活得卑微呢？望着那轮千古如斯的圆月，是渴望家乡的温暖，还是渴望君王的恩泽？是想逃脱这重重的束缚，飞翔在辽阔的空宇，还是幻想回到从前，回到烂漫的童年？玉人什么都没有说，只是无语的沉默，但是她分明又"说尽心中无限事"，这样的宫怨，埋葬了多少这样的玉人！诗中分明洋溢着一种伟大的人道主义关怀，从中可以体味到浪漫飘逸的诗仙心中最柔软的情感。

第四讲 李白诗歌的飘逸之美

第五讲　李白笔下的秋浦胜境

秋浦，一个美丽迷人的地方；秋浦，一个富有诗情画意的名字；秋浦，一个可以任你诗意栖居、恣意遨游的佳境；秋浦，一个与伟大诗人李白的灵魂交融在一起的圣地；秋浦，一颗缀在浩荡长江之滨的明珠；秋浦，明净的水、透明的风、晶亮的月色、五彩斑斓的鲜花芳草、简朴醇厚的风俗民情，曾经陶醉过李白的双眼、慰藉过李白的心灵，使李白为她动情地描摹，为她深情地歌唱，秋浦对于李白只不过是一片风景，而李白的歌吟却成为秋浦真正的灵魂。奇丽的山川与旷世的奇才，二美相遇往往相得益彰。江山助诗人之笔，其灵气融入诗文，美轮美奂；诗人传江山之神，其才情化为华章，千古流芳。这就是中国文化史上地以人传、景以文传的现象。滕王阁与王勃，崔颢与黄鹤楼，岳阳楼与范仲淹，苏轼与赤壁等，都是雄文丽景的美妙结合。因为有秋浦有李白，所以有了《秋浦歌》，如果没有《秋浦歌》，那么我们将到那里去寻找美丽的秋浦胜境！秋浦在哪里？她就在江南，在安徽，在离芜湖不远的贵池。让我们随着李白的《秋浦歌》作一次精神上的遨游吧。

一、《秋浦歌》的创作时间考证

一首诗，搞清它的写作时间具有重要的的意义，因为诗人创作诗歌等作品，无不与诗人独特的经历和心理状态密切相关，与诗人的情感状态有重要关系。据詹锳先生《李白诗文系年》[①]考证，他认为李白的《秋浦歌》作于天宝十三年（754），一年后将爆发"安史之乱"，唐王朝将跌入衰败的万丈深渊，而李白也将遭遇到流放夜郎的重大人生挫折。

我同意詹锳先生的意见。理由如下：

---

① 詹锳《李白诗文系年》，人民文学出版社 1984 年新一版。按：詹锳此书写作于 1943 年，对李白现存作品的三分之二作了系年，对推动李白诗文分年编排有重要的意义，因为，宋元以来李白的诗歌都是分类编排的，很难理清李白的创作历程。20 世纪李白诗文整理以此书为重要基石。

（1）李白天宝元年受诏入京，任"供奉翰林"（或"翰林供奉"），并非真正的官职，只不过是点缀在唐玄宗身边的御用文人，与他"大济苍生，使海县清一"的政治理想大相径庭，因此心里非常苦闷，经常喝得烂醉，杜甫《饮中八仙歌》有生动的描述（"李白斗酒诗百篇，长安市上酒家眠。天子呼来不上船，自称臣是酒中仙"）。由于谗言的诋毁，李白于天宝三年被"赐金还山"，他沿着黄河东下，在汴宋（今河南开封）安顿下来，并与宗氏结婚（有记载的李白的第三次婚姻），以开封的梁园为中心，李白游历各地，像嵩山、宋中、山东的汶上、泰山，北方的幽州等，大约盘桓了将近十年之久（他第一次婚姻在湖北安陆，也酒隐安陆十年之久），于天宝十二年秋天南下扬州[①]，然后继续畅游东南的吴越风景名胜之地。让李白没有想到的是：有一个年仅26岁的小诗人魏万（李白比他大26岁）非常崇拜李白，渴慕与诗仙见一面，因此他从王屋山的隐居地东下寻访李白，一路追踪三千余里，历时将近一年，终于在天宝十三年春天在扬州（广陵）与李白相见，李白非常感动，于是与魏万畅游广陵、金陵等地，一直到六月末七月初，在金陵相别，魏万北上返回王屋山，而李白则西行继续他的游历，秋天来到贵池的"秋浦"胜地。李白《送王屋山人魏万还王屋并序》中说："王屋山人魏万云：自嵩、宋沿吴相访，数千里不遇，乘兴游台、越，经永嘉，观谢公石门，后于广陵相见。美其爱文好古，浪迹方外，因述其行而赠是诗。"[②]这就是《秋浦歌》第一首中"遥传一掬泪，为我达扬州"的原因所在，扬州有李白的好朋友，又是他的数次盘桓游历之地，更重要的是：扬州是返回长安的重要驿站，李白离开朝廷之后，一直想得到机会重返长安，遗憾的是，这一梦想始终没有实现，当763年安史之乱被平定，代宗任命李白为右拾遗时，李白已经去世一年了。[③]

（2）李白是天宝十三年（754）秋天到秋浦的，在此地呆了多少时间，不易确定，可能流连盘桓了半年之久，经历了秋浦的冬天，接待他的是秋浦县令"崔秋浦"（名字不详）。李白有《秋浦清溪雪夜对酒客有唱鹧鸪者》："披君貂襜褕，对君白玉壶。雪花酒上灭，顿觉夜寒无。客有桂阳至，能吟山鹧鸪。清风动窗竹，越鸟起相呼。持此足为乐，何烦笙与竽？"

① 吴按：李白开元十四年出川之后，曾游历扬州，扬州给李白留下了深刻的印象，一年后他结婚于安陆，曾在黄鹤楼《送孟浩然之广陵》。

② 瞿蜕园、朱金城《李白集校注》（下册），第953页，上海古籍出版社1980年版。

③ 按：费玉清的《烟花三月》主要歌唱的是李白与孟浩然的友谊，实际上李白并没有与比他大12岁的孟浩然一起畅游的经历，我觉得如果歌咏魏万倒是非常合适的。

证明李白冬天还在秋浦。天宝十四年（755年）安史之乱爆发时，李白已经在河南了，他随着南逃的大军，偕夫人宗氏来到了江西的庐山隐居，756年夏天入永王李璘的幕府，757年永王兵败，李白逃到浔阳（九江）被俘，758年（乾元元年）被判"流放夜郎"，759年在白帝城遇赦返回江陵①。然后盘桓于洞庭湖、庐山、宣城等地，761年在当涂欲参加李光弼的军队，因病半路返回，762年病逝于当涂，葬于大青山。

二、《秋浦歌》的整体结构及内容

（一）《秋浦歌》有多少首？

《秋浦歌》组诗一共十七首，本来不是一个问题，但是这组诗奇特的结构形式让人产生一些怀疑，因为其中有十四首五绝，三首五古（第一首10句，第二首8句，第十首6句），体制很不统一，有人怀疑并非一时所作，似乎创作前李白也没有一个全盘的考虑，与王维创作的《辋川集》（20首）形式整齐划一很不相同，王维诗是对他所画的《辋川图》的题画，因为原画散失，唯诗歌流传下来。李白的集子前后有两个：一个是天宝十三年春夏之交与魏万离别时，李白将自己的全部作品交给魏万编辑整理，名叫《李翰林集》，第一首诗就是李白赠给魏万的那首长诗，第二首是魏万的答诗，可惜这个本子失传了，只留下魏万的序文（按：这个本子里肯定没有《秋浦歌》，因为那时还没有写作）；第二个本子是李白临死时将全部作品交给族叔当涂县令李阳冰编辑整理，这个本子里应该有《秋浦歌》，可惜的是这个本子也失传了，也只有序文流传下来。今存最早的李白诗文集是宋代杨齐贤集注、元代萧士赟补注的《分类补注李太白集》。因为萧氏对杨氏原书补注时有删削也有增补，因此杨氏原书面貌已经难以看到了。所以，我们考察《秋浦歌》的数量只有依据一些宋朝人的笔记或题跋。

（1）黄庭坚《山谷题跋·卷九》："绍圣三年（1096年）五月乙未新开小轩，闻幽鸟相语，殊乐。戏作草，遂书李白《秋浦歌》十五篇。"

（2）刘克庄《后村诗话》卷十谓李白《秋浦歌》十五首。

---

① 按：李白有《忆秋浦桃花旧游时窜夜郎》："桃花春水生，白石今出没。摇荡女萝枝，半挂青天月。不知旧行径，初拳几枝蕨。三载夜郎还，于兹炼金骨。"证明李白一直呆到次年的春天，诗中还透露李白想回到秋浦去修道炼金丹的愿望，也从侧面说明《秋浦歌·十四》所描写的冶炼景象为什么被元代人认为是李白炼丹的原因。

（3）陆游《入蜀记·卷三》："李太白往来江东，此州所赋尤多，如《秋浦歌》·十七首……诸诗是也。"

宋元人为李白诗文作整理，流传到清代王琦给李白集作注，定型为十七首，现在我们看到的也就是十七首了。下面就对这十七首内容作一个介绍。

（二）《秋浦歌》写了一些什么内容？

秋浦是唐代池州的属县，据李吉甫《元和郡县志·卷28·江南道池州秋浦县》："隋开皇十九年（599年）于石城故城置，属宣州。永泰二年（766年），李勉奏置池州，县属焉。……秋浦水，在县西八十里。"根据清代王琦的注释，他认为"秋浦县"就是因为"秋浦水"而得名。李白自广陵、金陵至宣城，往来于池州、歙州，都要经过秋浦，加上好朋友崔秋浦在秋浦任县令，所以盘桓流连此地时间颇长。应该说这是秋浦的幸运，秋浦的奇山异水借李白的生花妙笔得以名传天下。（按：芜湖虽然也是李白必经之地，但是没有这样的机会，因为芜湖当年是一片汪洋泽国，除了天门山被李白歌咏之外，没有其他什么东西引起李白的诗兴，芜湖的发展都是改革开放带来的机遇，并取得安徽排名第二的地位。）

《秋浦歌十七首》的内容如下：

1.抒发羁旅愁怀（6首）：

其一：秋浦长似秋，萧条使人愁。客愁不可度，行上东大楼。正西望长安，下见江水流。寄言向江水，汝意忆侬不？遥传一掬泪，为我达扬州。

【注释】[1]萧条：秋天生气萧瑟，草木枯黄的景象。杜牧诗：《春末题池州弄水亭》："……·晚花红艳静，高树绿荫初。亭宇清无比，溪山画不如。……·"《九日齐山登高》："江涵秋影雁初飞，与客携壶上翠微。尘世难逢开口笑，菊花须插满头归。但将酩酊酬佳节，不用登临恨落晖。古往今来只如此，牛山何必独沾衣。"《池州清溪》："弄溪终日到黄昏，照数秋来白发根。何物赖君千遍洗，笔头尘土渐无痕。" [2]大楼：大楼山，在池州府城南六十里处。山顶可以俯视清溪河水。[3]汝意：拟人手法，你（秋浦水）心里。侬：我。秋浦水长八十里，阔三十里，流入长江。"秋"，指秋天，也可以指"年"，这是以流水比喻时间。

秋天本是万物成熟的季节，但是自从宋玉开创"悲秋"传统以来，文人们多喜欢借秋言愁。曹丕《燕歌行》:"秋风萧瑟天气凉,草木摇落露为霜,群燕辞归雁南翔,念君客游思断肠。"杜甫《登高》:"万里悲秋常作客,百年多病独登台。"范晞文《对床夜话》:"不以虚为虚,而以实为虚,化景物为情思。"李白以萧瑟的秋景(实)来写难以捉摸、莫可名状的忧愁(虚),是一种高妙的手法。为什么要让江水将自己的一滴泪传达到扬州?因为:扬州有李白真切动情的记忆,有与好友孟浩然、魏万等真诚的友谊,有烟花三月的美丽景致,更有扬州的富庶繁华和美酒佳人让人眷恋(古人有"腰缠十万贯,骑鹤下扬州"的说法);扬州是东南最大的商业城市,也是东西南北交通的枢纽,尤其是扬州与长安正好东西相向,思念扬州也就间接地表达回到朝廷的愿望。因此,李白思念家乡、怀恋朝廷、忆念朋友之情都可以寄托在扬州这个美丽迷人的充满诗意的地方。这首诗中的客愁,绝非泛泛的游子思乡,而是反映出李白政治理想付诸东流的内心创痛。所以那一滴晶莹的眼泪如凝固的珍珠,可以随着滚滚滔滔的江水流到扬州。

其二:秋浦猿夜愁,黄山堪白头。清溪非陇水,翻作断肠流。欲去不得去,薄游成久游。何年是归日,雨泪下孤舟。

【注释】[1]黄山:《江南通志·黄山》:"黄山在池州府城南九十里,高百余丈。"不是指歙县、黟县交界处的黄山。前两句:写猿声的哀怨忧伤,能够使百丈高的黄山变成白头老人,言外之意:物犹如此,人何以堪?——因猿声联想到黄山的白头,因山的白头再联想到自己的白头。这是一种因物起兴的手法,如白居易《白鹭诗》:"人生四十未全衰,我为愁多白发垂。何故水边双白鹭,无愁头上也垂丝。"辛弃疾《菩萨蛮》:"人言头上发,总在愁中白。拍手笑沙鸥,一身都是愁。"李白:猿声催白发,长短尽成丝。[2]清溪:是秋浦的一条支流,在池州府城北五里,源出考溪,与上路岭水合流,经郡城至大江。李白《清溪行》:"清溪清我心,水色异诸水。借问新安江,见底何如此?人行明镜中,鸟度屏风里。向晚猩猩啼,空悲远游子。"李白《宿清溪主人》:"夜到清溪宿,主人碧岩里。簷楹挂星斗,枕席响风水。月落西山时,啾啾夜猿起。"陇水:陇头的流水。乐府诗《陇头歌》:"陇头流水,鸣声幽咽。遥望秦川,肝肠断绝。"——绿波荡漾、清澈见底的美丽清溪,竟然变成了鸣声幽咽、令人肝肠断绝的陇水,真是想落天外的惊人联想,这与李白少年时代生长于西域的文化背景有关，这组诗有一个重要的情感内容就是抒发游子思念家乡的悲苦愁怀。[3]薄游：短暂的逗留。久游：长久的滞留。两句说：我本来只想作短暂的逗留，没有想到竟然不得不长期滞留。这里一方面指在秋浦境内盘桓时间很长，另一方面，也可以拓展到李白的整个人生历程，他的初衷是想到朝廷为官，实现他"大济苍生"的宏伟理想，可是没有想到从25岁"仗剑去国，辞亲远游"以来，竟然先后在安陆、开封等地隐居、漫游达20年之久。所以逼出最后两句：什么时候是归家（归朝）之日？前途的渺茫，致使心中一片茫然，于是不知不觉潸然泪下，泪洒孤舟。

　　其四：两鬓入秋浦，一朝飒已衰。猿声催白发，长短尽成丝。

　　【注释】飒：飒然，突然，忽然。表达惊讶、出乎意外的喟叹之情。说在秋浦河水的映照中，忽然发现自己变得两鬓苍苍、满脸衰飒了。哦！原来是猿声催生了白发，使长发短鬓都变成了白丝。这是李白式的夸张，李白擅长将壮浪伟岸的事物夸饰得更加雄壮巍峨，而将短暂渺小的事物夸饰得更加短暂脆弱。如："君不见黄河之水天上来，奔流到海不复回；君不见高堂明镜悲白发，朝如青丝暮成雪。"在这首诗里，秋浦成为一面照影的"高堂明镜"，而那凄厉悲切的猿声则成为催生白发的触媒。夸张、拟人手法用来表达强烈的悲慨！

　　其六：愁作秋浦客，强看秋浦花。山川如剡县，风日似长沙。

　　【注释】[1]秋浦客：滞留秋浦的游子，满心愁苦、满脸愁容、满怀悲伤的天涯漂泊的游子。[2]强看：勉强欣赏，含泪的欣赏。以乐景写哀心，"看花满眼泪"（王维诗），"感时花溅泪"（杜甫诗），"泪眼问花花不语"（欧阳修词）等，都是通过无情而美丽的花朵来写诗人内心的伤痛。[3]剡县：剡溪。《梦游天姥吟留别》："绿水荡漾清猿啼"。《送魏万》："万壑与千岩，峥嵘镜湖里。秀色不可名，清辉满江城。人游月边去，舟在空中行。……五峰转月色，百里行松声。……水续万古流，亭空千霜月。……云卷天地开，波连浙西大。……"剡县有美妙的风景和尽情尽兴的遨游经历，"此行不为鲈鱼鲙，自爱名山入剡中"，"五岳寻仙不辞远，一生好入名山游"，那时的李白，英姿天纵、飘逸不群，豪放洒脱，激情满怀。而今，白发双鬓，愁容满面，壮志难酬，空令岁月蹉跎，面对秋浦的美景，却品尝到当年贾谊贬逐到长沙的况味，因为"秋浦……四时景物，宛若潇湘、洞庭"

（《一统志》）这又是一次跨越时空的联想，将自己的遭遇与西汉洛阳才子贾谊联系起来，又将秋浦与剡县、长沙的风景联系起来，还将自己的游历与眼前的滞留联系起来，真是空间无比阔大，意境雄浑。让人想起杜甫诗句："怅望千秋一洒泪，萧条异代不同时。"

其七：醉上山公马，寒歌宁戚牛。空吟白石烂，泪满黑貂裘。

【注释】[1]山公：晋代名流山简，他曾任征南将军，经常骑马出游，纵情山水，开怀畅饮，大醉而归，时人歌曰："山公时一醉，径造高阳池。日暮倒载归，酩酊无所知。复能乘骏马，倒著白接篱。"——功成名就，纵情山水。[2]宁戚：春秋时卫国人，家贫为人挽车，他在齐国替人喂牛时，唱《饭牛歌》："南山矸，白石烂，生不逢尧与舜禅。短布单衣适至骭，从昏饭牛薄夜半，长夜漫漫何时旦！"齐桓公听到了歌声，认为此人很不一般，就召拜宁戚为上卿。——身处困境，终遇明主，大展宏图。[3]黑貂裘：苏秦在秦国得不到秦惠王的重用，年深日久，处境困窘，连身上的黑貂裘都穿破了。——处境困窘，怀才不遇。

这首诗非常特殊，表面上看与秋浦的景物毫无关系，实际上是因为长期的怀才不遇导致的悲伤情怀的表露，虽然不一定由于秋浦的美景所引起，但是徜徉在秋浦的胜景中，李白心中的抑郁愤懑也会随时爆发。因骑马想起山简的功成名就、纵情山水；因放歌想起宁戚的困境中遇明君；然而，自己虽然也唱着宁戚当年的歌，却只能落得一个苏秦般的怀才不遇！这首诗用典很有特色，每一个典故都巧妙地安排在宾语中心词的定语位置，在李白"醉上""寒歌""空吟""泪满"四个动作中寄寓着深沉的悲伤，体现出强烈的主观化色彩，也表现出李白内心深处的纯净与深刻，简单与复杂。

其十五：白发三千丈，缘愁似个长。不知明镜里，何处得秋霜。

【注释】明镜：比喻像明镜一样的秋浦河水，即秋浦的玉镜潭。

白发垂垂三千丈，都是因为愁苦而似清溪水一样蜿蜒而漫长；照临清澈透明的玉镜潭水，水中为何起了一层秋霜？一个出人意料的夸张和一个新奇的比喻，构成这首诗主要的艺术手法，十分恰当地表现了李白的满腔愁苦悲愤。李白《与周刚清溪玉镜潭宴别》："溪当大楼南，溪水正南奔。回作玉镜潭，澄明洗心魂。"这首诗有两个问题历来颇有争议：（1）结构：

黄叔灿《唐诗笺注》："因照镜而见白发，忽然生感，倒装说入，便如此突兀，所谓逆则成丹也。唐人五绝多此用法，太白落笔便超。"乾隆《唐宋诗醇》："突然而起，四句三折，格力极健，要是倒装法也。"前两句是一个倒置因果复句，因为愁苦太深，白发垂垂老长，所以竟然长到了三千丈；后两句是一个不须回答的设问，因照镜（玉镜潭）而怀疑水面上浮起了一层洁白的秋霜，哦，原来是自己长长的白发！这也是一层转折。前两句与后两句又构成转折：照镜—怀疑起了秋霜—醒悟是白发—老长老长竟达三千丈—因为愁苦太多。这首诗似真似幻，变幻莫测。（2）对夸张手法的争议：魏庆之《诗人玉屑》："李白《北风行》"燕山雪花大如席"，《秋浦歌》"白发三千丈"，其句可谓豪矣，奈无此理何！"郭兆麒《梅崖诗话》："太白诗'白发三千丈'，'燕山雪花大如席'，语涉粗豪，然非尔便不佳。"汤大奎《炙砚琐录》："《世说》：顾长康哭桓宣武，声如震雷破山，泪如倾河注海。形容尽致，读之令人失笑。唐人诗'今朝不用临河别，重泪千行便濯缨'，泪已不少。至杜工部'犹有泪成河，从天复东注'，视虎头抑又甚矣。"此与太白"白发三千丈"同一语意。更有甚者：用科学的眼光来看待李白的夸张，说李白的头发每根有三尺长，总共有一万根，加起来正好三千丈；还有人说据计算，一头三千丈的头发总重量有两千斤，拖得动吗？实际上，艺术的真实虽然建立在现实的真实基础上，但是应该比现实更高更美，李白式的夸张，尽管失真，但是符合艺术的原则，追求的是一种超越现实的艺术上的"真"，因而更有艺术的表现力，便于彰显李白独特的艺术个性，这些巨大的数目字构成的夸张，烙下深深的李白印记，成为他诗歌浪漫色彩的标志。与杜甫的"白发搔更短，浑欲不胜簪""霜严衣带断，指直不得结"相比，杜甫倾向于写实，让人感觉不出是夸张。

《秋浦歌》为什么写了如此多的愁？原因可能要从李白的经历和遭遇中去寻找。

李白是一个有大志的人，与杜甫"致君尧舜上，再使风俗淳"相似，他要"大济苍生，使海县清一"，与杜甫"自比稷与契"只愿当一个忠良的贤臣不同，李白要布衣直抵卿相，要做帝王师，然后功成身退，逍遥五湖。但是他不愿走科举道路，想通过隐居积累名声与道义，然后受到皇帝的召见。当他真的来到皇帝身边时，又发现只不过像一个倡优，而且还要受到奸臣的猜忌与谗毁，不得不悲愤地离开朝廷。所以现实与理想的强烈冲突，导致他内心强烈的悲愤。因此他大声唱道："君不见黄河之水天上来，奔流到此不复回；君不见高堂明镜悲白发，朝如青丝暮成雪。……五花马，千金裘，呼儿将出换美酒，与汝同销万古愁。""安能摧眉折腰事权贵，使我不得开心颜。""弃我去者昨日之日不可留，乱我心者今日之日多烦忧。……抽刀断水水更流，举杯消愁愁更愁。人生在世不称意，明朝散发弄扁舟。"等等，李白离京还山后，在留别、送别朋友，或者宴会饮酒、漫游漂泊、寻仙访道的诗歌中，只要稍有触动就会喷涌出内心的愁苦泉水，就连秋浦河水的绝妙佳境都不能慰藉他内心的悲苦，时时借景言愁。从表面上看，李白的遭遇是他个人的不幸，但从根本上来说，是整个封建秩序扼杀了李白，更与唐玄宗晚年的昏庸和奸臣李林甫等人当道有关，李白的悲剧实际上就是盛唐的悲剧，因而李白的呼号与抗争，李白欲挣脱命运束缚的努力，就具有悲壮的色彩，显得无比的崇高。千载之下，犹令人景仰！

2.描写自然风物（7首）：

其三（锦驼鸟）：秋浦锦驼鸟，人间天上稀。山鸡羞渌水，不敢照毛衣。

【注释】锦驼鸟：秋浦所产的土鸟，形似吐绶鸡，翎羽青黄相映若垂绶，非常美丽。山鸡：有名野鸡、锦鸡、山雉。据晋代张华《博物志》："山鸡有美毛，终日映水，目炫则溺死。"

前两句说锦驼鸟是人间天上稀有的鸟类，非常美丽；后两句以人们熟知的锦鸡来对比，说山鸡自愧不如，羞得不敢临水照影。运用倒置的烘托手法，突出了锦驼鸟的美。这种烘托云托月的手法，诗歌经常使用，像白居易写杨妃："回眸一笑百媚生，六宫粉黛无颜色。"再如："五岳归来不看山，黄山归来不看岳。"等等，都是这一手法的运用。这首诗可以说是一首即兴创作，有一种自然天成的美，是他"清水出芙蓉，天然去雕饰"艺术理想的体现。另外，"人间天上稀"的鳞毛凤角的珍禽也寄托了李白孤芳自赏、洁身自好的人生态度。

其五（白猿）：秋浦多白猿，超腾若飞雪。牵引条上儿，饮弄水中月。

【注释】白猿：秋浦特产，现在可能已经绝迹，只有四川峨眉山还有这种珍稀的动物。古人之所以特别重视白色的东西，像白猿、白燕、白鹿、白蝙蝠、白鼠、白蛇等等，都与成仙的观念有关，人们认为动物经过千年的修炼可以成仙，人也是如此，鹤发童颜、冰肌玉骨正是道家追求的人生极境。

这首诗主要刻画白猿的动态美，它们在树枝间跳跃，像一团白雪在飞腾；它们牵引着白猿幼崽，迅捷地穿林钻叶，有时还表演倒挂枝条、倒饮河水、戏弄水中明月的绝技。一轮玉璧似的明月随着白猿饮水激起的波浪变得动荡摇曳，被拉长扯碎，水面上顿生激潋波光，但是等一切安定下来，水中依然是那轮圆圆的月亮。白猿戏水弄月，那场景真是值得千古珍爱的镜头，有幸被李白捕捉到了，令人神往。这首诗可以看出李白写生高手的素养。

其八（水车岭）：秋浦千重岭，水车岭最奇。天倾欲堕石，水拂寄生枝。

【注释】水车岭：《贵池志》："水车岭在贵池县西南，岭势陡峻，旁临深涧，奔流冲激其上，声如水车转动之声，故名。"

这首诗写法很值得称道，前两句运用广角镜头到特写镜头的组接方法，后来宋代的欧阳修写滁州琅琊山与此类似，"环滁皆山也，其西南诸峰，望之蔚然而深秀者，琅琊也"，李白为了突出水车岭的"最奇"，特意衬托以秋浦的千重山岭。后两句等于解释"奇"在何处，运用更加精细的特写镜头，突出水车岭山水的奇妙：危石森然峭立，夹着河水对峙耸立，似坠又不坠的奇形怪状已经让人感觉非常神奇，更妙的是，碧蓝碧蓝的天空在危石顶上仿佛向一边倾斜，真个是"乱石凌空"的景象！更令人匪夷所思的是悬崖峭壁的石缝里盘曲遒劲的寄生枝，横越湍急奔腾的河面，那青翠的寄生枝叶不停地拂拭着青绿的水面，仿佛一把把梳子，又像一只只扫把。在那些人迹罕至的大山深涧里，有时候在迅疾的溪涧中可以看到像美女长发一样柔软细长的绿色水草，王维《辋川集·白石滩》："清浅白石滩，绿蒲向堪把。家住水东西，浣纱明月下。"就描写了山涧水底水草的形态。李白描写的是横越水面的寄生枝这一奇特的景观。据现代生物学解释，这种寄生现象是植物之间相互争夺生存空间、阳光与养分的"生物绞杀"现象，但是在李白的眼中就是一个"神奇"！

其九（江祖山）：江祖一片石，青天扫画屏。题诗留万古，绿字锦苔生。

【注释】江祖山：《一统志》："江祖山，在池州府城西南二十五里，有一石突出水际，其高数长，上有仙人迹，名曰江祖石。"

这首诗表现了李白处理大小、时空的艺术手腕。前两句是大与小的奇妙组合，以"一片"写石，言其小，与浩荡的秋浦相比，与巍峨的江祖山相比，石头显然是很小的，但是在石头底下仰望，却仿佛是耸立晴空的一张巨大的画屏，一个"扫"字写出了巨石的平整光滑洁净，也写出了巨石的巍峨高耸。后两句穿越时空，因为有仙人留下的遗迹，所以引起历代诗人的诗兴，当然这些诗人也将会包括李白，诗人们题咏留下的墨迹，经历多少风霜雨雪、春夏秋冬，而今字迹上已经长满青苔，变成了"绿字"，那苍苔更是生机勃勃、绿光闪闪，这些穿越时空阅历人间沧桑的锦苔就是时间老人的使者，而李白新题的诗句，则一定也会穿透未来的时空，在未来的某个时间将会变成新的"绿字"。这首诗让人联想起陈子昂的"前不见古人，后不见来者。念天地之悠悠，独怆然而涕下。"尽管李白此诗没有表现陈子昂那种伟大的孤独感，但是诗中却充满了深邃的时空意识。杜甫说："乾坤万里眼，时序百年心。"诗歌可以成为穿越时空的艺术，因为诗人在诗中表现了深邃的时空意识、宇宙意识。

106　　其十（石楠、女贞）：千千石楠树，万万女贞林。山山白鹭满，涧涧白猿吟。君莫向秋浦，猿声碎客心。

【注释】石楠：常绿灌木或小乔木，高可达十二米。叶子椭圆形，边缘有细锯齿。初夏开白花，嫩叶如红色的火焰。女贞：常绿灌木或乔木，初夏间开白色小花，香气浓郁，常常引来成群的蜜蜂和蝴蝶上下翻飞。

这首诗前四句写景，后两句抒情，体制比较奇特。写景时运用了四个叠词："千千""万万""山山""涧涧"。将画面塞得满满的，你可以想象秋浦的秋天，动物和植物的生机勃勃景象：漫山遍野都是火焰似的石楠树和青翠欲滴的女贞林，树丛中、河面上、水石间到处是或歇息或翻飞或觅食或嬉戏的白鹭，而每一条深涧中则传来声声白猿的哀鸣。这种写法不大符合以小见大的艺术原则，因为张得太满，然而它很像黄宾虹的水墨山水画，近看满纸都是深浅不一的墨点，看不出是什么景物，但是你只要远观，则见群峰壁立，山谷溪涧云烟弥漫，村庄树木相互掩映，展现出奇妙的境界。李白这里也用了塞满的艺术手法，然而，李白的塞满只是为了铺垫，是为抒情蓄势。在这样生机无限的美丽秋浦胜境中，李白却劝朋友不要去秋浦，因为猿声会引起你无限的伤感，你会因为猿声的悲鸣而心碎！这是当年李白的真实心态，如果我们今天再去，那感觉绝对是赞叹，因为秋浦是一个多么美丽和谐的世界！遗憾的是，尽管今天我们生活安定和谐了，但是李白当年所见的生态环境已经发生了巨大的变化，白鹭也许还在，但白猿已经断绝了踪迹，石楠与女贞也许存在，但是已经不可能是原生态的漫山遍野了，因为有经济林取代了原汁原味的风景。我们去秋浦应该换一种新的眼光，去看看自然风光与人造景致交融的新的人文与自然交汇的风景。

其十一（鱼梁）：逻人横鸟道，江祖出鱼梁。水急客舟疾，山花拂面香。

【注释】[1]逻人：元代萧士赟《分类补注李太白诗》认为指"戍（守）（巡）逻之人"。很是难通。明代胡震亨《李诗通》说："（秋浦）城西南六十里，李阳河出李阳，大江中流有石，嵯峨横江，为拦江、罗叉二矶。晋周湛凿新河，以避其势。今本作'逻人'，误。"清代张士范《池州府志》卷七说："万罗山，在城南二十里，与江祖石隔溪对峙，上有逻人石。李白《秋浦歌》所谓'逻人横鸟道，江祖出鱼梁'是也。"这首诗夸张地写出万罗山与江祖山之间的险峻狭窄，河水的迅疾湍急。[2]鱼梁：一种捕鱼设置。用砂石横截水流，留缺口，以竹笼承之，鱼随流水入竹笼中，不能复出。鸟道：两山峡谷之间，只能让鸟儿飞越的空间，因地形高耸陡峭不能让人通过。李白《蜀道难》："西当太白有鸟道，可以横绝峨眉巅。"就讲太白峰与峨眉峰之间人无法通过，只有让鸟飞过的峡谷。

这首诗有丰富的意象，也有很强的现场感，因为李白当年的景象现在难以复原，所以出现一些争议是可以理解的。我认为：这首诗前两句写逻人山与江祖山独特的地理形势，狭窄、陡峭、高耸、险峻，高空中只有鸟能飞过，山脚下的溪涧里，渔人筑起鱼梁阻挡湍急河水，连鱼儿也难以逃脱。后两句进行点染：流水非常迅捷，客船行过如飞箭穿梭，然而两岸陡峭的崖壁上却开满了鲜花，迎风扑面送来阵阵清香。最后一句用拂面花香来冲淡山石险峻与溪水的湍急给人带来的危急感，荡漾着一丝悠远的诗意。给人一种由艰涩通向流畅的感觉。类似于"两岸猿声啼不住，轻舟已过万重山"那样穿过险滩进入康庄坦途的喜悦感。

其十二（绿水）：水如一匹练，此地即平天。耐可乘明月，看花上酒船。

【注释】[1]平天：即平天湖。唐时，平天湖在贵池西南五里的齐山脚下（今已干涸），李白夜游此湖，乘着皎洁的月光，心旷神怡。[2]耐可：哪能，岂可。李白《陪族叔刑部侍郎晔及中书贾舍人至游洞庭》："南湖秋水

107

第五讲　李白笔下的秋浦胜境

夜无烟，耐可乘流直上天。且就洞庭赊月色，将船买酒白云边。"

　　这首诗前两句说这月光照耀下的平天湖，上下湖光月色交融在一起，就像一匹柔软温润的银练。"平天"二字还能引起丰富的联想，湖面宽阔，水际仿佛与青天接在一起，很有"上下天光，一碧万顷"的意境。后两句说在月色如银风恬浪静的夜晚，从天空到湖面整个儿的清明透亮，仿佛皎洁无瑕的琉璃世界，此时，乘一叶轻舟，轻摇双桨，一边喝酒，一边欣赏湖里岸边传来的莲花与菊花的幽香，此乐何极！张孝祥《念奴娇·过洞庭》上片："洞庭青草，近中秋，更无一点风色。玉鉴琼田三万顷，着我扁舟一叶。素月分辉，明河共影，表里俱澄澈。悠然心会，妙处难与君说。"张词可以来为李白的诗歌作注脚。这首诗里看不到忧愁的影子，只有诗意的快感，水光月色、美酒花香给李白带来的无限畅快与享受。尽管没有"将船买酒白云边"的想象，但是在花香中登上了已经载满美酒的小船，让读者沉浸在美妙的想象里，言有尽而意无穷。

　　3.独特的活动场景（3首）：

　　其十三（采菱）：渌水净素月，月明白鹭飞。郎听采菱女，一道夜歌归。

　　【注释】渌水，不同于"绿水"，指清澈透明的河水，可以是绿色的，也可以是无色的。像天山天池的水就是绿色或水晶蓝色的，桂林阳朔的漓江之水就有"清、静、绿"三大特色，而剡溪的水则是清澈无色的，河底沙石历历可见，只有一些深水潭映着岸边的绿色树木才呈现出绿色。秋浦的水可以与上面诸水相媲美。

　　前两句刻画环境的皎洁明净，湖面上渌水泛着涟漪，在明月清辉照耀下轻轻晃动，波痕就像绸缎上的道道褶皱，在江天一色无纤尘的空中，白鹭在展翅飞翔，月光在它们优美的翅膀上闪烁一道道晶亮的弧线，除此之外就是无边的静谧。此时，水面上传来采菱女甜美的歌声，而她的情郎在甜蜜地倾听，终于情不自已，也跟着采菱女唱和起来，湖面上顿时弥漫着一派温馨浪漫的气息，他们摇着小船，满载清香四溢的菱角，消失在湖面的水光月色里，唯有歌声如丝如缕，在夜空轻轻回荡，袅袅不绝。这首诗带有江南民歌的味道，歌唱纯洁真挚的甜美乡村爱情，简直就是一支月光小夜曲。

　　其十四（冶炼）：炉火照天地，红星乱紫烟。赧郎明月夜，歌曲动寒川。

【注释】[1]炉火：《新唐书·地理志》，秋浦在唐时采银及铜，此篇乃咏冶炼景象。——这是一首歌唱冶炼工人劳作的歌曲。——也有人认为是炼丹之火。[2]紫烟：矿物质在烧红的熔炉里随着火星的红光升腾起紫色的烟雾。"紫烟"是一个富有诗意的意象，李白经常运用。如："身披翠云裘，袖拂紫烟去"、"素手掬青霭，罗衣曳紫烟"、"日照香炉生紫烟"等，既有色彩绚丽的美感，也有神仙境界的飘逸感。赧郎：指被熊熊炉火照红的冶炼工匠。

这首诗可能本来就是写炼丹场景的，但是我们还是宁愿相信李白描写的是冶炼工人辛勤劳作的景象，因为这是一首满怀激情的对劳动者的颂歌，不仅场面宏大，气势磅礴，而且充满赞颂的澎湃激情。你想象一下：在秋浦河边的深谷里，一群有着古铜色臂膀和面庞的冶炼工人正在劳作，冶炼的熔炉里炽热的栎碳发出冲天的红光，随着风箱的拉动，红光里腾起紫色的烟雾，紫烟中喷射出纷乱的火星，火光照亮了山谷，照亮了天空和大地，也照亮了工匠们健美的面庞，在月明的夜晚显得如此奇特如此壮观，更加奇妙的是，工匠们齐声高唱劳动的号子，那雄浑、响亮、欢快、热烈的歌声在山谷里震动回荡，真个是气壮山河，惊天动地！这样理解本诗，就可以感受到李白对劳动者的敬仰与赞叹，表现出他对劳动人民的真挚情感。不然的话，李白仅仅只是一个热衷炼丹修道的道教徒，降低了李白人格的魅力。所以，有些作品进行合理的误读，不失为一种正确的选择。这首诗的艺术夸张带有强烈的激情与唯美倾向，是李白最成功的杰作之一。

其十六（捕鱼）：秋浦田舍翁，采鱼水中宿。妻子张白鹇，结置映深竹。

【注释】[1]田舍翁：老年的农民，此诗中农民还是一位渔翁。[2]张：张网捕鸟。[3]白鹇：又名银鸡、银雉，属于鸡形目雉科鹇属鸟类。体态娴雅、外观美丽。雄鸟上体和两翅白色，密布黑纹。羽冠和下体都是灰蓝色。尾长，中央尾羽近纯白色，外侧尾羽具黑色波纹，它在林中疾走时，从远处望去，很像披着白色长"斗蓬"，被风吹开露出灰蓝色的内衣。眼裸出部分赤红，脚亦红色，鲜艳显眼。雌鸟全身呈橄榄褐色，羽冠近黑色，和雄鸟相比十分逊色。置：捕鸟兽的网。

这首诗写一对老年夫妻的打鱼捕鸟的生活。从夜宿渔船来看，他们的生活还是很贫苦的，因为这位渔翁是个农民，他白天要干农活，只有晚上才能来捕鱼，显然缺少"青箬笠，绿蓑衣，斜风细雨不须归"的渔翁那份悠闲潇洒。而妻子也不得不结网于竹林深处来捕捉白鹇,大概也是为了卖钱吧。当然,也不排除李白对渔翁夫妇夜渔夜猎生活的神往。从一个独特的视角写出了秋浦人家的生活情趣。尤其是老夫妻俩的勤劳与配合还是给人以温馨之感。从总体来看,这组诗还没有对农夫生活方方面面进行描述,因为这是一组山水诗,不是田园诗,真正对农人生活进行审美观照要等到南宋范成大的《四时田园杂兴六十首》。

4.离别诗(1首):

其十七:桃陂一步地,了了语声闻。阇与山僧别,低头礼白云。

【注释】[1]桃陂:秋浦境内的胡桃陂,也作"桃波"。大约湖边种了桃树,春天桃花盛开,像朝霞映红了水面,李白有诗句"夹岸桃花锦浪生",前面我们提到了李白回忆秋浦的诗有"桃花春水生"的句子。[2]一步地:意思难详,可能指桃陂湖面不是很大,但是环境非常幽静。所以人们说话的声音清晰地听得见。[3]山僧:不知道所指何人。[4]礼白云:与山僧作揖告别,看来这山很高,山腰飘荡着白云。

杜牧有一首《池州废林泉寺》:"废寺碧溪上,颓垣倚乱峰。看栖归树鸟,犹想过山钟。石路寻僧去,此生应不逢。"李白礼白云的山僧不知道是不是林泉寺的山僧,如果是的话,那么这所山寺到杜牧来做池州刺史时,已经荒废了。所以杜牧在诗中遗憾地说山僧应该找不到了。这可以算作李白告别秋浦的留别诗,此后,他接到泾县汪伦的邀请,汪伦说他们那里有"万家酒店,十里桃花",李白兴致勃勃地来到了泾县,原来是"酒店乃万氏所开,桃花在十里之外",尽管有点失落,但是汪伦的真诚感动了李白,因此李白在桃花潭留下了著名的绝句《赠汪伦》。那是后话,李白的《秋浦歌》到此结束。

开场诗	其一
写愁	其二、四、六、七、十五
风物	其三、五、八、九、十、十一、十二
活动	其十三、十四、十六
离别诗	其十七

【按:第一首可以作为开场诗,最后一首作为告别诗,形成首尾呼应,构成旅行组诗的形式。】

三、《秋浦歌》的艺术魅力

《秋浦歌》虽然还不算李白最杰出的作品，其中几首艺术感染力并不强（像最后一首），也有一些作品存在争议（如"白发三千丈""炉火照天地"等），诗歌体裁也不完全统一（如三首古体，十四首绝句），甚至有人认为这十七首作品并非作于同一时期（有人认为其中存在一些开元十四、十五年南游吴越时的作品，前后跨度几十年），但是，我们从这十七首山水诗中看到一些李白特有的东西，我们认为组诗是李白天宝十三年秋天到十四年春天这段时间写的，第一首与最后一首相互呼应，构成来到秋浦与离开秋浦的完整过程，尽管秋浦歌绝大多数作品描写的是秋天的景象与特定的悲秋情感，但是在秋浦李白还有描写冬天景象与饮酒赋诗的情事，只不过诗题与体裁不同而已。

《秋浦歌》体现了李白诗歌艺术上的一些基本特征：

（一）强烈的主观化

李白是继屈原之后最杰出的浪漫主义诗人，个人的主观情感在诗中像火山一样随时喷发。像《蜀道难》《将进酒》《梦游天姥吟留别》等，都是大家熟悉的作品，大起大落的情绪变化与大开大合的抒情结构完美结合，构成李白的独特标志。他总是凌驾于自然景物之上，而不为物所左右。在这十七首作品中，以"愁"为核心词的就有六首，如果加上其他篇目虽无"愁"字却有愁意的就有一半以上。前面我们分析了李白后期诗歌多愁的原因，主要是李白的宏伟理想与客观现实的严酷黑暗之间的不可调和的矛盾，也是天宝后期虚假的繁荣景象掩盖下历史面貌真实的反映，这在杜甫、高适、岑参等人的诗中也有深刻的表现。因此，《秋浦歌》与李白的诗歌主体格调是统一的，具有强烈的主观抒情色彩，抒情主人公形象比较鲜明突出，可以看到一个泪流满目、愁容满面、满怀愁情、壮志难酬、漂泊无依的诗人形象。这就是八世纪中期中国诗坛上怀才不遇的典型。

（二）民歌的格调

李白一生大部分时间是生活在底层，与劳动人民的关系密切，虽然他还不能成为那个时代的人民的歌手，但是他沉沦底层的遭遇使他接近人民，向人民学习，从民歌中汲取养分就是典型的表现。李白的全部940余首诗歌，乐府诗歌占三分之一，这在盛唐时期是罕见的，因此有人认为李白是"古乐府的集大成者"。在这十七首山水小诗中，既有采菱女与情郎对唱的甜蜜情歌，也有冶炼工匠劳动过程中唱的劳动号子，都带有鲜明的吴地色彩。南北朝以来从江陵到金陵一线的长江流域是吴歌最繁荣发达的地区，以吴声为代表的乐府民歌占据了当时诗坛的半壁江山，吴歌声韵婉转绵长，以歌唱爱情为主，格调清新，辞藻华美，乐声轻柔，婉媚动听（辛弃疾词句"醉里吴音相媚好"），而且大人、小孩、老人都喜欢唱。《秋浦歌》的题目名字就是民歌的形式，而且有些诗还运用民歌特有的叠字格，最典型的是第十首，前四句都运用叠字，显然是模仿诗经和汉乐府的。还有就是诗中运用了当地口语词汇，如"侬""翻作""似箇""耐可""赧郎"等，都是带有南方色彩的口语。这组诗也可以算作秋浦流域的新民歌。

（三）夸张的运用

夸张在王充的《论衡》里被称为"艺增"，就是超越了现实许可的描写。他认为《尚书》里"协和万国"的话，说尧有美德，致诸夏及夷狄都受到王化的恩泽，这是"增"，因为只能说"协和方外"，不能说"万国"。他又举《诗经》中"子孙千亿""鹤鸣九皋，声闻于天""维周黎民，靡有孑遗"，还有苏秦说齐王所运用的"举袖成幕，连衽成帷，挥汗如雨"、"武王伐纣，血流漂杵"等，都是"诗人颂美，益增其实"的结果。王充是反对这种脱离事实的"艺增"手法的，可见他不懂艺术夸张的道理。刘勰《文心雕龙·夸饰》对夸张的态度比王充要辩证得多，他说"壮词可以喻其真"，认为"自天地以降，……夸饰恒存"，还认为"言峻则嵩高极天，论狭则河不容舠，说多则子孙千亿，称少则民无孑遗，襄陵举滔天之目，倒戈立漂杵之论，辞虽已甚，其义无害也"，当然刘勰也反对"夸过其理"，主张"夸而有节，饰而不诬"。后来鲁迅要求夸张要以"诚实"为基础，日本的文学家厨川白村提出夸张要在现实真实基础上写出艺术的真实。李白诗歌的艺术夸张是最有特色的，他喜欢运用巨大的数目字，如"白发三千丈""天台四万八千丈，对此欲倒东南倾""会须一饮三百杯……与尔同销万古愁""飞流直下三千尺""长风万里送秋雁"等，还喜欢运用强烈的对比，如"蜀道之难难于上青天""桃花潭水深千尺，不及汪伦送我情"等，还喜欢将夸张与想象、神话传说等结合起来，像《蜀道难》中"蚕丛及鱼凫，开国何茫然，迩来四万八千岁，不与秦塞通人烟""上有六龙回日之高标，下有冲波逆折之回川""扪参历井仰胁息，以手抚膺坐长叹"等，这组诗运用夸张除了运用巨大的数目字以外，也用到对比映衬，还运用夸饰的描写，如"炉火照天地"一首，还用到塞满的艺术手法，如"长短尽成丝""千千石楠树"等，可谓丰富多彩，灵活自如。

（四）对比与映衬

事物的特征仅仅靠描写或运用比喻，有时候还不能够达到令人印象深刻，而通过对比则能取得很好的艺术效果。如"锦驼鸟"尽管是"人间天上稀"，但是还不能令人印象深刻，而通过山鸡的对比，就将它的珍稀与奇美表现出来了。又如"千千石楠树"一首，通过"塞满"的艺术铺垫，再突然逆转，写出内心的巨大伤痛，就令人震撼了。再如其六通过将秋浦与剡县、长沙的风物进行对比，其中暗含典故，才将诗人隐藏内心深处的愁苦表现出来，这都是对比映衬的作用。李白在这组小诗中大量运用对比、映衬是值得我们注意的，也是这组诗重要的艺术特点。

四、《秋浦歌》与《辋川集》

最后，我们来谈谈《秋浦歌》与王维的《辋川集》，或许会对李白诗歌有更深刻的印象。将李白《秋浦歌》与王维《辋川集》进行比较，是我个人的想法，因此一家之言仅供参考。

天宝元年到三年，李白在长安，王维也在长安，但是他们没有任何交往。天宝十二年，王维在京城任侍御史（五品官），李白在扬州漫游。这一年有一件大事：日本的遣唐使晁衡回国，唐玄宗举行了盛大的送别宴会，不仅将四书五经等儒家典籍、祭器、珠宝等赐给晁衡，还亲自赋诗赠别，当时王维代表朝廷写了一首五排送给晁衡，在诗前有一篇长序，表达了朝廷的旨意，这可以作为中日文化交流史上重要的文献。晁朝衡回国是从扬州乘海船的，当时著名的鉴真和尚在双目失明的情况下也登上了去日本的大船（这是鉴真和尚的第六次东渡），李白也赠诗送别晁衡，晁衡还送给李白日本布裘作为纪念。不幸的是船队遭遇台风，除了鉴真和尚的船只漂流到日本之外，晁衡的船只则失踪了[实际上是飘到了安南（今越南），一年后辗转回到长安，终生未能返回日本]，李白写了《哭晁卿衡》："日本晁卿辞帝都，征帆一片绕蓬壶。明月不归沉碧海，白云愁色满苍梧。"尽管晁衡是王维、李白共同的朋友，但是王维与李白依然没有任何交往。王、李是同年出生，也几乎同时去世，在安史之乱中，王维被迫做了贼官（被迫做了安禄山朝廷的给事中伪官，后遭到降职处分，任太子中允），李白则流放夜郎。王维死在辋川别墅，遗言将别墅捐献寺庙，王维晚年彻底皈依佛教，而李白则依然渴望建功立业。看来王、李区别很大。还是让我们回到王、李二人的组诗上来，王维的《辋川集》作于王维43—53岁之间，正是他晚年过着"半官半隐"生活，在"晚年惟好静，万事不关心"的心态下进行的创作，是一组艺术成就极高被历代传诵的山水诗精品，达到了"诗中有画""诗中有禅"的艺术极境。而李白的《秋浦歌》写作于53岁时，也是艺术上炉火纯青时期的作品。只是客观的景物有南北之别，王维的辋川在关中地区，生活内容以士大夫的闲情逸致为主；而李白所写的秋浦在江南，生活内容以当地人民的普通劳作为主。两者真的有可比性吗？

让我们先回到北宋时期。这两组诗在北宋时期很受欢迎。前面我们谈到黄庭坚在自己家新开小轩的墙壁上，书写了十五篇《秋浦歌》（有可能只选取了十五首）作为条幅，可见他对秋浦歌的喜爱（他有没有模仿过《秋浦歌》，我没有找到确切的证据）。黄庭坚是苏门四学士之首，另一位四学士之一的秦观则对王维《辋川集》有浓厚兴趣。

秦观《书辋川图后》："元祐丁卯（1087年），余为汝南郡学官，夏得肠癖之疾，卧直舍中。所善高符仲携摩诘《辋川图》视余，曰：'阅此可以愈矣。'余本江海人，得图喜甚，即使二儿从旁引之，阅于枕上。恍然若与摩诘入辋川，度华子冈，经孟城坳，憩辋口庄，泊文杏馆，上斤竹岭并木兰柴，绝茱萸沜，蹑槐陌，窥鹿柴，返于南北垞，航欹湖，戏柳浪，濯栾家濑，酌金屑泉，过白石滩，停竹里馆，转辛夷坞，抵漆园，幅巾杖履，棋弈著饮，或赋诗自娱，忘其身之匏系于汝南也。数日疾良愈，而符仲亦为夏侯太冲来取图，遂题其末而归诸高氏。"[①]这篇题跋不是编故事，而是秦观亲身经历的感受，一方面可以看出王维《辋川图》的精妙无双，竟然能够治愈秦观的肠胃病，另一方面也可以看出秦观对王维诗画的仰慕。当然秦观爱好王维诗歌绘画是受他老师苏轼的影响，苏轼曾说："观摩诘之画，画中有诗，味摩诘之诗，诗中有画。"（题王维《辋川烟雨图》）并模仿王维的《辋川集》作《岐下诗》二十一首（按：韩愈模仿王维作《三堂新题二十一咏》，对苏轼有影响）。尽管我们也认为王维山水诗对后代影响比李

---

① 徐培均笺注《淮海集笺注》（中册），第1120—1121页，上海古籍出版社1994年版。

白要大，但是，苏轼的两个弟子，一个爱好王维《辋川集》一个钟情李白的《秋浦歌》，这一现象难道不能说明什么吗？我认为这两组歌咏南北不同地理环境、人文风俗的山水诗是有相通之处的，当然也存在很大的差异。

先谈相通的方面。王维所住的蓝田辋川别墅，曾经是初唐时期著名宫廷诗人宋之问的别墅，后来被王维买下来，供他母亲崔氏礼佛，王维母亲师事大照禅师长达三十余年，王维自三十岁丧妻之后不再续弦，也跟随母亲坐禅念佛，前后三十年之久。所以，他对辋川的景物非常熟悉，画成二十幅山水画，并在画上题诗。这二十首小诗后面附有裴迪的唱和之作。因此，这些诗除了表现王维隐居期间悠游闲适生活情趣之外，还有开了文人相互唱和的风气。王维的山水小诗是对南朝谢灵运、谢朓开创的山水诗传统的继承，不同的是大谢山水诗多用五古体裁，篇幅较长，写景往往是"以形写形"、"以色貌色"，写法往往是"遇景辄书"、"堆垛臃肿"，形成"有句无篇"的特点。到了谢朓时期，一种叫"永明体"的新诗出现了，这是符合"四声八病"的声律要求的更加精致的五言八句小诗。这种诗体很快被运用到山水诗领域。到唐代就成为五言律诗。王维、李白运用五律写山水已经非常纯熟了。而王维的《辋川集》尝试运用五绝组诗的新形式来表现一大片山水，取得了巨大的成功。李白是否受到王维的影响不得而知，但李白的《秋浦歌》显然主要的也是五言绝句组诗的形式表现一大片风景。创作方法显然是相同的。不同的是王维的诗整齐划一，而李白的诗夹杂着三首五古（李白的十七首总句数与王维相同，正好80句），整体上看也是继承大小谢的山水诗传统而加以变化的。正是基于这一点，李白的诗可以被别人画成画幅，尽管不能做到"诗中有画，画中有诗"，但是与王维诗属于同一个系统。

不同的是：王维没有到江南游历的经验，他在继承南朝山水诗的时候，多出于对南方的想象，他运用的是古体的写法（有些甚至带有骚体的味道，运用有关离骚的意象），而李白显然在这方面比王维有优势，他长期漫游在江南地区，熟悉长江流域的民歌及其风俗人情，因此，李白的诗歌带有强烈的民歌韵味，像渔翁夫妇的生活、采菱女与情郎的对唱、冶炼工匠的歌唱与王维在竹林深处弹琴长啸、在木兰柴、鹿柴看夕阳彩鸟、落日返照等闲情逸致是截然不同的。

还有一个最大的不同是：王维多客观的描写，像《白石滩》："清浅白石滩，绿蒲向堪把。家住水东西，浣纱明月下。"《栾家濑》："飒飒秋雨中，浅浅石溜泻。跳波自相溅，白鹭惊复下。"《辛夷坞》："木末芙蓉花，山中发红萼。涧户寂无人，纷纷开且落。"等等，诗人都不出现，只是冷静客观的让景物自己表现，用王国维的话说，就是"以物观物"，呈现出"无我之境"。而李白的诗歌大半言愁，多处运用夸张手法，写锦驼鸟、白猿一般都是注重动态描写，甚至出现全部运用典故的主观化写法，表现出来的是"以我观物"的"有我之境"。此外，像王维《北垞》："北垞湖水北，杂树映朱栏。逶迤南川水，明灭青林端。"是典型的层次分明的画意之作，符合透视原则。而李白则出现"塞满"的违背画法的诗歌。这些都说明：王维追求的是"诗中有画"，而李白追求的是"诗中有人"。这就是浪漫主义诗人与客观写实主义诗人最大的不同。应该说，两种写法都应该得到肯定，所以，王、李二人的组诗都是盛唐时代杰出的佳作。

第六讲（上）　杜甫诗歌的沉郁之美

　　杜甫（712—770年），字子美，原籍襄阳（今湖北襄樊市），寄居巩县（今河南县名）。十世祖是西晋著名将领杜预，祖父是武则天和唐中宗时代的著名诗人杜审言。杜甫经过不懈努力成为盛唐时代最有成就的诗人。他完整经历了开天盛世及安史之乱，其生命历程的前四十四年沐浴大唐盛世的雨露阳光，培养积累了盛世情怀，后十五年历经了战乱的艰辛漂泊和生活的困顿挫折，然而始终不改初衷，爱国爱君，充满家国情怀。他的诗歌前后风格有所变化，但始终充满雄壮浑厚的盛唐气象，以致诗歌史上的"盛唐"就以他的一生作为划分的依据。

　　杜甫是唐代诗坛上别名最多的诗人，由于他曾经在长安南郊少陵住过，自称"杜陵布衣""杜陵野客"，因此后世就称他"杜少陵"；在安史之乱爆发后，他被叛军俘获，但他毅然决然越狱逃脱，闯过三道敌军封锁线，来到灵武觐见刚刚登位不久的唐肃宗，"麻鞋见天子，衣袖露两肘"，九死一生之状可以想见，肃宗任命他为"右拾遗"，因此后人又称他"杜拾遗"；后来因疏救房琯而遭到肃宗的猜忌，贬为华州司功参军，终因生活的艰难而辞职，漂泊到四川城都，在友人的帮助下，于浣花溪畔建造草堂居住，因此后人又称他"杜浣花"；他的好友严武镇蜀期间，杜甫曾入严武幕府，被严武表为"工部员外郎"，这是杜甫最高的也是最后的官职，因此后人称他"杜工部"。

　　杜甫的诗歌今存1458首，绝大部分创作于安史之乱前后的二十年间，向有"诗史"之称，可以说一部杜诗就是一部安史之乱前后数十年间活生生的信史，既可以以诗证史，亦可以弥补正史的缺失，还是安史之乱期间诗人心路历程的真实记录。

　　杜甫在给皇帝的《进雕赋表》中说："臣之述作，虽不足以鼓吹六经，先鸣数子，至于沉郁顿挫，随时敏捷，而扬雄、枚皋之流，庶可跂及也。"尽管谈的是其赋作的特点，但后人还是用"沉郁顿挫"来概括杜诗的主体风格。认为"沉郁"倾向于内容的广阔深沉，带有浓厚的忧郁成分；"顿挫"指表达方式的曲折反复、结构的波澜起伏、语言的含蓄锤炼、音律的回翔变化。当然，杜甫诗歌风格不止于此，还有清丽芊绵、萧散自然的另一面。这是因为杜甫善于转益多师，总结并吸取前人的艺术成就，融合众长，兼备诸体，取得了集大成的成就，唐代元稹这样评价说："上薄风骚，下该沈宋，言夺苏李，气吞曹刘，掩颜谢之孤高，杂徐庾之流丽，尽得古今之体势，而兼人人之所独专矣。"（《唐故检校工部员外郎杜君墓系铭并序》）中唐之后，很多诗人莫不在某种程度上受到他的影响，宋代以后杜诗地位越来越高，出现了学术史上"千家注杜"的盛况，杜甫被清人推尊为"诗圣"，清末梁启超更推尊杜甫为"情圣"。

我们这一讲，主要通过几首诗的品赏来了解杜诗"沉郁顿挫"之美和"清丽芊绵"之美。

《春 望》

> 国破山河在，城春草木深。
> 感时花溅泪，恨别鸟惊心。
> 烽火连三月，家书抵万金。
> 白头搔更短，浑欲不胜簪。

题目中的"春"指唐肃宗至德二载（757年）春天，"望"则是因为杜甫不能到郊外去踏青，他被安史叛军囚禁起来了，只能越过高高的宫墙向外眺望都城长安的烂漫春景。他深深记得两年前的寒冬，经过十年的奔波奋斗，终于被任命为右卫率府兵曹参军——仅从八品的小官。在赴奉先县探亲的途中看到满目的苍凉，他愁思百结，预感大难将临，回到家中即闻噩耗：最小的儿子竟然饿死了！因此他将旅食京华困守长安的感慨一并倾泻而出，完成了著名的史诗《自京赴奉先县咏怀五百字》。也许刚刚脱笔，那个不幸的预感就发生了：安禄山以清君侧为号召，从范阳起兵造反了，兵锋直指洛阳和长安。更让杜甫难以理解的是，大唐几十万军队，在安史叛军面前一触即溃，纷纷缴械投降或逃亡山谷，仅仅一个多月时间，叛军就攻占了洛阳。经过大约半年的相持，终于潼关失守，京都完全暴露在敌军的兵锋之下，情急之中，唐玄宗选择了仓皇逃往成都的流亡旅途。而心怀君王的杜甫急急忙忙安顿好家小就奔赴长安，但他追驾不及，谁知半道上竟被叛军俘获，被关押在空旷的宫殿之中。经过半年多的煎熬，来到了新一年的春天，杜甫终于能够痛定思痛，他整理了一下思绪，写下了这篇情思浩茫、忧国念家的沉痛诗篇。

首联描写安史之乱后国家满目凄凉的景象：煌煌都城乃至整个国家都是一片残破景象，而大好河山却依然存在；已经是烟花繁盛的阳春三月，长安城仿佛被繁茂的绿草淹没了，到处呈现出一派死寂的荒凉，街道上寂无人声，似乎也听不到蜜蜂采蜜的歌声。这一联是愤怒的呐喊，一个"破"字无限沉痛，却以一个"在"字轻轻托起，只要山河还在，希望就还在；而一个"深"字则写尽了繁花似锦的都城的荒芜和凄凉。正如司马光所说："'山河在'，明无余物矣；'草木深'，明无人矣。"（《温公续诗话》）是啊，最宝贵的东西——昔日的兴旺繁荣景象、蒸蒸日上的国运统统不见了，已毁于一旦了，犹如盛大豪华的筵席，只剩下一片杯盘狼藉、遍地残羹的景象，令人心酸泪落。颔联即景抒情，借花鸟表达自己感时恨别的心境：感念时局的紧张，连那没有知觉的花草也不禁有泪如倾；想到家人的生离死别，连那些鸟雀也会感到心惊肉跳，连绵不绝的战火随时会结束百姓卑贱的生命。颈联展开联想，表现与家人阻隔的深深忧虑：整整三个月都是烽火连天，战云密布，道路尸横遍野，流血成河，家人逃散各地，消息阻隔，如果能够得到一封报平安的家书，那简直能抵得上千两黄金啊！作者是一个家国情怀深重的诗人，特别在自己身陷囹圄之时，更需要一点家人的温情来慰藉寂寞的孤怀。尾联通过自己的形象表达无奈的悲愤：因为愁绪烦乱，频繁的搔头，以致满头白发都纷纷脱落，连发簪都承受不住了。

这首五律无疑是杜诗沉郁顿挫风格的代表作。首先，杜甫对五律的格调进行了彻底改造，以前的五律多用于应制或交际中的相互酬赠唱和，风格雍容稳健，而这首诗中融入政治时事风云，国恨家愁兼容，悲愤与忧虑交织，变成了一首凝重深沉的史诗。其次，表达上运用对比映衬，跌宕起伏，包含欲言又止的悲愤，又多弦外之音，像颈联概括了战乱、灾难中亲人之间相互惦念安慰的珍贵情感，具有普遍意义，能引起人们的共鸣。第三，诗中塑造抒情主人公形象——八世纪中叶诗国的苦魂，面对破碎的山河，念国想家，满目忧郁，愁怀深重，既沉郁悲怆，又无可奈何。这样，通过诗人自我形象的描绘，融苦难于一身，而这个苦难的灵魂更加深了时代的悲哀，并以这个苦魂的悲哀来真切反映时代的深重灾难。尽管同是写远望景象，但我们发现：二十年前，杜甫写的《望岳》，那一"望"引出的是盛世情怀和宏伟理想，展现的是雄浑壮阔的景象，表现的是充满信心的万丈豪情；而今的"望"则只有凝重悲凉的愁苦和忧郁难伸的襟怀，"望"引出无限的悲伤。

最后，这首诗格律精严，锤炼精纯，也值得称道。运用仄起仄落的正格，前三联对仗工整，映衬分明，跌宕起伏，引起沉郁悲凉的情感波动，后一联刻画形象，绾结全篇，起到画龙点睛的效果。炼字方面，做到了一字千钧，惊心动魄，如"破"字刚劲有力，而"在"字柔中带刚，绝望中顿生希望；"春"与"深"字则显得轻柔含蓄，情感深藏不露；"溅"与"惊"字表达出情感的强烈，给人以巨大的心灵震撼，有刻骨铭心之感；"连"与"抵"字则高度概括，凝练深邃，由诗人特定情境下的感受，上升到人类普遍的情感空间，具有巨大的艺术概括力，概括了战乱乃至灾难中所有亲人的感情，能够引起人们广泛的共鸣。

古人评说杜诗"大"而"深"，读此诗信然。

《旅夜书怀》

细草微风岸，危樯独夜舟。

星垂平野阔，月涌大江流。

名岂文章著？官应老病休。

飘飘何所似？天地一沙鸥。

晚上旅行对杜甫来说已经不是什么稀奇的事情，天宝十四年寒冬赴奉先县探亲时就是半夜从长安出发的，在此后的战乱之中，为躲避灾难，常常是昼伏夜行的逃奔，而代宗广德元年（763年）元恶已经授首，杜甫为什么还要选择挈妇将雏在夜晚出行，而且是乘船漂泊呢？原来，这次旅行具有复杂的背景和特殊的意义。自乾元二年（759年）年底，杜甫一家来到成都寄寓在草堂以来，在此地已经居住了近五年时间，期间因战乱短暂避居绵州、梓州一带，代宗广德二年（764年）战事平息，杜甫一家又回到草堂，正在准备离开成都时，他的好朋友严武第二次镇蜀，严武邀请杜甫进入幕府，并表奏他为参谋、检校工部员外郎，杜甫在严幕度过了半年多的颇受羁勒的日子。代宗永泰元年（765年），严武突然去世，杜甫彻底失去依靠，于是春末夏初初决定携家离蜀。杜甫选择夜晚舟行，一方面可能形势紧迫，拖沓延宕可能生变；另一方面也可能在蜀地寄居太久，急于离开，希望早日回到故乡，从两年前所写的"即从巴峡穿巫峡，便下襄阳向洛阳"就可知他渴望回乡的心情是非常急切的。这首诗可以说是杜甫在夜晚的一叶孤舟之上对自己命运的再次思考，故显得特别沉痛。

首联描写夜晚舟行江景：春天的江岸小草长出了纤细的叶子，春风微微吹拂的江面上，一叶孤舟随波漂流。颔联描写夜空大地的景象：穹庐的天顶缀满繁星，仿佛低垂连着辽阔的大地，一轮不圆的月亮倒映江面，月光随着滚滚的江波，闪烁地奔流。这里小大、疏密、高低、远近、静动相结合，营造了一个壮阔的意境，体现出一种磅礴的气势，虽然孤独凄苦，却并不衰飒颓靡。颈联抒发人生感慨：名声岂是单单依靠文章（写诗）能够建立的？至于官位嘛，当然由于年纪老大应该退休了。这里含有很丰富的画外音：如今这样的时势，仅会作诗是不抵事的，换句话说，会写诗不过带来一些虚名，徒劳无益；严武去世了，没有了依靠，更应该抽身离开所谓的官场了，显然，在自嘲中满含无奈的悲愤！尾联通过自嘲的比喻，抒发怀抱：我就像一只漂泊在天地之间的渺小的沙鸥，孤独无依，四处飘荡，无家可归，塑造出一个因战乱不得不四处流浪、任随命运摆布的游子形象。那小小的身躯里涵容了时代悲伤的阴影；杜甫甚至还不如那沙鸥，不仅无依无靠，甚至连栖身之所都没有！

这首诗的一个显著的艺术特点就是运用精确细致的映衬。如写景方面，将细草微风、孤舟夜月、繁星波浪、天空大地等景物，构成一个大与小，远与近，疏与密，动与静相互映衬的画面，既真切细致，又宏伟开阔，景物之中暗含动荡颠簸的时代影子；又如抒情方面，文章与虚名，年老与休官，不相称地组合在一起，就像天地之大，难容一只小小的沙鸥。其次，这首诗依然具有沉郁顿挫的风格，一方面自嘲中满含悲愤，文章为什么不能带来真正的名声？难道年纪大就应该休官？自己正是为朝廷效力的黄金年龄（53岁）啊！这是怎样的世界！另一方面自喻中满含无奈，天地之间，四处漂泊，孤苦无依，无家可归，天地之大，竟然没有我安身立命之所！

如果我们联系前面所谈到的几首诗歌，就可以发现杜甫诗歌前后风格的一些特点：不变的是重主观抒情，《望岳》的豪情万丈，《春望》的满目愁情，《旅夜书怀》的深沉感慨，都是一以贯之的，都表现了强烈的主观化色彩；而变化的是内涵，随着年龄阅历的增加，杜诗变得越来越深沉苍茫，由雄壮劲健，变得沉郁悲凉。将历史意识、命运思考融入诗中，杜诗因此变得深邃汪茫，不可端倪。

《登高》

风急天高猿啸哀，渚清沙白鸟飞回。

无边落木萧萧下，不尽长江滚滚来。

万里悲秋常作客，百年多病独登台。

艰难苦恨繁霜鬓，潦倒新停浊酒杯。

唐代宗大历二年（767年）深秋，已进入垂暮晚年的杜甫寄寓在四川夔州。

夔府孤城位于大江之滨，两岸连峰高耸，峭壁峥嵘，古木苍翠，菀然森茂。巍峨峭拔、青黑斩削的山体，形如一道坚固的铁门，紧锁大江，江水奔腾撞击，浑灏流转，气象森严，浩荡壮观。重九这天，杜甫带着老病孤愁登上山峰，面对这雄浑壮阔的秋江景象，他再也没有四年前安史之乱刚刚平息时"即从巴峡穿巫峡，便下襄阳向洛阳"那样的回乡激情，因为日思夜想的故乡依然沉陷在兵戈动荡之中；也没有开元盛世王维"遥知兄弟登高处，遍插茱萸少一人"那样甜蜜的思亲情怀，因为兄弟姐妹亲朋好友们正四处漂泊，天涯阻隔。因此，他挥笔写下这首情思浩淼、汪茫深邃、沉郁苍凉的诗篇——《登高》。

首联描写登高所见夔州的特有秋景：在夔府孤城的高山之巅，极目四望，只见天空碧蓝而高远，四面都是呼啸的秋风，肃杀而凄厉，秋风中传来猿猴的哀鸣，在峡谷中回荡传响，仿佛整个世界都笼罩在一片衰飒寥落之中。这是描写远景、虚景，作者紧紧抓住夔州峡口秋季风急天高气清，"高猿长吟，属引凄异，空谷传响，哀转久绝"的特点，展现一个能涵虚万象的境界，而以"哀"字奠定全诗的情感基调。接着，诗人收回目光，注视丛生着草木被江水四面包围的洲渚，这是水鸟们的栖息地，要是在风和日丽的春夏季节，江水饱满，百草丰茂，则见"沙鸥翔集，锦鳞游泳，岸芷汀兰，郁郁青青"的美景，而现在却是秋风浩荡，杀气临洲，江水枯退，木叶枯黄，一派萧飒之象。在这样的天气中，水鸟不敢高飞，只在近岸的水面上低空盘旋，马上飞回。这是写近景、实景。艺术表现上，杜甫以虚实、远近、大小之境相互映衬，使诗歌境界空旷高远又具体细致，壮阔涵虚又鲜活明丽，格调悲哀却并不低沉，情感充沛，莫可名状。

　　颔联继续描写夔州秋景，境界雄浑阔大、沉郁悲壮：千山万壑，无边的树木，在劲急的秋风中，萧萧地漫天飞舞着黄叶，而那望不到头的长江，无穷的波涛，则在峡谷中滚滚滔滔。诗人仰望茫无边际的萧萧落叶，俯视奔流不息的滔滔江水，在写景的同时，更深沉地抒发了自己的情怀。"萧萧"状木叶飘落的情状，且挟带着呼啸的风声，照应第一句的"风急"；"滚滚"写波涛汹涌的气势，又携带着奔腾撞击的声响；"无边""不尽"着眼于时空，将情境推向阔大，而且使风飘木叶、风激波涛显得雄浑壮阔，气势恢弘。很好地表现了诗人"乾坤万里眼，时序百年心"那种涵容天地包蕴古今的博大胸襟。在情感内涵的深度方面，古人曾说："喜柔条于芳春，悲木叶于劲秋。"三春丽色、柔叶芬芳能带给人喜悦的情怀，而素秋高寒，"萧瑟兮草木摇落而变衰"却引发人们亘古难迁的悲秋情结。杜甫很好地继承了屈原、宋玉以来的感伤主义悲秋传统，将人生的际遇、时代的悲感融入浩瀚的时空，托寓于无知的草木，其悲哀更加漫衍阔肆，又借无情的江水兴发"逝者如斯"的韶光之叹。透过沉郁悲凉的诗句，显示了杜诗出神入化的艺术功力。前人赞曰"古今独步""句中化境"绝非虚誉。

　　七律正格一般是前四写景，后四抒情。承接前面苍凉阔大的景物，必须有厚重深邃的情感，方能情境浑融。杜甫在这方面为后人树立了典范，颈联就抒发了汪洋深邃、千回百折、丰富复杂的悲愁情感。"常作客"指诗人常年在异地他乡漂泊无定的凄苦生涯，"百年"指有限的人生，此处特称风烛残年，"悲秋"点明诗情的主核。"万里"指空间的阔大，照应前面的"无边""天高"；"百年"喻人生的短暂，照应前面的"不尽"。罗大经《鹤林玉露》卷十一："杜陵诗云：'万里悲秋常作客，百年多病独登台'。盖'万里'，地之远也；'秋'，时之惨凄也；'作客'，羁旅也；'常作客'，久旅也；'百年'，齿暮也；'多病'，衰疾也；台高，迥处也；'独登台'，无亲朋也。十四字之间含八意，而对偶又精确。"罗大经这段话是来说明杜诗中的"层递"现象，他认为杜甫的这两句诗中含有八重悲凉的意思，而且是一层递进一层的。这就是：远离家乡、感伤时令、羁旅漂泊、久旅难归、苍颜暮齿、衰疾缠身、登临伤怀、孤独伶俜之悲。其实，我认为还有一重更深的能包容这所有八重悲的"感伤时世"之悲。诗人目睹苍凉恢廓的秋景，不由想到自己沦落他乡、年老多病的艰难处境，所以无限悲愁缠绕天地，油然而生。诗人把久客最易悲秋、多病独爱登台的感情，概括进一联精警工整的对仗之中，使人深深地感受到老杜那颗伟大的心灵跳动着的沉重的情感脉搏。诗人的羁旅愁绪和百年孤独感，就像落叶与江水，推排不尽，驱赶不绝，深情与壮景完美地交融在一起。这一联厚实苍劲，沉郁深邃。前人评曰："雄阔高浑，实大声宏。"是有见地的，可以看到老杜七律锤炼精纯的艺术特色。

　　末联一般是诗情的结穴，必须将中间两联充分展开的情景交融的意与境兜裹住，并能引起沉思和联想。老杜追求的结尾是"篇终结混茫"的言尽意远的审美境界。像他的《咏怀五百字》结尾的"忧端齐终南，澒洞不可掇"就以难以收拾的愁情来表现他深重的忧思；再如《佳人》以"天寒翠袖薄，日暮倚修竹"的含蓄蕴藉来引起读者对佳人命运的遐思与关切；还有如《秋兴》（八）的结尾"彩笔昔曾干气象，白头吟望苦低垂"以自己的痛苦悲吟形象来展示他愁绪翻腾不息、凄楚惨浪鲸奔的心灵世界。这种通过在结末以诗人自我形象来凝聚诗歌意境的方法，是杜甫诗歌的重要艺术创造。此诗结尾也是这样的典型：山河破碎，风雨飘零，生活艰难，坎坷酸辛，使两鬓白发日见增多；而在穷途末路衰病潦倒之中，偏偏又不得不停掉用来浇愁的酒杯。正如《诗薮》所说，前六句飞扬震动，结尾两句软冷收之，"而无限悲凉之意，益于言外。"看到了诗篇通过刻画诗人白发霜鬓、护病断饮的形象，来展现他萦绕缠络、无法收拾、浑涵迷茫的悲怀愁绪。

　　从上面的分析，我们可以看到杜甫律诗的一些重要特征。首先，杜律具有沉郁顿挫的艺术风格。这根源于杜甫丰富复杂、磨难辛酸的生活阅历和他心系天下、忧国忧民的深重情怀，雄博无涯的胸襟，包容厚重奔迸的情感。当这种情感与壮阔雄奇的景物相遇，就取得"异质同构"的审美对应关系，形成浑融深邃的艺术境界。其次，杜甫在处理情景关系时，充分注意景物的虚实、远近、大小、表里、形色、声态等方面的映衬配合，既层次分明又和谐统一；而情感则层递推进、回旋萦绕、含蓄蕴藉、浑融包裹。情与景相互包含又相互增色，情由景生，景为情设，有天然混成、错综交织之妙。第三，杜律锤炼精工，律法森严。这首诗采取八句皆对的密实句法，全篇全用实词。首尾两联既对仗又自对，精警严整，意象密集，有如秦陵的陶俑方阵，威武庄严，气势磅礴；中间两联在实对中加入叠字，时空交错，既疏荡激越又涵虚包融，形成神行流走、跌宕奔腾的奇丽境界。另外，首句末字本应该用仄声字，却改用"哀"平，并且押韵，这也是一种奇特的变化，清人沈德潜认为是"格奇而变"。总之，正如胡应麟《诗薮》所言："一篇之中，句句皆律，一句之中，字字皆律。"

总起看来，这是一首拔山扛鼎式的悲歌。给人的感受：不是悲哀而是悲壮；不是消沉而是激励；不是眼光狭小而是心胸阔大。语言精练，对仗工整，达到了登峰造极的境界。是杜甫沉雄劲健、悲壮顿挫的代表作。不愧为"精光万丈，古今七律之冠"的美誉。

《登岳阳楼》

昔闻洞庭水，今上岳阳楼。
吴楚东南坼，乾坤日夜浮。
亲朋无一字，老病有孤舟。
戎马关山北，凭轩涕泗流。

登高览胜是古人最喜欢的情事之一，因为登山则情满于山，观海则意溢于海。登高望远一展胸襟怀抱，或产生孔子"登泰山而小天下"那样的豪情壮志，或引发王之涣那样"欲穷千里目"的渴望。人们喜爱登高，主要因为所居环境的低矮狭窄，局促了胸襟视野，所以遇高山必登焉，登上顶峰，喜看万峰无不下伏，四望空阔，唯蓝天可与心相驰骋，于是身心都得到空前的舒展；人们喜爱观水，主要因为那长河飞瀑、巨海惊涛，具有雄健奔腾、一泻千里、汹涌澎湃、苍茫灏瀚的气势，所以遇巨水必观焉。杜甫一生既有登山观海、潇洒浪漫的十年奇特经历，又有崎岖蜀道、漂泊江汉的十载艰辛历程，因而成为唐代爱写登临诗的作手之一。大历三年（768）深冬，他由江陵、公安一路漂泊到岳州，这里有烟波浩渺的八百里洞庭，湖边就是那张说所建的闻名遐迩的岳阳楼，洞庭胜境全在洞庭一湖，而观赏洞庭美景的最佳之处就在这岳阳楼，凭高远眺，洞庭湖的浩森烟波，尽收眼底。一天，杜甫独自登楼，眼前壮阔伟丽的湖山和万方多难的现实，激起了他胸中的惊涛狂澜，于是他挥笔写下了这首"胸襟、气象，一等相称"的杰作——《登岳阳楼》。

首联以虚实对举开篇写夙愿以偿的感慨，"昔闻"与"今上"形成跨越时空隧道的名联，杜甫很小的时候就熟读《文选》，其中枚乘的《七发》就描写了云梦泽的浩渺奇观，估计那时就有去洞庭观水的愿望，年轻时代又遇上开元盛世，并长期漫游东南，更是闻洞庭之名而心向往之，所以今日终于登上这岳阳楼，得以饱览湖山的壮美景色，一方面实现了少年时期以来的一个梦想，那种欣喜自然不言自喻，但另一方面，而今老迈体弱、疾病缠身，又历尽辛酸漂泊之苦，加上国家还处于兵戈动荡之中，正所谓"万方多难此登临""百年多病独登台"，自然不免感慨苍茫。

颔联描写登楼所见的壮阔景象，显然这里的描写带有强烈的夸饰色彩。人们总爱将此联与孟浩然的"气蒸云梦泽，波撼岳阳城"一联进行比较。可以看到：孟诗的境界雄浑壮阔，气象雄放，"蒸"、"撼"二字写出洞庭湖的巨大力量，表现大唐盛世蒸蒸日上的气象，而杜甫的诗句也写得气象宏大，境界壮阔，但显得动荡不宁，暗喻干戈不息、乾坤颠簸的深沉忧虑，带有杜甫乱世漂泊的印记。刘学锴先生认为："杜甫这一联的好处，不只是较孟诗更加壮阔（由眼前的云梦泽、岳阳楼扩展到吴楚大地和整个天地日月，大有包举宇内之势），更在于他把夸张的形容、丰富的想象和登览时的真实感受和谐地结合起来。……诗人笔下的洞庭湖，不仅无限辽阔，而且仿佛蕴积着神奇的力量，能裂大地，能载乾坤。"解释非常精妙。

颈联忽然转写自身境遇：自己年老多病，唯有孤舟相伴，而天各一方的亲朋故旧阻隔不通，竟没有一字书信问候。"无"与"有"是虚实对仗，写出了杜甫不仅经济物质方面匮乏，贫病交加，无依无靠，而且精神世界上也充满孤孑感，没有一点温暖的慰藉，显得非常沉痛。这一联是杜甫对自己暮年悲剧境遇的艺术概括，感情极沉痛，却极富于艺术表现力。

尾联再突然转出更高的境界，由个人境遇转到忧念时局、关心国家命运上来。刘学锴先生说："杜甫总是把个人的不幸、身世的漂泊沉沦与国家的多难联系在一起，深深感到国家多难是个人不幸的根源，因此，当他慨叹个人孤孑困顿境遇时就很自然地联想到造成个人流离困苦的国家忧患。"这正是杜甫胸襟博大的表现，尽管诗人身处困境，却总能够心系天下，这个结尾不仅是对以上的总收，更是对诗境的升华。

杜甫晚年的诗歌，黄庭坚认为"不烦绳削而自合"，达到了炉火纯青的境界，而这种境界也是人生境界的体现，清人黄生评论这首诗说："胸襟、气象，一等相称。"刘学锴先生说："杜诗每于结联转出新境，提升整首诗的思想艺术境界，这既是艺术，更是思想。"非常精辟地概括这首诗的艺术魅力，就在于人格的高尚和思想的深邃。

艺术与思想，胸襟与气象，就这样统一于第一等的人格之中。品味杜诗，能提高做人的档次，因为字里行间流淌着一种不朽的精神，能给人的心灵以滋润。

《追酬故高蜀州人日见寄并序》

开文书帙中，检所遗忘，因得故高常侍适往居在成都时，高任蜀州刺史人日相忆见寄诗。泪洒行间，读终篇末。自枉诗，已十余年；莫记存殁，又六七年矣。老病怀旧，生意可知。今海内忘形故人，独汉中王瑀与昭州敬使君超先在。爱而不见，情见乎辞。大历五年正月二十一日，却追酬高公此作，因寄王及敬弟。

诗曰：

自蒙蜀州人日作，不意清诗久零落。今晨散帙眼忽开，迸泪幽吟事如昨。
呜呼壮士多慷慨，合沓高名动寥廓。叹我悽悽求友篇，感君郁郁匡时略。
锦里春光空烂熳，瑶墀侍臣已冥莫。潇湘水国傍鼋鼍，鄠杜秋天失雕鹗。
东西南北更谁论，白首扁舟病独存。遥拱北辰缠寇盗，欲倾东海洗乾坤。
边塞西蕃最充斥，衣冠南渡多崩奔。鼓瑟至今悲帝子，曳裾何处觅王门。
文章曹植波澜阔，服食刘安德业尊。长笛谁能乱愁思，昭州词翰与招魂。

　　唐诗中存在一种重要的"追忆"现象，唐代诗歌除了在宴会、离别或游历、唱和的当下情境中即兴创作之外，还有许多是在独特经历之后，带着感伤，含着缅怀，噙着泪花，在今昔对比中产生的。诗人们经历了许多人生挫折之后，进入中晚年时，多喜欢在某一场景的触动下，展开追怀往事的联想，写出感慨深沉、饱含沧桑的作品。尤其在中晚唐时期，当一个好容易建构起来的辉煌盛世突然消失后，仿佛是一场冰水浇灭了盛唐人那特有的激情澎湃的炽热火焰，变成了由冷峻思考带来的沉静与肃穆，整个时代也仿佛进入了中晚年，诗人们追怀那往昔的故事，追忆自己个人经历和追怀历史的踪迹成为最普遍的现象，所以咏史诗大量涌现。诗中的人生感慨特别鲜明，弥漫着浓重的伤感情绪，导致诗人们在开掘心灵世界方面惨淡经营。许多诗序就记载了这类诗歌产生的过程，其中有很多东西值得回味和仔细探索。宇文所安先生写了一本饶有意味的书就叫《追忆》，他在《导论》中说："记忆的文学是追溯既往的文学，它目不转睛地凝视往事，尽力要扩展自身，填补围绕在残存碎片四周的空白。中国古典诗歌始终对往事这个更为广阔的世界敞开怀抱：这个世界为诗歌提供养料，作为报答，已经物故的过去像幽灵似的通过艺术回到眼前。"①宇文先生的论述揭示了追忆文学的魅力，就在于艺术地再现已经消逝的往事。如果没有杜甫《忆昔》之类的诗歌，我们对"开元全盛日"的印象就会贫乏许多，比起史书的枯燥记载，诗歌的追忆要生动形象、集中完美、珍贵高雅得多，因为记忆深处最珍贵的东西经过岁月的淘洗，已经过滤了生活的杂质，展现出来的都是值得回味的精粹情境和美好情愫。"追忆"是个人独特的心理行为，当这种私人心理活动展现出巨大的历史概括性和普遍性时，将产生同样巨大的艺术感染力。我们看重的"史诗"，往往就是这些情境下创作出来的。杜甫的诗歌主要创作于安史之乱前后二十多年动荡颠簸的历史环境中，即主要是他四十岁之后的作品。在当时就号称"诗史"，除了很多真实地记录当时历史事件的诗歌外，更多的还是追忆开天盛世与当下动乱相纠结的含蕴深邃、感慨苍茫的作品。这些诗篇里，杜甫追怀自己往昔的经历，追忆与自己交往的朋友，感慨友人的沉浮际遇，追忆盛世繁荣昌盛的生活情景和浑厚敦睦的文化氛围。杜诗的深邃就表现在这些混涵汪茫思绪万千的诗篇中，特别是夔州以后的诗歌，黄庭坚称赞为"不烦绳削而自合"，那些规模宏大的七律组诗、结构严整的排律、感慨苍凉的五古及气象恢宏的七言歌行都充满了对盛世人情物态的无尽缅怀。在这些追忆之类的诗歌中，追和故人之作较为独特。在与杜甫交往的故人中，高适又是有特殊交情最持久的一个，杜甫与高适是几十年的好朋友，两人之间的感情特别深，他们之间的诗歌往来很多。据清代仇兆鳌《杜诗详注》进行统计，杜甫赠高适的诗歌有13首，这些诗歌见证了两位盛唐时代才华杰出的诗人之间的深情厚谊。

杜甫与高适相识在开元末期，地点在山东汶上。后来天宝三年，杜甫漫游十年之后正欲赴长安求职，在河南开封恰好碰上由翰林供奉赐金放还的李白，两人结交，诗酒风流，"醉眠秋共被，携手日同行"，正在此时从幽州返回的高适也与他们相遇了，于是三位诗人又同游梁宋之间，结下了

① [美国]宇文所安著《追忆》，郑学勤译，第3页，生活·读书·新知三联出版社2004年版。

终身难忘的友谊。李、杜此后再也没有见过面，而杜、高却一直相互惦记扶持到生命的晚期。天宝十一年，杜甫和高适、岑参、薛据等人同登慈恩寺塔，赋同题诗歌，随后高适经张九皋推荐被河西节度使哥舒翰辟为掌书记，杜甫马上赠《送高三十五书记十五韵》，真诚祝愿高适从此走向飞黄腾达的仕途，期待他"十年出幕府，自可持旌麾"，概叹自己没有机会跟随朋友赴边城效力，并希望高适"边城有余力，早寄从军诗"。天宝十三年，杜甫又有《寄高三十五书记》："叹息高生老，新诗日又多。美名人不及，佳句法如何。主将收才子，崆峒足凯歌。闻君已朱绂，且得慰蹉跎。"一方面赞美高适新诗句法老成，取得了新的成就，一方面感叹自己的仕途困顿岁月蹉跎，但是友人的成功恰好是对自己的最好安慰，足见他们之间友谊的深厚。安史之乱爆发后，高适表现出特有的高瞻远瞩，先后得到玄宗和肃宗的信赖，官位不断升迁，从淮南节度使做到太子詹事，再出任彭州、蜀州刺史。这段颠簸危坠的岁月里，高适成为杜甫生活的重要依赖和情感的主要寄托。先后作《寄高三十五詹事》、《寄彭州高三十五使君适三十韵》（五排）、《酬高使君相赠》（五律）、《因催五侍御寄高彭州一绝》（五绝）、《奉简高三十五使君》（五律）等诗篇，或者抒发兵戈动荡索居时，希望友人"岁晚莫情疏"，因为"相看过半百，不寄一行书"，从杜甫的嗔怪中可以看出岁月的艰难和两人友谊的深厚；或者抒写故人寂寞自己凄凉的情况下，仍然对诗歌创作抱有浓厚的兴致："海内知名士，云端各异方。高岑殊缓步，沈鲍得同行。意惬关飞动，篇终接混茫。"并相约"会待妖氛静，论文暂裹粮"，念念不忘的是等到天下太平之后两人精心探讨诗歌艺术；或者感激高适"故人供禄米"的接济帮助；或者兴奋于高适"骅骝开道路，鹰隼出风尘"任蜀州刺史时，两人"天涯喜相见，披豁对吾真"，真是忘情尔汝的"交情老更亲"啊！晚年，高适入朝为左散骑常侍，杜甫立即写了《奉寄高常侍》："汶上相逢年颇多，飞腾无那故人何。总戎楚蜀应全未，方驾曹刘不啻过。今日朝廷须汲黯，中原将帅忆廉颇。天涯春色催迟暮，别泪遥添锦水波。"算是对高适作了一个全面准确的评价，正如王嗣奭所说："高杜交契最久，故赠诗不作谀辞。总戎句，不讳其短。方驾句，独称其长。下文但云中原相忆，则西蜀之丧师失地，亦见于言外矣。"[1]这首诗可以看出杜甫虽然赞赏高适的文武双全，但是心中最佩服的还是高适的诗歌才华。高适死于代宗永泰元年（765年），杜甫惊闻噩耗，百痛在心，写了

---

① ［唐］杜甫撰，仇兆鳌详注《杜诗详注》（第三册），第1123页，中华书局1979年版。

《闻高常侍亡》："归朝不相见，蜀使忽传亡。虚历金华省，何殊地下郎。致君丹槛折，哭友白云长。独步诗名在，只令故旧伤。"短短八句，将高适生前死后的情况都写到了，既突出了高适的重要履历和生平才节，又赞美了高适诗名独步当时的成就，并抒发了失去故人无限感伤的深重情怀。郑虔去了，李白去了，高适也去了，故人一个接一个离杜甫而去，而生活还要继续，未来的日子将唯有对故人无尽的思念相伴。杜甫的情感世界丰富复杂，正是由于他生活阅历的丰富复杂，他细心体味他的生活，君王、国家、百姓、朋友、亲人永远在他的心灵宇宙中处于主要地位。往往一些看似寻常的生活细节，都会触动他心里的最痛一根琴弦，他的泪为值得忧虑和值得珍惜的一切而尽情挥洒。大历五年（770年）的一天，杜甫翻检书箧，偶然看到十年前高适任蜀州刺史时正月初七（人日）寄给自己的诗歌，不禁悲从心来，泪流满面，写下了著名的带有诗序的追和故人之作《追酬故高蜀州人日见寄并序》（《全唐诗》卷223）（见上）。

　　这是杜甫生命最后时期的一篇心思浩茫、意境浑厚的作品。历来很多唐诗选本都不选此诗，实在是不应该的。先来看诗序，诗序具有纪实性质：一方面展现杜甫晚年老病孤愁的生活境况和孤独寂寞的心境；另一方面通过友人的亡故九泉和存者的星散四方来呈现世相的纷乱扰攘；再一方面则表现出杜甫对生活的执着和对友谊的珍视。高适赠诗在十年前，十年之间天地涢洞，烽烟四起，哀鸿遍地，民不聊生。高适去世已经六年，如今杜甫重睹故人旧作，因此"泪洒行间，读终篇末"，加上自己老病怀旧，海内仅存的"忘形故人"又"爱而不见"，所以情不自禁要追酬高适十年前的赠诗。高适既是作者的亲密朋友，又是支撑将倾大厦的朝廷重臣，曾经作《人日寄杜二拾遗》赠杜甫："人日题诗寄草堂，遥怜故人思故乡。柳条弄色不忍见，梅花满枝空断肠。身在南蕃无所预，心怀百忧复千虑。今年人日空相忆，明年人日知何处？一卧东山三十春，岂知书剑老风尘。龙钟还忝二千石，愧尔东西南北人。"这是一首有名的七古，三次转韵，前四句写题诗寄给远在成都浣花溪畔的杜甫，想象杜甫在梅花满枝的时候思念故乡，其中饱含着对杜甫的思念和关切；中四句转到自己身在蜀州（今四川崇庆县）面对战乱纷纭的残局不能有所建树，并且受到权臣的猜忌，心中百忧千虑难以排解，今年人日还可以空自忆念故人，明年还不知身在何处呢！一种老年人特有的苍凉悲切融化在对故人的思念之中；最后四句说自己曾经高卧东山三十年，读书学剑一无所成，而今老境苍苍却享受丰厚的俸禄，愧对四处漂泊的友人。这首诗一改高适七古的雄浑悲壮格调，从友我双方交错落笔，运用平易真切的民歌语言，像老朋友促膝晤谈，情思婉转，意境苍凉。难怪杜甫十年后重读此诗难禁老泪纵横，这种经历过时间风浪考验的情谊才是人生珍贵的财富。杜甫寄赠高适的诗歌中，共有两首酬答之作，其中这一篇是罕见的七古，而且比原作长了一倍。和作应该步原作的韵脚，而杜甫此诗则违背了常规，是和意不和韵。首四句叙事照应诗序，说自从故人人日寄诗之后，没有想到故人意境清新的诗歌长久零落不闻，今天散佚的诗篇突然映入眼帘，真是且惊且喜，吟诵再三不禁老泪纵横，那情景仿佛就在昨天。接下四句赞颂与感叹交织在一起，一方面赞美高适慷慨豪迈意气纵横，敢直言进谏不避忌讳，一方面慨叹自己屡次向高适寄赠"嘤嘤求友"的诗篇，凄清悲切。接下四句运用工稳的对仗，将自己与高适炼进雄浑劲健的对句之中，境界阔大，情感悲凉。说浣花溪畔的春光空自烂漫芬芳，因为瑶墀重臣已经撒手人寰进入冥冥寂寞的天国；我漂泊在潇湘水国日与鼋鼍为伴，凄凉悲苦，而故人却殒身长安，犹如秋天的苍穹损失了一只英姿勃勃的雕鹗。接下八句写自己的境况和当下严峻的形势，为高适的离世作陪衬。一方面自己老病孤舟漂泊湘江，另一方面朝廷北面还环拱着一圈寇盗豺狼，真希望倾东海之水来清洗整个乾坤，而西边吐蕃弥漫山野蠢蠢欲动，时时发动侵略战争，导致衣冠之族纷纷南渡避难，整个局面混乱无序，难以收拾。恰恰在需要有英雄豪杰重振旗鼓整顿乾坤的时候，文武兼备的高适却离开了人间，而我只能在潇湘鼓瑟唱着悲凉的歌，却无处寻觅为国效力献忠的门路。诗中除充满对高适的无限追忆和惋惜，还深含对健在的友人汉中王李瑀和昭州敬超先使君的无比关怀和思念。一方面赞扬汉中王"文章曹植波澜阔"，即颂扬他文章雄健，气骨不凡，波澜壮阔；另一方面赞扬他"服食刘安德业尊"，即称赞他慕效汉代淮南王刘安服食丹药，德业为世人所重。最后两句说听到邻家吹着哀伤的长笛，使我油然而生当年向秀怀念嵇康那样的感情，只是自己愁思纷乱，不能像向秀那样作沉痛迫衷肠的《思旧赋》，因而希望敬超先使君能够像当年宋玉作《招魂》哀怜屈原那样赋诗哀悼高适。杜甫追和高适的诗作，不仅将自己与高适的全部交往历程和高适的生平大节囊括进诗中，还将昭州、汉中与湘潭三处空间通过故人连接在一起，在友人相互关爱思念之中，一起为高适招魂。追和与酬赠融为一体，又统一在对高适的追忆思念之中，思念又强烈感染着时代风云激荡的阴影，因而此诗成为一首心思浩茫苍凉深邃的史诗。这首诗体现了一种高超的表达技巧，在杜甫集中结构非常独特。明人王嗣奭《杜臆》（卷十）说："高乃忘形故人，已死而遂及生者，将汉中、昭州并入篇中，此公触想成诗，无成心亦无定体，如太空浮云，卷舒自如。"此诗达到了炉火纯青的化境。诗序与诗歌相比，序显得平实简明，诗则意境浑茫，感慨雄深，诗的咏叹、凝重远远超出诗序；而诗序记载了追和故人旧作的特殊情境，具有非常重要的史料价值。

　　总体上看，追忆类的诗序和诗歌，中晚唐时期最多，中唐时期比较多的作品集中在对往事追怀或对故人的思念，晚唐的作品则较多地转向追怀更为遥远的古人或历史遗迹。从感情深度来看，中唐时期的诗歌情感真切，因为那是诗人生命的独特经历凝结的感慨，而晚唐人则相对较弱；从篇幅来看，中唐时期诗序较短，主要提示作诗的背景情况，诗歌则用力较深厚，而晚唐人追求趣味、追求奇特，因而篇幅加长，往往带有传奇色彩；从反映现实生活的角度看，这类诗序都有记载史实的作用，中唐时期，多与诗人自己有关，而晚唐则注意揭示社会现实，广泛揭露带普遍性的可悲可叹的现象，具有较强的现实批判意义。杜甫是盛唐与中唐转折点的重要诗人，他不多的几篇诗序对中晚唐诗人有启示意义，而这首追和故人之作除记录杜甫生命晚期的情感历程之外，还具有重要的文学史意义。

132

第六讲（下）　杜甫诗歌的清丽之美

《江村》

清江一曲抱村流，长夏江村事事幽。

自去自来堂上燕，相亲相近水中鸥。

老妻画纸为棋局，稚子敲针作钓钩。

多病所须唯药物，微躯此外更何求。

　　肃宗上元元年（760年）春天，在亲友的资助下，杜甫在成都西南的浣花溪畔建成草堂，并于暮春迁入新居。回想起建造草堂的过程，对于经历安史之乱后多年颠沛流离生活的杜甫来说，也是非常不易的，先是选择宅基地，《卜居》中说："浣花溪水水西头，主人为卜林塘幽。已知出郭少尘事，更有澄江销客愁。无数蜻蜓齐上下，一双𪆂𪃇对沉浮。东行万里堪乘兴，须向山阴上小舟。"这是一个美丽的去处：浣花溪水在城郊转了个弯向西流去，既有池塘林木的幽静，又无世俗尘事的烦忧，而面对澄净的百花潭水还可以消除客居的忧愁，空中有无数的蜻蜓飞来飞去，水面上成双成对的𪆂𪃇在随波沉浮，这美好的景色令人产生万里东行的兴致，应学王子猷那样坐上去山阴的小舟。可见杜甫对新居充满热切的期待，经过朋友们的多方援助，终于将草堂建成了，杜甫又作了《堂成》："背郭堂成荫白茅，缘江路熟俯青郊。桤林碍日吟风叶，笼竹和烟滴露梢。暂止飞乌将数子，频来语燕定新巢。旁人错比扬雄宅，懒惰无心作解嘲。"诗中洋溢着"吾亦爱吾庐"的喜悦，草堂背靠城郭，用白茅覆盖，沿江是一条熟路，面对青色的郊野，桤林高高耸起，树叶迎风吟唱，翠竹笼烟，竹梢挂着露珠，乌鸦带着孩子来林间居住，燕子呢喃在梁上刚刚筑好新巢。这既是自己安身歇息的处所，也是鸟儿们快乐温馨的家园，以致旁人把这里当成的当年扬雄的住宅，而我则不想写《解嘲》来自叹贫困潦倒，反而可以享受这一份难得的悠闲自适了。

结束了长期奔波跋涉的困顿，生活趋向安稳，杜甫的心境也比较闲适，所以诗歌的风格就变得萧散自然，许多诗都写自己身边的日常生活情事和自然景物，呈现出浅易平淡的特色。写于初夏的《江村》就是一首较有代表性的佳作。题目所称的"江村"指草堂所在僻静纯朴的小村庄，其实只有几户人家居住在此，但在杜甫的笔下却别有一番情趣。

首联点题，描写江村恬静幽丽的环境：清澈的浣花溪水弯曲地环抱着秀丽的村庄，缓缓流淌，只有几户人家居住的小村庄仿佛恬静地躺在大自然的怀抱里，江是那样的温柔旖旎，而村则是那样的萧散幽静，令人想起"江流宛转绕芳甸"的锦绣江南来；而这长长的夏日里，绿树成荫，农事已过，人们也都闲暇幽静，整个村庄都呈现出静谧安详的氛围。以下两联承接"事事幽"展开描写，颔联写景物之幽：堂上燕子进进出出，飞去飞回，自由自在，不受任何干扰；水面鸥鸟与人相亲相近，毫无防范之心和欺诈之意。可以看出人与燕、鸥和谐融洽的关系，景物的闲暇自适正衬托出诗人悠闲的心境。颈联写人事之幽：夏日昼长，下棋是最好的消遣，但因家贫不能弄到玉石棋盘，于是老妻便用纸画出一个简易的棋局，透露出一种朴野的情致和幽趣；而稚子则敲磨缝衣针来做垂钓的鱼钩，专心致志的神态也给人一种纯朴天真的野趣。一家人都在各自做着自己感兴趣的事情，这本身就是一种温馨甜蜜的享受，与辛弃疾词中"大儿锄豆溪东，中儿正织鸡笼，最喜小儿无赖，溪头卧剥莲蓬"的江南农家同一乐趣。这两个小小的细节，非常传神地表现出杜甫胸怀，他能在日常生活中品尝出常人难以感受的真朴醇淡的美。

尾联说在历经战乱播迁、颠沛困顿之后，得此江村闲居幽境，已经感到非常满足，除了身体多病需要一些药物治疗之外，还有什么企求呢！第七句有异文，《文苑英华》作"但有故人供禄米"，清人仇兆鳌认为"当从《英华》为是，且禄米分给，包得妻子在内。"朱瀚也说："通首神脉，全在第七句，犹言'万事俱备，只欠东风'，与'厚禄故人音书断'参看。若作'多病所须唯药物'，意味顿减，声势亦欠稳顺。"萧涤非先生赞同此两说，认为可能是杜甫修改原稿后作"但有故人供禄米"。[①]而刘学锴先生则认为"第七句并非强调非故人供禄米则不能维持生活，而是对目前的闲适自在生活略感美中不足之意，盖谓如有药物以疗多病之身，则更无他求矣。如作

---

① 萧涤非《杜甫诗选注》，第158页，人民文学出版社1979年版。

'但有故人供禄米'则禄米不继，闲适生活全无，此恐非杜甫此诗本意。"[1]我觉得刘先生的解释更贴近杜诗本意，且显得更加圆融。

这是一首七律，除了将平凡的日常生活进行诗化，挖掘简陋贫困中的生活美，表现朴野乡村真醇的韵味之外，还体现在对格律的把握上，吟诵起来感觉特别圆转流畅，使人几乎看不到格律的束缚，仿佛天地间的至文那样自然灵动。

《水槛遣心》(二首)

去郭轩楹敞，无村眺望赊。
澄江平少岸，幽树晚多花。
细雨鱼儿出，微风燕子斜。
城中十万户，此地两三家。

题目中的"水槛"是杜甫在建造浣花草堂的同时，傍水修建的带有栏杆的轩亭，供共赏和垂钓。"遣心"一作"遣兴"，即通过水槛晚眺晨赏的感受来排遣内心的情思。

首联写在水槛凭栏远眺：远离城市的喧嚣，这水槛的楹柱仿佛格外的宽敞，由于周围没有村落，所以视野显得非常开阔，勾勒出一派空旷明净的境界，同时也透露出诗人此时此刻轻松闲适的心境。

颔联接着远眺，描写远处和近处的景致：春夏之交，锦江水涨，江水几乎与对岸平齐，出现了"潮平两岸阔"的景象；而近处草堂周围，幽树丛生，在这寂静的黄昏，盛开着五彩缤纷的花朵，远近相对，旷野与幽静相互映衬，既写出了大自然的勃勃生机，也体现出诗人内心的欣喜。

颈联转换视角，写俯瞰江面，由于正下着细雨，雨点落在水面上形成一个个小水泡，那些调皮的鱼儿，不时钻出水面，在水泡中游来游去，似乎在与水泡嬉戏；仰看灰蒙蒙的天空，在微风细雨之中，轻盈的燕子正借着风势斜着掠过江面，准备归巢。叶梦得《石林诗话》认为这一联"缘情体物，自有天然工妙，虽巧而不见刻削之痕"，分析了杜诗体物细致入微的特色，非常精到，但是忽视了诗人那一份悠闲从容、欣喜轻快的心情。

尾联再回到广阔的旷野，将城中与江村联系起来，说成都人烟繁卓，

---

① 刘学锴撰《唐诗选注评鉴》(上卷)，第1061页，中州古籍出版社2013年版。

135

第六讲（下） 杜甫诗歌的清丽之美

住着十几万人，而此地却只有两三户人家，以想象的繁华都市来反衬此处的闲远清旷。

从艺术手法上看，这首诗每联都是工整的对仗，但读起来却毫无板滞之感，因为对法灵活多变，既有大处落墨的疏宕笔法，又有小处着眼的工笔细描，远近高低错落有致，繁密与萧疏，虚景与实境，外物与内心，相互映衬，深得萧散自然之趣。

再看其二：

> 蜀天常夜雨，江槛已朝晴。
> 叶润林塘密，衣干枕席清。
> 不堪祗老病，何得尚浮名？
> 浅把涓涓酒，深凭送此生。

这一首写水槛朝晴的所见所感。

首联点明蜀地多雨的普遍天气情况，反衬清早日出天晴的可贵，言外之意就是充满无限的喜悦。颔联分承"夜雨""朝晴"，由于夜雨的浸润，林塘上繁茂的树叶仿佛变得更加清润而茂密，而夜间原觉潮湿滑腻的衣衫枕席，却因天气转晴变得干净爽洁了。上句从视觉方面写出了自然景物的变化过程，下句从触觉方面传达出身心的舒适愉悦。颈联转为抒发人生感慨：不敢恭维我这老病之身，平生夙愿已成虚幻，哪里还能去追求什么浮名呢？！尾联说功名事业都付之东流了，只好在涓涓小酒中消磨剩余的生命。

浦起龙说："次章竖写。就槛内之身，安排送老也，上四，从外入内，从景及身，渐渐逼近，亦逐句顶，引动下四矣。下四亦一滚。'浮名'不尚，则寄此生于此间，不言槛而槛见也。"分析章法结构非常细密精当，但细细品味，不难发现杜甫那仿佛旷达闲逸的外表下，正含蕴着深沉的悲哀。杜甫写作此诗时还不满五十岁，其实心中还是渴望建功立业的，却不得不在浅斟慢饮中，了此残生，这也是一种"遣心"，但如此遣怀，痛何如哉！

杜甫是一个欲致君尧舜的人，一生忧国忧民，在生活平稳的时候，心态也许闲逸，但是由于他始终关怀国事，因此总难以长久保持闲适心态。一时的陶醉与安闲并不能消除内心深涵的苦闷。所以只有将联章体的两首诗结合起来看，才能真正理解杜甫闲适背后的心灵矛盾，才能理解杜诗清境中蕴含的复杂意绪。

《月 圆》

孤月当楼满，寒江动夜扉。

委波金不定，照席绮逾依。

未缺空山静，高悬列宿稀。

故园松桂发，万里共清辉。

这首《月圆》是唐代宗大历元年（766年）秋天杜甫流寓夔州时所作，当时他全家寄居在地势陡峭、下临大江的西阁。考察杜甫一生的创作历程，有两个创作高峰。第一是安史之乱爆发前后，即天宝末年至弃官入蜀之前，以《咏怀五百字》、《北征》、"三吏"、"三别"为代表，达到了杜甫诗歌思想性的最高点；第二是寄寓夔州时期，杜甫诗歌达到了黄庭坚所称誉的"不烦绳削而自合"的炉火纯青的境界，达到了艺术性的最高点。在创作《诸将五首》、《八哀诗并序》、《夔府抒怀四十韵》、《壮游》、《昔游》等与《秋兴八首》、《咏怀古迹五首》、《秋日夔府咏怀奉寄郑监李宾客一百韵》、《登高》、《阁夜》等两组名作之间，杜甫创作有一个短暂的舒缓期，这首《月圆》正是此时所写的一首清丽芊绵的佳作。

杜甫晚年的创作对格律颇为用心，即所谓的"晚节近于诗律细"，但他又不愿意为格律所束缚，因此经常创作拗体律诗或故意打破传统的结构，追求变化。这首诗就是这方面的一个典范。此诗结构打破了传统五律前四写景后四抒情的惯例，采取了"上六景，下二情"（清人仇兆鳌语）的独特结构，其实最后两句还是在写景，即全诗都在描写景物，而情感依然真挚深厚，这就不得不推为杰构了。

这首诗画面感非常强，前六句与后二句的图画处于不同的层面，下面进行具体分析。首联描写眼前景：一轮孤月当空、清辉满楼；月映寒江，闪烁的波光反射到西阁的柴扉上。明月、高楼、寒江在月光的映照反射中交织在一起，而且动静结合。对第二句存在不同理解，有人认为是高楼柴扉的倒影在寒江里摇晃，如明人王嗣奭就说："江月倒影，水摇而阁上之扉为动，大是画意。"（《杜臆》）我认为此说未安，因为综观全诗，诗人始终未离开过高楼，而高楼倒映寒江必须走出高楼来到江的对岸才能观察得到。颔联紧承首联，仇兆鳌说："委波，申动扉；照席，申当楼。"又说："月注波中，金光摇而不定；月临席上，绮文依而愈妍。"（《杜诗详注》卷十七）这一联颇能见出杜律语言精于锤炼的特色，是将"金波"、"绮席"拆开颠倒运用，因为诗句引用了羊胜《月赋》中"委照而吴业昌"，乐府诗《郊祀歌》中"月穆穆以金波"，邹阳《酒赋》中"绡绮为席"等古代诗赋的字面，显得庄重肃穆，而"绮逾依"三字更是锤炼的精华，"逾"通"愈"，律诗格律要求此处必须是平声字，故用"逾"，"依"字，又令人想起"昔我往矣，杨柳依依"那种柔美的情状，此处用来形容月光照在绮席上，席子的花纹与月光相依交融的情景，真切如画。这两句描写的画面是：月洒江波，浮光跃金；月照绮席，光彩交融。颈联由近及远，推开窗户，眺望远山，仰视高空，则见这样的景象：月挂空山，万籁俱静；月明中天，疏星寥落。这两联体现出杜甫律诗写景擅长将大与小、远与近、高与低、疏与密、粗与细、实与虚等对立的因素统一起来，建构恢宏阔大又细腻真切画面的特色，只要读读他的《旅夜书怀》、《登高》等名作，就会真切地感受到这一点。第六句描写月上中天、月明星稀的清丽皎洁、阔大雄浑的意境，将月圆的夜景写到了极致，而杜甫的艺术腕力更体现在他还能翻出新的境界，尾联忽然笔锋一转，运用虚实结合的手法，展开更加恢宏的联想，抒发浓重的思乡之情。遥想故园桂花开放，是虚写；眼前明月清辉，是实写。事实上，在清秋时节，故园的桂花正该开放，虚中有实；而眼前的清辉，照耀到万里之外，则实中有虚。由一个"共"字来统领，遂将虚实结合起来，表达了诗人在漂泊异乡时对家乡的深切思念，寄托了诗人在这温馨的月圆之夜，因自己与家人不能团圆却渴盼万家团圆的美好愿望。诗的意境顿时升华到更高一层的温馨甜蜜的情感空间。

杜甫一生困顿寥落、流离漂泊、饱经战乱、老病孤愁，却始终能够忧国忧民、舍小我存大我，始终保持生活的信心，憧憬着美好的未来，正是这种坚韧不拔的意志和信念，使他的诗歌具有超越一己私情的万古通情，具有融化苦难温暖他人的精神力量，而这正是《月圆》的魅力所在。

《绝句》

两个黄鹂鸣翠柳，一行白鹭上青天。
窗含西岭千秋雪，门泊东吴万里船。

这首诗前两句捕捉住初春的典型景物，组成有声有色、清新活泼的画面，传达出诗人欢快喜悦的心情：两只黄莺在一片浓密的柳荫中欢快地唱歌，一行美丽的白鹭飞上了万里晴空，大自然到处呈现出无限的生机和活力。第三句写凭窗远眺西山雪岭，冰雪终年不化，千古如斯。"千秋"让人联想到人间悠久的岁月，体味到个体生命的短暂和大自然的永恒。诗人巧妙地用"含"字，描绘出一幅仿佛嵌在窗框中的图画，把阔远之景推倒眼前，同时"含"字还点明前三句的全部景物都是诗人在室内凭窗眺望所见。第四句写诗人向门外望去，看到水边停泊着来自万里之外东吴的船只，因而勾起了思乡之情。"万里船"与"千秋雪"相对，突出了空间的广阔与时间的悠久。使诗歌具有了深邃的时空感。

这首诗采用"借窗观景"的方法，一句一景，是四幅独立的图景，其中融会贯穿了诗人复杂的思乡情感。

《绝句》(二首)

迟日江山丽，春风花草香。
泥融飞燕子，沙暖睡鸳鸯。

江碧鸟逾白，山青花欲然。
今春看又过，何日是归年。

这是代宗广德二年（764年）春天，杜甫自阆州重归成都草堂时写的两首五绝，极富诗情画意。

第一首第一句从总体上描绘明净秀丽的春景，展现出春天阳光普照，四野青绿，溪水映日的秀丽景色。"迟"字带有春日明亮温暖且时间绵长的意味，突出一个"丽"字。第二句以和煦的春风，初放的百花，如茵的芳草，浓郁的芳香来展现明媚的大好春光。三、四句在明丽阔远的背景上转向具体生动的景物描绘：春暖花开，泥融土湿，燕子飞来飞去正忙着筑巢，开始一年的新生活；沙滩暖和，一对对鸳鸯正静睡酣眠。通过燕子、鸳鸯两种动物的活动，一动一静，相映成趣，表现它们在灿烂春光中的悠然自适，显示出大自然的勃勃生机，盎然春意。

全诗意境明丽悠远，格调清新。对仗工整精细，描摹景物清丽工致，同时也通过春景的描绘透露出诗人欢悦的情怀。

第二首是第一首的续篇，前两句承上继续写景，只是将视角从天空飞翔的忙于筑巢的燕子和江边沙滩上享受暖和温煦阳光的鸳鸯，移向了远处江面上盘旋飞翔的水鸟和更远处的青山。江水清澈而碧蓝，仿佛蓝天融入了水中，越发衬托出水鸟的雪白，而水鸟羽毛的洁白又加倍烘托出江水的碧绿，大片的"碧"与点点的"白"相映成趣，色彩鲜明，明媚动人；远处的大山仿佛脱去了严冬的重装，换上了青绿的春装，满山的树木新草，青葱苍翠，惹人喜爱，绿树丛中随处可见大片的鲜艳的红花，怒然绽放，像燃烧的火焰，轰轰烈烈地展现最繁盛的春意。这两句运用烘托映衬的写法，前一句广阔的江面映衬点点轻鸥，静中含动；后一句鲜花以燃烧的火焰来烘托出春山的无边嫩绿，以动写静，极富艺术魅力。三四两句陡然一转，发出一声长长的慨叹：眼看今年的春天就这样地流逝了，何日才能回到我的故乡呢？到此方弄明白，原来杜甫刻画浣花溪畔的美丽春景，是为了抒发浓烈的思乡之情。

第七讲　韩愈诗歌的奇险之美（附孟郊诗）

韩愈（768—824年），字退之，河内修武（今河南孟州市）人，郡望昌黎，后世称为"韩昌黎"，官终吏部侍郎，后世称"韩吏部"，谥号"文"，故后世又称"韩文公"。

韩愈是中唐时期杰出的散文家和诗人。清人吴乔说："唐人能自辟宇宙者，李、杜、昌黎、义山。"（《西昆发微序》）推为唐诗四大家之一。清人赵翼《瓯北诗话》（卷四《白香山诗》）说"韩、孟尚奇警，务言人所不敢言"与"元、白尚坦易，务言人所共欲言"，并称中唐最有成就和特色的两大诗派。

韩愈的诗歌有一种雄奇高古的美学品质，既豪迈健举、气势凌厉，又刻意追新求险，还喜欢以文为诗、以文为戏，以押险韵、用奇字为工，具有学者之诗的风范，由两宋至清代，形成与"千家注杜"相并肩的"五百家注韩"的学术奇观。

韩愈的五古、七古、七律及绝句都有很高的成就，下面以具体的作品为例，加以品读。

一、韩愈的五古

《南山诗》

原文：

吾闻京城南，
兹惟[1]群山围[2]。
东西两际海[3]，
巨细难悉究[4]。
山经及地志，
茫昧[5]非受授[6]。

翻译：

我听说京城的南面，
是群山荟萃之处。
东接关中西连蜀川，
详情很难全部探究。
纪录山脉地理的典籍，
因幽暗不明而不能流播传授。

团辞[7]试提挈[8]，　　　　　　　　　试把南山扼要地描述一番，

挂一念万漏。　　　　　　　　　　　恐怕还是挂一漏万。

欲休谅[9]不能，　　　　　　　　　　想停止描述我又办不到，

粗叙所经觏[10]。　　　　　　　　　　因而粗略叙述经历所见。

【注释】[1]兹惟：这里是。惟，语助词。[2]囿：园圃。引申为（山峰）荟萃之处。[3]海：指终南山东接关中，西连蜀川。[4]悉究：全部探究明白，指南山广大无际。[5]茫昧：幽暗不明。[6]受授：传授，流传。[7]团辞：结撰文辞。[8]提挈：提纲挈领。[9]谅：确实。[10]经觏：经行所见。

第一段：叙说作诗缘由，暗引下文。（揭示描述欲望与怕言不尽意的矛盾心理。）

尝登崇丘望，　　　　　　　　　　　我曾经登上高丘远望南山，

戢戢[1]见相凑[2]。　　　　　　　　　只见群峰戢戢相聚。

晴明出棱角，　　　　　　　　　　　明朗的晴天可以看见山巅的棱角，

缕脉碎纷绣[3]。　　　　　　　　　　条条山脉细碎若锦绣交错。

蒸岚相颒洞[4]，　　　　　　　　　　山间云气蒸腾弥漫，

表里忽通透。　　　　　　　　　　　倏忽之间山谷溪涧都被笼罩。

无风自飘簸[5]，　　　　　　　　　　虽然没有风，云却在自由飘荡，

融液[6]煦柔茂。　　　　　　　　　　仿佛融化于温煦的阳光轻柔繁茂。

横云时平凝，　　　　　　　　　　　有时云横山巅凝固不动，

点点露数岫。　　　　　　　　　　　白云端际露出峰峦的尖头。

天空浮修眉[7]，　　　　　　　　　　远山像漂浮于天边青色的修眉，

浓绿画新就。　　　　　　　　　　　苍翠的颜色好像刚刚画就。

孤撑[8]有巉绝[9]，　　　　　　　　　有一高峰陡峭耸立，

海浴褰鹏噣[10]。　　　　　　　　　　像在大海戏浴的大鹏翘起的尖喙。

【注释】[1]戢戢：聚集的样子。[2]相凑：相聚。[3]碎纷绣：（山脉）破碎若锦绣交错。[4]颒洞：连绵不断的样子。[5]飘簸：飘荡飞扬。[6]融液：融化。[7]修眉：（远山如）长眉。[8]孤撑：独立支持。[9]巉绝：巉岩绝壁。[10]褰鹏噣：大鹏翘起的喙。

第二段：概括描写登高所见的南山概貌。（从空间着笔，写峰峦烟云，

气象阔大。）

春阳潜沮洳[1]，	春天的阳气在润泽的地下潜发，
濯濯[2]吐深秀。	群山吐出深青明净的秀色。
岩峦虽崒嵂[3]，	山峦岩石高耸险峻，
软弱类含酎[4]。	神态柔媚软弱像喝醉了醇酒。
夏炎百木盛，	夏日炎热百草丰茂，
荫郁增埋覆[5]。	林木掩映葱茏蔽日。
神灵日歊歔[6]，	仿佛有神灵在涌动着升腾的热气，
云气争结构[7]。	云彩凝聚变换形态万千。
秋霜喜刻轹[8]，	凌厉的秋霜喜欢凋残万物，
磔卓立癯瘦[9]。	群山卓立也显得特别消瘦。
参差相重叠，	群峰参差错落重重叠叠，
刚耿[10]凌宇宙。	强直刚劲高耸天际。
冬行虽幽墨[11]，	冬天的山峰寂静无声，
冰雪工琢镂。	冰雪将峰峦细细雕镂。
新曦[12]照危峨，	新生的朝日照耀嵯峨的群峰，
亿丈恒高褒[13]。	峰高万丈广褒无际。
明昏无停态，	昼夜交替山峰变化不停，
倾刻异状候[14]。	顷刻之间就会改变形态。

【注释】[1]沮洳：土地低湿。[2]濯濯：明净。[3]崒嵂：高峻的样子。[4]含酎：酒醉。[5]埋覆：蓊郁覆盖。[6]歊歔：热气上升。[7]结构：连接交错。[8]刻轹：陵践。[9]磔卓立癯瘦：群山卓立显得消瘦。[10]刚耿：强硬刚直。[11]幽墨：静寂无声。[12]新曦：春天的新生太阳。[13]高褒：高大广褒。[14]状候：状态。

第三段：描写四季、晨昏的南山神态。（从时间着笔，以夸饰的笔墨极写南山的变态，凌厉恢宏。）

西南雄太白，	西南方雄杰耸立的是太白峰，
突起莫间簉[1]，	突兀高耸没有匹敌的对手。
藩都[2]配德运，	它屏卫京城并配合皇朝的德运，

分宅占丁戌[3]。 　　　　分得西南方向的位置。

逍遥越坤位[4]， 　　　　它无拘无束地高耸于西南，

诋讦陷乾窦[5]。 　　　　渐渐向西北地穴倾斜。

空虚寒兢兢， 　　　　太白峰上空旷虚渺气候寒冷，

风气较搜漱[6]。 　　　　疾风刚烈飕飕劲吹。

朱维[7]方烧日， 　　　　山的南面朝日正在升起，

阴霙纵腾糅[8]。 　　　　山的北面却大雪飘飘雪珠飞溅。

昆明大池北， 　　　　京都北面是有名的昆明湖，

去觌[9]偶晴昼。 　　　　去观赏时恰遇晴朗的天气。

绵联[10]穷俯视， 　　　　清澈的湖水倒映着群峰的倩影，

倒侧困清沤。 　　　　倒影连绵不断穷极人的目力。

微澜动水面， 　　　　微风摇荡着涟漪山影摇，

踊跃躁猱狖[11]。 　　　　如同躁动的猿猴腾挪跳跃。

惊呼惜破碎， 　　　　正在惊呼山影破碎之时，

仰喜呀不仆[12]。 　　　　猛抬头惊喜山峰还矗立在原处。

前寻径杜墅[13]， 　　　　取道杜陵向前探寻，

坌蔽毕原陋[14]。 　　　　只见尘雾遮蔽了原野。

崎岖上轩昂， 　　　　攀上崎岖的高岗，

始得观览富[15]。 　　　　才得以看到更多的景致。

行行将遂穷， 　　　　走到郊区的尽头，

岭陆烦[16]互走。 　　　　山岭和高地就交错在一起。

勃然思坼裂[17]， 　　　　忽然幻想山岭之间裂开一条道路，

拥掩难恕宥[18]。 　　　　但群山顽憨壅塞难走。

巨灵与夸娥[19]， 　　　　如果能背起大山的巨神来到这里，

远贾[20]期必售。 　　　　人们一定会雇用他们开辟道路。

还疑造物意， 　　　　又怀疑造物者有意护卫这些山岭，

固护蓄精佑[21]。 　　　　成为神明蓄积福佑的所在。

力虽能排斡[22]， 　　　　巨灵虽有力量移动大山，

雷电怯呵诟[23]。 　　　　但惧怕雷公电母的呵斥。

攀缘脱手足， 　　　　向上攀援忽然手足失控，

蹭蹬抵积甃[24]。 　　　　结果迷路进入像深井的峡谷。

茫如试矫首，	茫然抬头向前瞻望，
堛塞生枸愁[25]。	四面山峰塞路让人发愁。
威荣丧萧爽[26]，	高山本让人神情沮丧，
近新送远旧。	近处的峭壁掩蔽了远处的峰峦。
拘官计日月，	受守官职责和时间的限制，
欲进不可又。	想再前进一步却不允许。
因缘窥其湫[27]，	只好就近游览炭谷湫，
凝湛闭阴兽[28]。	那深黑的水底仿佛闭锁着怪兽。
鱼虾可掇拾，	俯视水边的鱼虾可以掇拾，
神物安敢寇[29]？	但那是神灵的动物不能侵扰。
林柯有脱叶，	树枝上有叶子掉落水面，
欲堕鸟惊救。	鸟儿惊叫着把落叶抢救。
争衔弯环[30]飞，	鸟衔着落叶盘旋飞翔，
投叶急哺鷇[31]。	抛弃到潭外又去哺喂幼雏。
旋归道回睨，	归途回顾走过的道路，
达藼[32]壮复奏。	高山林木苗壮而繁茂。
吁嗟信奇怪，	确实让人慨叹又惊奇，
峛质[33]能化贸[34]。	愚顽的山岭也有了变化。

145

【注释】[1]间箺：没有相匹配的。[2]藩都：屏卫京都。[3]丁戊：南面的中间。[4]坤位：西南方。[5]诋讦：陵犯。乾窦：西北方的地穴。[6]搜漱：（寒风）猛烈。[7]朱维：南方。[8]腾糅：飞腾。[9]去觇：前去观看。[10]绵联：接连不断的样子。[11]猱狖：猿猴。[12]不仆：不倒下。[13]杜墅：即杜陵。在昆明池西北。[14]坌蔽：尘埃遮掩。毕原：渭水南的高地。[15]览富：观看更多的景物。[16]烦：同"繁"。[17]坼裂：裂缝。[18]恕宥：宽恕。[19]巨灵：神话传说中劈开华山的河神。夸蛾：传说中能背起大山的大力神。[20]远贾：远来推销。[21]精佑：福佑。[22]排斡：排开。[23]呵诟：呵斥责骂。[24]积甃：深井。[25]堛塞：堵塞。枸愁：怨愁。[26]萧爽：超逸的样子。[27]其湫：指南山炭谷湫。[28]阴兽：禁闭水中的蛟。[29]寇：侵犯。[30]弯环：盘旋。[31]哺鷇：哺育幼鸟。[32]达藼：林木新生的枝条。[33]峛质：难变的本性。[34]化贸：变化。

第四段：写亲历攀登探览的景象和心理感受。（用词古奥晦涩，心情壅塞，然观察细致入微，想象奇特。为后面的畅快做铺垫。）

前年遭谴谪[1]，	前年冬天遭贬谪赴阳山，
探历得邂逅[2]。	又与南山不期而遇。
初从蓝田[3]入，	开始从蓝田关入山，
顾盼劳颈脰[4]。	左顾右盼使颈脖酸痛。
时天晦大雪，	当时天空阴沉大雪纷飞，
泪目苦朦瞀[5]。	泪满眼眶视野一片模糊。
峻途拖长冰，	险峻的悬崖拖着长长的冰溜，
直上若悬溜[6]。	就像冰河瀑布挂在眼前。
褰衣步推马，	只好扎紧衣襟推马前行，
颠蹶[7]退且复。	颠扑跌倒又爬起来再向前走。
苍黄忘遐眄[8]，	仓皇匆忽不敢远望，
所瞩才左右。	所看到的只能是左右的景物。
杉篁诧蒲苏[9]，	杉树翠竹枝叶纷披繁茂，
呆耀攒介胄[10]。	披着冰雪的甲胄明亮耀眼。
专心忆平道，	专心致志找平坦的道路，
脱险如避臭[11]。	急于脱险就像逃避恶臭。

【注释】[1]前年遭谴谪：指贞元十九年冬作者贬官阳山县令。[2]邂逅：不期而遇。[3]蓝田：山名，在今陕西蓝田县东，有蓝田关，为长安南下的通道。[4]颈脰：颈项。[5]朦瞀：眼睛昏花不明。[6]悬溜：悬挂的瀑布。[7]颠蹶：跌倒。[8]遐眄：远望。[9]蒲苏：繁茂分批。[10]呆耀：辉耀。攒介胄：簇拥如披上铠甲。[11]避臭：躲避恶臭气味。

第五段：叙两年前在贬官途中，经蓝田关时遇雪历险的遭遇，无暇顾览景物。（心情危苦，景象壮丽奇险。）

昨来逢清霁[1]，	昨天恰逢雨过天晴，
宿愿忻[2]始副。	畅游南山的夙愿终于实现。
峥嵘跻冢顶，	登上陡峭峥嵘的峰巅，
倏忽杂鼯鼬[3]。	时有飞鼠一闪而过。
前低划开阔，	万峰无不下伏视野忽然开阔，

烂漫堆众皱[4]。　　　　　　　群山散乱像堆集着纵横的皱纹。

或连若相从，　　　　　　　有的相连如前后跟随，

或蹙[5]若相斗。　　　　　　有的接近却如相互打斗。

或妥若弭伏[6]，　　　　　　有的安稳如温顺的低伏，

或竦若惊雊[7]。　　　　　　有的悚立如受惊的野雉。

或散若瓦解，　　　　　　　有的像瓦片碎裂一样破碎，

或赴若辐辏[8]。　　　　　　有的像车轮的辐条聚在一起。

或翩若船游，　　　　　　　有的像漂浮的船只翩翩摇荡，

或决若马骤。　　　　　　　有的像野马风驰电掣。

或背若相恶，　　　　　　　有的相悖如互相厌恶，

或向若相佑[9]。　　　　　　有的相向如互相协助。

或乱若抽笋，　　　　　　　有的像竞相抽条的竹笋，

或嵲[10]若炷灸，　　　　　有的高峻突兀如点燃的艾卷。

或错若绘画，　　　　　　　有的像彩绘的图画错落有致，

或缭若篆籀[11]。　　　　　有的像篆文籀书缭绕纠缠。

或罗若星离，　　　　　　　有的如星罗棋布，

或蓊[12]若云逗。　　　　　有的像云彩聚集。

或浮若波涛，　　　　　　　有的像浮游于波涛，

或碎若锄耨[13]。　　　　　有的好像被锄头敲碎。

或如贲育[14]伦，　　　　　有的像孟贲夏育一样的勇士，

赌胜勇前购[15]。　　　　　竞争胜负勇往直前以求恩赏，

先强势已出，　　　　　　　力强者高昂着头颅，

后钝嗔诟譳[16]。　　　　　弱小者则震怒默不出言。

或如帝王尊，　　　　　　　有的如尊贵的帝王，

丛集朝贱幼。　　　　　　　丛集的群峰一齐向他朝拜，

虽亲不亵狎[17]，　　　　　虽然亲近却不显猥亵侮慢，

虽远不悖谬[18]。　　　　　虽然远离却不显违背拂逆。

或如临食案，　　　　　　　有的如同临案就食，

肴核纷饤饾[19]。　　　　　佳肴蔬果堆积在盆中。

又如游九原，　　　　　　　有的像九原的墓地，

坟墓包椁柩[20]。　　　　　馒头一样的小山像一个个坟堆。

或累若盆罂[21]，　　　　　有的像盆子酒器叠在一起，

或揭若甈桓[22]。	有的则像盛盘里堆积的食物。
或覆若曝鳖[23],	有的平覆像龟鳖晒壳,
或颓若寝兽。	有的颓然如酣睡的野兽。
或蜿若藏龙,	有的像潜龙蜿蜒伸展,
或翼若搏鹫[24]。	有的像猛鹫振翅搏击。
或齐若友朋,	有的像朋友平肩齐背,
或随若先后。	有的如妯娌相随前后。
或迸若流落[25],	有的像流水飞落喷涌,
或顾若宿留[26]。	有的如环顾有所等待。
或戾若仇雠[27],	有的像仇敌相互对怒,
或密若婚媾[28]。	有的像婚姻亲密无间。
或俨[29]若峨冠,	有的庄重如嵯峨的冠帽,
或翻若舞袖。	有的翻飞像舞动的衣袖。
或屹[30]若战阵,	有的巍然如森严的战阵,
或围若搜狩。	有的包围像搜索着猎狩。
或靡然[31]东注,	有的倾倒如河水东注,
或偃然[32]北首。	有的倒伏像向北臣首。
或如火熺焰[33],	有的如光亮的灯焰,
或若气馈馏[34]。	有的像蒸腾的水汽。
或行而不辍,	有的像奔走不停的行人,
或遗而不收。	有的像遗弃的物件无人收受。
或斜而不倚,	有的倾斜却一空依傍,
或弛而不彀[35]。	有的松散像没拉紧的弓弦。
或赤若秃鬝[36],	有的空荡荡如秃顶颓发,
或薰若柴樀[37]。	有的像柴堆冒出薰烟。
或如龟坼兆[38],	有的像龟壳坼裂的兆痕,
或若卦分繇[39]。	有的卦象的分爻。
或前横若剥[40],	有的前横像剥卦之象,
或后断若姤[41]。	有的后断如姤卦之象。
延延[42]离又属,	有的连绵又断离衔接,
夬夬叛还遘[43]。	有的果断离开又重新相遇。
喁喁[44]鱼闯萍,	有的像闯萍的鱼群口中喷出水流,

148

落落月经宿。　　　　　　　　有的像月亮运行经过稀疏的星宿。

阊阊[45]树墙垣，　　　　　　有的像树立的高大门墙，

巀嶭[46]架库厩。　　　　　　有的像架构的巨型仓库。

参参[47]削剑戟，　　　　　　有的如斩削的修长剑戟，

焕焕衔莹琇[48]。　　　　　　有的像熠熠闪光的宝石。

敷敷[49]花披萼，　　　　　　有的铺展如绽放的花萼，

阘阘屋摧霤[50]。　　　　　　有的轰然触地像屋檐的流水。

悠悠舒而安，　　　　　　　　有的如舒适的人悠然安稳，

兀兀狂以狃[51]。　　　　　　有的像骄横的人狂奔乱走。

超超出犹奔，　　　　　　　　有的如骏马跳出而狂奔，

蠢蠢骇不懋[52]。　　　　　　有的像惊马那样蠢蠢欲动。

【注释】[1]清霁：雨过天晴。[2]忻：欢快。[3]鼯鼬：飞鼠和鼬鼠。[4]众皱：形容山体像皱纹一样。[5]蹙：接近。[6]弭伏：驯顺地趴下。[7]惊雊：受惊的野鸡。[8]辐辏：车轮条辐集中在轴心。[9]相佑：相助。[10]嵥：高峻。[11]篆籀：篆书和籀书。[12]蓊：聚集。[13]锄耨：锄头敲碎。[14]贲育：古代传说的孟贲、夏育一类勇士。[15]购：赏赐。[16]逗挠：言语迟钝。[17]褻狎：轻佻、怠慢。[18]悖谬：叛逆。[19]饤饾：食品堆积。[20]椁枢：棺材。[21]盆罂：古代酒器。[22]甀桓：古代盛食品的器具。[23]曝鳖：西太阳的乌龟。[24]搏鹫：搏击的老鹰。[25]流落：流水飞溅。[26]宿留：逗留。[27]戾若仇雠：违背像仇敌。[28]婚媾：姻亲。[29]俨：庄重。[30]屹：森严。[31]靡然：倾倒的样子。[32]偃然：倒卧的样子。[33]熺焰：火焰光亮。[34]馈馏：蒸馏。[35]不彀：松弛。[36]秃鬝：鬓秃。[37]柴櫹：柴薪堆积。[38]龟坼兆：灼烧龟板的裂纹。[39]卦分繇：卦象的符号。[40]剥：卦名，上有一阳爻。[41]姤：卦名，下有一阴爻。[42]延延：绵延。[43]夬夬：果决的样子。叛还邅：离开又相遇。[44]喁喁：群鱼之口出水貌。[45]阊阊：高大的样子。[46]巀嶭：高峻貌。[47]参参：修长貌。[48]莹琇：晶莹的美玉。[49]敷敷：铺展貌。[50]阘阘：物体坠地的声音。屋摧霤：屋檐水落地。[51]狂以狃：狂乱而骄横。[52]骇不懋：惊恐而不勉励。

第六段：以富丽铺排的博喻描绘清霁登顶眺望的壮阔景象。（铺陈炫博，富丽精工，气象雄浑，涵盖古今。万象奔涌，令人目不暇接。）

大哉立天地，	煌煌南山耸立于天地之间，
经纪肖营腠[1]。	秩序井然犹如人体腠理相互和谐。
阙初[2]孰开张？	最初是谁开辟了这自然的伟绩？
俛俛[3]谁劝侑[4]？	勤勉努力又是谁在规劝鼓励？
创兹朴而巧[5]，	这伟大的创造浑朴而巧妙，
戮力忍牢疚[6]。	造物者当初承受了多少劳苦！
得非施斤斧，	难道不是由斧头开辟？
无乃假诅咒[7]？	难道借助了神的咒语？
鸿荒[8]竟无传，	洪荒远古的详情已经失传，
功大莫酬僦[9]。	这伟大的功绩竟没有任何酬报。
尝闻于祠官[10]，	我在南山庙令处曾经听说：
芬苾降歆嗅[11]。	山神会不时降临接受人间的祭祀。
斐然[12]作歌诗，	我写作这首文采斐然的诗歌，
惟用赞报酬[13]。	用来作为对神明的赞扬和报谢。

150

【注释】[1]经纪：条理，秩序。肖营腠：像人体营卫腠理。[2]阙初：最初。[3]俛俛：努力。[4]劝侑：规劝。[5]朴而巧：朴拙又巧妙。[6]戮力：并力。忍牢疚：忍受辛苦。[7]假诅咒：借助咒语。[8]鸿荒：远古蛮荒时代。[9]酬僦：酬其功劳。[10]祠官：指终南山的庙令。[11]芬苾：芳香。降歆嗅：神灵降临接受祭祀。[12]斐然：有文采的样子。[13]赞报酬：赞谢神明的开创之功。

第七段：赞美南山的瑰伟及神明的开创之功，点明作诗之意。（结尾带有祭祀时的颂诗性质，庄重而肃穆。）

【赏析】

唐诗在经历了盛唐时期的大潮涌起、群星灿烂的辉煌之后，在中唐贞元、元和之际，再度呈现百花齐放、姹紫嫣红的中兴。其中诗坛韩愈举起他那支如椽的大笔，以他沉博深厚的笔力，抉取奇崛怪异的意象，抒写坎坷的人生经历，抒发心中崎岖的勃郁不平，形成奇诡纵肆、雄桀瑰伟的主体风格，在中唐诗坛上独树一帜，格外引人注目。正如司空图所说："愚尝览韩吏部歌诗数百首，其驱驾气势，若掀雷扶电，撑抉于天地之间，物状奇怪，不得不鼓舞而徇其呼吸也。"（《司空表圣文集》卷二）韩愈《南山诗》就是最能体现其主体风格的鸿篇巨制，诗中洋溢的那股浩漫弘肆的奇情壮彩，确实叹为观止。

（一）

《南山诗》为五古体，全诗共102韵，计1020字，写于元和元年（806年），作者从阳山召回长安之后。其时诗人正当39岁的壮年盛期。这首诗最突出的特点就是"奇"：奇景、奇情、奇境。

全诗分三大部分。前五韵（十句）（从开头到"粗叙所经觏"）述说作诗缘由。因为南山是京城南面群峰荟萃之所，而山经和地志记载又不清楚，因而按捺不住心中强烈的表现欲望。接下九诗韵（从"尝升崇丘望"至"蠢蠢骇不懋"）写三次游历南山的经过和所见景象。最后七韵（从"大哉立天地"至结尾）赞美南山的瑰伟及神明的开创之功，明作诗之意。首尾开合呼应，结构缜密，是一篇典型的诗体游记。

首先，诗人登上"崇丘"远望南山的总貌，从空间着笔，极写南山的峰峦烟云，境界阔大，气象雄浑：

晴明出棱角，缕脉碎纷绣。

蒸岚相澒洞，表里忽通透。

无风自飘簸，融液煦柔茂。

横云时平凝，点点露数岫。

天空浮修眉，浓绿画新就。

孤撑有巉绝，海浴褰鹏噣。

接着，诗人从时间的角度描写南山的四季姿态：春天的南山，俊俏明媚，吐出明净的秀色，高耸险峻的岩石，在阳光甜蜜的抚慰下，显得神思恍惚，似喝醉了芳醇；夏日炎炎的南山，则变得百草丰茂，葱茏蔽日，云蒸霞蔚，姿态万千；秋天的南山，霜风凛冽，万木凋瘦，层峦叠嶂，错落有致，皆如倔强的硬汉，拔地倚天；冬天呢，则苍山负雪，明烛天南，唯新生的朝日照着嵯峨的群峰，展现出一片浑浩的冰清玉洁，广袤无际。

"登山则情满于山"，正是诗人心中为一股豪宕超迈的奇气所鼓荡，才会如此笔底波翻澜卷，写尽南山的无穷变幻。奇丽的境界中，洋溢着的是同样奇丽的情怀。接下来，诗人写第一次从西南巍峨的太白峰进入攀登南

151

第七讲 韩愈诗歌的奇险之美（附孟郊诗）

山的经历。此次由于诗人"拘官计日月",未能畅游,但所见的景象亦足以
撼人心魄。先写南山的地势、位置:"逍遥越坤位,诋讦陷乾窦。""坤",
卦名,主西南;"乾",主西北。南山无拘无束地高耸于西南,逶迤地向西
北倾斜伸展。它高大的身躯如一条气候的分界线:"朱维方烧日,阴霰纵腾
糅。"山的南面正升起一轮彤彤的朝日,而山的北面却仍然雪珠飞溅,恣意
腾糅。这奇异的气候景观,在王维的《终南山》诗中,只表现为"阴晴众
壑殊"的概貌描写,显然韩诗更为具体独特、鲜明神奇。然后,诗人写在
昆明池中观赏南山倒影的奇境:

> 绵联穷俯视,倒侧困清沤。
> 微澜动水面,踊跃躁猱狖。
> 惊呼惜破碎,仰喜呀不仆。

水中观山,更富于另一种审美情趣:波光摇曳,山影动荡,真幻互致,虚
实相生,神情融注,浑然莫辨。这次入山大致由昆明湖,再经杜陵登山,
但因山势陡峻壅塞,中途又迷失了道路,所以只到达附近的炭谷湫。这是
一片神奇的潭水。水底凝碧幽深,似住着蛟龙;近岸清澈透明,有鱼虾群
戏。忽然,一幕惊人的景象出现了:"林柯有脱叶,欲堕鸟惊救。争衔弯环
飞,投叶急哺殻。"这段细节描写,表现出诗人观察的细致入微和神奇的笔
力。难怪何焯读到此处,惊叹道:"体物细微如此!"连朱熹也称赞说"此
境甚奇"。"奇"在何处?因为"其湫如镜面,叶落恐其污,即鸟衔去。盖
其神物之灵如此"(徐震语)。不仅水奇,而且水中之鱼,潭边之树,林中
之鸟均有一种奇异灵气。奇丽的境界中,更有一种飘忽的神灵存在,它庇
护这潭水,使她圣洁、幽静、奇美。

第二次登山,由于境遇特殊,因而更显奇异。那是写作此诗的前两年
(唐德宗贞元十九年),诗人被贬阳山令的途中,邂逅南山。当时,诗人仕
途挫折蹭蹬,大才遭屈、忠而见逐的绞绞痛楚,一齐堆积心头。偏偏从蓝
田关入南山时,又逢一场大雪,四野皆白,反光强烈地刺眼,使人泪下。
正是在这样危苦压抑之下,诗人沿着陡峭的山路,一步一挨地攀爬,触目
所见是:"峻途拖长冰,直上若悬溜。"悬崖峭壁上,冰柱如刀似剑,森然
怖列,险象环生。诗人不得不"褰衣步推马,颠蹶退且复"。奇异的冰天雪
地中,诗人无暇远眺,只能环顾周围近处的景物:"杉篁诧蒲苏,杲耀攒介

胄。"杉树和修竹虽然绿叶繁茂纷披，但都是满身披压着重甲一般的冰雪，崩塌危坠，使人心境更加沉重艰涩，一点也没有"千树万树梨花开"那种满怀春风豪情的喜悦。因为诗人深陷险境，正经历着人生旅途的生与死的严峻考验，自然不能像踌躇满志的岑参那样，以一种纯审美的眼光来欣赏这绝美的雪景。

正像久雪必有天晴日，否极终有泰来时。诗人终于在806年被朝廷召回，心中又充满了仕途的幻想，充满了一展怀抱的雄心壮志。就在这次初秋回京的途中，诗人第三次攀览南山。天公也作美，赐予他难遇的良辰。"昨来逢清霁，宿愿忻始副。"恰逢雨过天晴，一片光风霁日，正好畅游神往的雄山：

> 峥嵘跻冢顶，倏忽杂鼯鼬。
> 前低划开阔，烂漫堆众皱。

攀上峰巅，四望开阔，万峰无不下伏，诗人的身心也仿佛舒展到了说不出的宏阔。这与杜甫"会当凌绝顶，一览众山小"的想象不同，诗人已经"凌绝顶"了，因而他要用他的五彩巨笔，以奔涌沸腾的激情，描绘"一览众山小"的奇观，唱出他雄博的心灵对瑰玮南山的礼赞。如果说前两次登山历见以"奇景、奇境、奇情"取胜，那么这回的描写则以"奇喻、奇气、奇采"见长。韩愈论文主"气"，他说："气，水也；言，浮物也。水大而物之浮者大小毕浮。气之与言犹是也，气盛则言之长短与声之高下者皆宜。"（《韩昌黎文集·答李翊书》）韩诗与韩文一样，往往有一种天风海涛般逼人的气势。诗人在对前贤不甘低眉的追慕的基础上，竟写出了以五十一个"或"字开头的庞大比喻句群，搜罗了五十一种景物或景象，排比铺陈，如骏马下冈，手中脱辔；似大江决堤，一泻千里，富丽炫博，光怪陆离。只觉得眼前仿佛万象奔涌，涵盖天地，令人目不暇接。其气势之汗漫宏肆，其神采之灿烂壮观，真是有诗人以来，人间所能仅见的，只有他才能写得出的堪称"韩潮诗笔"的奇诗！

综观这庞大的句群，大致可以分为三个单元。开始九韵（自"或连若相从"到"或碎若锄耰"）基本上是两句相对之喻，显出一种沉缓顿挫之气。接着以三个"或"字分统四个小句群，共六韵，则用四种景象作喻，显出排比中的疏宕，给人以参差变化之感。接下的十五韵（从"或累若盆翳"至"或后断若妳")则如密管繁弦、急骤的鼓点,一气滚下,迅速将情绪和诗的节奏推向高潮。正如徐震所言:"一气鼓荡,势极排奡。以既登绝顶,殚睹千山万壑之变态,如此形容,以便意摄,用笔殊为巧妙。"更妙的是,诗人还觉得意犹未尽,有余勇可贾,进而再一气以"延延"等十四叠字开头句,把气势最终推向心海的峰巅,结束了这段澎湃浩瀚的描写。

单就这些比喻的取象来看,作者充分注意到了事物之间的对立关系,往往正反对照,奇正相生,构成一个对立统一的缤纷的艺术境界。如:

> 或连若相从,或蹙若相斗。
>
> 或妥若弭伏,或竦若惊雊。
>
> 或散若瓦解,或赴若辐辏。
>
> 或翩若船游,或决若马骤。
>
> 或背若相恶,或向若相佑。
>
> ……
>
> 或前横若剥,或后断若妳。

真是变莫测,奇丽万端。很难说这些比喻与诗人眼中的南山完全相似,不过每一个比喻都向读者展开一扇想象的窗口,让你从中窥见南山奇丽的一斑,有如荆浩的巨笔山水,精宏浑整,气象万千。韩愈正是运用艺术的法则,用汉大赋的铺排手法,富于辩证地描述了大南山包孕的群峰相互对立又相互统一的生存状态,给人一种相生相克、相斥相依、不即不离的艺术美感。

有的比喻则不仅给人形象生动的感受,而且颇能引起人的联想。如"或如帝王尊,丛集朝贱幼。虽亲不褒狎,虽远不悖谬。"这一组句子描写一山独尊,众山围伏的景象,然而俨然秩序井然的朝廷景象,如果联系当时的历史现状,这组诗句中或寓某种深意:莫不是理想的朝廷模式在景物上的折光。

总之,诗人用五彩斑斓的色泽,光怪陆离的奇喻,吞吐万象的气概,描绘了南山跃动勃发的生命奇观,描绘出了诗人心灵的宇宙中一座"活"的南山。

（二）

对于此诗，历代诗论家褒贬不一，并且喜欢将它与杜甫的《北征》对比。褒者认为它如汉大赋"囊括包符，镌镵造化"（金桂生语），"气脉逶迤，笔势辣峭"（《唐宋诗醇》评语），看到它"尽物类，开别派"（程学恂语）的独特价值。而徐震评语最具总括性："以韵语刻画山水，源于屈宋。汉人作赋，铺张雕绘，益臻繁缛。谢灵运乃变之以五言短篇，务为清新精丽，遂能独辟蹊径，擅美千秋。昌黎《南山》，取杜陵五言大篇之体，摄汉赋铺张雕绘之工，又变谢氏轨迹，亦能别开境界，前无古人。顾嗣立谓之光怪陆离，方世举称其雄奇纵肆，合斯二语，庶几得之。"显然徐氏站得高，观源溯流，显示了一种宏阔的文学史眼光。贬之者则认为它"情不深而侈其词"（沈德潜语），缺乏《北征》的"沉壮郁勃，精彩旁魄"（姚范语），因而"不关雅颂，可以不作"（黄庭坚语）。显然这些指斥源于论者对"情"的理解。不及赵翼的批评切实中肯："盘空硬语，须有精思结撰。若徒持撦奇字，洁点其词，务为不可读以骇人耳目，此非警策也。昌黎诗……至如《南山》之'突起莫间篸'，'诋讦陷乾窦'……此等词句，徒聱牙涩舌，而实无意义，未免英雄欺人耳。"（《瓯北诗话》卷三）赵翼论诗强调新变，要求"各领风骚"，但对韩愈"持撦奇字"，僻涩生硬的缺点非常不满，在某种程度上，这不能不说切中了韩诗的病根。

综之，褒贬不外乎主旨和艺术表现两方面。论者立论各有自己的文化思想背景和对艺术的见解，这些姑存之不论，但从这种争讼的事实，我们不难看出，这正好说明《南山诗》具有独特的面貌。它具有汉赋的特色，确实让人耳目一新，尤其在中唐诗坛上与白派诗人的平易浅切诗风相比，其奇诡雄直，别具情趣；但它又缺乏杜甫《北征》中含蕴的深沉的历史内容和对现实人生的深切关怀。它艺术上有新变，情凌万物，艰涩怪异，掺文入诗，但与一般人所接受的诗歌定势（温柔敦厚、含蓄优美、韵外之致等）相矛盾。不过，有一点是大家一致公认的，这就是"奇"。有人看到的是"奇怪"，有人看到的是"雄奇"。韩诗尚奇，一方面是唐诗经历了盛唐的高潮之后，似乎难以为继，"至昌黎时，李、杜已在前，纵极力变化，终不能再辟一境。唯少陵奇险处，尚有可推广，故一眼觑定，欲从此劈山开道，自成一家。"（《瓯北诗话》卷三）另一方面，韩愈坎坷不平的人生经历郁结下的愤懑无可发泄，加上他又具有争奇好胜、不安凡庸的个性，因而使他的创作形成奇崛不凡的美学特征。

《南山诗》最能表现韩诗"雄桀瑰伟"的特点，在艺术上又是丰富多样的，并不是单纯的、枯涩的险怪。如开头的远望，描写南山总貌的雄浑壮观，与第一次登山观湫的清幽险境，第二次雪中攀山的奇丽艰难和第三次的畅神极目，无论从诗人的心境（壅塞、危苦、酣畅）、物态的描摹和诗的意境、行文气势各方面看，均显出前后迥异，变化无端，只是都寓变化于一个"奇"字之中。即使是一段之中的描写也是如此。如"或"字开头的句群，开始十八句，奇正相对，节奏舒缓如平静柔和的二音步旋律；忽然插入疏荡的六韵，拉开节奏的距离，显出参差变化之美；接着又十五韵急转直下，一气铺张，节奏明显加快，迅速向高潮演进。这正如刘大櫆所说："一集之中篇篇变，一篇之中段段变，一段之中句句变，神变、气变、境变、音节变、字句变，惟昌黎能之。"这虽是韩文的特点，用来评价《南山诗》也恰当不过。正是丰富多样的奇变造成韩诗雄肆不羁的艺术风貌。

《南山诗》的用韵也颇能显示出韩诗尚奇的特点。这首诗102韵，几乎将该韵部的汉字全部用尽，难度可想而知。除"覆（15）、戊（23）、仆（30）、陋（31）、富（32）、副（56）、复（52）"七个"u"韵和"茂（9）、懋（95）、袤（20）、瞀（50）、愁（39）"五个"ao"韵外，九十个"ou"韵，一韵到底，如一股强大的洪流，一气奔泻直下，声贯长空。那十二个稍不协调的旁韵，则为主旋律所同化，给人的感觉不是刺耳的邪音，反而成为主旋律中跳跃的几朵浪花，显得分外别致。难怪欧阳修说："独爱其工于用韵也，盖得韵宽则波澜横溢，泛入旁韵，乍还乍离，出入回合，殆不可拘以常格；如此日足可惜之类是也，得韵窄则不复旁出，而因难见巧，愈险愈奇……譬如善驭良马者，通衢广陌，纵横驰逐，唯意所之，至于水曲蚁封，疾徐中节，而不少磋跌，乃天下之至工也。"（《六一诗话》）

韩诗"尚奇"的特点还表现在他有意识"以文为诗"，在这首《南山诗》中也表现得很充分。全诗途历叙述脉络清晰，首尾呼应。中间历叙，波澜起伏，铺陈的一气呵成，气势的一贯直下，都融入了文法赋笔。或许韩愈有意为南山立传，因而把这首诗写成了一篇《南山赋》。

当然，韩愈因追求奇险而走到了某种不良的极端，造成其诗晦涩僻险的弊病，这在《南山诗》中也显而易见。诗中生僻字、奇词、拗句比比皆是，既减弱了诗歌形象的生动性，也因过分的古奥晦涩，严重影响了阅读效果。这是韩诗为什么只能在学养深厚的士大夫之间流传，而不能像白居易诗那样在民间广泛引起共鸣的根本原因。鲁迅在谈到中国古代文人的这种创作风气时曾说："歌、诗、词、曲，我认为原是民间物，文人取为己有，越做越难懂，弄得便成了僵石。譬如《楚辞》里，《离骚》虽有方言，倒不难懂，到了扬雄，就特地'古奥'，令人莫名其妙，这就离断气不远矣。"（《鲁迅全集·致姚克》）韩愈以《南山诗》为代表的一批诗，如《斗鸡联句》、《陆浑山火》、《城南联句》等，也同样显出"古奥"的特点来，不过其中依然有激情贯注。正如鲁迅指出的那样，果然后代追慕韩愈取其奥涩艰险一路的诗人，因缺乏韩愈那样雄厚的才力，又缺乏激情，只一味模仿，也都终于作不下去，销声匿迹了。这不能不说是文学史上值得人们反思的现象：一种文学样式，因为一味求新求变，最终必定走向它的反面。白派诗人平易通俗最后沦为打油诗，江西诗派追慕杜甫，"夺胎换骨，点铁成金"，追求"无一字无来历"，结果变成殆同钞书的僻涩不通。

以上分析了韩愈《南山诗》所取得的艺术成就及其存在的缺点。我们需要欣赏王维《终南山》那样如淡墨轻烟的山水画式的含有远神韵味的诗句，需要欣赏杜甫《北征》那样将沉郁深厚的内容与流漓顿挫的艺术手法完美结合的史诗，同时，我们的艺术空间也需要《南山诗》这类巨丽精工、一览无余的全景展露式的诗篇。也许正是从弥补人类艺术审美要求的某种不足的角度看，《南山诗》具有不朽的价值。如果硬要给这首诗一个评价的话，那么我只能说：如果世间只有一座南山，那么诗国也应该有一首这样的《南山诗》，它确实是中国诗史上"不可无一，不可有二"的杰构。

二、韩愈的七古

《山石》[1]

山石荦确行径微[2]，黄昏到寺蝙蝠飞。
升堂坐阶新雨足[3]，芭蕉叶大栀子肥[4]。
僧言古壁佛画好，以火照来所见稀[5]。
铺床拂席置羹饭[6]，疏粝亦足饱我饥[7]。
夜深静卧百虫绝[8]，清月出岭光入扉[9]。

天明独去无道路，出入高下穷烟霏[10]。

山红涧碧纷烂漫[11]，时见松枥皆十围[12]。

当流赤足踏涧石[13]，水声激激风吹衣[14]。

人生如此自可乐，岂必局束为人鞿[15]。

嗟哉吾党二三子[16]，安得至老不更归[17]。

【注释】

[1]本诗以"山石"为题，并非咏山石，而是模仿《诗经》取第一句前两字为题，实际上是一首纪游的山水诗。[2]荦确：巨石嶙峋堆积貌。行径微：山路被巨石和杂生柴草掩盖，狭窄不分明。[3]升堂：登上佛殿。[4]栀子肥：栀子，一种常绿灌木，果实可入药，夏季开白色大花。[5]稀：微细不明。[6]羹：汤。[7]粗粝：粗糙的饭食。佛寺一般是素食，很简单。[8]百虫绝：指夜深时分，各种小虫都沉寂不鸣。[9]扉：门户，这里指窗户。[10]穷烟霏：指（道路）淹没在烟雾缭绕之中。[11]烂漫：姿态横生貌。[12]松枥：松树和枥树。此句写山深树大。[13]当流：踏入水流。[14]激激：脚在激流中前行，激起浪花的声响。[15]为人鞿：被人控制、羁勒。鞿，马缰绳，引申为受人牵制。[16]吾党：我们这类人。二三子：同道之人。[17]安得：怎能。不更归：更不归的倒文，即还不归隐。归，指退官隐居。

【赏析】

中国文学史上有这样一种现象：在时间线性轴上先后出现的两位作家，位于后面的作家与前面的那位作家，由于在人生际遇、心理气质、创作情境、审美趣味上有某种相同或相近之处，因而同声相应，同气相感，同境相通，从而形成文学史上某种前后承接血脉相连的文学传统。杜甫之于庾"怅望千秋一洒泪，萧条异代不同时"，李白低首宣城的"解道澄江净如练，令人长忆谢玄晖"，等等，都是典型的表现。中唐韩愈有一首诗《山石》，曾使两百多年后的苏轼十分仰慕，以致苏轼在与友人泛游南溪时，解衣濯足，朗诵韩诗，慨然知其所乐，并依原韵作诗抒怀。韩诗中到底是什么东西使苏轼异代而情通呢？

《山石》是一首有名的七古，历来为人们激赏。金代元好问论诗绝句云："有情芍药含春泪，无力蔷薇卧晚枝。拈出退之山石句，始知渠是女郎诗。""有情芍药""无力蔷薇"是秦观《春日》中的名句，描写的景物柔媚婉丽，体现了秦诗所一向追求的含情脉脉、梨花春雨式的女性美，而元好问有意抬出韩愈的《山诗》与之对照，在对秦诗委婉的不满中肯定了韩诗气势求精、笔力雄健的男性壮美特质。作为韩诗的代表作，其阳刚雄直的外表里面包含着一些什么更深的东西呢？

据方世举考证，此诗乃记贞元十七年七月十二日，韩愈与李景兴、侯喜、尉迟汾在洛水渔猎而夜宿洛水北惠林寺之事，而非"独游"（尽管诗中有"天明独去无道路"之句）。贞元时期是韩愈"四举而有成，三试于吏部乃一得"，数上宰书不见用，仕途上四面碰壁、处处受人羁勒，功名事业均不得志的时期，他游山历水，时而流露出徜徉山水，欲归向自然的意念。因而作为诗的结穴处的"嗟哉吾党二三子，安得至老不更归"便大有深意。这是要"归"向哪里呢？当然是位于大自然心灵深处的清净乐土，而目的则是解脱人世尘寰因喧嚣繁杂、钩心斗角而带来的人性被压抑扭曲的痛苦。唐代是佛（禅）盛行的时代，天下名山僧占多。唐代知识分子大多带有儒道互补的精神，因而一些满怀儒家济世安人理想抱负的诗人，往往在仕途蹭蹬之时，放意纵情山水，到禅道的超脱中去寻求心灵的某种补偿。本着这一思想基础来研读这首诗，随着诗人的视角深入一步便可看到许多沉隐于诗句表层下的新的内容。首先看到的是韩愈在诗中有意识地选择一系列独特意象来营造高古幽静的生命世界。写清净本非韩愈之长，因他躁动勃郁的心境表之于诗是"动"多于"静"的，他不像王维那样善写空寂的禅境。如王维的《竹里馆》："独坐幽篁里，弹琴复长啸。夜深人不知，明月来相照。"这是表现他晚年生活的作品，他历经安史之乱后，过着半官半隐的生活，心灵追求禅宗的万念俱寂的净化境界，然而独坐孤寂之境，弹琴长啸之中，也可以让你微微品出他的心灵被啮食的痛苦，而那夜深来相照的一轮明月，仿佛带着些许怜悯式的关切。诗的静寂之中寓含着一种复杂的难以摆脱的纠缠情结。而韩愈则不同，他诗中描述的静境要单纯、古朴、热烈得多，甚至可以听到诗人心灵的不安的躁动之音。诗一开头便写石路的荦确陡峭，幽微难行，反衬出古寺藏于深山罕为人迹所染的特点。夏末黄昏的景象千姿百态，而为诗人注目并摄入诗中的仅有两种。一是满天飞舞的蝙蝠，它们多宿于古刹老屋之中，夏秋季节黄昏时分便群翔于空际。这一奇特景观，这一不为许多诗人摄入诗中的景观，恰如其分地烘染出了寺庙于地老天荒中的古色古香。二是一场暴雨之后，饱受雨水滋润的自由自在的芭蕉和栀子花。一个"大"字和一个"肥"字，便准确而形象地勾勒出它们的一派烂漫的生机和蓬勃的生命之光。这与王维诗中

的 "木末芙蓉化" 那样自开自落、自生自灭的生命原始状态颇为异趣。王诗追求的是一种对生命存在的静默的体味，人在自然面前只有顺应、同化，而无力抗争也不需要抗争。而韩诗中分明流露出对芭蕉、栀子生命自由奔放的赞赏与钦羡，言外便是对这生命自由的爱惜与追求。一种人与天合、人欲胜天的豪宕之中溢荡着的分明是欲有所作为的济世情怀。而这生命的不受羁勒正为后面抒写 "局束为人鞿" 的人生感慨伏根。在看夜宿山寺的见闻与感受。首先提到的是 "古壁佛画"，仅着一 "好"，一 "稀"，就表现出了高僧对古画的珍爱和诗人对罕物的叹赏。韩愈是排佛的，然而在佛教文化盛行的唐代，韩愈思想中也有不由自主地受其影响的一面。孟二冬先生在他的《中唐诗歌之开拓与新变》一书中说："中唐时期，高度发达的宗教文化不仅直接影响了诗人们的世界观、人生观，认识论和方法论，而且为他们的创作注入了新因素，从而使得他们的创作产生了不同于盛唐之诗的美学风貌。"韩愈诗中提到的佛画便是佛教文化对韩诗产生深刻影响的一个内容。陈允吉先生曾指出："诗人韩愈作为时代美学变迁的敏锐感受者，正是从这些寺庙壁画中间汲取丰富的养料，打破了诗与画的界限，大胆地借鉴和运用他们的创作经验，在开拓诗歌艺术形象方面作出了许多探索和尝试。"（《论唐代寺庙壁画对韩愈诗歌的影响》）如果说李白诗歌中描写得金碧辉煌日月同照的仙境是吸收了佛画天国图景的恢宏豪迈淋漓顿挫的盛唐时代精神的反映，那么韩愈诗中狰狞恐怖鬼怪森然的描写则显然是佛画地狱便向土星深刻濡染的结果，是气韵内转、艰涩危苦、支离破碎的中唐时代氛围的写照。因此韩诗中屡屡提到佛画，当不是兴来的随意点染，而是有着更深刻的文化美学上的原因。当然在《山石》中尚未见魔鬼翻跹的恍惚迷离，而仅仅表现出一种清幽奇险。诗人夜深静卧古寺，为佛门的清静所陶染，一直待到百虫鸣绝、万籁俱寂之时，等倒一轮明月从山头升起，将清冷冷的月光洒满窗扉。而窗外的世界呢？诗人没有写，只是引人联想：一片清碧映照的天宇下，山川大地，寺庙人寰无不被覆在明月的清辉之中，呈现出辽阔深邃苍茫神秘的面貌，但这是一个充满诱惑却让人澄怀凝虑的肃穆世界，又是一个充满生机和活力的宁静境界。这些联想在接下的诗句中描写中便得到了证实。果然，天亮了，当卧（坐）宿一夜的诗人么离去时，但见云雾满目，弥漫太空，连山路也看不分明，人只能在这仙境般的雾中穿来钻去。但是，日出烟开，真景显露。原来是一个 "山红涧碧" 的世界！山花烂漫，各呈妍态，芳香四溢，沁人心脾；而涧水清碧，冲波逆折，雪珠飞溅，戏草击石，潺潺有声；溪流两岸，繁花丛中，随处可见巨松粗枥，参天入云，扶苏纷披的劲叶苍枝，神情自得地舒向蓝天。这是一幅多么灿烂舒展的生命景观图，回旋着大自然浩荡不息的生生之韵。诗人怀着一片赤子之心，赤足踏着急水中的光滑涧石，任凭有些甜润的山风撩起衣襟；聆听着奔腾跳跃的淙淙溪韵和雄浑浩瀚的阵阵松涛，于是，一种为自然的美所彻底征服的心境诞生了，这是畅神极乐的境界，是人与自然和合为一的"无"境！难怪要激起苏轼的情感共鸣。苏轼写道：

> 忽闻奔泉响巨硙，隐隐百步摇窗扉。
> 跳波溅沫不可响，散为白雾纷霏霏。
> 醉中相与弃拘束，顾劝二子解带围。
> 褰裳试入插两足，飞浪激起冲人衣。
> 君看麋鹿隐丰草，岂羡玉勒黄金羁。
> 人生何以易此乐，天下谁肯从我归。

显然苏轼是为韩诗中充溢的对生命自由的热爱激情所动，神会了韩诗的千古佳境，看到麋鹿宁愿隐于深山而不羡金羁玉勒，因而体会到人生之至乐不在受人局束的污浊官场，而在自然的怀抱中。崇尚自然，酷爱自由，热爱生命，就是二位圣哲异代的通情。

　　这首诗在结构上也颇有个性。表面上看，对一次游历山寺夜宿的经过作了线索清楚的交代，由"黄昏到寺"、"夜深静卧"到"天明独去"，俨然一篇诗体山水游记。但他却作了大胆的改造，既不同于山水诗之祖谢灵运的通常开头写心情不适，中间集中写游览见闻，结尾抒发玄理感受的模式，也不同于王维《终南山》那样视角变化融入画法的结构，而是采取类似电影的剪辑方式，开篇即写黄昏到寺的景观，略去登山攀爬的一段曲折，使人观龙腰而知龙首，似乎让人觉得此诗只是组诗的一个续篇。其次是动态感非常强，景物不是一次性的总体感受性的展示，而是动点观景，置人于景中，景物随人的活动而随处闪现。几乎每句诗中都有人活动的动词。如"行""到""坐""言""铺""照""卧""去""出入""踏""见"等。这种动点观景的写法，便于诗人截取富于审美情趣的独特画面，造成避熟就生的艺术效果。另外，此诗没有明显的挺拔秀出的警句，而只对景物作点到即止的描写，而且故意作跳跃式的剪辑，造成景物之间，人与景物之间大段空白，读者需用自己的想象去充实，这是符合海明威提出的"冰山原则"的。如"清月出岭光入扉"句，仅写月光入窗户，人感觉其清净而已，窗外的月中世界一字不提，诗人于彻夜的品味中肯定会向窗外眺望遐想的，但这些内容只好让读者去见仁见智。这种结构上的新变有效地配合了内容的表达，使雄直的表层下面藏着一个深邃的意境。

　　从文化美学的角度，我们再来看看韩愈的另一些山水佳作。如以滔滔潮水般的诗情描绘南山奇貌的《南山诗》；以沸烫煎熬的笔墨描绘野火燃烧的《陆浑山火》；以奔涌浩荡的气势摹写洞庭风浪的《岳阳楼别窦司直》；以及描写南岳衡山巍峨峥嵘鬼怪森然的《谒衡岳宿寺遂题门楼》等，若仅仅赞其雄奇瑰玮，概之"以文为诗"，"以赋法为诗"，"以戏笔为诗"等，就显得非常不够了。陈寅恪先生在《论韩愈》中曾提出一个著名论断："韩愈是唐代文化学术史上承先启后转就为新关枨点的人物。"当代学术界探讨韩愈在中国文化美学史上的贡献合地位时，往往只注意韩文的价值而忽视其诗歌或未给予足够的评价。实际上韩诗中蕴藏的文化美学内涵也是极其深厚的。如果"以文为诗"中的"文"，除了指一般的"文章""文法""文笔"之义外，再包进一层更深的"文化"含义，或许"以文为诗"这一千古定评就更完整而准确些吧。

《雉带箭》[1]

> 原头火烧静兀兀[2]，野雉畏鹰出复没[3]。
> 将军欲以巧伏人[4]，盘马弯弓惜不发[5]。
> 地形渐窄观者多，雉惊弓满劲箭加[6]。
> 冲人决起百馀尺[7]，红翎白镞随倾斜[8]。
> 将军仰笑军吏贺[9]，五色离披马前堕[10]。

【注释】

　　[1]题目是说野鸡被箭射中，这是韩愈即事名篇的七古。作于贞元十五年在徐州张建封幕府任职时。雉，野鸡。[2]原头：高平的草原上。火烧：大火。兀兀：无风时火焰静谧的样子。[3]出复没：飞起又没入草丛中。写野雉害怕猎鹰的动态。[4]伏人：使人信服。[5]惜不发：珍惜时机，不射出那支箭。[6]加：射中。[7]决起：奋力飞起。《庄子·逍遥游》："我决起而

飞，枪榆枋而止。"[8]红翎：红色的翎毛，指野鸡。白镞：白色的箭头。[9]
仰笑：仰天大笑，得意之状。[10]离披：散乱的样子。宋玉《九辩》："白露
既下兮，奄离披此梧楸。"堕：重重地落地。

【赏析】

这是韩愈于贞元十五年在徐州武宁节度使张建封幕府任观察推官时所
作的一首七言古诗，题材不过是描写一个围猎野雉的场面，篇幅仅短短十
句，却是韩愈最为人称道的极富艺术表现力的重要作品之一。其中的原委
值得细细探究。

此诗前两句写发现猎物——雉（野鸡），将军在秋天围猎时，先让人放
火焚烧原野，惊动躲藏的猎物，野鸡在火光中飞鸣，又害怕猎鹰袭击，所
以飞起来又落进草丛中。次二句描写将军心态及等待时机，"盘马弯弓"如
见其人，精警过人。接下两句写在部下军吏围观中射中猎物，突出将军善
于把握时机，表现他射技的高超。再二句写野雉中箭坠落时的状态，描写
精彩生动，如见其物，如临其境。最后两句写野鸡在一片祝贺声中坠落
地面。

显然，诗歌的内容并不复杂，将军秋猎，既谈不上什么重大的政治意
义，似乎也不是训练部下的射击技巧，即不具备军事训练的目的，只不过
是闲适无聊的自我消遣。张建封任徐州武宁节度使前后达十年之久，唐德
宗对他十分器重，贞元十三年张建封朝觐时，德宗特意让他与宰相同坐，
并坐在离自己最近的座位，以示荣宠，临别前还亲自赋诗作序赏赐，并暗
示提拔他入朝为相的意图，张建封当时可以说是感激涕零，也赋诗答谢皇
恩，表达尽忠朝廷的意愿。因为徐州是重要的战略要冲，控扼河北与江淮
地区，徐州稳则天下安。德宗一方面对河北藩镇姑息养奸，一方面通过赏
赐获得重臣名将的忠诚。但是，又两年过去了，还没有入朝的迹象，张建
封无疑很是失落，所以经常与部下一起饮酒、击毬、打猎。韩愈曾在《汴
泗交流赠张仆射》诗中委婉讽刺张建封好击马毬时说："此诚习战非为戏，
岂若安坐行良图。当今忠臣不可得，公马莫走须杀贼。"规劝张建封不要击
毬嬉乐，荒废军备，要以削平河北藩镇为要务。但张建封没有采纳韩愈的
进谏，因为他已经对入相不抱希望了。在一个不十分得志的将帅（再过一
年张建封就病逝于徐州）手下抑郁难伸，韩愈的苦闷也可想而知。因此这
首略带颂意的诗歌既然没有政治寓意，那它的被称赞则主要是由于艺术上
的成就。

（1）以文为诗——叙事善于剪裁，突出最主要的过程与细节。这首诗叙述的事情经过是：将军带领部下随从到草原上围猎，先放火焚烧草木，放出猎鹰，使猎物受惊飞鸣逃命，然后盘马弯弓等待时机，当野鸡被逼到绝境之后，突然冲向高空，将军射出致命的一箭，野鸡中箭，彩色纷披的翎毛加着银白色的箭头，在风中摇曳着坠落地面。将军仰面大笑，部下一片赞美声，夸赞射技高超。如果按照这样的顺序来写，就会显得非常平淡无奇，韩愈是一个精熟古文作法的诗人，他运用写古文的方法进行了巧妙的艺术加工：斩头去尾，抓住主要内容，进行巧妙剪裁，突出主要进程及细节。开篇即倒叙，略去将军带部下去原野寻找猎场、准备放火等过程，而以省净、简洁、突兀的笔法描写火烧原野的静谧肃穆画面：一场大火在秋天的原野静静燃烧，烈焰腾空，仿佛凝固的空气中传来噼噼剥剥的声响。大火惊起了草丛中潜藏的飞禽走兽，它们飞鸣狂奔以逃生。只见一只五彩斑斓的锦鸡咯咯咯地飞起，猎鹰发现了它，猛扑上去，野鸡害怕猎鹰袭击，只得慌忙又没入草丛中。一开始就写火、雉、鹰，略去写人，遂将

最醒目的画面展示出来，并渲染出一种紧张、静穆而肃杀的氛围。"出复没"的细节还将"雉"与"鹰"之间的关系，甚至将"雉"的心理状态表现得生动准确。接下来在烈火猎鹰威逼野鸡的背景下，才推出盘马弯弓的将军，抓住他的动作，主要重点表现他"欲以巧服人"的炫耀射技的心理状态。主角的表演需要配角的烘托，于是再接下才出现整个事件的观众，他们在"地形渐窄"的射击有利地形静静地围观，等待将军展示射技的精彩瞬间，时机终于成熟了，将军射出了精彩的一箭。结果怎样？射中了还是落空了？正当读者在紧张地等待结果的时候，韩愈却忽然调转笔头去描写那只"出复没"逃命终于被逼到死角的野鸡，它豁命奋飞冲上百尺高空，但随即带着寒光闪闪的箭头随风倾斜了。哦，然来射中了！于是出现了高潮之后的余波，韩愈一笔缩住，人、雉双写，将军满意自得地大笑，军吏们齐声高呼祝贺，而那只可怜的野鸡则五色离披地正好坠落在将军的马前。正是因为韩愈在叙述、描写时选择了最为重要的场面和细节加以刻画，才使此诗显得张弛有度、精彩纷呈。遂将一件平淡无奇的事件描述得跌宕起伏，妙趣无穷。

（2）由"盘马弯弓"到"引满而发"的艺术铺垫。"将军欲以巧伏人，盘马弯弓惜不发"，是韩愈诗歌的名句，已经超越了射猎技巧的范围，具有普遍意义。程学恂曰："二语写射之妙，全在未射时。是能于空处得神。"

"空处得神"有点神秘意味，实际上指射猎的最高技巧并非"一箭正中双飞鹄"的刹那间事。中国古代有丰富深厚的射猎文化积淀，像"纪昌学射""百步穿杨""辕门射戟""李广射虎"等等，都是带有传奇色彩的高难度的射箭技巧。韩愈在这里强调的是射箭前的准备要充分，要蓄势，要有铺垫，在时机成熟之后，当机立断，射出精彩的对猎物来说是致命的一箭。这种"接近高潮又不到顶点"的状态，是最富于包孕性的，具有一种向高潮演进又未到顶峰的艺术张力，是最能引起审美期待和审美联想的状态，因而也最富于美学意味。这种抓住最富于包孕时刻加以表现的方法，适合于所有的艺术形式，因为各种艺术形式都要求含蓄蕴藉。如古希腊著名雕塑"掷铁饼者"就是把握住了运动员将全身力量聚积于右手紧握的铁饼之上，即将扔出又未扔出的一刹那间状态，这是最富于美感的状态，因为观赏者此时心情最紧张，既可以联想扔出去后的效果，又期待那辉煌顶点的到来。如果雕塑家雕刻的是扔出后力量消失时的全身松弛状态，则缺乏艺术张力，失去紧张的氛围。绘画、音乐、舞蹈也是如此。韩愈是懂得艺术三昧的人，因此能写出这样充满艺术辩证法的佳句。顾嗣立甚至说："二句无限神情，无限顿挫。公盖示人以运笔作文之法也。"韩愈写此诗时仅三十二岁，未必含有这样的用意，只是这种写射技的诗句，也暗与作文技巧相通。当我们写作一篇文章时，既要追求表达真切细致、生动感人，又要追求含蓄蕴藉，要在高潮之前进行恰如其分的艺术铺垫，力避说快说尽，要盘旋曲折、顿挫跌宕，要注意表现那包孕的瞬间情状，因为这个时刻最能传达出人物的无限精神，并给读者留下无限期待、无限想象的空间，容易产生艺术共鸣。戏剧、小说、电影的情节发展最需要的就是这种"盘马弯弓"和"引满而发"的技巧。

（3）对比映衬的巧妙运用。射技的描写有正面描写也有侧面烘托的。像养由基百步穿杨，纪昌射虱，吕布射戟等，都是正面描写射手射技的精湛，通过高难度、精准度来显示高超技艺。也有通过侧面烘托来表现射技的，如卢纶《塞下曲》："林暗草惊风，将军夜引弓。平明寻白羽，没在石棱中。"就是通过"没在石棱中"来烘托李广的射技不仅精准（是暗夜里的射箭）而且力量大得惊人。韩愈这首诗正是运用侧面烘托对比的手法来写射技。既有将军自身前后动作、心态的对比："盘马弯弓惜不发"与"雉惊弓满劲箭加"；"欲以巧服人"与"将军仰笑军吏贺"相对比。也有野鸡命运遭遇的前后对比："出复没"的飞鸣逃命、"冲人决起百馀尺"与中箭后

"红翎白镞随倾斜""五色离披马前堕"相对比。通过画面、人物、猎物的对比表现动人的射猎场面和将军猎手的高超绝技。

（4）运用繁密意象刻画细节，渲染气氛。韩愈诗歌具有意象繁密的特点，其七古最为典型，往往在一句之中融合几个意象、几种状态或者叙述描写兼备。如"野雉畏鹰出复没"，有雉与鹰两个意象，融合野雉"畏"的心态和出复没"的逃命动态；"雉惊弓满劲箭加"含有"雉""弓""箭""人"四个意象，其中前三个为明，后者为暗，弓的"满"和箭的"劲"显然是人（将军）使然，将野雉的惊飞、将军拉满弓射出劲箭和野雉中箭三件事融合在一起，极富艺术表现力；"红翎白镞随倾斜"有"红翎""白镞"（明）和"风"（暗）三个意象，除了颜色鲜艳之外，还突出野雉中箭后随风倾斜的状态，而"五色离披马前堕"则突出五色羽毛纷披坠落将军马前的悲壮画面，在准确细致状物的同时还渲染了一种具有现场感的氛围。还有像"原头火烧静兀兀""地形渐窄观者多""将军仰笑军吏贺"等，都是将秋原与野火、地形与观者、将军与军吏的状态与神情压缩在一句之中，这样由具有对照意味的意象组合在一起，就既有叙述性又带描写性，避免了叙述与描写的分离，使诗句包含的信息量增大，因而更具有艺术表现力。

三、韩愈的七律

《去岁，自刑部侍郎以罪贬潮州刺史，乘驿赴任，其后家亦谴逐，小女道死，殡之曾峰驿旁山下。蒙恩还朝，过其墓，留题驿梁》[1]

> 数条藤束木皮棺[2]，草殡荒山白骨寒[3]。
> 惊恐入心身已病[4]，扶舁沿路众知难[5]。
> 绕坟不暇号三匝[6]，设祭惟闻饭一盘[7]。
> 致汝无辜由我罪[8]，百年惭痛泪阑干[9]。

【注释】

[1]本诗作于元和十五年（820年），韩愈北归长安，过陕西商南县曾峰驿时题此诗于驿站梁上。小女，名女挐，韩愈第四女，死时年仅十二岁。[2]此言瘗葬草草简陋。用几根藤条绑上没有去皮的树木做成简陋的小棺材。[3]草殡：草草殓葬。[4]惊恐：受到惊吓。女挐当时正生病，又闻父亲遭严贬，故病情加重。[5]"扶舁"句：想象病女途中艰难行走之状。[6]

"绕坟"句：说他被贬先行，女儿死时也没有哭三匝。[7]"设祭"句：只听说埋葬女儿时仅用了一盘饭作祭品。[8]无辜：无罪过。[9]惭痛：惭愧且痛楚。阑干：涕泪纵横。

【赏析】

人生不过百年，精华的时间也就三四十年，然而人生总是欢乐多于痛苦。人生由悲欢离合组成，其中痛苦最大的莫过于四种：童年失怙，青年失意，中年丧妻，老年失子。中唐文化巨子韩愈，尽管在继承孔孟儒家道统方面有所建树，在古文运动中做出了杰出贡献，奠定了中国古代散文发展的基本格局，在诗歌方面也做出了前所未有的开拓，成为"唐代文化学术史上承先启后转旧为新关楗点之人物"（陈寅恪《论韩愈》），然而他并不漫长的57年生命历程中，却几乎尝遍了人生的各种痛苦滋味。他三岁而孤，鞠养于兄嫂，随兄嫂漂泊四方；青年时期，虽读遍诸子百家的典籍，但由于在朝中缺乏强有力的援助，导致"四试于礼部乃一得，三试于吏部卒无成"只好屈就于幕府，人生失意，长期沉沦下僚，默默品味人生的郁闷悲苦；中年之后，两次忠而遭贬，获非罪之罪，差一点就命丧南方瘴疠之乡；晚年又失去爱女，让他再次饱尝白发人送黑发人的悲哀。可以说，韩愈的一生总是与悲伤相伴，不懂事的幼年就失去父母，青年时期先后丧兄、失嫂，相依为命的侄子十二郎又在32岁的盛年撒手归天，韩愈几乎哭干了所有的眼泪，一篇《祭十二郎文》倾泻比东海还深的悲伤，成为祭文中的千年绝调，期间还经历了好友李观、欧阳詹、柳宗元的去世之痛。在这所有的亲友去世之痛中，最痛的应该是元和十四年的失女之悲。那年初春的季节，韩愈在"一封朝奏九重天，夕贬潮阳路八千"的严遣路上，他先行，而家人随即也遭严遣，在翻越巍峨雄峻的终南山蓝田关时，遭遇暴风雪的袭击，惊恐万状的年仅12岁的幼女惨死道上，当时王程紧迫，只能草草埋葬路边就匆匆奔赴贬所。一年后，韩愈被召回朝廷，才有机会在小女的墓前祭奠，留下一首"百年惭痛"的心灵祭歌（见上）。这是韩愈全部十二首七律中最为独特的一首。首先，题目很长，是典型的以题代序。我们知道从诗经时代开始，诗歌是没有诗序的，因为那时候诗歌都是作为乐歌存在的，不需要题目，更不需要题序，后来受到汉赋的影响，由赋序向诗序过渡，到东汉张衡正式出现交代写作意旨的诗序。此时乐府诗盛行，一般的文人诗歌也很少作序，且诗题一般也很短。东晋与南朝刘宋之交的诗人谢灵运，由于大量创作无所依傍的山水诗，每一首诗都是一次不寻常旅游经历的记录，因此非用长题不能交代清楚，今存谢诗90余首之中，长题达70首之多。此后，长题诗成为一种较固定的格式。李白、杜甫、高适、岑参等重要诗人都有以长题代序的习惯。谢灵运的长题是交代游览山水的线路或历程，李杜等人的长题是交代自己的重要经历或赠别朋友的独特境况，而韩愈的这首诗题却是记录生命历程中一次惨绝人寰痛彻心扉的遭遇，记录的是爱女的不幸夭亡，所以非长题不能表白清楚心灵的剧痛。题目还交代了此诗创作的历史背景，据《旧唐书·韩愈传》记载："凤翔法门寺有护国真身塔，塔内释迦文佛指骨一节，其书本传法，三十年一开，开则岁丰人泰。十四年正月，上令中使杜英奇押宫人三十人，持香花，赴临皋驿迎佛骨。自光顺门入大内，留禁中三日，乃送诸寺。王公士庶，奔走舍施，唯恐在后。百姓有废业破产、烧顶灼臂而求供养者。"真是弄得伤风败俗乌烟瘴气，韩愈是一个站在王朝中兴立场坚决反佛的斗士，因为崇尚佛教是当时社会的一大顽症，佛教盛行需要大量修建佛寺，吸引众多善男信女脱离生产，遁入佛门，这些寺庙占有大量的土地，又不交赋税，因此严重影响社会生产和国家财税收入，给社会的长治久安带来巨大的隐忧。现在皇帝竟然率先事佛，其影响更是无法预料，为国家前途计，韩愈决定冒死直谏，毅然上《论佛骨表》，要求将此骨"付之有司，投诸水火，永绝根本"，并说"佛如有灵能作祸福，凡有殃咎，宜加臣身，上天鉴临，臣不怨悔"。[1]此表引起宪宗皇帝震怒，欲对韩愈实行极刑，幸得宰相裴度、崔群及王公贵戚的求情，才由刑部侍郎贬潮州刺史。这一年韩愈五十二岁，已经进入了生命的晚期，如果从明哲保身角度看，实在没有必要冒这样的风险，但是勇敢无畏的担当精神激发了他的历史的责任心与道义感，使他"忠犯人主之怒"，最终招致了对家庭影响深远的巨大磨难，直接导致了聪慧的女挐的夭折。韩愈《女挐圹铭》中这样记载了女儿夭亡的经过："愈之为少秋官，言佛夷鬼，其法乱治，梁武事之，卒有侯景之败，可一扫刮绝去，不宜使烂漫。天子谓其言不祥，斥之潮州，汉南海揭阳之地。愈既行，有司以罪人家不可留京师，迫遣之。女挐年十二，病在席，既惊痛与其父诀，又舆致走道，撼顿失食饮节，死于商南曾峰驿，即瘗道南山下。"[2]由此看来，表面上是一起家庭悲剧，实际上包孕着巨大的时代历史内容，因此这首诗也就成为记录元和末年历史的一首史诗，同时也是

168

① 阎琦校注《韩昌黎文集注释》卷下，第400—401页，三秦出版社2004年版。
② 阎琦校注《韩昌黎文集注释》卷下，第320页，三秦出版社2004年版。

韩愈生命的一首史诗。虽然表面上看似乎没有杜甫史诗内涵的深广，但实际上韩愈是以小蕴大，通过个人的遭际来透视社会历史面貌。从创作渊源上看显然是继承了杜甫的现实主义传统，用个人的巨大悲痛来书写历史的悲哀。韩愈的七律绝大部分作于两次南贬的途中，都具有记录生命历程的功用，而个人的遭际总是浓缩着时代的阴影，为七律一体拓展了艺术的表现空间。

再来看诗歌。这首诗写于女挐死后一年，因此也属于追忆类的作品，要求突出最重要的印象。首联描写草草埋葬女儿的情景和当时自己的心理感受，用几根带皮的木头做成简易的棺材，再绑上几条野生的草藤，埋葬在这荒凉孤寂的商山朝南的路边，那冤死的白骨令人凄寒。一个"寒"字，既写出了当时暴雪纷飞天寒地冻的严酷环境，又写出了女挐诀别父母抛尸荒野的悲苦命运，还表达了韩愈失去爱女万箭穿心的悲寒苦涩。这种寒意是韩愈晚年最严酷的生理和心理考验，最严峻的还是来自朝廷来自皇帝的政治迫害，那才是更加令人恐惧的打击，本为朝廷除弊事，满怀无限的忠诚，却几乎招来杀身之祸，难道不是令人心寒吗？接下来补述女儿临死前得病上路的情况，按照人之常情，尽管韩愈触怒了皇帝犯下大罪，但家人尤其是年幼的孩子生了重病，无论如何也应该让孩子先治好病再上路吧，可是"有司以罪人家不可留京师，迫遣之"，可见当时政治迫害的冷酷无情。孩子本来就生了重病发烧，又遇天雪冰寒，再加上严遣的惊吓，谁都知道孩子被搀扶上路肯定难以逃脱死神的魔掌。韩愈在《祭女挐女文》中这样沉痛地描述说："昔汝疾极，值吾南逐。苍黄分散，使女惊忧。我视汝颜，心知死隔。汝视我面，悲不能啼。我既南行，家亦随遣。扶汝上舆，走朝至暮。天雪冰寒，伤汝羸肌。撼顿险阻，不得少息，不能饮食，又使渴饥。死于穷山，实非其命。"第三联回到现实的当下情境，在韩愈经历一年多瘴疬之乡的折磨之后，宪宗皇帝果然死于宦官之手，不幸被韩愈言中，大好的元和中兴局面顿时化为乌有，穆宗即位，韩愈被召回朝廷，来到女儿的坟头，真是百感丛集，痛彻心扉。韩愈运用《礼记》中延陵季子葬长子绕坟三匝号哭的典故和《荆楚岁时记》中孙楚用黍饭一盘祭奠介子推的故事，写自己心中无法抹去的痛楚和无法弄到丰盛祭品祭奠女儿的遗憾。由于典故的灵活运用，使简陋的祭奠具有典重深厚的文化意味。清人朱彝尊称赞"用典亲切有味"，清人汪森更说是"死典活用"。由此可见韩愈诗歌运用典故的高超技巧。最后一联自责并抒发悲痛之情，诗人说让你无辜夭折是我的罪过，这是不是韩愈后悔上《论佛骨表》了呢？不是的，韩愈反佛不是为了自己个人的名誉和利益，而是为了国家的前途和朝廷的中兴大业，但是忠诚却换来家人的遭殃，这是韩愈万万没有想到的。这里让人想起当年杜甫冒着风雪回奉先县探望家小时，遭遇幼子饿死的悲剧，杜甫也是无比的自责，说："所愧为人父，无食致夭折。岂知秋禾登，贫窭有仓卒。"两位诗人命运中的细节如此相似，令人感慨。杜甫的小儿子饿死在天宝十四年深冬，安史之乱刚刚爆发，平静的小县城还没有遭受战争的摧残，就已经民不聊生了，杜诗表现了盛世虚幻的光环下面藏着的隐忧，是一首伟大的史诗。而韩愈的女儿死在元和十四年初春，且死于非命，暴露了所谓的"元和中兴"局面下的政治黑暗和社会隐忧。两位诗人通过自己家人的不幸命运反映了时代的悲剧，与其说是命运的相似性，毋宁说是他们对自己所处的时代具有深刻的洞见，他们用诗歌表现自己的独特经历，意旨却都指向时代的历史命运。应该说杜甫由自己孩子的死亡，能做到推开一层，"默思失业徒，因念远戍卒"，想到天下更苦的百姓，确实是一种伟大的仁爱精神的体现；但是韩愈的失女之痛显然超过了杜甫，因此他创造了一个新词"惭痛"，这是一种比"悲痛""哀痛""惨痛""剧痛"等更深的痛楚，因为那是夹杂着深深愧疚的痛苦，是时代历史政治环境和韩愈理想追求及行为准则之间相互冲突无法解决的矛盾的必然产物，即是说女儿的死是韩愈无法摆脱的宿命。"百年惭痛泪阑干"是韩愈饱含政治悲愤的情感倾泻，更是震撼古今的心灵祭歌。

这首七律也能够看出韩愈的独特艺术创造，就是运用"以文为诗"的方式，使律诗板滞的格律变得流动畅达。首先是运用叙事性的架构，改变了七律四句写景四句抒情的呆板模式，首联与颔联就是倒装叙事，以突出最重要的印象，第三联转回到祭奠时的情景与前两联又是倒装，显示出层层转折的韵致，最后议论并抒情。尽管多重转折，但仍然给人流畅自然的感觉，因为符合事情发展的自然逻辑。其次是对仗工整，用典灵活，二三联都是流水对，既符合实际情况，又巧妙自然，像"三匝"对"一盘"，用典而浑化无迹，确实取得了很高的艺术成就。清人汪森说"本一篇祭文意，缩成此诗，三复不禁泪下"[1]，确实道出了韩愈此诗诗文交融的艺术特色，为七律的发展作出了新的开拓。

170

---

① 钱仲联《韩昌黎诗系年集释》（下册），第1200—1201页，上海古籍出版社1984年版。

四、韩愈的绝句

韩诗以雄奇险鸷著称于世，但在他生命的晚年，却多平易之作，呈现出清新自然的另一种风貌。写于穆宗长庆二年（822年）描绘早春雨中小草的《早春呈水部张十八员外》就是代作之一：

> 天街小雨润如酥，草色遥看近却无。
> 最是一年春好处，绝胜烟柳满皇都。

诗开篇即写春雨。一场春雨润湿了皇城的天街，当然也滋润了山川大地，草木万类。"天街"即京城的天门街。这个词能引起人们美好的联想：巍峨壮丽的皇宫，碧瓦朱墙，参差错落于烟雨迷濛之中，极有气派，令人想起王维的诗句"云里帝城双凤阙，雨中春树万人家"所描绘的壮丽宏伟画面。而这雨呢，则如酥油一般，乳白光亮，柔润温馨。这个妙喻，既写出了春雨的色泽亮丽，也暗透出春雨的甜美甘醇，极富韵味。接下一句写雨中的小草。由于春雨细心的滋润，这小草刚刚破土萌芽，远望才呈现出一片朦胧的绿意，近看却觅不见踪迹。春天是大自然四季运动变化中的起始阶段，从汉字构造的角度看，"春"字是由"萌生的小草"（屮屮）、太阳（⊙）和"屯"构成。"屯"是一个卦名，《易》曰："屯，刚柔始交而难生"。意指生命进程开始时困难重重、步履维艰的状态，因此，代表初春的小草，便成为生命的初始象征。正是这淡淡的一抹新绿，活现出早春生命的情蕴，因为她透露出早春特有的刚健清新气息，体现了生命在艰难中奋进的精神。黄叔灿评说："写照甚工，正如画家设色，在有意无意之间。"（见钱仲联《韩昌黎诗系年集释》）"写照甚工"说的不错，但并非"有意无意"，而是韩愈十分自觉的审美取向，他就是要赞美早春生命的"新绿精神"，所以他说："最是一年春好处，绝胜烟柳满皇都"。阳春三月，桃红柳绿，草长莺飞，烟花繁盛，游人如织的皇都景象不能说不美，但诗人更注重这早春的清新和刚劲。因为"物壮易老"（老子语），成熟虽美，但却也预示着凋谢，意味着衰老。人们常有这样一种认识：尽管明知太阳必定要日薄西山，生命会最终走向死亡，但人们还是怀着满腔热忱，怀着不尽的希望，赞美那初升的朝日、新生的生命，因为那冉冉升起的红日，那呱呱坠地的生命，充满了一股蓬勃的朝气，拥有一种不可阻挡、不可羁勒的生命力量，蕴含一种即使艰难也不畏怯，即使挫折也要抗争的精神。或许人们正是从生命的开始才明白了生命的价值和意义。

当然，同一事物会引起人们不同的美感，因而会形成不同的美学追求。唐代大诗人杜甫曾写过一首《春夜喜雨》，歌颂了春雨的博大胸怀和创造精神，诗末尾写道："晓看红湿处，花重锦官城。"诗人于春雨茫茫的黑夜，满怀与天地同和的喜悦，憧憬着雨后百花争妍、春满锦城的繁荣景象，诗中洋溢的是对盛世的怀念和向往，在杜甫看来，早春的清新固然可爱，但繁花似锦、春色满园，才更灿烂辉煌，气象万千。可以想见什么是杜甫心中真正的春天。而宋代的苏轼在一首诗中却这样说："一年好景君须记，正是橙黄橘绿时。"显然，苏轼赞美的是一年中硕果累累、美好富足的秋收景象，因为硕果代表着成熟，成熟又意味着丰衣足食，意味着国泰民安。在苏轼看来，"春华"固然美丽，而"秋实"却更加美好，因而也更值得记忆。

如果将这三首诗作一个纵向排列，则正好呈现出生命由初生到繁盛到成熟的时间流程，而在这生命的流程中，三位大诗人各自作出了对生命意义的选择。韩愈选择了初春小草的新绿精神对生命作了热情的礼赞，杜甫憧憬着繁荣，苏轼追求的是成熟。这是因为杜甫扎根于盛唐，追求的是华丽壮大、气象雄浑的美学境界；韩愈站在中唐破碎的土地上，面对百废待举的残局，呼唤重新开始，呼唤奋斗进取，追求一种刚劲活力的美；苏轼则歌唱盛世的富足和安康，追求的是生命的浑成老境。

值得指出的是，韩愈诗中经常性地描写生命不屈的斗争精神。如《晚春》中的杨花榆荚，明知自己没有才思，却要勇敢地挑战万紫千红，向将逝的春天奉献出自己生命的赤诚；《春雪》中写早春时节，还是天寒地冻刚见草芽的严峻时刻，那不甘寂寞的雪花，却要"故穿庭树作飞花"，为人间添造一片春色；《新竹》中初生的竹子"纵横乍依行，烂漫忽无次"，不择地而生，以自己的贞姿与春色争媚，等等，都是对生命力的歌颂。由此可见，韩愈追求的美学理想是人类生命的"早春"，是生命的"新绿精神"。

在意境的开拓上，这首诗前两句写景，景中含情；后两句议论，寓理趣于形象的对比之中，将诗歌的审美境界提升到哲理的层面，富于深刻的哲理之美。

附　孟郊诗歌的清峻瘦硬之美

　　孟郊（751—814年），字东野，湖州武康（今属浙江）人。是中唐韩孟诗派的代表人物，他的诗与韩愈齐名，古朴苍劲，阴郁冷峭，以奇险著称。韩愈称他作诗是"刿目钵心，刃迎缕解，钩章棘句，掐擢胃肾，神施鬼设，间见层出。"（《贞曜先生墓志铭》）可见他的创作方法是：刻意搜求尖酸怪异的意象，呕心苦吟地锤炼诗歌语言。他的诗又与贾岛齐名，苏轼评为"郊寒岛瘦"。其实"郊寒"只是就其总体印象而言，因为孟郊久困科场，中第之后也只是沉沦下僚，终生饥寒困苦，因此他的诗中对荒寒、饥饿、困顿、劳碌多有表现。当然，孟诗也有峻峭清通的作品，也有一些诗写得清峻阔大，气象峥嵘。如《游终南山》：

> 南山塞天地，日月石上生。
> 高峰夜留景，深谷昼未明。
> 山中人自正，路险心亦平。
> 长风驱松柏，声拂万壑清。
> 到此悔读书，朝朝近浮名。

　　这首诗孟郊写他游终南山的见闻与感受，在唐代众多的南山诗中格调超异，它不重游踪的交代，也不是概貌的勾勒，而重在对景物境象的内心体验，与王维《终南山》以画入诗、追求对称均衡之美异趣。首联写在山中感受到的总体印象：终南山巍峨雄峻，怪石嶙峋，塞满天地，仿佛日月都是从石丛中升起。次联以高山深谷的特异景观来印证终南山的高大雄奇。三联由景入理，取其象征意义，也自示心迹。四联转入苍茫阔大，描写终南山长风出谷，万壑涛声的清峻壮阔意境。最后写自己为山景山境所陶染，借游山兴感，悔悟自己不该读书求虚名，应该归隐这深山灵境。

　　如果我们比较王维《终南山》与孟郊《游终南山》，则发现：王维诗追求诗画结合，追求对称均衡的自然美，特点是诗中有画。如首联用十字构图法，写终南山的高大和绵延，是山外看山的总印象；次联是半山腰所见，"青""白"两字着色鲜明；三联写峰顶所见，突出终南山的高峻；末联以投宿问樵夫写山的幽深。王诗总体上显示出游踪线索，将时间过程空间化，每联均可入画，而诗人主体性情则不够明显。孟诗不追求诗中有画，而注重突出自己独特的心理体验，用语新奇瘦硬，富有力度感，缺乏色彩的描绘，也看不出时间过程，甚至将日夜写在一联里，多数句子无法入画，但诗人的主体性情却非常鲜明，可以说是"诗中有人"。

韩愈评孟郊诗曾说："横空盘硬语，妥贴力排奡。"指出孟诗虽喜欢用硬语，却妥贴生动，富有力量感，很适合这首诗的实际情况。它具有如下的艺术特色。

一、援律入古，体制新奇

孟郊作诗重古轻律，他的全部500余首诗中很少有律诗，偶见近体，也不严守格律。而这首诗则在古体中杂入两联工整的律句，形成半律半古的体制。本可以写成长律，但由于孟郊"文高追古昔"，不愿受音律的束缚，所以后两联用古句，打破对称与均衡。从全篇来看，却取得了出奇制胜的艺术效果。

二、意象双提并举，言简意丰

这首诗虽然只有十句，却描写了众多的景物，景多则易繁杂，处理不好就变得堆垛臃肿。因此孟郊在句法上采取双提并举的互文手法，取得了言简意丰的效果。如"高峰夜留景，深谷昼未明"，写山峰高耸入云，已经入夜了，顶峰还留着夕阳的余晖；山谷深邃，即使白昼也还是昏暗不明。实际上这是双提，同时也写了"高峰昼愈明，深谷夜更昏"的情况。再如"山中人自正，路险心亦平"，前句山与人并举，山不偏不倚，立于晴天之表，是正人君子的象征，而人向山看齐，自然也厚重中正，刚毅肃穆；后句则路与心并提，路险狭窄，崎岖难行，给人带来的本来应是恐惧，而人却因无所欲求，心境反而平静祥和。还有"日月石上生"也是一句中日夜景象的双提，这样用紧缩句法，就表达了复杂而丰富的内容。

三、语言奇险瘦硬，意境清峻壮阔

孟诗搜求意象比较怪异，用语奇险瘦硬。如"南山塞天地，日月石上生"中"塞""生"就是硬而险的词。"塞"字写出了终南山千峰丛簇仿佛充满天地之间的景象，包围厚重无掉转余地，给人以窒息之感，而日月则好像是从嶙峋怪石中生长升空。与张若虚"海上明月共潮生"那样的壮阔明丽和杜甫"四更山吐月"那样的清幽明媚相比，孟诗则显得棱角锋利，瘦硬刚劲。再如"长风驱松柏，声拂万壑清"，前句以虚声入实景，长风无形因松柏俯仰而显示它的浩荡坚劲，山风的雄健豪迈在"驱"字中表现出奇伟的力量；后句因涛声而悟虚境，松涛如海，汹涌澎湃，万壑轰鸣，奔腾天际，人沉浸在这万顷松涛之中，心境超然，感到一切红尘杂念都被淘洗干净，进入到一种辽阔渺远的清虚灵境。这体现出孟诗擅长创造清峻阔大意境的特点，取得了"寒""瘦"不能限制的艺术成就。

第八讲　柳宗元的诗歌

柳宗元（773—819年），字子厚，河东（今山西省永济）人。贞元九年（793年）进士及第，又中博学宏词科，授集贤殿正字，调蓝田尉，拜监察御史。永贞初（805年）参加王叔文等领导的革新，官礼部员外郎。王叔文失败后，贬永州司马，十年后奉召回京，旋调柳州刺史，死于柳州。世称柳柳州或柳河东。

柳宗元的散文与韩愈齐名，并称"韩柳"，诗则与韦应物并称"韦柳"，又与刘禹锡并称"刘柳"，是唐代杰出的散文家和诗人。长期的贬谪生活，使他的诗歌充满沉沦不偶的抑塞之悲，又因为长期与僧人交往，精研佛学，使他的诗歌往往染上佛教的虚无色彩。

柳诗的特点在于意境幽峭，骨力峭拔，语言峻洁，情感忱挚，像巉岩峻谷中凛冽的潭水，冲沙激石，千回百折，萦绕渟蓄，清澄明澈。苏轼认为柳诗"寄至味于淡泊"，指出其具有"淡"的特色，可谓知言，但有时抒情却长歌当哭，凄厉而激越。

有《柳河东集》。

《南涧中题》[1]

秋气集南涧，独游亭午时[2]。

回风一萧瑟[3]，林影久参差[4]。

始至若有得，稍深遂忘疲[5]。

羁禽响幽谷，寒藻舞沦漪[6]。

去国魂已游[7]，怀人泪空垂。

孤生易为感[8]，失路少所宜[9]。

索寞竟何事[10]，徘徊只自知。

谁为后来者，当与此心期[11]。

[1]南涧：元和七年（812）秋天作。当时柳宗元游览永州之南部的石涧，作《石涧记》，文中所指的"石涧"，即本诗中的"南涧"。[2]亭午：正午，中午。[3]萧瑟：秋风吹拂树叶发出的声音。宋玉《九辩》："悲哉，秋之为气也，萧瑟兮草木摇落而变衰。"[4]参差：高下不齐貌。此处指树影摇晃不停。[5]稍深：时间渐久。沈德潜曰："为学仕宦，亦如是观。"（《唐诗别裁集》第127页，上海古籍出版社，1979年1月版）[6]羁禽：失群的禽鸟。沦漪：风吹水面所起的波纹。[7]去国：指迁谪离开国都。魂已游：精神已经恍惚。"游"一作"逝"。[8]孤生：孤独的生涯。易为感：容易为外物触动而伤感。[9]失路：指政治上的失意。少：很少。所宜：适宜。意为动辄得咎，难以自处。[10]索寞：精神落寞无聊，缺少生气。[11]期：约会。此处指领会、理解之意。

【赏析】

元和七年（812年）秋天，已经是柳宗元贬到永州的第八个年头了，作为司马的闲职，除了游山玩水、读书著文，实在是无所事事。而郁积在内心深处的孤愤又需要发泄，因此苦闷至极只得到大自然的怀抱中去寻找片刻的慰藉。

南涧便是这样一个理想的处所，这是柳宗元新近发现的一个美妙胜境，南涧即石涧，他在《石涧记》中这样描写道："（石涧）亘石为底，达于两涯。若床若堂，若陈筵席，若限阃奥。水平布其上，流若织文，响若操琴。揭跣而往，折竹扫陈叶，排腐木，可罗胡床十八九居之。交络之流，触激之音，皆在床下；翠羽之木，龙鳞之石，均荫其上。"石涧的底部全都是巨石，一直延伸到两边的水际，这些石头千奇百态，有的像床、桌子、门堂的基石，有的像筵席上摆满菜肴，有的像用门槛隔开的内外屋；水流平布石上形成丝绸布帛一样的花纹，水流发出的淙淙音响像是仙女弹奏的优美琴声。真是一个可居可游的人间仙境。人赤脚踏入水中，折竹箭扫除陈叶腐木，清理出一块可排十八九张交椅的空地来，可供游人小憩。那回旋迅捷的流水和奔流撞击的水声都在床下；像翠羽的绿树，像鱼鳞的石块，都遮蔽在交椅之上。这里确实是一个清寂幽峭的地方。柳宗元在写完记后，又在石头上题诗，就是这首被苏轼誉为"妙绝古今"的五言古诗——《南涧中题》。

开头两句交代独游的时间、季节和地点，概括对南涧秋色的整体感受，诗人中午时分独自游览南涧，林寒涧肃，木叶黄落，仿佛深秋的寒气都凝集在这山涧之中，给人以萧瑟之感。忽然间，猛烈的旋风呼啸而下，树木摇动，林影参差，久久不息，令人心悸魄动，给人一种凄寒彻骨之感。显然与柳宗元《袁家渴记》中描写的春夏之交的暖风大为异趣，那时"每风自四山而下，振动大木，掩苒众草，纷红骇绿，蓊葧香气，冲涛旋濑，退贮溪谷，摇飏葳蕤，与时推移"。似乎转眼间就众芳摇落，秋天清气满涧了。接下来两句转写独游的感受与情绪变化，初入其境若有所感，心与境遇，随着时间的推移，渐渐地身心沉浸其中，进入忘我状态。这两句具有哲理性，含有某种潜心观照自然有所体察的意趣，清人沈德潜说"为学仕宦，亦如是观"（《唐诗别裁集》），可见其内涵具有普泛性，能引起人们多方面的联想。随后两句紧承"稍深"展开，忽闻禽鸣幽谷，那惶急的叫声，仿佛是失群的孤鸣，使人联想到漂泊者的孤独悲寂，而水藻在波面上舞动，仿佛又给人一种凄寒之感，一个"羁"字和一个"寒"字，使景物染上了强烈的主观色彩，而一个"响"字和一个"舞"字，则从听觉和视觉两方面以动衬静，既写涧谷幽静寂寥，又写出秋风的劲疾严酷。柳诗善于炼字，像名联"惊风乱飐芙蓉水，密雨斜侵薜荔墙"等，都是典型的表现。

诗的后八句，着重抒发诗人由联想而产生的感慨。诗人长期贬居荒远南国，已经神情恍惚，去国怀人之情与日俱增，然而山川阻隔，音书难寄，唯有垂泪叹息。曾经与自己同道的亲密战友，有的已人琴俱亡，有的则分散数地，天各一方，悲伤与长恨萦绕心头。人孤则易为感伤，政治上一失意，便动辄得咎，如今处境索寞，还能有什么成就呢？独自顾影徘徊，心中积郁的苦闷只有自己明白，言外是无人理解和同情的悲叹。这是一个苦闷的灵魂惘然无着落的自思、自怜与自叹，蕴含着莫可名状的空虚寂寞和难以排遣的孤独悲凉。最后两句说以后若有谁再迁谪来此，也许会理解我现在的心情。如果与幽州台上的呼喊"后不见来者"相较，则知陈子昂追寻的是古代君臣相知的际遇，而柳宗元则是求知音于未来，但他们有一点则是相同的，就是他们都是不为当世所理解也不为社会所接纳的孤独落寞者。诗人因参加王叔文政治集团而遭受贬谪，使他感到忧伤愤懑，而南涧之游，本是解人烦闷的乐事，然所见景物，却又偏偏勾引起他的苦闷和烦恼。

苏轼认为这首诗"忧中有乐，乐中有忧"。这见解是独特而深刻的，但是忧与乐不是平分的，而是以忧为主导，从为排解忧愁出发，最后却回归无法解脱的烦忧。柳宗元确实背着难以摆脱的精神枷锁，他不能像杜甫那样认识到"王侯与蝼蚁，同尽随丘墟"，该放下的都能放下，不必太较真，这是他痛苦的根源。而永恒的山水胜境，毕竟能够娱人耳目，也能以其清虚灵境化解忧愁，柳宗元的游览山水本是寻找心灵的寄托，但他是一个性格执拗的内向型诗人，心中盘郁纡徐的总是作茧自缚的蚕丝，因此难以超越到旷达洒脱的境界。他在《与李翰林书》中说："仆闷即出游……时到幽树好石，暂得一笑，已复不乐。何者？譬如囚拘圄土，一遇和景，负墙搔摩，伸展肢体，当此之时，亦以为适。顾地窥天，不过寻丈，终不得出，岂复能久为舒畅哉！"正是这种囚徒的处境与心态，决定了他的"独游"只能以排忧始，以沉忧终。这既是柳宗元个人的悲剧，也是时代的悲剧。

苏轼又说"柳子厚南迁后诗，清劲纡徐，大率类此"（《东坡题跋》卷二）。指出了柳宗元贬后诗歌的基本特色。"清"指其诗境界清寂，"劲"指其诗锤炼语言，用字富于力度感，"纡徐"则指其深藏的情感沉郁萦绕，难以排解。可以说准确地概括了柳宗元诗歌的艺术特点。历代学者论述山水诗史，总喜欢合称韦柳，认为他们的五古都有清淡简古的特点，其实，韦诗闲婉淡雅，萧散自然，而柳诗高古清淡中包蕴着忧郁愤懑。刘熙载说"韦云'微雨夜来过，不知春草生'是道人语；柳云'回风一萧瑟，林影久参差'是骚人语"，正道出两人心态诗境的区别。刘学锴先生指出："王、孟、韦、柳，都学陶潜，在王、孟、韦的诗作中，可以发现诗人心境与环境景物的和谐适应、高度契合的陶诗式意境；而在柳诗中，却更多的是心与境之间的貌合神离。"又说："柳宗元的五古往往在简古清淡、纡徐不迫中寓精严细密的章法和着意锤炼的字法。"①确实是精准不移的评价。

《渔 翁》[1]

渔翁夜傍西岩宿，晓汲清湘燃楚竹[2]。
烟销日出[3]不见人，欸乃一声山水绿[4]。
回看天际下中流，岩上无心云相逐[5]。

【注释】

[1]此诗作于贬官永州时期，是柳宗元七古名篇，确切作年难详。[2]西

① 刘学锴辑《唐诗选注评鉴》（下册），第1639页，中州古籍出版社2013年版。

179

第八讲　柳宗元的诗歌

岩：湖南永州西山。韩醇注："集中有《西山宴游记》，西岩即西山也。"清湘：清澈的湘江。楚竹：南方的竹子，这里指永州之竹。二句说渔翁夜晚宿于西山之下湘江船中，清晨打起江水燃枯竹做饭。给人一种清高绝俗之感。[3]烟销日出：太阳出来了，山谷间的烟岚散去。是山间清晨特有的景象。[4]欸乃：象声词。一说摇橹声，一说湘中渔歌。唐有《欸乃曲》，元结曾作《欸乃曲序》。[5]无心：形容云彩的悠然飘荡。陶渊明《归去来兮辞》有"云无心以出岫"句。二句说渔翁摇船进入湘江中流，回望天水相连，只见西山上白云自由飘荡，好像在相互追逐。

【赏析】

这是一首七言短古，描写渔翁的生活和情趣，因为诗中提到西岩，即永州之西山，柳宗元的《始得西山宴游记》写于元和四年九月，故此诗当作于此后。

"渔翁"或"垂钓"是古代隐逸文化的一个符号，这一形象或意象深得诗人的喜爱，古代典籍中本就有姜太公垂钓渭滨等待时机和严光垂钓富春江畔拒绝入仕两种范型，这两人都是真实的历史人物，进入文学作品中则有屈原的《渔父》，以赋笔刻画了一个与世浮沉却与世无争的形象，来衬托自己理想的高洁和不可转移。唐人诗中也常常描写渔翁形象或运用垂钓意象，如李白的"闲来垂钓碧溪上"，杜甫的"江湖满地一渔翁"。到了中唐时期就更多了，出现了整首诗都描写渔翁的现象，如张志和的《渔歌子》刻画了"青箬笠，绿蓑衣，斜风细雨不须归"的超然洒脱的渔翁形象，柳宗元更是写了《江雪》和这首《渔翁》。其他的诗都着眼于"垂钓"这一代表性动作，而这首《渔翁》则着眼于渔翁的生活情趣和精神世界，具有鲜明而独特的韵味。

首两句运用叙述带描写的方法，写渔翁的生活状态：他夜宿西岩下的江边，晨起汲水燃竹做饭。本是极普通简陋的生活方式，却被柳宗元运用一连串的意象诗意化了，那位渔翁是一位独往独来、行止无定、自由自在的人，随处都可以安身生活，清晨醒来，呼吸着新鲜的空气，所汲的是清澈的湘江之水，所燃的是碧绿的楚竹，过着一种纯朴天然、洁净雅致的生活，仿佛不食人间烟火一般的潇洒自在。尤其"楚竹"一词很有特色，渔翁本生活于一种青绿的环境之中，柳宗元《始得西山宴游记》中曾这样描写西岩景色："萦青缭白，外与天际，四望如一……悠悠乎与灏气俱而莫得其涯；洋洋乎与造物者游，而不知其所穷。"那湘江之水更是"至清，虽五六丈，见底"（《太平御览·湘中记》），但是柳诗追求平淡隽永韵味，似乎在故意避开使用过多的颜色词，像"楚竹"明明可以改为"绿竹"，但一个"楚"字，既包含了绿色的意味，又带着一种深沉的历史内涵，柳诗藏色的技巧是追求古淡的表现。

接下来两句是柳诗名联。随着时间的推移，从清晨到了日出时分，阳光万道照射山谷，天地之间豁然亮堂起来，那山谷间和江面上笼罩的轻烟薄霭渐渐飘散，整个江面上空无一人，渔翁又开始了一天新的行程，他一边摇着船桨，一边唱着渔歌，蓝天与群峰都倒映在江面，船桨过去，留下一串串柔美的波纹，渔翁仿佛进入了另一片神奇的绿色山水之中，只觉眼前一片绿色。好像是渔翁的"欸乃"棹歌之声忽然染绿了青山碧水，抑或上下四方全是青绿的山水，染绿了渔歌，真可以说是一个童话般的奇妙世界，渔翁便是这世界唯一的主人，渔翁的形象顿时纯净雅洁起来，这境界既清旷辽远，又悠闲自得，体现出渔翁超然飘逸的精神世界。

最后两句写渔翁驾着小船进入了湘江的中流，他回首天际，但见西岩之上，白云悠然飘荡，好像在相互追逐嬉戏。这里好一个"无心"，是全诗的诗眼，既通过渔翁的感受来展示他的陶然忘机于美妙自然之中的"无心"精神世界，又将诗人的情感外射到客观事物上，使那飘浮的白云富于禅理的趣味，似乎在这美好的瞬间，得到了精神上的解放。

苏轼赞赏此诗具有"奇趣"，又认为结尾两句可以删去，围绕这一问题展开了旷日持久的争论，刘学锴先生抓住"无心"这一诗眼，认为尽管前四句也能成为一首意境完足、余韵悠然的七绝，但似乎只能表现渔翁的潇洒自得、悠然自适的精神风貌与湘中山水的清丽，但与"无心"的主旨终隔一层，因为还缺少"云相逐"于岩上这一表现"无心"意蕴的主要意象。有了这一句，前面四句的所有描写也都带上了"无心"的色彩，通体浑融一体。

《登柳州城楼寄漳汀封连四州刺史》[1]

城上高楼接大荒[2]，海天愁思正茫茫[3]。
惊风乱飐芙蓉水[4]，密雨斜侵薜荔墙[5]。
岭树重遮千里目[6]，江流曲似九回肠[7]。
共来百越文身地[8]，犹自音书滞一乡[9]。

【注释】

[1]元和十年（815年）夏，柳宗元抵达柳州贬所时作。漳州：州治在今福建漳州市，韩泰贬此；汀州：州治在今福建长汀县，韩晔贬此；封州：州治在今广东封川县，陈谏贬此；连州：州治在今广东连州市，刘禹锡贬此。四人与柳宗元均为王叔文政治集团中重要的人物，这次均改贬为远州刺史。柳宗元初到柳州，登楼远眺，因怀念同遭贬谪的朋友而作诗寄赠。[2]大荒：辽阔荒僻的旷野。[3]海天愁思：言愁苦思绪如海深天大。[4]飐：吹动。芙蓉：荷花。[5]薜荔：一种常绿的植物，其藤萝缘墙或树木生长，又名木莲。[6]重遮：**重重叠叠遮蔽**。[7]九回肠：司马迁《报任安书》："肠一日而九回。"此处明喻柳江曲折，暗喻愁肠百结。[8]百越：指南方少数民族及其居地。文身：在身上刺花纹，是南方少数民族的一种习俗。《淮南子·原道训》："九疑之南，陆事寡而水事众，于是民人披发文身，以象鳞虫。"注："文身，刻画其体，纳墨其中，为蛟龙之状以入水，蛟龙不害也。"[9]犹自：仍然。音书：消息和书信。滞：阻隔，不通。

【赏析】

此诗可以与韩愈《左迁至蓝关示侄孙湘》比较阅读。这两首七律可以说是两位贬谪诗人人生历程中最痛苦的经历记录，蚌病成珠，痛苦的咸泪变成了晶莹剔透的珍珠。很少有人将这两首名作进行比较赏析，因为虽然两首诗创作背景相似，体裁相同，都能代表两位诗人的成就，但是在诗歌史上两首诗的价值是不同的，两首诗背后所反映出来的两位诗人对诗歌的理解是不同的，两首诗在意象选择、艺术构思、情感表达、修辞手法等方面都存在明显差异。我们不妨以此作为一个显著的例子，研讨一下两位诗人对七律一体乃至对诗歌史作出的贡献。

先来分析韩愈的诗歌。元和十四年（819年）正月，唐宪宗派人到凤翔法门寺迎取释迦牟尼的一节指骨进入皇宫内院进行供奉，韩愈匆忙上《论佛骨表》，强烈反对崇信佛教，并说历史上崇信佛教的皇帝都享祚不永，触怒正踌躇满志祈望长生的宪宗，差一点被处以极刑，因宰相裴度、崔群及王公贵戚的力谏求情，才免去死罪，由刑部侍郎贬为潮州刺史。当他到达长安东南的蓝田关时，他的侄孙（十二郎韩老成之子）韩湘赶来相伴同行，韩愈在途中写了这首诗给韩湘，嘱咐他为自己料理后事，相当于一份用诗歌写成的遗嘱，足见韩愈被贬时的痛苦绝望心境。诗曰：

一封朝奏九重天，夕贬潮州路八千。

欲为圣明除弊事，肯将衰朽惜残年。

云横秦岭家何在，雪拥蓝关马不前。

知汝远来应有意，好收吾骨瘴江边。

　　首联运用语调凄切却并不衰飒的语言叙事，交代自己获罪远贬的原因：早晨一封奏疏上报皇帝，谁知傍晚就被贬往远离京城八千里的潮州。这两句诗叙述了韩愈"忠犯人主之怒"的奇特遭际，他是本着"佛如有灵，能作祸祟，宜加臣身"的担当精神谏迎佛骨的，但是谁知忠而获罪，而且是速贬严遣之罪。这两句充满气概的语言显得比较硬朗昂强，但却具有非对之对的特点，即具有很多对仗的因素："朝"与"昔"，"奏"与"贬"，"天"与"路"，"一封"、"九重"与"八千"均为字对。由于交叉错落在一起，给人一种激昂奔涌的流畅感，具备散文的气势，有一种雄劲之美。颔联运用议论语言既抒发获非罪之罪的愤慨，又显示诗人老而弥坚的理想追求和刚直不阿的硬骨头精神。一方面自己已经进入衰朽的残年，没有什么值得留恋的，据《祭十二郎文》中的描述，韩愈不到四十岁就掉了许多牙齿，显示出衰老迹象，如今五十二岁了，除了理想还有什么其他的东西值得坚持呢？另一方面，他的初衷是为圣明的皇帝扫除弊事，据说当时由于皇帝率先供奉佛骨，引来一股狂热的佞佛浪潮：老百姓焚顶烧指，百十为群；解衣散钱，自朝至暮；甚至有断指脔身来供养佛骨的人。造成了伤风败俗的恶劣习气。在这种严峻的社会形势下，韩愈顾不得一把老骨头，放言无惮，冒死直谏，确实是孟子主张的浩然正气充溢心中的儒家精神的体现。这一联是有名的流水对，前因后果顺流而下，又用"欲为""肯将（即岂将）"顿折逆挽的倒装句，显得既波澜起伏，又奇峰壁立，字里行间溢出一种兀傲之气。颈联就景抒情，瞻前顾后：前途大雪天寒，坚冰塞路，渺茫莫测；回首帝阙长安，家室不保，生死难卜。云横秦岭、雪拥蓝关是眼前的壮丽雄浑景象，但是韩愈并没有感觉到美妙的意境，因为古代乐府诗中"行路难"的境况就出现在眼前，如果说当年李白被逐出长安时吟唱的"欲渡黄河冰塞川，将登太行雪满山"还是一种心理上的感觉的话，那么韩愈此刻感受到的则是生命的真实体验。"家何在"指家人受到牵连也被逐出长安，正在风雪载途中颠沛流离，年仅12岁的女挐因重病又受惊恐而夭亡，草草埋葬在曾峰驿旁，可见韩愈为上表付出了惨痛的代价，

"家何在"三字中包含了多少血泪!"马不前"是运用典故,陆机《饮马长城窟行》中说:"驱马涉阴山,山高马不前。"屈原《离骚》也有"仆夫悲余马怀兮,蜷局顾而不行"的句子,陆诗写行军中的困难,屈原则想象马儿怀恋家乡不愿前行,而韩愈此刻的心情是兼二者而有之,既感到前途渺茫又怀恋京阙。总之,这两句诗体现了韩愈"横空盘硬语,妥帖力排奡"的特色。尾联照应题目,向韩湘交待遗嘱,说我知道你远道赶来是放心不下,等我死在南方瘴疠之乡的贬所,你正好可以收葬我的尸骨了。韩愈的儿子韩昶生于贞元十五年(799年),是年正好20岁,韩湘稍大几岁,我们可以想象韩愈在向侄孙说出这样的话时,吐露出多么凄楚难言的愤激之情。韩愈这首诗将自己的命运与时代的命运联系在一起,抒发自己的生命之痛,也就是时代之悲,完全可以算是一首史诗。

再来看柳宗元的诗。公元805年,唐德宗李适病死,太子李诵(顺宗)即位,改元永贞,重用王叔文、王伾、韦执宜、柳宗元、刘禹锡等革新派人物进行了著名的"永贞改革",但是由于保守派力量强大,改革深深触及到他们的利益,仅五个月时间,永贞革新就在保守势力的联合反扑中被残酷镇压了。顺宗皇帝中风很快就病死了,于是宦官联合保守派拥立新的皇帝宪宗,将二王贬斥而死,将柳宗元等八人分别贬往远州司马。这就是历史上著名的"二王八司马"事件。十年后,即宪宗元和十年初,柳宗元与韩泰、韩晔、陈谏、刘禹锡等五人奉召回京。但当他们赶到长安时,由于保守派的阻挠,朝廷改变了主意,竟把他们贬往更荒远的柳州(柳宗元)、漳州(韩泰)、汀州(韩晔)、封州(陈谏)和连州(刘禹锡)做刺史。这年六月,柳宗元初到柳州,登楼远望,感慨苍茫,不禁思念同道远贬的战友来,因此写下了这首七律(见上)。

首联写景抒情:登上高高的柳州城楼,举目四望,皆是荒僻的边鄙之地,展现在眼前的是辽阔而荒凉的空间,望到极处,海天相连,一片混茫,而诗人满腔同样茫茫的愁思正充溢于这长天远海的无边辽阔之中。颔联视线收回,描写近景,运用细密的比兴手法刻画夏天暴雨的景象:惊风扑来,漫天呼啸,从荷花开满的湖面掠过,那田田的娟洁如拭的荷叶,在风中纷翻乱舞,碧绿的湖水掀起白头巨浪,猛烈地摇动着亭亭玉立的荷花,天地间充满动荡惊恐的氛围;接着,雷电交加,大雨倾盆,雨借风势,密密地侵打在爬满薜荔的古老城墙上,薜荔的叶子在风雨中承受着恣意的欺凌。这两句赋中有比兴,写景中遇有感慨仕途风波险恶之意。在意象选择时，柳宗元撷取芙蓉、薜荔两个《离骚》中常用的意象，来象征自己人格的美好与芳洁，通过他们遭受风雨的摧残来暗示自己遭受到的迫害和打击，风雨中飘摇动荡的芳草实际上就是诗人心中感到心悸的表征。这里情中景，景中情，赋中比，比中赋，浑然莫辨，水乳交融在一起。颈联再次写景抒情，远近俯仰交替结合，遥望远方，重岭阻拦，密树层层叠叠，遮断了视线；近看脚下的柳江，曲折奔流，有如九回的愁肠。这一联又是巧妙的过渡，自己目前处于这样的情境之中，而好友们的境况又如何呢？于是心驰远方，目光也随之移向漳汀封连四州。这两句是"工对"，从意义上是上实下虚，前因后果；从结构上看，是以骈偶之辞运单行之气，具有流水对的优点；从手法上看，后一句还兼用典故和比喻，表达了深哀剧痛。尾联抒发感慨：我们一同来到这荒僻的百越纹身之地，本来应该互相存问，但是竟然时空阻隔，相互之间音信不通。在关怀友人处境、望而不见的惆怅中，抒发了迫痛衷肠的感慨，"犹自"一词强烈转折，表达了沉郁顿挫的哀痛之情。

下面分析两首诗的异同及其文学史意义。首先，两首诗都具有沉郁顿挫的风格。沉郁主要指感情深厚抑郁，格调沉雄收敛；顿挫则主要指艺术表达手法跌宕起伏，收放自如，开合动荡，有顿折逆挽之妙。从情感抒发角度看，柳宗元的诗中包含了汪洋恣肆、盘郁深沉、愤激无言的感情。既有自己命运遭遇的悲叹，又有对仕途风波险恶的感慨，也有对同道战友的深挚关怀，还有好友之间相互阻隔不通音讯的哀愁，总之是愁肠百结，情思浩茫，缠天绕地，盘旋翻腾，既无处倾泻又无法摆脱。这巨大的情感内涵，与杜甫的忧国忧民相比，与韩愈的忠而遭贬相比，虽然广度上不如杜甫，震撼上差肩韩愈，但愁苦郁结，无可告语，心灵遭受惊悸折磨则较杜、韩等人更深刻独特。柳宗元本是一个忧郁型的文人，胸怀没有杜甫那样的宽广，行事没有韩愈那样的魄力，所以他心中的感情盘郁难解要比杜甫、韩愈痛苦得多，近乎孤独无依饮恨吞声的哀泣。在表达这样的情感内容时，他没有像韩愈那样作大气磅礴的倾泻，也没有像杜甫那样构筑雄浑阔大的意境，而是采取比兴手法，通过景物寄寓自己高洁的人格，以芳香美物的横遭摧残来象征自己的悲剧命运。这就使得柳诗特别深沉。金代元好问说"发源谁似柳州深"，在这一点上柳诗深得屈骚遗意。而韩愈的诗歌主要作不平则鸣的呐喊，在人生晚年获非罪之罪，又遭遇家破人亡的打击，尤其是忠诚换来的却是严遣，这对一般人来说，是无法承受的生命之重，而韩愈却能够以一个真正儒家的忠贞刚毅执著的精神淡然处之。诗歌高屋建瓴，运用不对之对，观前接后，跌宕舒展，境界浑阔，力量万钧，显得大气磅礴，波翻澜卷，具有震撼人心的力量。尤其结尾的直语告白，与杜甫、柳宗元的篇终接混茫相比稍显含蓄不够，但是径气直达、雄健高古却具有杜、柳没有的新特色。

再从文学发展的角度看，柳诗继承多于创变，而韩诗则创变多于继承。虽然他们都学习杜甫，格律方面韩愈注重变化，如错综运用对仗因素，似不对而实对，还运用文法入诗，以求变化，韩诗注重一泻千里的雄浑气势，故写悲愤而犹显气概非凡壮怀激烈。而柳诗则继承了杜诗格律警严、锤炼精工的特色，讲究起承转合，主意铺垫、工对、映衬，讲究字法，如"惊风"一联，工整严谨，意象密集，含义丰富，达到了炉火纯青的境界。总体上看，柳宗元的七律在气脉的流动方面不如韩诗的酣畅淋漓，但在严密工整方面则更胜一筹。如果深究其中的原因，则体现在两位诗人对诗歌的观念方面，柳宗元是尊体派，主张严格遵守诗歌的艺术畛域，他说："文有二道：辞令褒贬，本乎著述者也；导扬讽谕，本乎比兴者也。著述者流，盖出于《书》之谟、训，《易》之象、系，《春秋》之笔削，其要在于高壮广厚，词正而理备，谓宜藏于简册也。比兴者流，盖出于虞、夏之咏歌，殷、周之风雅。""其要在于丽则清越，言畅而意美，谓宜流于谣诵也。"又说："兹二者（按：指诗和文），考其旨义，乖离不合，故秉笔之士，恒偏胜独得，而罕有兼者焉。厥有能而专美，命之曰艺成。虽古文雅之盛世，不能并肩而生。"[①]柳宗元持诗文同源异体论观点，因此反对将诗与文相互沟通，即反对将文（诗）的异质因素移入诗（文）之中，以保持诗、文各自文体的纯粹性，这与后来李清照的"词别是一家"一样是狭隘的尊体观念。实际上诗、文在各自的发展过程中有相互借鉴并进共荣的一面，赋与七古，古文与五古均有密切的联系。韩愈则通脱得多，他持"六经皆文"的观念，打通诗文的各自艺术壁垒，破体为诗，因此韩愈这首诗具有散文的典型特征，按照时间顺序，上书遭贬，前因后果，途中的迷茫瞻顾，将来的凄凉结局，一一交代，心理变化，愤激情怀，逐一展露，像浓缩的一篇贬逐记。但是，叙事、写景、议论、抒情的巧妙结合，又符合七律的格律要求，具有浓郁的诗情韵味。总体上看，韩诗能给人启发，柳诗能给人感动。从文学发展来看，韩诗为艺术提供了新

186

---

① 《柳宗元集》第二十一卷，第578页，中华书局1979年版。

的经验，具有更高的艺术价值。当然，他们二人均是在杜甫之后，能继承杜甫七律的艺术创造，在七律严整森然的格律中表现自己人生深悲巨痛而极富感染力和震撼力的重要诗人。

《别舍弟宗一》[1]

零落残魂倍黯然[2]，双垂别泪越江边[3]。

一身去国六千里[4]，万死投荒十二年[5]。

桂岭瘴来云似墨[6]，洞庭春尽水如天[7]。

欲知此后相思梦，长在荆门郢树烟[8]。

【注释】

[1]本诗作于元和十一年（816年）三月。宗一：柳宗元堂弟。[2]零落：本指草木凋零，此处形容自身遭际漂泊。黯然：心绪暗淡伤感。[3]越江：即粤江，此指柳江。[4]去国：离开京都长安。六千里：指从京城至柳州的距离。据《元和郡县志》载："岭南道柳州，北至上都四千二百四十五里。"诗中略有夸饰。[5]万死：历尽无数艰难险阻。投荒：贬逐到荒凉偏僻的远方边郡。十二年：自永贞元年（805年）贬到永州，到元和十一年恰好十二年。[6]桂岭：山名，在今广西贺县东北，五岭之一，山多桂树，故名，柳州在桂岭南。瘴：瘴气，南方山林中蒸发的一种湿热之气。[7]洞庭：洞庭湖，在湖南省北部。宗一赴江陵将途径洞庭湖。[8]荆门：即江陵。郢：春秋时楚国都城，也指荆门。

【赏析】

柳宗元于元和十年（815年）迁柳州刺史，堂弟宗一、宗直随从，六月抵达柳州贬所，七月宗直患疾而卒。第二年春天，宗一将离柳州赴江陵，柳宗元作此诗送别。

江淹《别赋》说："黯然伤神者，惟别而已矣。"道出了古今离别时人们的情感状态，但是无论怎样的离别，都似乎没有柳宗元留别堂弟柳宗一时那种特别沉痛的情感。首联运用堆垛层叠句法，直抒离别之悲：兄弟二人在柳江边抱头痛哭，执手分别。他们俩兄弟的心中积郁着深沉的痛苦，从自己一方来说，作为兄长，因自己十几年的贬谪生活，也连累弟弟们，一年前兄弟仨一起来到柳州，而宗直已经魂归了南荒，可以想见柳宗元心中是何等的伤痛和自责,又何等的无可奈何,这是不公平的命运最无情的打击啊!魂已经是"残魂"了,而又"零落"孤单。作为弟弟一方来说,既要为兄长担心,又必须独自面对前途的一切,失去兄长的呵护,只身远去仅能留给兄长一个凄然的背影,这又是怎样的伤怀啊!所以这对难兄难弟的"别泪"具有"倍黯然"且特别沉痛的感受。

次联承上写"倍黯然"的原因,兼抒迁谪之悲。"一身去国六千里",极言自身的孤独无助,远贬南国荒江,远离京城,这遥远的空间与渺小的一躯形成强烈的对照,以见悲怆;"万死投荒十二年",极言时间之久,历经千辛万苦,却难深重,更见沉郁。数字的巧妙运用形成顿荡抑扬的工对,将其一生的悲剧概括在这几个数字之中,赵臣瑗说:"一身也而至于万死,去国也而至于投荒,六千里也而至于十二年,其魂有不零落者乎?"(《山满楼唐诗笺注》卷四)算是体味出了四个数字所包含的巨大悲剧容量,也是他们兄弟分别泪流的缘由。

颈联展开联想,由越江联想到洞庭,写两地景象来慰藉离人。上句写诗人所在地柳州,说桂岭的乌云遮天盖地,像墨汁那样乌黑沉重,是象征自己黯然魂伤,襟怀抑郁深重;下句说当你春末到达洞庭湖的时候,已经是春光灿烂,春水如天的美景,水天空阔的景象象征着希望,即希望弟弟能够过上自由自在的美好生活。诗情的抑扬顿挫,无比宏阔的空间中,暗含时间的流动,在抒发自己的抑郁心境的同时,也以温暖的情怀慰藉弟弟,则更见柳宗元兄弟之间的骨肉情谊。柳宗元诗歌一方面有强烈的抑塞沉沦之悲,令人动容,另一方面又充满细腻的柔怀,给人以温暖。

尾联抒发别后相思情怀,说自己处境不好,兄弟又远在他方,今后只能寄以相思之梦,在梦境常常环绕着荆门一带的烟树。"烟"字颇能传出梦境之神。诗人说此后的"相思梦"在"郢树烟",情谊深切,意境迷离,具有浓郁的诗味。宋代周紫芝曾在《竹坡诗话》中提出非议说;"梦中安能见郢树烟?'烟'字只当用'边'字。"清代马位则认为:"既云梦中,则梦境迷离,何所不可到?甚言相思之情耳。一改'边'字,肤浅无味。"(《秋窗随笔》)近人高步瀛也说:"'郢树边'太平凡,即不与上复,恐非子厚所用,转不如'烟'字神远。"(《唐宋诗举要》)"烟"字确实状出了梦境相思的迷离惝恍之态,显得情深意浓,十分真切感人。

南宋严羽在《沧浪诗话》中说:"唐人好诗,多是征戍、迁谪、行旅、别离之作,往往能感动激发人意。"柳宗元的这首诗既叙"别离"之情,又抒"迁谪"之痛。两种情意上下贯通，和谐自然地熔于一炉，确是一首难得的抒情佳作。

《与浩初上人同看山寄京华亲故》[1]

海畔尖山似剑芒[2]，秋来处处割愁肠。
若为化得身千亿[3]，散上峰头望故乡。

【注释】

[1]本诗元和十二年（817年）作于柳州。浩初：潭州人，长沙龙安禅师弟子，与柳宗元早有交往。上人：佛教对有道德者的称呼，后用来尊称僧人。[2]海畔：岭南地近大海，故把柳州看作海边。剑芒：剑锋。[3]若为：假如能够。化得身千亿：据《翻译名义集》载："一千百亿国，一国一释迦，故召释迦牟尼名千百亿化身也。"此处化用其意。二句意为：假如我能变化成千万亿个身躯，那就可以分别登上每个耸立的山峰去看看自己的故乡了。

【赏析】

题目中的浩初上人，是长沙龙安海禅师的弟子，元和初年与柳宗元相识于永州，曾托柳宗元为其师作《龙安海禅师碑》（《柳宗元集》卷六），柳宗元再贬柳州后，浩初于元和十二年（817年）自临贺至柳州谒见宗元，柳宗元遂与他一起游山玩水，写下了这首诗，临别前又作《送僧浩初序》。在序中柳宗元称赞浩初"闲其性，安其情，读其书，通《易》《论语》，唯山水之乐，有文而文之。又父子咸为其道，以养而居，泊焉而无求。"说明浩初是一个禅学修养高深又喜爱山水且善作文的僧人，柳宗元广泛与僧人交往，据他自己讲是因为"浮图诚有不可斥者，往往与《易》《论语》合，诚乐之，其于性情奭然，不与孔子道异"（《送僧浩初序》）。因此柳宗元研读佛典又与僧人交游，他的诗文很难不受佛教的影响，这首诗无论从创作起因还是意象选择，都与佛教关系密切。

首句点题，写"同看山"所得到的印象：由于地近南海，这柳州一带的山峰尖峭陡立，山峰之间不相连属，各自独立，好像从地底下伸出一支支宝剑，那山峰就像宝剑的锋刃一样，给人一种痛刺感。这是一个新奇的比喻，也是一种内心情感的外化，只要与韩愈写桂林山水的名句"山如碧玉簪"对比，就可以看出来。韩诗以碧玉簪比喻峭拔尖耸的山峰，给人一种峻峭秀美的愉悦感，而柳诗则令人想起寒光闪闪的剑锋，给人一种尖锐锋利的刺痛感。韩愈并未去过桂州或柳州，又是送别，所以将桂林山水诗化来安慰即将远赴边郡的朋友，而柳宗元身处困顿偃蹇、逼仄愁苦之境，亲眼所见当然与韩愈的想象之境完全不同。第二句顺着"剑芒"的比喻展开联想，说这一支支好似剑刃的山峰，在这秋意浓烈的季节，仿佛处处都在切割着我的愁肠，柳宗元曾以柳江的"曲似九回肠"来比喻初到柳州时内心的痛楚，现在已经两年过去了，这种"肠一日而九回"的内心剧痛不仅未能消减，反而在与浩初看山的时候忽然变得更加强烈了。秋景虽然也触发柳宗元的内心愁苦，但并非最深层的根源。柳宗元内怀绝世才华，又禀性刚贞坚毅，志向远大，操守高尚，参与永贞革新本是为国为君革除弊政，没想到竟遭遇如此严遭，十几年过去了，始终得不到朝廷与君王的谅解和宽恕，他虽无数次向有力者祈求援手救助，但都以失败告终，这一无法理解的历史悲剧是始终困扰柳宗元最大的苦痛。第三四句照应题中"寄

京华亲故"，柳宗元的亲朋故旧大都居住在长安京城地区，外贬远郡，一方面心怀满腔的政治悲愤，另一方面则包含强烈的思亲念故的乡愁，两年前的诗中诉说"犹自音书滞一乡"的苦痛哀愁，此刻再次泛滥起来，使他突发奇想，说如果能像释迦牟尼佛那样，能够幻为千亿个化身，那我就可以散落到每一个峰顶去眺望我的故乡。尽管山峰如剑芒刺痛难忍，但是在强烈的乡愁面前，这点刺痛算得了什么，此刻没有什么东西能够减轻思乡之苦，宁可千万次忍受刀剑的痛割，也要魂归故里。诗人突出的是纵然经历着尖刺的痛苦，也要"望故乡"的不可遏制的愿望。我想京华的亲故读到这样的诗句，也一定对远在南国荒江的柳宗元抛洒一掬同情的眼泪吧！

这首绝句最有特色的地方，除了强烈的思乡情怀之外，就是运用佛教典故来抒情，前两句山如剑芒割愁肠的比喻和联想，运用了佛典，《阿含经·九众生居品》："设罪多者当入地狱，刀山剑树，火车炉炭，吞饮融铜。"另外，佛寺的壁画中有很多走刀山跨火海的画面，虽为警世向善，但在诗中却可以用来形容现实中的内心剧痛，当然与身边就是一位高僧的情况密切相关。后两句运用的佛典，不仅切合思乡主题，还拓展了诗歌的艺术境界，在弥漫着浓郁的悲愁之中，仿佛见到一片神奇的佛光普照，因此充满浓郁的佛教氛围，在佛的千万亿化身中，柳宗元内心的苦痛得到一丝慰藉和宽解。

柳诗内涵深邃,注重骨力,追求奇险境界,语言崭削很重,在这首绝句中得到鲜明的体现。

《江 雪》[1]

千山鸟飞绝[2],万径人踪灭[3]。
孤舟蓑笠翁[4],独钓寒江雪。

【注释】

[1]这首诗作于永州,是柳宗元五绝代表作。[2]绝:绝迹。[3]径:小路。[4]蓑笠翁:身穿蓑衣、头戴斗笠的渔翁。

【赏析】

柳宗元的诗以冷峭峻洁著称,《江雪》便是这种风格的代表作。这首五绝前两句写酷寒的雪境,但不直接写雪,而是以虚写实,运用夸张的笔墨,刻划千山负雪、万物皆白的雪景。"千山""万径"极写画面背景之大,以"鸟飞绝""人踪灭"的虚笔反衬渲染雪境的寒寂和肃杀。"绝""灭"是表示结果的动词,但却能显示时间的动态发展过程,表明被摄入诗中的"鸟儿绝踪,行人灭迹"的雪境之前,曾经是一个人行鸟飞的活跃世界,只是因为寒冷的大雪覆盖了山川大地,才吞噬这一切,变成如此混沌荒寒的境界,而这境界又为全诗奠定了冷峻凝重的情感基调。

这万物潜踪而似乎空无一物的雪境中,到底还有没有生命存在呢?有。诗人选取了渺小如微粒的孤舟渔翁来收聚这万象虚无的自然,使渔翁成为整个诗歌画面的生命中心,也成为诗人情感的载体。作为"离首即尾"的绝句,最难的是结尾两句,既要化景物为情思,又要开拓诗的意境,难度很大。就此诗来说,前两句已将空间扩展得无比阔大,似乎再无处置笔了,于是诗人采用紧笔收缩法,像撒网提纲那样,让无限广阔而空旷的空间,聚焦于孤舟独钓的渔翁身上,"孤""独"点明除此之外,别无他人他物;"蓑笠"一词,以实写虚,从披蓑戴笠的静态,则可以推知目下仍然雪花纷扬的情景,不写雪飞而雪态自见;同时又能寓动于静,令人想象出一顶蓑笠之外是一个飞动的大雪世界。"独钓"是写动作,但又化动为静,极写渔翁如石雕铁铸一般坚毅不动、注目寒江的情景。最后用"江雪"二字点醒题目,既呈现凄寒冷酷的氛围,又散射雪境刺眼的白亮。

从整个画面来看,天地之大与渔翁之微似乎极不相称,但却极能体现以小御大、小中见大的艺术魅力，因为此诗前两句已充分渲染了一个静寂无人的非生命世界，所以后两句只要以微小的生命轻轻一点，就能盘活整个诗境，就能吸引读者的目光，引起人们对渔翁孤舟独钓的高度关注，使诗歌"境界全出"。其实诗中还写了一群不曾出场的生命，这便是寒江水底的游鱼。虽未写出，却能从虚处呈现活跃的生命情调。正因为有那看不见的游鱼，寒江的碧波才有了灵气，有了活气，使渔翁获得独钓不倦的人生乐趣。这孤舟独钓的渔翁，那孤洁、刚毅、傲岸的精神，尽管极力收敛内聚，然而酷寒无边的雪境之中，却怎么也掩盖不住他人性的光辉。环境是冷寂凄寒的，而渔翁的心灵却是坚毅刚强的；画面是静寂无声的，但寒冰覆盖之下依然是情感溪流的波动，这便是渔翁独钓精神折射出的诗人深沉凝重而又孤傲高洁的生命情调。

艺术表现上，除虚实相生、动静相成外，还有一个特点，就是用仄韵。五绝是绝句中最玲珑剔透的小品，用仄韵是罕见的，也最难写出神韵，因为仄韵字，容易造成逼仄压抑的心理反应，不利于诗境的开拓。而此诗却用仄韵取得了意想不到的效果。"绝""灭""雪"因为逼仄造成的冷峻刻削之感，正好与雪境的氛围相合，体现出柳诗峭拔的骨力与清冷色调紧相揉合的特色，比较典型地代表了柳诗的基本风格。柳宗元怀绝世之才而不遇于时，贬斥弃置十几年而不见用。激切孤直的性格又使他成为一位执著型的诗人，而生命沉沦的巨大人生苦难，又迫使他逐渐向幽独、寂寞转化，从而给他孤直激切的性格又境添了一种深沉的悲剧色彩。古人说："诗者，天地之心也。"柳宗元正是在这雪境中发现并找回了天地之心，因而将内心的幽愤惨沮的抑郁之情，通过渔翁形象如火山一般向外喷射。因此位于画面中心的渔翁，不啻是诗人情感宇宙中的一轮太阳，他将情感的光芒线射向四方的无限寒空，让死寂的境界里产生一些光亮，给人间带来一点温暖，为诗人那破碎痛苦的心增添一些慰藉。不畏严寒坚执垂钓的精神实际上是贬谪诗人不屈不挠的悲剧精神的典型写照。景物上的内敛与情感上的外射，使诗歌的艺术意境从荒寒的雪境升华到生命勃发的情感空间，产生了含蓄凝重隽永的神韵，实现了对生命境界的超越，达到了有神无迹的审美境界。

《江雪》确实是一首深沉咏叹生命的悲怆之歌，流荡于酷寒雪境中的是不甘屈服、坚毅执著的生命之韵。

第九讲　重读白居易《长恨歌》

汉皇重色思倾国，御宇多年求不得。杨家有女初长成，养在深闺人未识。
天生丽质难自弃，一朝选在君王侧。回眸一笑百媚生，六宫粉黛无颜色。
春寒赐浴华清池，温泉水滑洗凝脂。侍儿扶起娇无力，始是新承恩泽时。
云鬓花颜金步摇，芙蓉帐暖度春宵。春宵苦短日高起，从此君王不早朝。
承欢侍宴无闲暇，春从春游夜专夜。后宫佳丽三千人，三千宠爱在一身。
金屋妆成娇侍夜，玉楼宴罢醉和春。姊妹弟兄皆列土，可怜光彩生门户。
遂令天下父母心，不重生男重生女。骊宫高处入青云，仙乐风飘处处闻。
缓歌慢舞凝丝竹，尽日君王看不足。渔阳鼙鼓动地来，惊破霓裳羽衣曲。
九重城阙烟尘生，千乘万骑西南行。翠华摇摇行复止，西出都门百余里。
六军不发无奈何，宛转蛾眉马前死。花钿委地无人收，翠翘金雀玉搔头。
君王掩面救不得，回看血泪相和流。黄埃散漫风萧索，云栈萦纡登剑阁。
峨嵋山下少人行，旌旗无光日色薄。蜀江水碧蜀山青，圣主朝朝暮暮情。
行宫见月伤心色，夜雨闻铃肠断声。天旋日转回龙驭，到此踌躇不能去。
马嵬坡下泥土中，不见玉颜空死处。君臣相顾尽沾衣，东望都门信马归。
归来池苑皆依旧，太液芙蓉未央柳。芙蓉如面柳如眉，对此如何不泪垂。
春风桃李花开日，秋雨梧桐叶落时。西宫南内多秋草，落叶满阶红不扫。
梨园弟子白发新，椒房阿监青娥老。夕殿萤飞思悄然，孤灯挑尽未成眠。
迟迟钟鼓初长夜，耿耿星河欲曙天。鸳鸯瓦冷霜华重，翡翠衾寒谁与共。
悠悠生死别经年，魂魄不曾来入梦。临邛道士鸿都客，能以精诚致魂魄。
为感君王辗转思，遂教方士殷勤觅。排空驭气奔如电，升天入地求之遍。
上穷碧落下黄泉，两处茫茫皆不见。忽闻海上有仙山，山在虚无缥缈间。
楼阁玲珑五云起，其中绰约多仙子。中有一人字太真，雪肤花貌参差是。
金阙西厢叩玉扃，转教小玉报双成。闻道汉家天子使，九华帐里梦魂惊。
揽衣推枕起徘徊，珠箔银屏迤逦开。云鬓半偏新睡觉，花冠不整下堂来。
风吹仙袂飘飘举，犹似霓裳羽衣舞。玉容寂寞泪阑干，梨花一枝春带雨。
含情凝睇谢君王，一别音容两渺茫。昭阳殿里恩爱绝，蓬莱宫中日月长。

回头下望人寰处，不见长安见尘雾。惟将旧物表深情，钿合金钗寄将去。

钗留一股合一扇，钗擘黄金合分钿。但教心似金钿坚，天上人间会相见。

临别殷勤重寄词，词中有誓两心知。七月七日长生殿，夜半无人私语时。

在天愿作比翼鸟，在地愿为连理枝。天长地久有时尽，此恨绵绵无绝期。

唐宪宗元和元年（806年），三十五岁的白居易参加制举以第七名登第被授予盩屋（今作周至，属陕西）县尉。这里离杨贵妃自缢的马嵬坡很近，十二月的一天，他与友人陈鸿、王质夫到马嵬驿附近的仙游寺游玩，夜宿寺庙，相与话及此地五十年前发生的李隆基与杨贵妃的故事，感慨良深。王质夫认为，像这样稀代罕见的事情，如无大手笔加工润色，就会随着时间的推移而湮没不闻。因此他劝白居易说："乐天深于诗，多于情者也，试为歌之，何如？"白居易心有所感，于是写下了这首包含自己婚姻理想的长诗。传奇作家陈鸿揣测白居易创作的意图，随后写了一篇传奇《长恨歌传》，认为"不但感其事，亦欲惩尤物，窒乱阶，垂于将来也"。但历代有一些学者将《长恨歌》系于《长恨歌传》之后，进而用"传"的观点来阐释"歌"，我认为这是不完全符合白居易创作原意的。至于《长恨歌》的主旨，参看后面的分析。

【句解】

汉皇重色思倾国，御宇多年求不得。

汉皇：原指汉武帝刘彻，此处借指唐玄宗李隆基。唐人文学创作常以汉喻唐。重色：喜好女色。倾国：绝色女子。汉代李延年对汉武帝唱了一首歌："北方有佳人，遗世而独立。一顾倾人城，再顾倾人国。宁不知倾国与倾城，佳人难再得。"后来，"倾国倾城"就成为美女的代称。"倾国"一词，后人读出了它的另一重意义："思倾国，果倾国矣！"御宇：驾御宇内，即统治天下。汉贾谊《过秦论》："振长策而御宇内"。

这两句讲汉皇喜好美色，想得到绝代佳人，做皇帝统治天下多年，这一愿望始终没有实现。"重色"一词微寓讽意，"求不得"中微显汉皇的遗憾心理。

开篇两句看似寻常，含义却极丰富。作为一国之君，不"重德思贤才"，却"重色思倾国"，能有什么好结果呢？只七个字，就揭示了爱情悲剧的根源，确立了全诗故事的发展方向。

　　　　　　杨家有女初长成，养在深闺人未识。

　　杨家句：蜀州司户杨玄琰，有女杨玉环，自幼由叔父杨玄珪抚养，开元二十三年（735年），十七岁的玉环在洛阳被册封为玄宗十七皇子寿王李瑁之妃。寿王母武惠妃死后，唐玄宗郁郁寡欢，看中长相酷似武惠妃的年仅22岁的杨玉环，遂命其出宫为道士，道号太真，五年后，27岁时被玄宗册封为贵妃。白居易此谓"养在深闺人未识"，与史事不合，应该是白居易有意为之，因为若按事实书写，就难免有乱伦的嫌疑，因此，所谓的纯洁爱情就会遭遇质疑。历代学者均认为是作者有意为帝王避讳，我认为唐人作诗无顾忌，似没有这个必要。

　　白居易将杨玉环写成以"处子"入后宫，并非单纯地批判李、杨的爱情，他是要让他们的爱情建立在纯洁的基础上，从而体会那一份由爱情毁灭爱情的无可奈何的感伤。

　　　　　　天生丽质难自弃，一朝选在君王侧。

　　她具有天生的美丽姿色，绝代的花容月貌，心性高傲让她不甘埋没自弃；终于等到了那一天，她被选送到了君王身边。此正是白居易《昭君怨》"明妃风貌最娉婷，合在椒房应四星"之意。这个"选"字大有深意，按《长恨歌传》的说法，杨玉环乃是高力士等人"潜搜外宫"所得，而将"搜"易"选"，其合法性得到了保证。

　　　　　　回眸一笑百媚生，六宫粉黛无颜色。

　　回眸：眼珠转动。六宫粉黛：指宫中所有嫔妃。古代皇帝设六宫，正寝（处理政务处）一，燕寝（休息处）五，合称六宫。粉黛：本为女性化妆用品，粉以涂脸，黛以描眉，此用借代手法，指六宫中的女性。无颜色：意谓相形之下，都失去了美好的姿容。

　　这两句讲她轻轻转动眸子，嫣然一笑，就生出千娇百媚；相形之下，后宫的佳丽都黯然失色。运用对比和反衬，既写出了杨玉环初次进宫时特有的惊喜，又写出了大家闺秀特有的矜持与羞怯，还带着皇宫里独具的珠光宝气，因而成为描写杨贵妃不可移易的名句，也是中国古代描写美人的名联。这里，"一"和"百"形成映衬，又和"六宫"形成对比。只"一笑"，就能生"百媚"，见出杨妃的绝代姿容和风情万种。从"一"到

"百"，再到"六宫"，展示了杨妃魅力的难以抗拒，为后文写她受到独宠作了铺垫。

春寒赐浴华清池，温泉水滑洗凝脂。

华清池：即华清池温泉，在今陕西省临潼县南的骊山下。唐贞观十八年（644年）建汤泉宫，咸亨二年（671年）改名温泉宫，天宝六年（747年）扩建后改名华清宫。天宝后，唐玄宗每年冬、春季都到此避寒。凝脂：借喻，形容女子白嫩而柔滑的肌肤，犹如凝固的油脂。

这两句讲寒冷的初春，皇帝恩赐杨妃到华清池沐浴，柔滑的温泉水浸润着她白嫩细腻的肌肤。"滑"，是华清温汤的特征，也是杨妃肌肤的特征，同时呈现出晶莹水珠与光洁皮肤交相辉映的情状。"凝脂"，出自《诗经·卫风·硕人》中的名句"肤如凝脂"。它给人的感觉，一是白净细嫩，二是光滑柔润，三是富于弹性。杨妃"丰肉微骨"，"肌理细腻"，赐浴华清池时正值青春芳龄，故以"凝脂"形容十分恰当。

侍儿扶起娇无力，始是新承恩泽时。

侍儿：服侍的宫女。新承恩泽：刚得到皇帝的宠幸。

这两句讲服侍的宫女将贵妃扶起，她显得娇弱无比，身软无力；这正是她刚刚得到皇帝宠爱的时候。"恩泽"有两意：一指皇帝的恩宠，二指云雨的欢会。写男女欢会却以丽辞含蓄暗示，是高明处。并与前面的"重色"遥相呼应。后人发挥此句作《贵妃出浴图》，是本诗最具色感的句子。

云鬓花颜金步摇，芙蓉帐暖度春宵。

云鬓：如乌云一样浓密的鬓发。金步摇：古代贵族妇女的一种首饰。以金做成"山题"（山形的底座），用金银丝屈曲制成花枝形状，上面有金、银、翡翠做的花、鸟、兽等装饰，缀以珠玉，插在头上，随步而摇曳生姿，故曰"步摇"。芙蓉帐：绘有粉红荷花的帐子。参白居易《上阳白发人》"脸似芙蓉胸似玉"，《简简吟》"色似芙蓉声似玉"等诗句，则知此处不单单写帐，而有以帐上"芙蓉"与帐里"芙蓉"相比映之意。

这两句讲乌云一般的鬓发衬托着她如花的容貌，加上华美的首饰，更显得雍容华贵，娇媚动人；芙蓉帐里，充满融融暖意，奇异的温香，她与皇帝共度这春天的良宵。

春宵苦短日高起，从此君王不早朝。

这两句讲春宵是那样的美好而短暂，仿佛一下子就到了红日高照的早晨，从此以后，君王再也不上早朝听政了。"苦短""不早朝"非常传神地写出了玄宗耽于美色、醉卧仙乡的心态。"春宵"既顶真承上，又开启下文。"春宵"之可贵，正在其短，而李、杨鱼水情迷，爱意缱绻，更觉"春宵"短促。这两句不仅写李、杨欢情浓烈，且含有色荒怠政之意。因为明君须亲躬政事，日夜操劳犹恐有失，又岂能贪娈女色而"不早朝"！当然，另一方面也侧笔虚写杨妃的美艳魅力。

承欢侍宴无闲暇，春从春游夜专夜。

她享受着君王的恩宠，侍奉君王欢宴，连一点闲暇也没有；春日随从君王游赏烟景，夜晚陪伴君王共枕同眠。据《新唐书·杨贵妃传》："太真得幸，善歌舞，邃晓音律。且智算警颖，迎意辄悟。帝大悦，遂专房宴，宫中号'娘子'。""夜专夜"指每夜由杨妃一人侍寝。这两句和上面其他几句一起，概括李、杨缠绵情状，将浓烈欢情与荒废朝政融在一起。今日之沉湎美色，正是他日"长恨"的内因。"承欢侍宴""春游""侍寝"是他们爱情的基本内容，是皇权与美女的结合，它可以是封建社会女性追求的最高目标，但似乎很难说是爱情的理想范式。

后宫佳丽三千人，三千宠爱在一身。

这两句讲后宫中有三千多美女，但君王的宠爱却集于杨妃一人身上。再次运用夸张式的对比，突出玄宗对杨妃的专宠，侧面烘托杨妃的绝世娇容。前面"回眸"一联，采用的是递升的夸张，此处用的则是递减，充分写出杨妃得宠之专、受宠之深。古代帝王专宠一妃，虽然可以显示用情专一，但也是宫怨的根源。

金屋妆成娇侍夜，玉楼宴罢醉和春。

金屋：据《太真外传》，杨玉环在华清宫所住的是端正楼，此称金屋，是用汉武帝"金屋藏娇"的典故。玉楼：装饰精美的楼阁，《十洲记》："昆仑有玉楼十二。"此指华贵的宫室。醉和春：指贵妃醉酒后，更加带着一种青春动人的美，后世名画《贵妃醉酒》即对此句加以发挥。

这两句写杨妃在华美的宫中梳好晚妆，姿态娇艳，准备侍奉君王过夜；玉楼欢宴完毕，醉意中更洋溢着青春的光彩。由"侍夜""侍宴"写"醉态之美"，而这正是君王所欣赏的美，也是获得专宠的原因之一。《长恨歌》前半部分爱用"春"字，这并不意味着李、杨的爱情生活只发生在春天，而是因为"春"意象富多重寓意：春天是百花开放、万物萌动的季节，也是鸟儿鸣春、少女怀春的季节，用"春"作为背景，李、杨的爱情就被烘托渲染得更热烈、更浪漫、更唯美。

> 姊妹弟兄皆列土，可怜光彩生门户。

姊妹句：天宝四载，唐玄宗册封杨玉环为贵妃后，追赠其父杨玄琰为太尉、齐国公；叔父杨玄珪擢升光禄卿；宗兄杨铦为鸿胪卿；杨锜为侍御史；杨钊为右丞相，赐名国忠；母封凉国夫人；大姐、三姐、八姐封为韩、虢、秦三国夫人。可谓"一人得道，鸡犬升天"。杨氏一门，出入宫廷，执掌朝政，势焰熏天。列土，即裂土，封有爵位和食邑（分封土地）。

可怜：可爱，值得羡慕。

这两句说因为杨妃的美貌，使她的姊妹兄弟都享受高官厚禄，杨家的门户闪耀着令人羡慕的光彩。这是皇权婚姻辐射的奇异光圈，可以看出这场婚姻所显示的物质利益分配的无原则性，而这一切却正是那个时代乃至今天还依然存在的社会荣耀心理。

> 遂令天下父母心，不重生男重生女。

遂：于是。不重句：据陈鸿《长恨歌传》载，当时有"生女勿悲酸，生男勿喜欢"、"男不封侯女作妃，看女却为门上楣"的民谣。

这两句说，于是让天下的父母们都改变了心愿，不重视生儿子只想生个女儿。杨妃的得宠，居然改变了根深蒂固的重男轻女的观念。白居易如此运用夸饰的手法，一方面侧面强调杨妃的尊贵美艳，另一方面则是为了显示玄宗对杨妃的宠爱至极，为后面的猛跌作铺垫。

【以上为第一段：叙写李、杨的接合过程和杨妃的专宠，为后面的悲剧埋下伏笔。】

> 骊宫高处入青云，仙乐风飘处处闻。

骊宫：即华清宫，因在骊山下，故称。

这两句说唐玄宗带着杨妃住在骊山上，骊山的华清宫，宫殿楼阁高耸入云；随风飘送着骊山上传来的音乐，又如神仙宫阙中飘落的仙乐一样，处处都能听到。杜甫《咏怀五百字》中所说的"乐动殷胶葛"正是此意。此处虽写音乐，也是写李杨爱情。因为李、杨都爱音乐并精通音乐，音乐的美妙与婉转隐含李、杨爱情的浓烈与缠绵，而渲染这快活似神仙的生活，却暗示君王已忘却了"人间"。

缓歌慢舞凝丝竹，尽日君王看不足。

缓歌：悠扬婉转的歌声。慢舞：轻舒曼妙的舞姿。凝：结合，配合。或指声音徐缓。丝竹：丝，指弦乐器；竹，指管乐器。此句指弦乐器和管乐器伴奏出舒缓的旋律。

这两句说杨妃轻歌曼舞，合着管弦音乐的节奏旋律，妙绝无双，以致皇帝整天都看不足。据《旧唐书·杨贵妃传》载："太真姿质丰艳，善歌舞，通音律。"李、杨是歌舞方面的知音，风流皇帝遇上绝代佳人，和谐融洽，爱情中有了一点高雅的内涵。白居易此处极力展现音乐和舞姿的轻舒缓慢，描写李、杨陶醉在歌舞丝竹的慢节拍的生活里，并渴望长相厮守，如果没有安史之乱，也许他们的爱情生活还是可以渐趋终老，但是耽于享乐酿造的苦酒必将由自己亲自喝下。

渔阳鼙鼓动地来，惊破霓裳羽衣曲。

渔阳：郡名，辖今北京市平谷县和天津市的蓟县等地，当时属于平卢、范阳、河东三镇节度使安禄山的辖区。天宝十四载（755年）冬，安禄山在范阳起兵叛乱。鼙鼓：古代骑兵用的小鼓，这里泛指战场上的鼓声。破：古乐舞曲中有"入破"，这里指中断。霓裳羽衣曲：唐代大型舞曲。《新唐书·礼乐志》载，开元年间，"河西节度使杨敬忠献《霓裳羽衣曲》十二遍"，经唐玄宗润色并作歌辞。乐曲着意表现虚无缥缈的仙境和仙女形象，天宝后曲调失传。

这两句陡转而下，乐极悲来，说正当玄宗和杨妃纵情声色的时候，安禄山起兵造反了，渔阳的战鼓传出了震天动地的杀声，惊断了宫中演奏的《霓裳羽衣曲》，缓歌慢舞只好匆匆收场。至此，全诗的节奏和笔调，由缠绵婉转变为劲健快捷。沉湎女色，荒废国政，终于酿成了一场巨大的历史悲剧，而这场亘古未见的时代灾难，也无情吞噬了李、杨之间建立在享乐之上的爱情。玄宗由悲剧的制造者跌入了悲剧的主人公的地位，他将喝下他亲自酿造的这杯爱情苦酒。

九重城阙烟尘生，千乘万骑西南行。

九重城阙：九重门的京城，此指长安。烟尘生：指发生战事。千乘句：天宝十五年（756年）六月，安禄山破潼关，进逼长安，玄宗带领杨贵妃等凌晨自延秋门出，向西南方向逃走，随从仅宰相杨国忠、韦见素、陈玄礼、内侍高力士及太子等人，亲王、妃主、皇孙以下，大都从之不及，可知逃亡非常仓促，"六军扈从者，千人而已"，白居易夸张说"千乘万骑"，是为了显示帝王尊严。

这两句说滚滚的战争烟尘，弥漫了京城长安，玄宗皇帝只好带着千车万骑向西南的益州方向逃跑。

翠华摇摇行复止，西出都门百余里。

翠华：用翠鸟羽毛装饰的旗帜，指皇帝仪仗队。百余里：指到了距长安一百多里的马嵬坡。

这两句说皇帝的仪仗旗帜飘飘摇摇，行进中车马走走停停，从京城西门逃出，两天才走了不过一百余里，来到马嵬坡。这两句反映出军心不稳、人心涣散，含蓄地烘托出兵变即将发生时的气氛，预示着悲剧即将上演。

六军不发无奈何，宛转蛾眉马前死。

六军：周代制度，天子六军，每军一万二千五百人，后泛称皇帝的警卫部队。宛转：形容美人临死前哀怨凄楚、无力挣扎的样子。蛾眉：本指美女的眉毛，后借指美女，此处指杨贵妃。据《资治通鉴》所载，到马嵬驿后，将士饥疲，多已愤怒。陈玄礼以祸由杨国忠起，要杀掉他。正巧吐蕃使者二十余人拦住了杨国忠，诉说饥饿无食。杨国忠还没来得及答复，军士就大呼："杨国忠与胡虏谋反！"在逃跑中，杨国忠被军士杀死。唐玄宗听到喧哗之声，出门察看情由，并慰劳军士，命令军士收队，但军士不肯响应。唐玄宗派高力士问是怎么回事，陈玄礼回答说："国忠谋反，贵妃不宜供奉，愿陛下割恩正法。"唐玄宗说："贵妃深居，安知国忠反谋？"高力士回道："贵妃诚无罪，然将士已杀国忠，而贵妃在陛下左右岂敢自安？

愿陛下审思之，将士安则陛下安矣。"玄宗只好命高力士把贵妃带到佛堂，将她缢杀。

这两句说护驾的六军不肯前行，又能有什么办法呢？在凄楚缠绵、无力挣扎之中，绝代美人杨贵妃就这样玉陨香消于马嵬坡前。

花钿委地无人收，翠翘金雀玉搔头。

花钿：用金翠珠宝等制成的花朵形首饰。委地：丢弃在地上。翠翘：一种镀成翠色的、像鸟儿翘着长尾样的头饰。金雀：指雀形的金钗。玉搔头：指玉簪。

这两句是倒装，说杨妃头上的花钿凌乱狼藉地散落地上，无人拾取；其中有珍贵的翠翘、金雀，还有玉搔头。诗人一一细数，写香消玉殒之凄情惨状，宛然如在目前。上文的"云鬓"句，虽然也是罗列静态性名词，但尾字"摇"字显示出生命的气息和娇媚的节律，与李杨热烈的爱恋是映衬着的。而"翠翘"句同样罗列静态的名词，却是散乱丢弃的状态，无半点活力，这正与杨妃之惨死相宜，与"无人收"相呼应。

君王掩面救不得，回看血泪相和流。

这两句说玄宗捂着脸不忍心看杨妃就死，但又无法相救，等到回看杨妃遗体与之诀别时候，止不住的血泪一齐交流。"救不得"是迫于军士哗变的严峻形势，"相和流"则写出了玄宗万箭穿心的心理感受，他不得不承受这天荒地变的心灵剧痛，而迎接他的将是更加凄凉的思念和孤独的悲凉。这里，一"血"一"泪"，一死一生，衬托出凄惨、痛苦、万般无奈的情状。

黄埃散漫风萧索，云栈萦纡登剑阁。

萧索：萧瑟。云栈：高入云霄的栈道。萦纡：萦回盘绕。剑阁：又称剑门关，在今四川剑阁县东北大、小剑山之间，是由秦入蜀的要道。此地群山如剑，峭壁中断处，两山对峙如门。诸葛亮为蜀相时，命人凿石驾凌空栈道以通行。

这两句描写秋风瑟瑟，卷起漫天黄尘，君臣们历尽艰辛，通过盘旋曲折、高入云霄的栈道，才登上剑阁。据历史记载，玄宗幸蜀并未经过剑门关。白居易如此虚构，意在借助剑门关的险峻，渲染一种艰辛惨沮的氛围。另外，入蜀之初在六月，七月即到达成都，一路上的真实景况也不会是"黄埃散漫风萧索"。秋天是万物凋零、生机消歇的季节，是容易引发生命凋谢的悲感。从春到秋，李、杨爱情也走向悲剧。白居易虚构路途的险峻、秋景的萧瑟，无非要突出当时动荡的时局和玄宗衰飒的心境。

> 峨嵋山下少人行，旌旗无光日色薄。

峨嵋山：在今四川峨眉县。玄宗奔蜀途中，并未经过峨嵋山，这里泛指蜀中高山。薄：稀微不明。

这两句说峨嵋山下行人稀少，太阳暗淡无光，旌旗也失去色泽。"无光"与"薄"互文，渲染气氛，以衬托人物的黯淡心境。

> 蜀江水碧蜀山青，圣主朝朝暮暮情。

这两句情景交融，蜀江的水面一片碧绿，蜀山的树木一派青葱，如此美丽的景物，却日日夜夜触动着君王的刻骨相思。上句写连绵不断的碧水青山，下句写玄宗的内心情感。以美丽的自然景色，反衬回肠荡气的相思之情。"朝朝暮暮"，用循环往复的动态变迁，衬托玄宗内心的孤寂与苦闷。

> 行宫见月伤心色，夜雨闻铃肠断声。

行宫：皇帝外出时临时居住的宫室。夜雨闻铃：栈道险要处，要拉铁索方能通过，上系铃铛，以便行人闻声前后照应。唐代郑处诲《明皇杂录·补遗》云："明皇既幸蜀，西南行。初入斜谷，属霖雨涉旬，于栈道雨中闻铃音与山相应。上（明皇）既悼念贵妃，采其声为《雨霖铃》曲，以寄恨焉。"此曲名到宋代成为著名的词牌。

这两句写玄宗在行宫里望月亮，觉得月光惨淡是一种令人伤心的颜色；空山夜雨里，听铃铛声响，觉得那是令人断肠的哀音。这两句诗运用移情手法表达出玄宗失去爱妃后凄凉欲绝、百无聊赖的心境，不直说唐明皇伤心断肠，而以悲凉之景，烘托人物的痛苦悲情，曲尽其妙。

【以上第二段：写安史之乱爆发，玄宗率领兵马仓皇逃入西南的情景，以及杨妃被逼死和玄宗对她的思念。】

> 天旋日转回龙驭，到此踌躇不能去。

天旋日转：指局势扭转过来了，暗指肃宗至德二年（757年）九月，郭

202

子仪率军收复长安，十二月唐玄宗回到长安。去时同车共载，返时阴阳两隔，再经马嵬坡下，怎能不倍感伤神？回龙驭：皇帝的车驾归来。

这两句说战乱平定后，时局好转，玄宗起驾回京，路经赐死杨妃的马嵬坡，徘徊留恋，不忍离去。

> 马嵬坡下泥土中，不见玉颜空死处。

马嵬坡：在今陕西省兴平市西，即"西出都门百余里"所指之地。不见句：不见杨贵妃，徒然见到她死去的地方。

这两句说马嵬坡下，杨妃葬身之处，空有荒凉的泥土，再也见不到她美丽的容颜。据史载，唐玄宗由蜀返回长安，途经马嵬坡葬杨妃处，曾派人置棺改葬。挖开土冢，尸已腐烂，惟存所佩香囊。一个"空"字，蕴含着唐玄宗悲哀、痛苦的回忆和无尽的思念。

> 君臣相顾尽沾衣，东望都门信马归。

信马：听任马往前走。都门：都城之门，这里代指长安。

这两句说君臣相看，都流下了伤心的眼泪，向东远望长安城，信马由缰，只好由着马儿慢慢前行。此处的东望都城只是从心理上感觉已近。即将回到失而复得的京城，本该快马加鞭，然而玄宗怅然若失，生趣全无，只因美人已去，其他一切似已无足轻重，正所谓"不爱江山爱美人"。

> 归来池苑皆依旧，太液芙蓉未央柳。
> 芙蓉如面柳如眉，对此如何不泪垂。

太液：即太液池，在大明宫内。未央：汉有未央宫。这里借指唐长安皇宫。

这四句说玄宗回到宫中，见到水池庭苑依然如故；太液池的荷花、未央宫的杨柳，还是那样楚楚动人。那荷花就像贵妃美丽的面容，柳叶就似她那弯弯的双眉，面对此景，叫人如何不伤心落泪？以乐景衬悲凉，以丽景写哀心，更增添了悲伤的程度。

> 春风桃李花开夜，秋雨梧桐叶落时。

这两句说熬过了春风拂面、桃李盛开的夜晚，却难度秋风秋雨吹打梧桐落叶的时日。上句呼应前文"春从春游夜专夜"等句，暗示李、杨昔日形影相随缠绵甜蜜的爱情；下句开启下文"西宫南内多秋草"等句，点出玄宗当前形影相吊、苦痛欲绝的处境。诗人以时光和景物烘托人物的思想感情，把秋天与春天进行近距离对接，李、杨前后境遇的大起大落、大喜大悲，给人更强烈的心灵震撼。后句为元杂剧《唐明皇秋夜梧桐雨》所取。

西宫南内多秋草，落叶满阶红不扫。

西宫南内：皇宫之内称为大内。西宫即西内太极宫，南内为兴庆宫。玄宗返京后，初居南内。上元元年（760年），宦官李辅国假借肃宗名义，胁迫玄宗迁往西内甘露殿，实际上是幽禁，并流贬玄宗亲信高力士、陈玄礼等人。

这两句说西宫、南内到处都是枯黄的秋草；台阶上落满了红叶，却无人清扫。这两句用凄凉的气氛、环境，烘托出玄宗居处的荒凉冷落和后期生活的痛苦孤独、百无聊赖。其中突出的衰草意象，和人物的心情是对应的，同时暗示了被隔离的处境。

梨园弟子白发新，椒房阿监青娥老。

梨园：唐玄宗时宫中教习音乐的机构。开元二年，选坐部伎子弟三百，唐玄宗亲自教法曲，号为"皇帝弟子"；因院所靠近禁苑的梨园，故又称"梨园弟子"。椒房：后妃居住之所，以椒和泥涂壁，取其温暖，兼辟除恶气，使有香气。后亦以"椒房"为后妃的代称。阿监：宫内近侍之女官或太监。青娥：年轻的宫女。

这两句说梨园弟子和椒房的宫女太监们都新添了白发，一个个容颜衰老。从杨妃死到玄宗返长安，再到迁居西宫，头尾不过两年多时间，玄宗却仿佛度过了一段漫长的岁月，这恐怕是心理距离在其作用，因为无穷无尽的思念，使得玄宗度日如年，极见玄宗晚年的孤独悲凉。"梨园弟子"、"椒房阿监"，都是承平时李、杨生活的见证者，而今忽然都垂垂老矣。时间流逝、人事变迁的今昔之慨，已意在言外。

夕殿萤飞思悄然，孤灯挑尽未成眠。

孤灯挑尽：古时用油灯照明，为使灯火明亮，过了一会儿就要把浸在油中的灯草往前挑一点。挑尽，说明夜已深。【按，唐时宫廷夜间燃烛而不点油灯，此处旨在形容玄宗晚年生活环境的凄苦。】

这两句说夜晚的宫殿中流萤乱飞，玄宗愁闷无语，默默相思；唯有一盏孤灯相伴，灯草挑尽了却仍然辗转难眠。"夕"为时间意象，黄昏最易引发人的思念与哀愁。"殿"为空间意象，其空旷又使人产生强烈的孤独感。"萤"指萤火虫，古人认为是腐草所化，所聚之处多为荒芜冷落之地。萤火虫的微弱光亮与无边的暮色形成强烈的对比，使本已空旷的大殿更觉昏暗。就在这一片昏暗中，惟有孤灯与萤火两种孤寂的微光，更加烘托出环境的凄凉。"孤灯"，除了表示数量意义之外，还带有一层情感色彩，实指孑然一身、形影相吊的玄宗。有人曾批评这两句描写不真实，说皇帝还要自己挑灯吗？宫廷都是燃烛，还点灯吗？我认为白居易这样写，虽未必符合历史的真实，却符合表达情感的真实，他是要把玄宗作为一个普通人来刻画，通过这样的细节极力描写他的孤独感和对杨妃的思念。也许玄宗除了思念杨妃，或许还回味一去不复返的辉煌，也许在后悔自己过去的荒淫，回忆与杨妃在一起的甜蜜生活，总之，想起过去的一切，以及弄成这样一塌糊涂、一片凄凉的种种复杂原因……思念、悔恨、追忆、无奈交织在一起，令人揣想，百感丛生。

205

迟迟钟鼓初长夜，耿耿星河欲曙天。

迟迟：迟缓，是说报更的钟鼓拖得很长才响起，这是不眠人的自我感觉。钟鼓：报时的工具，即晨钟暮鼓，早晨敲钟报告黎明的到来，夜晚击鼓宣告暮色的降临。初长夜：意为漫漫长夜刚刚开始。耿耿：明亮之意。星河：银河，银河在即将天亮时愈显明亮，这是不眠人所见。

这两句说从夜晚到天明，感觉时间过得非常慢，非常难熬，报更的钟鼓仿佛总是来得很迟，可是听到姗姗来迟的鼓声之后，才是黑夜的开始，而这又是长夜漫漫何时旦的煎熬啊，眼睁睁地等待黎明的到来，可是那星河总是明亮地闪烁，何时才能迎来旭日临窗啊！这两句刻画玄宗转辗难眠的内心痛苦非常传神。上句照应上文"夕殿"句，下句照应"孤灯"句。一早一晚，暗示玄宗无时无刻不在思念杨妃。

鸳鸯瓦冷霜华重，翡翠衾寒谁与共。

鸳鸯瓦：屋顶上俯仰相对合在一起的瓦。霜华：霜花。翡翠衾：绸缎上面绣有翡翠鸟的被子。谁与共：与谁共。

这两句说房顶的鸳鸯瓦上，结了一层厚厚的白霜，令人胆寒；温暖的翡翠绣被，因孤寂独眠，犹同冰窟。这两句是形容玄宗失去贵妃后的孤独、凄楚与悲伤。"鸳鸯瓦"，一俯一仰，相合成对，如鸳鸯双栖；"翡翠衾"，翡翠鸟雌雄双飞，也象征着爱情。白居易在作品后半部分往往明里暗里把李、杨境遇前后进行对比。李、杨相亲相爱之时，"芙蓉帐暖度春宵"；爱情失落之后，"翡翠衾寒谁与共"。一"暖"一"寒"，是自然界的变化所致，更是人心理变化的感受。

> 悠悠生死别经年，魂魄不曾来入梦。

经年：唐玄宗于天宝十五载（756年）六月离长安奔蜀，次年十二月回长安，历经一年半左右。

这两句说生离死别已经一年多了，但是杨妃的魂魄从来不曾进入梦中。思念至极，梦中相见也能略微宽慰，然而这样的期待依然落空。这样的痛苦真是到了无以复加、心碎欲绝的地步。语调酸楚，饱含浓重的抒情，为下文做好了铺垫。

【以上第三段：描写回京后玄宗对杨妃的苦苦思念。】

> 临邛道士鸿都客，能以精诚致魂魄。

临邛句：有个从临邛的道士来长安作客。临邛：今四川邛崃县，是唐代道教盛行的地方。鸿都：东汉都城洛阳的宫门名，这里借指长安。致魂魄：招来死去者的亡魂。

这两句说有一位临邛的道士客居长安，能因为思念的精诚招回亡灵的魂魄。"临邛"，今四川邛崃县，司马相如与卓文君生活的地方。把道士说成是临邛的，除四川为道教发祥地外，还可能以司马相如与卓文君的爱情故事隐喻李杨故事。这两句与上两句联系紧密，言活人已不可见，期之以梦，而梦中相逢也希望渺茫，真可谓"山穷水复疑无路"，但道士说精诚所至金石为开，能召回魂魄，岂不是"柳暗花明又一村"？以下展开的完全是传奇式的虚幻世界描写，这说明白居易创作《长恨歌》受当时盛行的传奇小说的影响，其弟白行简就是当时著名的传奇作家。

> 为感君王展转思，遂教方士殷勤觅。

展转思：辗转反侧的思念。遂：于是。教：让。方士：有法术的人，这里指道士。殷情：努力，尽力。

这两句说临邛道士被玄宗的辗转思念所感动，因此接受了请托，让手下的道士努力去寻找杨妃的灵魂。"展转思"总结上文"黄埃"以下三十二句所写思恋杨妃的情状。

> 排空驭气奔如电，升天入地求之遍。
> 上穷碧落下黄泉，两处茫茫皆不见。

排空驭气：即腾云驾雾。穷：穷尽，找遍。碧落：即青天。黄泉：指地下。

这几句描写法术，说道士腾云驾雾，疾驰如闪电，几乎一切地方都寻找遍了。结果，上腾九天，下入黄泉，两处都渺渺茫茫，没有踪影。这是描写"殷勤觅"的情景。"碧落"，指道家所称的东方第一层天，为碧霞满空状，这里泛指天上。"黄泉"，人死后埋葬的地穴，借指阴间。"两处"与"皆"、"茫茫"与"不见"相互作用，加强了否定的绝望语气。为表现道士行动的积极卖力，诗人运用了繁密的动词"排""驭""奔"和"升""入""求"等，仿佛煞有介事似的，其实在明眼人看来显然是骗局，而对玄宗来说却是巨大的精神安慰。

207

> 忽闻海上有仙山，山在虚无缥缈间。

缥缈：形容隐隐约约，若有若无。

忽然听说东海之上有一座仙山，坐落在虚无缥缈的幻境中，或隐或现，若有若无。"虚无缥缈"是一个心造的幻影，这个词本身就否定了"仙山"的存在，在诗中倍增神秘的传奇气氛，以慰藉玄宗苦痛的心灵。从章法来看，在寻觅的希望即将破灭之际，接以"忽闻"，使诗歌的叙述陡起波澜。

> 楼阁玲珑五云起，其中绰约多仙子。

玲珑：华美精巧。五云：五彩云霞。绰约：体态轻盈柔美。

玲珑的楼阁上，萦绕着五色祥云，其中有很多轻盈美妙的仙子。由"忽闻"转入肯定性叙述，描写那些仿佛真实存在的"玲珑""楼阁"和楼中"仙子"，使诗境真幻交织、曲折有致，并伴随着一份令人期待的惊喜。

> 中有一人字太真，雪肤花貌参差是。

太真：杨玉环为道士时的道号。参差：仿佛，差不多。

在众仙之中，有一位名叫太真，她的肌肤似雪，容貌如花，仿佛就是当年的杨贵妃。"参差"一词颇具意味，既让你相信就是贵妃，又故意模糊，自扫痕迹，让人疑惑，白居易善于拿捏读者心理。

金阙西厢叩玉扃，转教小玉报双成。

金阙：金碧辉煌的神仙宫殿楼阁。叩：叩击。玉扃（jiōng）：玉石做的门。转教句：意谓仙府庭院深深，须经辗转通报。小玉：吴王夫差小女，死后成仙。双成：传说中西王母的侍女。这里都是杨贵妃在仙山的侍女。

这两句说方士在金阙西厢旁边，轻轻叩响玉门，请求侍女小玉、双成速去转告太真。将仙境描写得就像当年的皇宫一样。

闻道汉家天子使，九华帐里梦魂惊。

九华帐：纹饰华美的帐子。九华：重重花饰的图案。

这两句说杨妃听说汉家天子派来了使者，正睡在九华帐里的她从梦中猛然惊醒。"惊"，既指杨妃由梦而醒，也意指方士的突访出人意料，还包含惊异、惊叹、惊奇等一系列复杂情感。

揽衣推枕起徘徊，珠箔银屏迤逦开。

珠箔：珍珠编成的门帘。银屏：镶嵌银丝花纹的屏风。迤逦：曲曲折折，接连不断的样子。

这两句紧接着梦魂惊而来，写了一连串的动作，前一句写了四个动作：她一睁开眼就急忙把松散的衣服弄好，一个下意识的"揽"字显示了匆忙，一个"推"字显示了急切，"起"，指起床了，可起来之后忽然停止了，在房间短暂"徘徊"起来。这是为什么？因为消息来得太突然，几乎使她疑惑是梦，又因为经过长期痛苦的相思，忽然来了使者，悲喜交集，因而不知所措，感到茫然，但很快作出了决定，于是激切地冲出了房间，珠箔银屏一个接一个打开了。通过一连串的动作描写，传神地写出了太真复杂而强烈的心理活动过程，足以抵挡前面所写玄宗那一大篇的思念。

云鬓半偏新睡觉，花冠不整下堂来。

新睡觉：刚睡醒。觉，醒。

她发髻半偏，刚刚睡醒，等不及梳洗打扮，甚至顾不上扶正花冠，便急急忙忙走下堂来。"新睡觉"呼应上文"九华帐里梦魂惊"。"下堂来"呼应上文"珠箔银屏迤逦开"。"半偏""不整"两词表现杨妃急切的心情。

风吹仙袂飘飖举，犹似霓裳羽衣舞。

袂：衣袖。举：扬起。

这两句说因为走得快激起了风，风吹动她的衣袖，衣袖飘飘而起，似乎仍是当年跳"霓裳羽衣舞"时的舞姿，妙绝动人。这样写既符合仙人的特征，又突现了她的仙姿艳质之美，同时又回应了前面的内容。诗人借助想象，让杨妃的形象在仙境中重现当年的风采，但玉体香消，魂魄登仙，永恒的美丽，也难以掩饰人世变迁的哀伤。

玉容寂寞泪阑干，梨花一枝春带雨。

玉容寂寞：此指神色黯淡凄楚。阑干：纵横交错的样子，这里形容泪痕满面。

这两句再次传神地描写杨妃的肖像：她那美丽而洁白的脸庞上带着寂寞而凄凉的神色；满面泪痕，就像一支鲜艳而孤寂的梨花带着春雨。前一句是精确的描摹，后一句是绝妙的比喻，这两句具有高度的浓缩性。"玉容"映照"梨花"，均取白皙之意，由于梨花色白经不住晚春风雨，诗人用它象征不幸而哀伤的女性。"寂寞""泪阑干"和"春雨梨花"的比喻，将杨妃与玄宗生离死别后的全部深情的思念表露无遗。颇似宝玉挨打后黛玉的表情——两只眼睛像两个桃子一样，黛玉的伤心落泪正是她深爱宝玉的明证。这里将杨妃对玄宗的一往情深、至死不渝的精神和心理表现得绝妙传神。

含情凝睇谢君王，一别音容两渺茫。

凝睇：凝视。谢：告谢，让方士转告。音容：声音容貌。

这两句说她带着深情，目光专注地凝视着使者，再三请道士转谢君王，诉说着与玄宗一别以后音容渺茫的惆怅。"两渺茫"，指李、杨仙凡永隔，空有相思而不得相见。"两"与"一"相互映衬，分别加强"别"和"渺茫"的效果。"一别"句以下，把作者的叙述与故事中人物的叙述结合在一起，用双声更好地唤起读者情感上的共鸣。

> 昭阳殿里恩爱绝，蓬莱宫中日月长。

昭阳殿：原为汉成帝宠妃赵飞燕的寝宫，此借指杨贵妃住过的宫殿。蓬莱：传说中的海上仙山，这里指贵妃在仙山的居所。

这两句说往昔在大唐宫殿中欢爱的日子已经一去不复返了（人间的夫妻恩爱已经断绝），现在只能独自在蓬莱仙宫中度过这漫长而寂寞的岁月。天上的寂寞照应人间的悲凉，以一种虚幻与真实相结合的笔墨写出了玄宗与杨妃之间天上人间、仙凡永隔的悲剧爱情。上句对过去的爱情做了个总结，"绝"字凝重而断然；下句则一笔写入无限的未来，"长"字悠远而凄绝。爱情属于短暂的过去，未来将是无尽的孤寂。

> 回头下望人寰处，不见长安见尘雾。

人寰：人间。

210

杨妃回过头来，向下看人间，看不见人间的繁华长安，只能见到一片浓密的尘雾。这两句写杨妃平日思念玄宗而仙凡路隔、不能相见的情景，不是说话时的情景，为开启下文着笔。长安既不得见，相会自然更无因缘，于是才有聊寄信物以表深情的描绘。

> 唯将旧物表深情，钿合金钗寄将去。

旧物：指生前与玄宗定情的信物。钿合：用金银宝石镶嵌的盒子，一盖一底，一共两扇。金钗：黄金打造的发饰。二者都是她与玄宗结婚时的纪念品。寄将去：托道士带回。

这两句说只有用过去结婚时还留下的旧物来表达深情，托使者将钿合金钗给君王寄还回去。

> 钗留一股合一扇，钗擘黄金合分钿。

钗留二句：把金钗、钿盒分成两半，自留一半。擘：分开。合分钿：将钿合上的图案分成两部分。

两句说金钗留下一股，钿合留下一扇，合上面镶嵌着花饰，这些花饰也不得不分开了。钿合与金钗，虽是旧物饱含深情，但也有象征意义，因为这两物都是合之则双美，离之则两单。既提醒君王要铭记过去恩爱的甜蜜时光，强调自己对爱情的坚贞不渝，同时也暗示他们的爱情也像这钿合金钗一样，永远难以圆满了。

<blockquote>但教心似金钿坚，天上人间会相见。</blockquote>

只要两人同心，如金钿一样牢固，天上人间虽阻隔重重，但总会有重相见的那一天。因为钿合与金钗已经掰开了，难以重新匹配相合，明明是永远没有相见之机会，而杨妃却仍然相信只要两心坚贞，还能够再次相见，使悲剧爱情有了天上人间之感。不写成"钿盒"而用"钿合"，也许还有相合、相会之意。以物之两半相合喻夫妻和谐，或以两半之分喻两情悬隔，金钗、钿盒原是完整的两件东西，如今一分为二。一方面，是表示爱情的地久天长；但另一方面，也意味着永无复合的可能。这象征李、杨再次结合的期望永无实现的可能，有反讽效果。

<blockquote>临别殷勤重寄词，词中有誓两心知。</blockquote>

殷情：郑重。重：再次。

杨妃与使者临别的时候，很郑重地再次托使者把话带给君王，在所捎的话中有一段是当年李、杨两人定情时所发的誓言，这只有他们两人心里才知道。据说这是使者要求的，因为只有带回他们二人的私密誓言，才能让玄宗相信使者真的见到了杨妃的灵魂，这又是白居易别出心裁的虚构。

<blockquote>七月七日长生殿，夜半无人私语时。

在天愿作比翼鸟，在地愿为连理枝。</blockquote>

长生殿：在骊山华清宫内，天宝元年造。按"七月"以下六句为作者虚拟之词。陈寅恪《元白诗笺证稿·长恨歌》云："长生殿七夕私誓之为后来增饰之物语，并非当时真确之事实……玄宗临幸温汤必在冬季、春初寒冷之时节。今详检两唐书玄宗记无一次于夏日炎暑时幸骊山。而所谓长生殿者，亦非华清宫之长生殿，而是长安皇宫寝殿之习称。如果真有这样的事，应发生在'飞霜殿'，但此殿不符合爱情的长久与火热，故当改为长生殿。"比翼鸟：传说中的鸟名，只有一目一翼，其名鹣鹣，雌雄并列，紧靠而飞。连理枝：两棵树枝干连生在一起。古人常用此二物比喻情侣相爱、永不分离。

有一年七月七日牛郎织女相会的夜晚，我们在长生殿上，夜深人静时，两人曾山盟海誓：在天上愿作相依双飞的比翼鸟，在地上愿作相生相缠的连理枝。

> 天长地久有时尽，此恨绵绵无绝期。

恨：遗憾。绵绵：连绵不断。

这两句是作者超越全诗的总结性议论，说即使像天地这样长久的东西恐怕都会有穷尽的时候，而这种爱情上的创伤，这种生离死别的绵绵长恨，却永无断绝的时候。最后两句概括性的点明"长恨"，表现了玄宗对杨妃的爱情誓言不能实现的千古遗恨。

【评析】

中国古代爱情诗中的爱情悲剧根源大致有两种类型：一是男子的喜新厌旧，"二三其德"，导致婚姻的破裂，如《诗经·氓》；二是由于封建家长制的野蛮干涉、阻挠扼杀，导致相爱而不能终老，如《孔雀东南飞》。但是，《长恨歌》超越了这两类题材，显示出它的独特性，婚姻的主体一为开创了大唐盛世、体貌丰伟，拥有无比的财富和无上权威的唐明皇李隆基，一为色倾天下、唐朝推为第一美人的贵妃杨玉环。如果没有安史之乱，他们很可能恩爱终老，但遗憾的是一场历史巨变，既让恢宏灿烂的盛世转眼化成烟云，也让他们美满的婚姻走到了尽头。他们是悲剧故事的主人公，又是悲剧的制造者。没有人能够干涉、毁灭他们的婚姻，只有他们自己。在那特殊的历史时刻，这个婚姻必定要走向毁灭，体现了悲剧的必然性，因为它与时代的巨变紧密相连。由此也可以看出，不可能存在超越现实纯粹理想化的婚姻爱情。下面就相关问题探讨解析《长恨歌》这首著名的描写爱情悲剧的诗歌。

一、关于《长恨歌》主题的讨论

中国古代诗歌发展到唐代，进入黄金时期，为后人留下了一部煌煌五万余首的《全唐诗》，其中《长恨歌》就是名篇巨制之一。古人阅读诗歌，提出"诗有达诂"之说，即总要千方百计探索诗歌的本事和主旨，认为只有这样才算有所得，才算真正读懂了。而诗歌作为心灵世界情感运动的精神产品，作家创作的时候，虽因某一具体情境引发诗兴，但是写成之后，往往难详端绪，就连作者也未必说得清诗歌的主旨是什么，因此又有人提出"诗无达诂"之说，并认为只有内涵丰富、难以确指的诗歌才是真正经得起咀嚼的好诗。我认为都有道理，因此怎样来"诂"这《长恨歌》呢？就需要我们以一种开阔的视野、通脱的胸襟、辩证的观点来研读它，千万不能以偏概全，当然也不能肆意拔高。

（一）讽刺说的依据及其缺陷

解读《长恨歌》的历代文人几乎都认为，该诗的主旨是讽刺，因为古人读诗总爱与历史情事相联系以诗证史，何况《长恨歌》所写的正是盛唐顶峰阶段突然遭遇安史之乱的历史事实，出于总结历史经验教训的心里愿望，于是就从《长恨歌》里读出了历史。应该说，《长恨歌》因为题材的特殊性，尽管在唐代很流行，但是此后却一直处于沉默状态，明人高棅的《唐诗品汇》选录白居易的《琵琶行》而黜落《长恨歌》，理由是"格极卑庸，词颇娇艳；虽主讥刺，实欲借事以骋笔间之风流。"[1]可以看出明人对《长恨歌》的基本态度。另一个明人唐汝询则更具体地说："此讥明皇迷于色而不悟也。始则求其人而未得，既得而爱幸之，即沦惑而不复理朝政矣。不独宠妃一身，而又遍及其宗党，不惟不复早朝，益且尽日耽于丝竹，以致禄山倡乱。乘舆播迁，帝既诛妃以谢天下，则宜悔过，乃复辗转思，不能自绝。至令方士遍索其神，得钿合金钗而不辨其诈，是真迷而不悟者矣。吁！以五十年致治之主，而一女子覆其成功，权去势诎，而以忧死。悲夫！女宠之祸，岂浅鲜哉！"[2]此后，论《长恨歌》主讽刺说者，大体以唐汝询的论点为中心。如沈德潜《唐诗别裁集》卷八对《长恨歌》总评说："此讥明皇之迷于色而不悟也。以女宠几于丧国，应知从前之谬戾矣。乃犹令方士遍索，而方士因得以虚无缥缈之词为对，遂信钿钗私语为真，而信其果为仙人也。天下有妖艳之妇而成仙人者耶？诗本陈鸿《长恨传》而作，悠扬旖旎，情至文生，本王、杨、卢、骆而又加变化者矣。"[3]沈德潜《唐诗别裁集》选录《长恨歌》，表现出他不同于高棅的文学观念，但他的评语显然具有对皇帝劝谏的意图。而作为皇帝的乾隆又会怎样看呢？他的《唐宋诗醇》对《长恨歌》的总评说："从古女祸，未有盛于唐明皇者。践祚覆辙匪远，开元励精，几至太平。天宝以后，溺情床第。太真

---

① 转引自陈伯海等《唐诗汇评》（中册），第2104页，浙江教育出版社1995年版。

② 转引自乾隆《唐宋诗醇》（中册），第177页，春风文艺出版社1995年版。

③ ［清］沈德潜《唐诗别裁集》（上），第262页，上海古籍出版社1979年版。

潜纳，新台同讥，艳妻煽处，职为厉阶。仓惶播迁，宗社再造，幸也。姚宋诸贤臣辅之而不足，一太真败之而有余。南内归来，倘返而自咎，恨无终穷矣。遑系心于既殒倾城之妇耶？长恨一传，自是当时傅会之说，其事殊无足论者。居易诗词特妙，情文相生，沉郁顿挫，哀艳之中，具有讽刺。‘汉皇重色思倾国’、‘从此君王不早朝’、‘君王掩面救不得’，皆微词也。‘养在深闺人未识’，为尊者讳也。欲不可纵，乐不可极，结想成因，幻缘奚罄，总以为发乎情而不能止乎礼义者，戒也。”①则有自戒之意。清代后期的陈婉俊在补注蘅塘退士《唐诗三百首》时说："思倾国，果倾国矣。欲而得之，何恨之有？"②似乎表现出对女性那种交织着讥讽和同情的意味。

这些说法，归结到一点：都是以诗证史。认为白居易是在创作一首具有讽谏意义的史诗。理由是：诗的开篇就说"汉皇重色思倾国"，讽刺玄宗"重色"，接着写玄宗因为迷恋美色而"不早朝"，荒废朝政；更严重的是，因宠幸杨妃而对杨氏一门滥赐封赏，加速了朝政窳败，最后导致"渔阳鞞鼓动地来"的恶果；杨妃死后，玄宗仍然执迷不悟，辗转思念不能自已，还让方士去寻觅杨妃的魂魄，受了方士的欺骗而不自知。总之是"生亦惑，死亦惑"，结尾的"长恨"实际上是讽刺玄宗自己种下的长恨。

讽刺说的另一个兵锋是指向以杨贵妃为代表的"红颜祸水"论，将"倾国"的罪过都记在杨贵妃头上，而最坏的根源——皇帝——则只需要从中引以为戒。这显然是更不合理的，在唐明皇的晚年，几乎不理朝政，宰相李林甫专权十几年，本该在宰相厅处理的政务都全部在宰相府办结，而他的继承者杨国忠更是贪婪成性，身兼数十个使节头衔，凡是能弄钱的差使，几乎都是他兼着，也是他与安禄山明争暗斗、相互倾轧，最终演变成一场巨大的历史灾难。这些都是人们熟悉的历史事实，但是《长恨歌》真的是要讥讽吗？持讽刺说者，显然忽略了杨贵妃"宛转蛾眉马前死"之后的故事情节，在逃亡四川的栈道上，玄宗对贵妃的思念，正是他先前宠爱贵妃的合乎逻辑的延伸；马嵬坡兵变时，玄宗无法挽救贵妃，让她独自承担他们两人而且主要是他自己的罪责，这一点在玄宗心灵上留下难以医治的创伤，也是返回长安之后辗转难眠的根由。如果把这样真挚的思念，也要硬说成是讽刺，显然有点难以自圆其说。还有仙山寻觅灵魂的情节，讽

214

---

① [清]乾隆《唐宋诗醇》(中册)，第174页，春风文艺出版社1995年版。
② [清]陈婉俊《唐诗三百首(补注)》第三卷，第13页，中华书局1959年版。

刺说者认为是玄宗明知受方士欺骗而不悟，显然他们忽视了这一部分的"在天愿为比翼鸟，在地愿为连理枝"这一富于现代观念的爱情誓言的存在，把这个也当成讽刺，更是难以服众的。

总之，讽刺说者的主要缺陷是不能跳出历史的圈圈来理解《长恨歌》，按照历史的真实来解释这首诗，显然根据不足。有一个很好的例子正好可以来跟《长恨歌》对照，就是晚唐郑嵎的《津阳门诗并序》（参后面讲解），郑诗确实是讽刺的，主题绝对不会模糊，因为它完全按照历史的真实面貌来描写叙述，且诗中加入了作者的四十条"自注"，从头到尾都是提供历史经验教训，而《长恨歌》则不是这样，至少还可以从其他层面或角度来理解。

（二）双重主题说的困境

也许是看到了《长恨歌》中描写真挚情感方面的重要内容，也许是觉得讽刺说不能涵盖《长恨歌》的主要倾向，因此人们又提出"双重主题"说，认为前面是讽刺，后面则是对李、杨爱情悲剧的同情，对他们真挚专一的爱情加以歌颂。这种说法其实是对陈鸿《长恨歌传》的发挥，陈鸿认为"意者不但感其事，亦欲惩尤物，窒乱阶，垂于将来"，这里"感其事"就是为李杨的悲剧故事所感动，即带有同情倾向。后来金性尧在《唐诗三百首新注》中说："诗以喜剧开始而转入悲剧。在政治上是讽刺的，在爱情上却是歌颂的。正因为这样，作者原来的创作意图，即《长恨歌传》中说的'意者不但感其事，亦欲惩尤物，窒乱阶，垂于将来也'这一政治上的效果，就被削弱甚至破坏了。大概作者对玄宗后期的荒淫生活，即史家所谓'天宝夺明'是不满的，对杨氏兄妹的弄权乱政更是痛恶，但对杨贵妃被缢杀的结局，以及玄宗由此而引起的种种痛苦屈辱，却是同情的，而诗歌尤须通过较强的抒情手段，于是写作的结果，便形成了主题思想上的矛盾。"[①]这种说法看似周全，但只能是对白居易创作意图的一种猜测，还是建立在天宝乱政的历史背景上，而且忽略了一个基本事实，即《长恨歌传》并非作于《长恨歌》之前，因此，我们不能以传的主题来强行解释歌的主题。尽管伟大作品都具有主题多重性的特点，难以指实，但是多中心就是无中心，即是说，持双重主题说者，难以走出和稀泥的阐释困境，因此对《长恨歌》主题的理解不能纠缠在历史与艺术之间，必须另辟蹊径。

---

① 金性尧《唐诗三百首新注》，第106—107页，上海古籍出版社1980年版。

（三）歌颂真挚专一爱情说

上世纪80年代以来，随着"拨乱反正"的展开，学术界也恢复了应该有的科学态度，对《长恨歌》主体的理解，就表现出依据艺术作品本身来解读作品的倾向，人们认为这首诗是描写并歌颂李、杨生死不渝爱情的，对其悲剧是同情的，对他们的爱情是赞美的，即使诗句的某些地方含有讽刺内容，但并不妨碍对爱情主题的表达。其理由如下：首先，从作者正面描写李、杨爱情的绝大部分篇幅中，流露的感情倾向是同情赞美而不是讽刺；其次，从作者对历史题材的取舍改造以及诗中对具体材料的安排处理来看，所要突出的是这份爱情的生死不渝和这种悲剧值得同情赞美的方面，而不是历史上李、杨真实关系应该批判否定的方面。持这种观点者要求区分历史真实与艺术真实的辩证关系，即要求从艺术品本身来探究其主题，因为艺术并不完全等同于历史。认识和评价《长恨歌》会遇到一个问题：应该从历史出发，还是从艺术出发？因为这首诗所写的人物唐玄宗、杨贵妃是历史上真实存在的，所以论者往往拿对历史上这两个人物的评价，去代替对艺术中两个人物的评价。这种方法，如果在历史人物与艺术人物一致的情况下是可以的，但《长恨歌》里的李、杨却和历史人物的实际情况很不相同。也就是说，历史和艺术之间并不一致。从历史出发，对李、杨之间的关系，一般只能是批判的，因为唐玄宗宠爱杨贵妃，荒废了朝政，跟安史之乱爆发有必然的关系。所以顺着历史这条路去评价，只可能有这样的结论：要么认为它是同情李杨爱情悲剧而对这首诗加以否定，要么认为它对李杨是批判讽刺的而对这首诗加以肯定。但是问题的复杂性在于，《长恨歌》跟历史的距离又特别大。它描写的是一个爱情悲剧，而不是历史悲剧。李、杨在《长恨歌》中所扮演的爱情场面，跟他们原来在实际生活中的历史场面，很不一样。这样，要是从历史出发，便不免要歪曲和误解这首诗。我们只能从艺术本身，从《长恨歌》所塑造的李、杨形象本身出发，即从作品的具体故事情节出发。

其次，从同情与讽刺的倾向来看，尽管艺术有自己的独立性和自由，但由于题材和情节发展需要，《长恨歌》不能不写到杨妃生前玄宗对她的宠爱，而要把宠爱写得像宠爱样子，就不可能不带有讽刺味道。可是看到和承认讽刺，是否就说明本诗主题是讽刺？我们认为主要是看讽刺占什么地位：讽刺部分是安史之乱之前的描写，只占全篇的三分之一，而更多的篇幅在写他们的生死离别。如果主要是为了讽刺，则可以毫不留情地写夺取儿媳的乱伦秽行，而不须说成"杨家有女初长成""一朝选在君王侧"，这种改动是为了不从根本上损害人物和他们之间的爱情；更无须回避史实，若重点在于讽刺，李、杨纵情淫乱导致安史之乱及安史之乱带来的后果，就可以大书特写，但诗中写安史之乱只是轻描淡写地说"渔阳鼙鼓动地来，惊破《霓裳羽衣曲》"，似乎这场大动乱只惊破了李、杨的美满爱情生活，其他毫无损伤，这显然表明作者的用意根本不在讽刺李杨的荒淫误国，而是要同情并赞美他们的爱情，是尽可能地为他笔下的两位爱情悲剧的主人公，从政治、道德上进行净化的。

的确，像讽刺说论者列举的那些诗句，确实是含有批评的，但这种批评的角度和限度是有限的，不是从李杨的这些行动如何导致误国、给国家和人民带了巨大灾难的角度，而是从这些行为如何导致了他们自己的爱情悲剧这个角度去批评。从作品的具体描写看，作者的意思是：李对杨的宠爱爱得太过分了，他们太有点"爱情至上"了，因此反而使他们尝到了过分的爱所酝酿的苦果。这样一种批评当然是极其有限，既不构成对他们的政治批判，也不影响对他们爱情专一强烈的描写，而且正是描写他们爱情专一强烈的一种方式，如："春宵苦短日高起，从此君王不早朝"，写出玄宗对贵妃宠爱倍至；"姊妹弟兄皆列土，可怜光彩生门户"，是在讽刺杨家靠裙带关系得到实惠，却似乎又是在渲染对杨妃的爱。可见，这些讽刺都是有限度的、含蓄的，只是写其爱得过分、太荒唐，但并不否定他们爱的专一、强烈，所以尽管讽刺，却未把人物写得没脸见人，只是让其小处难堪，而突出大处，即突出李杨的爱情悲剧。

我们不妨也来揣测一下白居易的创作心理，写此诗的时候白居易还未入朝为右拾遗的谏官，也没有进入讽喻诗的创作阶段，且《长恨歌》是编在"风情"类而非"讽喻"类，作者对玄宗的态度是复杂的，一方面赞赏玄宗前期的励精图治，开创并领导了开天盛世局面，且本人多才多艺，诗歌、音乐、书法都很精通，且风流倜傥；而且安史之乱五十年后，白居易回忆盛唐，对李杨悲剧已不像当时人那样怨恨的成分多，再说马嵬事变后人们对贵妃又充满了同情，对玄宗晚年的孤独生活深表同情。他思念杨妃是事实，曾谱《雨霖铃》曲来思念贵妃，又让高力士去改葬杨妃，高带回一个香囊，玄宗终日挂在身上，对着杨妃画像哭泣；另外，在马嵬坡旁边居住的人传说贵妃墓前土好，当时常有人去挖，后来用砖封住，防止人家去破坏贵妃墓。如果人们认为杨贵妃是祸水，还会爱惜她坟前土吗？可见白居易时代对杨妃的怨恨，已经减到很低程度了。白居易创作时也受当时民间传说的影响。

从反省与惩劝的角度看，这个悲剧从题材、主人公身份看，与古时许多爱情悲剧不同，李、杨是帝、妃的身份。梁祝等爱情悲剧是由封建婚姻制度造成的，悲剧的本身是对封建礼教的控诉，展示这些悲剧则带有民主性；而李、杨悲剧的形成不是由于封建压迫造成的，悲剧根源在爱情自身发展之中，是由于这种欢爱发展到误国的程度，结果造成生离死别，自己酿的苦酒自己喝，这种爱情不带有进步性。就因为如此，另一方面的意义显示出来——作者在为悲剧所感动并加以表现的同时，有一种反省意识和惩劝的作用。他在回顾、反映这个悲剧的同时，感受到了爱情和人生的其他方面有一种矛盾制约的关系，作者意识到这种爱情与长恨之间有因果关系。从人类生活看，爱情与生命、事业之间有矛盾一面，儿女情长易造成英雄气短，爱得太深会毁掉英雄事业。李杨悲剧既令人同情，又令人惋惜。因为是欢爱误国，在令人惋惜之余就有惩劝的意识。这种反省意识正是《长恨歌》的深刻之处，它反映的是爱情作用于人生的多重性，有欢乐亦有凄凉；说明爱情只是人生的一部分，当这一部分过分膨胀，则物极必反，毁掉爱情，因此要把爱情控制在一定的范围，这是《长恨歌》所包含的惩劝作用。但《长恨歌》的意义不仅在于惩劝，青年男女喜欢从爱情这个角度来欣赏它，因为《长恨歌》虽然写的是悲剧，但它表现了李杨生死不渝的爱情，体现了人类精神美的一面，所以这个悲剧体现了人类的共同美。爱情虽然只是人生的一部分，但爱情在人类生活中是不可避免的。"在天愿作比翼鸟，在地愿为连理枝"，这两句作为爱情的箴言还是可行的，且有一定的净化作用。

《长恨歌》结尾两句常为后人引用。《老子》谓"天长地久，天地所以能长且久者，以其不自生，故能长生"，这里则反其意而用之。通过"尽"对"天长地久"的否定，极度夸张地写出了"恨"的永恒。同时，又通过"此恨绵绵无绝期"，显示了"在天愿为比翼鸟，在地愿为连理枝"愿望的虚幻，加深了李、杨爱情的悲剧意义。其实，愈是饱含泪水不懈地追求与思恋，其分离就愈具有悲剧意义，使人冥冥之中感受到的那一份无可奈何的心灵负荷就愈沉重，感伤的心灵就愈深邃。而李、杨永恒的分离与彼此痛苦的思恋，又把他们的悲剧放大了，使他们的爱情悲剧上升到了一个新的境界。《老子》又说"道大，天大，地大，人亦大。域中有四大，而人居其一焉"，强调了人与道、天、地并列的宇宙地位，是对抽象人的哲学价值的肯定。中晚唐时期的诗人们则对人的情感价值作出了超越时空的追寻，无论李贺的"天若有情天亦老"，白居易的"天长地久有时尽"，还是李商隐的"碧海青天夜夜心""刘郎已恨蓬山远，更隔蓬山一万重"等写人类的精神世界的名句，都是对人的情感价值的高度赞颂。这些诗句表明，魏晋以来"人的觉醒"的历程进入到一个更高的层面。从这个意义上讲，白居易的《长恨歌》实际上体现了人类情感世界的又一次形而上的超越，而这本身就具有永恒的意义。

二、《长恨歌》的艺术成就

《长恨歌》和《琵琶行》跟白居易的讽谕诗，同样是奠定他在文学史上重要地位的作品。如果说《新乐府》《秦中吟》主要代表白居易创作的思想高度的话，那么《长恨歌》《琵琶行》更能代表白居易诗在艺术上的成就。清代赵翼曾说："即无全集，而二诗（指《长恨歌》与《琵琶行》）已自不朽，况又有三千八百四十首之工且多哉！"[①]

我们可以按一般诗歌的结构、声韵、意境等来考察这首诗的艺术成就，但那是从抒情的角度去分析的。《长恨歌》作为一首叙事诗，与当时的文化背景有一定的关系，白居易生活的中唐时代，商业经济繁荣，市民阶层出现，市民意识浓厚，俗文学具有很大的市场和吸引力，这个时代特点对《长恨歌》的思想内容有很大的影响。另外，从文学上看，当时传奇盛行，特别是描写爱情的传奇颇有成就，使诗歌受其影响。白居易喜欢传奇，其弟就是传奇作家，所以他的叙事诗也受到传奇的影响，且《长恨歌》与陈鸿的《长恨歌传》同时出现，似两朵并蒂花，说明《长恨歌》与传奇有特殊关系。

（1）创造完整曲折的情节：中国古代叙事诗并不很发达，因为一直是在抒情言志的情境下发展，《诗经》中虽然也有几篇称作民族史诗的，但并不追求故事情节的曲折动人；此后汉乐府的叙事因素稍稍加强，像《孔雀东南飞》这样杰出的长篇，其情节也不够丰富曲折；进入唐代，像王维的

---

① ［清］赵翼撰，霍松林、胡主佑点校《瓯北诗话》卷四，第37页，人民文学出版社1963年版。

《老将行》、李白的《江夏行》、杜甫的《丽人行》《石壕吏》等，虽然勉强可以称为叙事诗，但抒情的内容还是掩盖了叙事的因素，真正称得上叙事诗的名篇当属《长恨歌》。其故事情节不仅首尾完整，而且曲折多变，引人入胜，富于传奇色彩。全篇按情节发展，分为五个发展阶段：李杨结合—渔阳惊变—玄宗思念—方士寻觅—贵妃致词。这些情节一环一环连续向前发展，既不断出现令人意外的转折，又环环相扣，完全符合生活逻辑和人物性格逻辑，而且每一大段中，还有一些小的波澜，如"致辞"一段，先写托寄旧物，临别之际，忽然提及私密誓言。像李杨爱情悲剧故事这个题材，如果按照杜甫那种仅仅纪实的写法，最多写到马嵬坡兵变就可以结束了，但如果从传奇的要求看，贵妃生前无非就是承欢侍宴、轻歌曼舞，可以说无奇可传，白居易突破了现实生活的制约，着重写死后的情节，增加了故事的浪漫传奇色彩，在此前的唐诗中还没有出现过这样的传奇故事。

　　（2）高超的叙事艺术：古代有人对白居易的叙事诗一度攻击，说他拙于叙事，从头到尾、尺寸不遗（《抱真堂诗话》引用苏辙的评语"元、白纪事，尺寸不遗"后，说所以拙耳），不如杜甫，实则不然。像《长恨歌》的叙事就精彩纷呈。（1）抓住主线展开故事情节，繁简适当，不枝不蔓。此诗紧紧围绕李杨爱情这根主线来裁剪，对与爱情关系不大的内容写得相当简洁，如开头写李杨结合，只用六句就交代清楚，皇帝重色渴求美女，而杨妃天生丽质，理想高远，所以被选进宫。交代结合过程，不宜过分渲染，这里面把身世背景都省略了，因为这些与爱情的关系不大。又如安史之乱的爆发及平定这样重大的事件，只用了"渔阳鼙鼓动地来，惊破霓裳羽衣曲""天旋地转回龙驭"等几句简洁地交代一下背景，迅速地把叙述拉回来，避免展开杜甫式的议论或描写，而对写玄宗旅途的寂寞情思和返回长安之后的苦苦思念，却大肆渲染，反复描绘。杨妃末段的殷勤致词也是如此，不惜笔墨。这样做保证了故事情节的连贯性，也显得故事背后还有故事，如果专从结构上看，也能体现出虚实结合的空灵感。（2）铺叙顿挫，过渡自然，善于利用伏笔与照应。《唐宋诗醇》分析说："通首分四段，'汉皇重色思倾国'至'惊破霓裳羽衣曲'，畅叙杨妃擅宠之事，却以'渔阳鼙鼓动地来'二句，暗摄下意，一气之下，灭去转落之痕。'九重城阙烟尘生'至'夜雨闻铃肠断声'，叙马嵬赐死之事，'行宫见月伤心色'二句暗摄下意，盖以幸蜀之靡日不思，引起还京之彷徨念旧，一直说去，中间暗藏马嵬改葬一节，此行文之飞渡法也。'天旋日转回龙驭'至'魂魄不曾来入梦'，叙上皇南宫思旧之情，'悠悠生死别经年'二句亦暗摄下意。'临邛道士鸿都客'至末叙方士招魂之事，结处点清长恨为一诗结穴，戛然而止，全势已足，更不必另作收束。"①分析整体结构及其前后关联很有见地，类似这类"暗摄下意"的前后照应还有很多，如马嵬事变中说"花钿委地无人收"埋下伏笔，后面仙山上的太真对使者又提到"钗擘黄金合分钿"，令人前后关联起来；又如前写"惊破霓裳羽衣曲"，后面写仙山上的太真裙裾飘飘时又说'犹似霓裳羽衣舞'，前后照应；还有三次描写杨妃的眼睛也是前后呼应，第一次"回眸一笑百媚生"，第二次"回头下望人寰处，不见长安见尘雾"，第三次"含情凝睇谢君王"，既形成照应，又显示了情节的发展。而写玄宗的看，也是三次，第一次"尽日君王看不足"，第二次"君王掩面救不得，回看血泪相和流"，第三次"马嵬坡下泥土中，不见玉颜空（见）死地"，既是照应，又是情节的发展。

（3）精确细致的人物描写。古人对诗歌中描写人物提出"精确不可移易"的要求，即要求表现人物独特的个性风貌。毫无疑问，从《诗经·硕人》到汉乐府《孔雀东南飞》，描写人物（女性形象）都有类型化的遗憾，那位"手如柔荑，肤如凝脂，领如蝤蛴，齿如瓠犀，螓首蛾眉"的硕人和"足下蹑丝履，头上玳瑁光。腰若流纨素，耳著明月珰。指如削葱根，口如含朱丹。纤纤作细步，精妙世无双"的刘兰芝，美则美矣，但她们的美是一种通用的类型化的美，放在其他任何一个美女身上都可以，因而缺乏独特个性。这种铺排的类型化描述，显然受到赋法铺陈的影响，是先唐叙事诗刻画人物的弊病。魏晋南北朝时期，山水画和人物画兴起，绘画理论也丰富多彩，南朝齐人谢赫《古画品录序》中提出"画有六法，罕能尽该，而自古及今，各善一节"之说，其中六法的第一条就是"气韵生动"，②这一理论对诗歌描写人物有重要影响，如唐代的王维就能够融入人物画的技法来刻画人物形象（参前面第二讲：王维诗歌的绘画美），白居易在继承王维、李白、杜甫等大诗人刻画人物艺术的基础上，显然向前推进了一步，就是融入了传奇的笔法，《长恨歌》的人物描写，无论是肖像描写还是心理描写，都到了一个全新的高度。①外貌描写：如《孔雀东南飞》中写刘兰芝肖像是运用静态描摹的汉乐府写法，从头到脚，除了比喻，就写装饰，把人物身上的一个个部位平等罗列起来写，看上去很细，但在传神方面是

---

① ［清］乾隆《唐宋诗醇》（中册），第174页，春风文艺出版社1995年版。

② 孟兆臣校注《画品》，第31页，北方文艺出版社2005年版。

不够的，很难表出人物的独特韵味。而《长恨歌》中写杨妃外貌，不作集中描写，也不作静止刻画，而在关键之处画龙点睛地加以刻画，着墨不多却传神写照，给人留下深刻印象。如写刚入宫时，"回眸一笑百媚生，六宫粉黛无颜色"，不但写出她在娇媚中略带羞怯、矜持的神态，而且透露出她当时那种欣喜甜美而又努力自我控制的复杂心理，完全符合"养在深闺人未识"的大家闺秀的身份；又如写她在仙山楼阁中出现时，"玉容寂寞泪阑干，梨花一枝春带雨"，不仅生动地描写出贵妃的美丽容颜，而且传神地表现出她当时那种匆遽、激动的神态和黯然神伤的心情，把深刻的内心痛苦和绝世的艳丽姿容交融在一起描写，呈现出一种动人的悲剧美。第一例中的"回眸"是杨妃主动展现她的美，后一例则是在悲哀中无心表现出来的美，都精彩绝伦。值得注意的是，《长恨歌》中对杨妃的肖像描写，是融合在情节发展过程中，根据不同的情况，很自然地展现出来的。这样画出来的人物，是多侧面的、富于立体感的。②心理描写：中国古代叙事诗和古代小说，一般很少作直接的心理描写。《孔雀东南飞》中的心理描写少而简单，如写焦仲卿知道刘兰芝结局，回到空房后，"长叹空房中，决计乃尔立"，这样决定自杀的大事，只用两句简单交代，未免太简单了；而《长恨歌》则用了大段的心理描写，可以说是淋漓尽致，如白居易写玄宗回到长安思念杨妃，"夕殿萤飞思悄然，孤灯挑尽未成眠""迟迟钟鼓初长夜，耿耿星河欲曙天""鸳鸯瓦冷霜华重，翡翠衾寒谁与共""悠悠生死别经年，魂魄不曾来入梦"等，从孤灯写到报更的钟鼓，一直写到霜重衾寒，写到梦魂难求，借助于环境气氛渲染，把唐玄宗那种空空荡荡、黯然神伤、孤独悲凉的心理过程，淋漓尽致地表现出来了，而且环境外物与人物内心形成异质同构的对应关系，从中也可看出古代诗歌在这一方面的进展。③叙事语言和人物语言相结合：叙事诗为保持自身统一性，一般只用叙事笔调，但白居易写杨妃时，却写了人物的对话，也就是说它采用了叙述语言与人物语言相结合的写法这是小说笔法，虽来自《诗经》的对话描写，实受传奇小说的影响。如后面杨妃大段寄辞与誓言一段，先说带东西给玄宗（寄物）"钗留一股合一扇"，要方士把她金钗等物带给唐玄宗，接着说两人七夕在长生殿的誓言（寄言），愈转愈深，且转入回忆与倒叙，最后忽然加入作者的评论，顿生摇曳无尽的绵邈之思。

（4）浓郁的抒情气氛：《长恨歌》虽为叙事诗，但充满了浓郁的抒情气氛，不妨也可以算作"叙情"长篇，它奠定了我国文人叙事诗叙事与抒情相结合的优良传统。古代民间叙事诗，从《诗经·氓》到汉乐府的《孔雀东南飞》、《木兰辞》，都着重叙事而略于抒情。《长恨歌》是在唐代抒情诗高度繁荣的条件下出现的，因而充分吸收了抒情的因素，与故事结合起来，表现人物的内心世界和生活环境。①叙述中抒情，即情节中带有浓厚的抒情色彩，如杨的入宫受宠、李杨欢爱，都是用抒情笔调，反复渲染、咏叹；②运用情景交融的手法，抒写人物心理，如入蜀、回京两段（"蜀江水碧蜀山青，圣主朝朝暮暮情""行宫见月伤心色，夜雨闻铃断肠声""芙蓉如面柳如眉，对此如何不泪垂"）；③人物语言充满咏叹情调，如杨妃致词一大段（"在天愿作比翼鸟"）。叙事诗和一般叙事文学不同的特点，在于它是诗，它要深情地歌唱一个故事，而不能只平淡地叙述一个故事。《长恨歌》在这方面很能代表我国文人叙事诗的民族特色。

（5）多种修辞手法的运用增强了语言的流畅宛转：沈德潜赞扬《长恨歌》"悠扬旖旎，情至文生"，确实如此，这与本诗的语言充满了缠绵悱恻的情思韵味及诗中运用多种修辞手法有关。这些修辞手法最突出的是"比喻"和"夸张"，如"梨花一枝春带雨"、"芙蓉如面柳如眉"、"温泉水滑洗凝脂"均用比喻手法；又如"回眸一笑百媚生，六宫粉黛无颜色"、"后宫佳丽三千人，三千宠爱在一身"、"骊山高处入青云，仙乐飘飘处处闻"、"九重城阙烟尘生，千乘万骑西南行"、"排空驭气奔如电，升天入地求之遍"、"上穷碧落下黄泉，两处茫茫皆不见"等句，均运用夸张手法。还有反复、对偶、顶针等手法，使语言充满一唱三叹、流畅宛转的美感，反复如"春从春游夜专夜"、"钗留一股合一扇，钗擘黄金合分钿"，"在天愿为比翼鸟，在地愿为连理枝"；对偶如"金屋妆成娇侍夜，玉楼宴罢醉和春"、"行宫见月伤心色，夜雨闻铃断肠声"、"春风桃李花开日，秋雨梧桐叶落时"、"梨园弟子白发新，椒房阿监青娥老"、"迟迟钟鼓初长夜，耿耿星河欲曙天"；顶针如"芙蓉帐暖度春宵，春宵苦短日高起"、"东望都门信马归，归来池苑皆依旧"、"忽闻海上有仙山，山在虚无缥缈间"、"临别殷勤重寄词，词中有誓两心知"。此外，在还常常掺入对比、移情等修辞手法，加上双声叠韵、叠字的使用，使诗歌语言既上下蝉联、充满咏叹，又流畅宛转、声情并茂。

第十讲　李贺诗歌的奇诡之美

　　李贺（790—816年），字长吉，河南昌谷（今河南宜阳）人。唐皇室远支，因父亲名"晋肃"，与"进士"同音，受到旁人攻击，为避讳不得不放弃进士考试，元和五年以门荫入仕，入太常寺奉礼郎，三年后因病辞归。后曾北游潞州依靠张彻，不久辞病归昌谷，元和十一年，抑郁而死，年仅二十七岁。

　　李贺诗歌多写怀才不遇的苦闷和人生短促的抑郁之悲，想象奇特怪诞，造语新奇峭硬，着色瑰丽浓艳，风格幽峭冷艳，在当时独树一帜，对晚唐五代及后世诗词均有深远影响。

224　　李贺作诗以苦吟著称，态度严肃，李商隐《李长吉小传》说：他"每旦日出与诸公游，未尝得题然后为诗，如他人思量牵合以及程限为意。恒从小奚奴，骑距驴，背一古破锦囊，遇有所得，即书投囊中。……上灯与食，长吉从婢取书，研墨叠纸足成之，投他囊中。非大醉及吊丧日，率如此。"可见李贺作诗是先得句，然后促成全篇的，因此给人以艺术拼图式的印象。晚唐杜牧《李长吉歌诗叙》说："云烟绵联，不足为其态也；水之迢迢，不足为其情也；春之盎盎，不足为其和也；秋之明洁，不足为其格也；风樯阵马，不足为其勇也；瓦棺篆鼎，不足为其古也；时花美女，不足为其色也；荒国陊殿，梗莽丘垄，不足为其恨怨悲愁也；鲸呿鳌掷，牛鬼蛇神，不足为其虚荒诞幻也。盖骚之苗裔，理虽不及，辞或过之。骚有感怨刺怼，言及君臣理乱，时有以激发人意。"在杜牧的眼中，李贺歌诗是一个融合了各种风格的综合体，并指出他深受屈骚的影响。其实李贺诗歌还受李白影响，这与他所从事的奉礼郎职务密切相关，此外还受到佛经的影响。

　　清人王琦《李长吉歌诗汇解》及今人吴企明《李长吉歌诗编年笺注》比较完备。

《李凭箜篌引》[1]

吴丝蜀桐张高秋[2]，空山凝云颓不流[3]，湘娥啼竹素女愁[4]，李凭中国弹箜篌[5]。

　　昆山玉碎凤凰叫，芙蓉泣露香兰笑[6]。

　　十二门前融冷光[7]，二十三丝动紫皇[8]。

　　女娲炼石补天处，石破天惊逗秋雨[9]。

　　梦入神山教神妪，老鱼跳波瘦蛟舞[10]。

　　吴质不眠倚桂树，露脚斜飞湿寒兔[11]。

【注释】

　　[1]《箜篌引》，乐府《相和歌》旧题。《李凭箜篌引》则是以乐府题描写宫廷乐师李凭弹奏箜篌的高超技艺，他所弹的是二十三弦的竖箜篌。[2]吴丝句：丝，指箜篌的弦。桐，指箜篌的身干。吴地以产丝著称，蜀中桐木宜为乐器；吴丝蜀桐，以借代笔法写箜篌的精美。张高秋，在高朗的秋天演奏。张，演奏。[3]空山句：《列子·汤问》载秦青"抚节悲歌，声震林木，响遏行云"。颓：堆积、凝滞的样子。[4]湘娥啼竹：传说大舜南巡死于苍梧九嶷山，娥皇、女英二妃追踪至洞庭，惊闻不幸，南向痛哭，泪洒竹上，尽斑，号湘妃竹。素女：神话中的霜神，《史记·封禅书》有"太帝使素女鼓五十弦瑟，悲，帝禁不止"话，素女愁，化用其意，烘托李凭技艺之高，超过了素女。[5]中国：国中，即京都长安。[6]昆山二句：昆山，即昆仑山，是著名产玉处。玉碎：形容乐声清脆激越。芙蓉泣露，形容乐声幽咽感伤。[7]十二门：指长安。融冷光：形容乐声具有暖融融的意味。[8]动紫皇：乐声感动了天帝。紫皇，这里指唐朝皇帝。[9]女娲二句：古代神话，共工氏怒而触不周山，天柱折，天倾西北，地倾东南，女娲遂炼五色石以补苍天。石破天惊，是李贺惊人的想象，即"天惊石破"的倒文，逗，引出来的意思。[10]梦入二句：王琦注："《搜神记》：'永嘉中，有神见兖州，自称樊道基，有妪号成夫人。夫人好音乐，能弹箜篌。闻人弦歌，辄便起舞。'所谓神妪，疑用此事。"又《列子》："瓠进鼓瑟而鸟舞鱼跃。"说李凭所弹的乐曲能使神山的神妪和水里的老鱼瘦蛟翩翩起舞。[11]吴质二句：吴质，即神话中在月亮里砍树的吴刚。寒兔：指月轮。月中有黑影，古代传说里面有兔子和蟾蜍。这两句说，李凭的箜篌声上达月宫，让吴质失眠。

【赏析】

　　唐代音乐文化取得了辉煌的艺术成就，这与开天盛世稳定繁荣的政治经济条件密切相关，民族的大融合、外来文化的吸收也加速了它的发展。

唐代音乐在当时的亚洲居于先进地位，都城长安成为当时国际音乐文化交流的中心。但是，在唐乐鼎盛的开元天宝时期，其表演盛况和艺人们高超的技艺在诗歌中的表现并不明显，至少是名篇流传并不多。历经安史之乱以后，唐帝国一百多年积累的家底几乎耗尽，与此同时衰竭的是诗歌盛世的结束，而曾经喧阗鼎沸的音乐盛况也随之消失。不仅教坊之类的音乐机构被毁坏，而且乐谱也失传，艺人们或死于非命，或流浪四方，至于出现"正是江南好风景，落花时节又逢君"（杜甫《江南逢李龟年》）那样的凄惨场面，盛世只能再现于诗人、艺人的记忆之中。然而又正是动乱成就了艺术，经历了社会的巨变，诗人们的生活情感、思想意识均发生了巨大变化，在唐宪宗元和年间，安史之乱后成长起来的新一代诗人崛起，开创了一个中兴的诗歌兴盛局面。而那些流散的艺人中有一些还活到元和时期，他们或是僧人，或是流浪江湖的歌妓，也有一些是宫廷乐师。他们的音乐曲调之中大都夹着人世的沧桑，情绪激烈震荡，心中流淌着对那个远去了的盛世的向往，始终总抹不去动乱的阴影。当这种音乐与诗人们的人生际遇相合时，诗与乐会出现交融，相互增色生辉。中唐元和时期的三位重要诗人韩愈、白居易、李贺，就分别有这样的经历，他们或忠而遭贬，或忧惧交战于心，或因沉沦下僚而愤懑，于是借描写音乐的诗歌将这种复杂的人生感慨抒发出来，因此，音乐通过诗歌而广泛流传，较深刻地反映了当时的社会状况和诗人们的心灵状态；而从另一方面看，这些诗歌也为艺术史保留了珍贵的音乐艺术成果。其中最为后世称道的三首著名音乐诗就是那个时代音乐艺术高度成就的典型代表。这就是韩愈的《听颖师弹琴》、白居易的《琵琶行》和李贺的《李凭箜篌引》。

一、三首音乐诗独具魅力的艺术造诣

方世举《李长吉诗集批注》中说："白香山江上琵琶，韩退之颖师琴，李长吉李凭箜篌，皆摹写声音至文。韩诗足以惊天，李诗足以泣鬼，白诗足以移人。"从创作时间上看，三首诗均出现在宪宗元和年间。韩诗作于元和十一年任太子右庶子时。当时由于宰相武元衡遭藩镇刺客杀害，朝廷上引起了是否继续对淮西藩镇用兵的激烈争论，韩愈主张用兵，但遭到保守派的打击被贬官，因此借听颖师弹琴来表达他喜惧交战于心胸的复杂人生感受。白诗也作于元和十一年，正是他因为武元衡事件"越职言事"而贬为江州司马的第二年。此时作者心中苦闷,有一天巧遇天曾红盛一时而今却流浪江湖、独守空船的琵琶女,倾听了她自伤沦落、曲调凄凉的琵琶乐后,顿生"同是天涯沦落人,相逢何必曾相识"的身世之感,反映了比较广阔的社会现实,具有深沉的昔盛今衰的历史感。李诗大约作于元和六年至八年间,当时李贺二十一岁,在长安任奉礼郎。他因为父名"晋肃"与"进士"谐音,而犯讳不能参加进士考试,不得不屈居这一卑微之职,因此心中深感屈辱,不久就自动去职,几年后竟郁郁而终。强烈的苦闷需要虚幻的安慰,故此他在欣赏李凭的箜篌妙音时,展开他凄丽而壮阔的想象,刻画了一个神奇瑰丽的童话般的世界,这个世界虽奇丽万般,但仍以忧伤为主,正是他内心痛苦的曲折表现。这足以说明:神奇的艺术作品的诞生是作家人生经历在艺术中的反映,而艺术作品又能消融化解人生的苦难,使激荡冲突的心灵得到慰藉,从而化不平为平衡。

(一)韩诗:惊天动地,如天风海雨气势逼人

韩愈《听颖师弹琴》原文如下:

> 昵昵儿女语,恩怨相尔汝。划然变轩昂,勇士赴敌场。浮云柳絮无根蒂,天地阔远随飞扬。喧啾百鸟群,忽见孤凤凰。跻攀分寸不可上,失势一落千丈强。嗟余有两耳,未省听丝篁。自闻颖师弹,起坐在一旁。推手遽止之,湿衣泪滂滂。颖乎尔诚能,无以冰炭置我肠。

韩诗一向注重气势惊人,雄直奔放是其主体风格。这首诗写了诗人听颖师弹琴的感受,写了自己在琴声俨如冰炭对立的低沉细腻和划然轩昂的两种音乐情感的摩荡冲突中,泪湿衣襟不堪承受的心理状态;从而突出了颖师弹奏的琴声高妙动人。诗中也用了一连串的比喻来描绘琴声,形容琴声幽细时,用仄声闭口韵(语、汝);形容琴声昂扬时,则用平声开口韵(昂、扬、场、凰、滂),贴切地表达了音乐形象变化和欣赏者的不同感受。诗人还善于把抽象的音乐艺术转化为具体的视觉形象,以增强感染力和引发读者的进一步想象。如用儿女之间恩怨斗气的昵昵之声,写琴声的细腻低沉,带着一股幽咽细碎之声。突然间,琴调变得高昂,像勇士气慨非凡、威武雄壮地奔赴战场,激起冲荡决裂之声,喧嚷轰鸣,大音磅礴;正在沸腾奔涌之际,又出现音域宽广的宏大悠远乐声,如柳絮飞扬在辽阔的太空,随风悠然闲荡,令人神迷;忽然之间,一声尖亮灿烂的鸣叫,划

破了平静，是百鸟群鸣争喧中，出现了凤凰清脆激越之声，引人注目，使百鸟朝凤，声丽晴空。接着这凤凰的叫声越来越高，越来越细，盘旋直上九天云霄，仿佛高到再也不能上攀了，听者心里因琴声的导引而寻求那令人惊恐又神动的巅峰，高度紧张，浑身如绷紧的琴弦，难于喘息。而正在这时，又忽如"银河落九天"一般的一落千丈，一个巨大的滑音，从高八度的音区一下跌入低八度音区的深渊，心灵平衡突然被打破，使得人情感失控，泪沾衣襟。这情绪的急剧变化使诗人赶忙让琴师停止了弹奏。这显然是因为听琴而触动了诗人心里那根遭遇贬官之痛的琴弦，才出现涕泪浪浪的情感波动。读韩诗除了感受到诗人情绪如汹涌波涛一般的变化之外，就是能感受到天风海雨般逼人的音乐声潮的巨大声势和起伏变化的乐调的神秘莫测。乐师的高超技艺也就在不言之中了。

（二）白诗：移人情性，如涓涓细泉沁人心脾

白居易《琵琶行》中描写音乐的诗句有：

> ……忽闻水上琵琶声，主人忘归客不发。……转轴拨弦三两声，未成曲调先有情。弦弦掩抑声声思，似诉平生不得志。低眉信手续续弹，说尽心中无限事。轻拢慢捻抹复挑，初为霓裳后六幺。大弦嘈嘈如急雨，小弦切切如私语。嘈嘈切切错杂弹，大珠小珠落玉盘。间关莺语花底滑，幽咽泉流冰下难。冰泉冷涩弦凝绝，凝绝不通声暂歇。别有幽愁暗恨生，此时无声胜有声。银瓶乍破水浆迸，铁骑突出刀枪鸣，曲终收拨当心画，四弦一声如裂帛。东船西舫悄无言，惟见江心秋月白。……

这段音乐描写在中国文学史和中国音乐史上都很有名。诗人运用多种贴切的比喻，又通过各种对比（动与静、高与低、强与弱、涩与滑、缓与急）的相互映衬，摹写各种声调意境及艺术交果。在音乐的描写过程中融进了琵琶女的身世情感，还将弹奏的技法点明出来，始终围绕弹者、听者及弹奏场景和音乐之声等因素来写，写出了秋江月夜琵琶演奏的神奇图景，具有荡人心魄的艺术魅力。描写音乐时古人往往注重效果，如秦青弹琴"响遏行云"，孔子闻《昭》"三月不知肉味。"等。这首诗则不仅写有声的效果，还写了无声的效果。如开头"忽闻"两句和结尾的"凄凄不似向前声，满座重闻皆掩泣。座中泣下谁最多，江州司马青衫湿"。这都是通过听者的反应来写琵琶声的魅力和它强烈的感染力。又如"别有幽愁暗恨

生，此时无声胜有声。""东船西舫悄无言，惟见江心秋月白"。前两句用无声衬托有声。写有声留下的效果，以致无声时，还让人感到有幽愁的暗恨。后两句写东船西舫的人们由于都沉浸在音乐美妙的境界里，等到乐声结束了，这才发现一轮皎洁的明月正倒映在江心，江面上荡漾着潋滟的白光。写月色中无声的静正是为了反衬音乐的艺术力量沁人心扉之深。在运用比喻方面，白诗运用日常生活中的事物构成比喻，与李贺的诗运用超现实的事物作比显然异趣，白诗是"用常得奇"。一连串的比喻，不仅精彩确切而且复杂多变，从横的方面，用急雨、私语、大珠小珠（落玉盘），写出乐声交响错杂，音色美妙；从纵的方面，由间关莺语的柔滑圆润，到泉流冰下的艰难冷涩，从银瓶乍破、刀枪齐鸣，到声如裂帛，有步骤地写出音调的变化发展和完整的音乐过程。白诗在叙写中还不时引导读者去领会弹奏者的技巧、感受她的情绪，动作提示中又点明弹奏的层次。"转轴拨弦"是弹奏前的准备动作，"低眉信手"是初弹时的情态，"拢捻抹挑""收拨""放拨"是弹奏中和结束时的手法、动作。这些诗句一层一层地写出一个技巧熟练和情绪丰富的"行家"形象。最后通过诗人对乐声情感和琵琶女昔盛今衰、凄凉惨淡、天涯沦落命运的双重理解，发出"同是天涯沦落人"的深沉喟叹，这是人处于惨淡悲境中心与心的最温馨的慰藉，也是乐声与诗情交融的升华。总之，白诗是融合了多种因素构成的，不仅写出了声而且道出了情，表现了一个完整的演奏过程，刻画了精彩生动的场面，比起韩愈、李贺的音乐描写，更让人有一种亲临其境、如见其人如闻其声之感，取得了移人性情的艺术效果，有如一股涓涓细泉，能沁人心脾，给人以恬静平和的心灵安慰。

（三）李诗：想象瑰丽，神奇幽渺，能泣鬼神

李贺《李凭箜篌引》原文见前。

李贺的诗歌虽受韩孟诗派奇险作风的影响，但在意象选择、意境创造方面还是与韩诗有重要区别，与白诗更是异趣。如果说韩、白二诗还多少是现实世界、真实人生的反映，那么李贺的这首诗则是奇幻的超现实世界、诡谲人生悲情的表现，他是在用幻象来安慰自己苦涩的心灵。他的这首诗既不像韩诗那样突出主观情绪的激烈冲荡和起伏变化，也不像白诗那样着重描写弹奏过程和场面气氛，甚至将弹奏者的情态、技巧等一切因素皆省略，只着重刻画一个与现实现世界完全不同的想象的神幻世界，他更

注重音乐声调的感染力和穿透神仙世界的征服力量。我们可以看到：在深秋季节，在长安皇宫，展开了一场动人的演奏，这篌篌之声具有如此的艺术魅力，它使空山的白云凝滞不动，它融化了京城上空的凛冽寒意，又有直上云天、"石破天惊"的震响，让秋雨从天空的破缝中渗透下来，它让湘水女神和秋霜之神啼哭忧愁，使老鱼和瘦蛟在神山下的深潭中翩翩起舞，它还传遍月宫，忧伤缠绵的音调让吴刚忧愁失眠，使玉兔露湿毛衣不肯归家等，这些纯粹想象的神奇意象和画面，包含着一个个与音乐有关的神奇传说故事，只要细细品味，就能感受到诗歌意境的虚幻缥缈，神秘莫测。但这些表现音乐效果的视觉形象与音乐形象之间的距离很大，不像白诗那样贴切，有亲切感，而是表现出一种鬼域般的神话世界，可谓"惊天地，泣鬼神"。李贺诗歌喜欢运用丰富华丽的辞藻来装饰，显得含蓄蕴藉、凄艳壮丽；又讲究动词锤炼，既整饬凝重，又显刻意雕琢之美。在用韵方面，采用四次变韵，由开口韵（秋、流、愁、篌）变为闭口韵（处、雨、妪、舞、树、兔），最终给人一种清虚寂寞中的抑郁难伸之感。

230

二、三首音乐诗创作方法区别及其在后代的影响

在创作方法上，三位诗人选择了不同的路数，表现出不同的艺术创辟和价值取向。韩诗汲取古代文化典籍，以琴写心。韩愈对琴情有独钟，他集子里有专门摹仿古乐府的《琴操》十首，这是因为"琴"（又称"古琴"或"七弦琴"）是中国历史最悠久、最具民族精神和审美情趣的传统乐器，几千年来古琴一直是文人们修身养性的工具和完善人格的象征，并以其文献浩瀚、内涵丰富和影响深远而为人们所珍视。"焚香弹琴"、"煮茗弹琴"、"阅经弹琴"等都是古人神往的雅事，以致归隐田园的陶渊明在贫困中还不忘蓄有一张"无弦琴"，王维在辋川独居时也要在明月清辉中"弹琴长啸"，宋代文豪欧阳修的"六一居士"雅号中"琴一张"更是重要内容。琴音追求一种清幽高洁的意境。白居易《清夜琴兴》中说：

> 月出鸟栖尽，寂然坐空林。
> 是时心境闲，可以弹素琴。
> 清泠由木性，恬淡随人心。
> 心积和平气，木应正始音。

响余群动息，曲罢秋夜深。

正声感元化，天地清沉沉。

这首诗幽静深远，孤高岑寂，听之使人悠然神远，恬淡飘逸之中蕴涵着无穷无尽的意味，深得琴音雅趣。《礼记·乐记》说："大乐与天地同和。""琴声和心"是琴道的最高境界，白诗正是表现这方面的传统内容。嵇康《琴赋序》中说："然八音之器，歌舞之象，历世才士，并为之赋颂。其体制风流，莫不相袭。称其材干，则以危苦为上；赋其声音，则以悲哀为主；美其感化，则以垂涕为贵。"这是说琴音之感人多悲伤的音调。而在《琴赋》中他又认为："性洁静以端理，含至德之和平。诚可以感荡心志，而发泄幽情矣。"嵇氏对琴道、琴音和演奏有独到的见解。如果说上引白诗写出了琴声修心养性、恬静淡运的"和"的一面，那么韩愈的这首诗则写出了弹琴泄情不平之鸣的另一面。韩诗虽没有明显运用典故，实际上却在描写琴声的诗句中暗合嵇康《琴赋》中的内容。大约韩愈与嵇康都原本属于愤激不平一类的文人，心灵之感灵犀相通吧。方世举说："嵇康《琴赋》中已具此数声。其曰'或怨姐而踌躇，'非'昵昵儿女语'乎？'时劫掎以慷慨'，非'勇士赴敌场'乎？'忽飘飘以轻迈，若众葩敷荣曜春风'，非'浮云柳絮无根蒂'乎？'嘤若离鹍鸣清池，翼若游鸿翔曾崖，又若鸾凤和鸣戏云中'，非'喧啾百鸟群，忽见孤凤凰'乎？'参禅繁促，复叠攒仄，拊嗟累讃，间不容息'，非'跻攀分寸不可上'乎？'或乘险投会，邀隙趋危，或搂摁拊将，缥缭潎冽'，非'失势一落千丈强'乎？公非袭《琴赋》，而会心于琴理则有合也。"虽然一一比附，不免有牵强之嫌，但方氏所列举大致能对应隼合，只是韩诗取象较嵇赋更为平易形象，没有赋文那样的生涩板滞。在语言表达方式上，韩诗起调突兀，对时间地点演奏场景氛围等都不作交代，直接描写声音，但结尾却运用议论，整首诗表现出强烈的主观个性，着重自己内心的独特感受，采用听声类形的方法，而颖师的举止情态等也均省略，给人以神龙藏头缩尾的神秘感，这样就将琴声最重要的感染力表现出来了。

白居易的《琵琶行》本不是一首纯音乐诗，他虚构了一个故事情节，而这个故事暗含双线：一条是琵琶女因年长色衰不得不嫁给商人作妇，商人重利轻别离，因此不得不经常独守空船，过着寂寞的生活；又因为安史之乱，她不得不流寓到江南谋生。琵琶女人某种意义上讲已融汇了时代由盛转衰的内涵，她见证并体验过开天盛世的歌舞升平、灯红酒绿、繁华奢靡的生活，而今却过着凄凉飘泊的生涯，另一方面她的人生悲欢也是昔盛今衰的一个典型代表，青春美梦已经消逝，只剩下泪洗红妆的凄苦。所以她身上凝集了广阔而深沉的时代历史内涵，又概括了一种普遍的人生际遇，因而最具典型性。另一条线索是诗人自己因忠谏而遭非罪之贬，赋闲无聊，内心苦闷，兼济天下之志成空，只有走进独善其身的自家心灵小阁。两者均属不同层面的天涯沦落，因此借一曲琵琶音乐的相互理解而达到情感的沟通，从而达到心灵的相互慰藉。可以说，音乐的描写是绾结双线的纽带，因此，描写琵琶女的演奏场面及乐声的效果就成为该诗的最核心内容。表达方式上运用描写与叙事的紧密结合，将现实的境界，音乐描写与人生悲欢交织在一起，具有那个特定时代的传奇色彩，既有典型性又带普遍性，并具有强烈的艺术感染力，是"用常得奇"的典范。

如果说韩、白两诗还属于现实主义表现的范畴，那么李诗则明显具有浪漫主义特色。运用神奇想象，虚构神话的音乐境界，月宫深潭的仙女霜神老鱼瘦蛟，尽通乐性，均受感染。诗人致力于把自己对箜篌声的抽象感觉、感情借助联想转化成具体的意象，使之可见可感。诗歌没有对李凭的技艺作直接的评价，也没有直接描述诗人的自我感受，有的只是对乐声及其效果的摹绘。然而纵观全诗，又无处不寄托着诗人的情思，曲折而又明朗地表达了他对乐曲的感受和评价。这就使外在的形象与内在情思融为一体，构成可以赏心悦目的艺术境界。语言运用方面，李贺采取意识流的描写手法，句与句之间跳跃性大，叙述语言很少，构建了一个可供阐释和联想的弹性艺术空间，有浑融包裹又发散无边的特色。所使用的词汇极为丰富多彩，比拟也精妙绝伦，而结句用环境的幽冷来加强演奏的清灵优美，具有悠然不尽的审美意味。

在对后代影响方面，三首诗分别以不同方式引起人们广泛的兴趣。韩诗中的文化内涵得到挖掘。据胡仔《苕溪渔隐词话》所引《西清诗话》云："三吴僧仪海，以琴名世。六一居士尝问东坡，琴诗孰优？东坡答以退之《听颖师琴》。公曰：此只是听琵琶耳。"明明是听琴，在欧阳修看来竟是弹琵琶，这可成了大问题，因此仪海出来为韩诗辩护，指出韩诗每句都是"指下丝声妙处，惟琴为然。琵琶格上声，乌能尔耶？"此后许顗、朱彝尊、何焯等人均从不同侧面指出欧阳修的错误，并把诗中表现的琴声、琴理都挖掘了出来。到方世举则更进一步找到了韩诗的源头是嵇康的《琴赋》。一首《琴》诗由于欧阳修的一句戏言，竟引发了一场旷日持久，历跨数代的争论，由宋人对琴声（乐器问题）演变为清人对琴理的探讨。这其中蕴涵着饶有深味的文化意义。琵琶是唐代燕乐（俗乐）的主要乐器，具有音域宽阔、节奏繁复、疾急变化快，轻便易携带等优点。唐代教坊中多以此训练女伎，唐诗中多有描写，在中唐时期的俗乐器中更为常见。考韩集没有咏琵琶的诗歌，这与韩愈复古的文化心态密切相关。据章华英《古琴》一书介绍，古琴音乐在唐代不为时人所重，有点寂寞，只是在文人士大夫中有广泛的知音，它远离宴饮歌舞，在山林、清庭、寺庙、道院之中悄然生存，以企求在简朴幽静的意境中表现其内在的情思感受。演奏琴曲最优秀的乐师是蜀僧濬、颖师、李山人、蜀道士等僧人或隐士。基于这一文化背景，我们认为韩愈是文化复古主义者，故他的诗中所写一定是古琴之音，决不可能是琵琶。韩愈的《琴操》组诗对琴声中表现的上古时代贤者的人格理想甚为神往，且表现出自己困顿不遇时的勃郁不平心境，与此诗的情感内核是相通的。此诗是韩诗文化内涵深厚的又一确证。值得注意的是这样一件趣事：苏轼开始认为是琴诗，后受欧公的影响，却同意了听琵琶说，并将此诗改编成一首《水调歌头》的琵琶曲词。其序云：

> 欧阳文忠公尝问余："琴诗何者最善？"答以"退之听颖师琴诗最善。"公曰："此诗最奇丽，然非听琴，乃听琵琶也。"余深然之。建安章质夫家善琵琶者，乞为歌词。余久不作，特取退之词，稍加隐括，使就声律，以遗之。

这一小序就是为胡仔所引的那场持久而深刻议论的渊源。苏词云："昵昵儿女语，灯火夜微明。恩怨尔汝来去，弹指泪和声。忽变轩昂勇士，一鼓填然作气，千里不留行。回首暮云远，飞絮搅青冥。 众禽里，真彩凤，独不鸣。跻攀寸步千险，一落百寻轻。烦子指间风雨，置我肠中冰炭，起坐不能平。推手从归去，无泪与君倾。" 此词薛瑞生《东坡词编年笺证》编在元丰五年正月，以为是苏轼在黄州时所作，词中表达出一种欲哭无泪的悲伤，当可信。从这里我们可以看出韩诗对苏轼有深刻的影响，而这种影响又以欧公为中介。这是说明唐宋古文运动的大家们不管是诗还是文都有一缕复古的文化精神息息相通。韩、欧、苏三家一脉正传，个中消息值得探究。三人命运相似之处也特多：一生均有三次重大外贬，都笃信道义，都刚直不阿，都擅长诗文，都在唐宋八大家之列，等等。

白居易《琵琶行》是能代表其最高艺术成就的杰作。清代赵翼曾说：

"即无全集，而二诗（指《琵琶行》和《长恨歌》）已自不朽。"这首诗对后代的影响除了其概括"天涯沦落"之人共同的心态之外，主要表现在对其诗中叙述的故事情节有兴趣。最为典型的是元杂剧中马致远的《青衫泪》。该剧对琵琶女故事进行了改编，变成了才子佳人剧，突出"有情人终成眷属"的主题。其剧情是：唐宪宗时，吏部侍郎白居易，阳春三月，邀好友同去教坊司裴妈妈家，访京师名妓裴兴奴。兴奴早就厌弃风尘生涯，雅爱白居易的俊俏风流，富于才情。白被贬为江州司马，离京时两情依依，兴奴誓托终身。不久，虔婆逼其嫁给浮梁茶客刘一郎，兴奴抵死不从。刘一郎与虔婆设谋，谎说白居易病死江州，兴奴无奈，被刘一郎用巨金买走。深秋时节，白居易在浔阳江上与元微之饯行，忽闻琵琶声，寻声暗问，移船邀见，始知为兴奴弹奏，两人诉说离情，白居易立就长诗《琵琶行》以赠之。趁刘一郎扶醉归舟酣睡之时，白居易携兴奴而去。元稹回朝上本，使白回京官复原职。最后由皇帝降旨：白居易与兴奴夫妻团圆。这样的改编，更富于传奇色彩，从而使白诗更为流传。其《长恨歌》被后代改编为《梧桐雨》和《长生殿》亦与此类同。这说明白诗已成为后代戏曲取材的一个源地，也从另一个侧面反映出白诗的巨大影响，不仅语言、意境为人们钟爱，而且诗中的人物、故事对通俗文学产生了深远的文化辐射。

李贺的诗由于奇谲诡怪，后人难以摹拟，其影响仅在于艺术方面，其瑰丽的想象和意识流表现手法对后来李义山的诗产生了影响，而且像"石破天惊"之类的词语已作为典故化为人们的日常成语，启迪了一代又一代诗人的艺术想象。

三、通感的运用：一个关于三首诗优劣的话题

钱钟书《通感》一文中认为：白诗只是把各种事物所发出的声音（如雨声、私语声、珠落玉盘、间关莺语、幽咽水声）来比方琵琶声，并非说琵琶的大弦、小弦各种声音"令人心想"这样那样的"形状"，他只是从听觉到听觉的联系，并非把听觉沟通于视觉。而韩诗中描写的"划然变轩昂，……失势一落千丈强"那才是"心想形状如此"的"听声类形"，把听觉转化为视觉了。"跻攀"两句可以和"上如抗，下如坠"印证，也许不但指听觉通于视觉，而且指听觉通于肌肉的运动觉；随着声音的上下高低，

身体里也起一种"抗""坠""扳""落"的感觉。文章通过白诗与韩诗的对比，突出了韩诗的艺术创造，相对地贬低了白诗的艺术价值。

我认为，不能仅凭通感来评论优劣。显然白居易如果按韩愈那种写法，取形象的随意性与音乐形象相比（像欧阳修的误会就说明喻象与音乐形象之间的距离过大。李诗也有类似问题），那就使读者不易把握琵琶女所弹奏的音乐形象，更难于体会她琵琶乐曲中的身世之感。如果白居易像李贺那样用神话传说中的意象来描写，则与白诗平易朴实、老妪能解的风格不协调，况且一路写实中忽然跳出牛鬼蛇神，也难以令人接受。用通感来写音乐当然好，如朱自清在《荷塘月色》中用远处高楼上渺茫的歌声出比喻荷花袅袅的清香，用凡阿苓上的名曲比喻月光与竹影和谐交错驳杂在一起，等等，都取得了较好的艺术效果。但白诗只能如此写，这样写同样达到了"移人情性"的艺术效果，应该是无可厚非的。由此可以看出艺术的价值虽然在于追求新奇创意，但为了适合描述的对象，其途径的选择应该是多向的，是"条条大道通罗马"，这样才能保证艺术花园里永葆百花齐放、五彩缤纷的春天。

总之，这三首音乐诗均属中唐时代文化土壤中生长出来的最奇异的艺术之花，它们以各自鲜明独特的艺术个性和精湛的艺术表达永远辉映在音乐艺术的天空，将会历千载而不衰，具有穿透时空指向未来的艺术魅力。

235

第十讲 李贺诗歌的奇诡之美

第十一讲　李白与李商隐

　　唐代诗坛簪组蝉联的近三百年间，才华横溢的诗人如群星丽天，前后交相辉映，其中有盛唐、中唐、晚唐的三位李姓诗人，被称为"诗家三李"。他们就是李白、李贺、李商隐。李白被尊为浪漫飘逸的诗仙，李贺被称为奇诡幽丽的诗鬼，李商隐则被认为是深情绵邈的朦胧诗人。三人都是注重抒情强烈主观化的诗人，而且都具有惊人的想象力。李白的想象壮丽神奇，如日月同照的金碧辉煌的仙国奇观，体现的是盛唐时代激情澎湃、昂扬奋发的精神；李贺的想象奇丽诡怪，多牛鬼蛇神、阴森恐怖、血斑淋漓，是中唐时期怀才不遇者心灵扭曲的写照和内心苦闷的象征；而李商隐的想象缥缈幽微，多仙道氛围，缠绵悱恻，朦胧奇幻，能指多端，难以蠡测，体现出心灵世界莫可名状的深邃与繁复，表现的是晚唐时代日落黄昏、一片衰微的氛围中，诗人深感无力回天又不甘沉沦的痛苦挣扎，以及挣扎之后仰望长天的无奈叹息。如果用"梦"来比喻的话，那么李白就是一个境界宏阔、神奇壮丽的梦境，李贺就是被撕成碎片的一帘斑驳的残梦，李商隐则是难测前途也不知归途的幻梦。李白的梦给人以振奋激励，李贺的梦让人心悸恐惧，而李商隐的梦则让人分明感到锦绣繁华之后的寂寞凄凉，让人感受到即将梦醒之后无路可走的悲伤绝望。

　　下面以具体的作品来看看李白与李商隐诗歌的艺术特点：

《宣州谢朓楼饯别校书叔云》

弃我去者，昨日之日不可留。

乱我心者，今日之日多烦忧。

长风万里送秋雁，对此可以酣高楼。

蓬莱文章建安骨，中间小谢又清发。

俱怀逸兴壮思飞，欲上青天揽明月。

抽刀断水水更流，举杯销愁愁更愁。

人生在世不称意，明朝散发弄扁舟。

【题解】

大约是天宝十二载（753年）的秋天，李白客居宣州不久，他的一位族叔李云赴朝廷任职正好经过宣城，于是李白陪他登楼，设宴送行，作此诗。宣州，州治在今安徽宣城市，属皖南地区。这里有一处古迹，称谢楼，又称北楼、谢公楼，是南齐诗人谢朓任宣城太守时所建。背靠着秀丽的敬亭山，下临宛溪、句溪两条河，山光水色，风景秀丽宜人。李白曾多次登临，并写过一首《秋登宣城谢朓北楼》（江城如画里，山晚望晴空。两水夹明镜，双桥落彩虹。人烟寒橘柚，秋色老梧桐。谁念北楼上，临风怀谢公？）。宣城，从东汉时期起，就比较繁荣，文化比较发达。李白多次来到宣城，有过较长时间的逗留，甚至跟酿酒的师傅结下了很深的感情，写了著名的《哭（宣城善酿）纪叟》："纪叟黄泉里，还应酿老春。夜台无李白，沽酒与何人？"晚唐诗人杜牧也曾经两次在宣城做官（两佐宣幕）。宋代著名诗人梅尧臣又是宣城人。地因人传，所以宣城跟中国古代诗歌联系很深。李白要送行的李云，是当时著名的古文家，任秘书省校书郎，负责校雠图书。李白称他为叔，但并非族亲关系。李云又名李华，天宝十一载任监察御史。据考证，这首诗的题目又作《陪侍御叔华登楼歌》。

【按：唐代送别诗一般运用五律、七绝、七律，后来也运用五古、五排，李白运用七古歌行体还是很新鲜的，可以算作送别诗的变体。七古体裁，铺张扬厉，带有汉赋的气势恢宏与排荡，适合表现奔涌喷发的感情。李白的这首诗反客为主，借酒浇愁，抒发自己心中的愤懑之情。】

【句解】

弃我去者，昨日之日不可留；乱我心者，今日之日多烦忧。

诗人与在朝中任职的故人相见，少不了谈谈个人往事与近况，议论一下时政。此时的他，骚动不安的心绪一触即发，不可抑止。因此，诗一开头既不写楼也不叙别，而是陡起壁立，平地突起波澜，宣泄郁积已久的强烈精神苦闷：抛弃我而去的昨天呵，已不可挽留；扰乱我心的今天呵，又带给我无穷无尽的烦忧。李白没有西方诗人"昨天已成为过去，昨天已不值得留恋"那样的洒脱，而是纠结在昨天一事无成、今天又无所事事、将来还一片渺茫的时光虚度岁月蹉跎的苦闷之中，实际上是李白对自己以前整个政治遭遇和感受的高度概括。尽管这里面什么具体事件都没有涉及，但内容丰富，忧愤深广，让人感到诗人的情感，既像喷涌的岩浆，又像一团乱麻。李白自从天宝三载（744年）离开唐玄宗后，又开始了漫游生活，直到天宝十四载（755年）安史之乱爆发。他游历山水，结交人物，求仙访道，纵情诗酒，过着看上去很闲适的生活，其实内心是很苦闷的，因为他在政治上找不到出路。理想与现实的尖锐矛盾所引起的强烈的精神苦闷，在这里找到了合适的形式，破空而来的发端，重叠复沓的语言，以及一气鼓荡、长达十一字的句式，都极生动形象地显示出诗人一触即发不可遏止的情感状态。体现出强烈的主观化色彩。

因此，弃诗人而去的，不仅是过去的岁月，也包括曾经的得意生活，还有欣欣向荣、带给人们无限希望的开元盛世那样的局面。同样，让诗人烦忧的，不仅是当前个人状态，还指渐趋衰乱、暗伏危机的时局。诗人既感到"功业莫从就，岁光屡奔迫"，又觉得怀才不遇，报国无门，还表示了对现实的不满与担忧。我们还应理解，像李白这样的天才诗人，内心应该是极其复杂的。他是诗人，是游侠，是酒仙，一会儿想做策士，一会儿又想当隐士。龚自珍曾说："儒、侠、仙实三，不可以合，合之以为气，又自白始也。"

> 长风万里送秋雁，对此可以酣高楼。

这时的诗人（虽然平时不快活），在这谢公楼上，面对着寥廓明净的秋空，遥望万里长风吹送大雁的壮美景象，心头的烦闷不由得一扫而光，激起酣饮高楼的豪情逸兴。这两句在读者面前展现出一幅壮阔明朗的万里秋空图，也展现出诗人豪迈阔达的胸襟，诗情从极端苦闷忽然转到爽朗壮阔的境界，变化无端，这是因为李白素怀远大的理想抱负，又长期为黑暗污浊的环境所压抑，所以时刻都向往着无比阔大的可以自由驰骋的空间。另外，长风送秋雁也暗示李云叔的离去，因此要酣饮送别。这样的豪饮激情遂将离别黯然神伤的情怀冲淡，感到一种心、境契合的舒畅。

> 蓬莱文章建安骨，中间小谢又清发。

李白和李云，一个是诗坛巨星，一个是文章大家，两人饮酒谈心，免不了谈诗论文。他们谈到汉代文章，评论建安风骨，中间还称道小谢，说他的诗清新自然。"蓬莱"是海中仙山，传说仙府典籍秘录均藏于此。东汉中央校书处东观藏书极多，当时学者称东观为道家蓬莱山。这里是用"蓬莱文章"代指李云的文章。"建安",东汉末献帝的年号。当时曹操三父子和孔融、王粲等"七子",在诗歌创作上开创了一个相当繁荣的局面,后世称为"建安时期"。其诗歌具有悲歌慷慨和刚健清新的特点,后世称为"建安风骨"。小谢,即谢朓。谢朓(466—499年)和谢灵运(385—427年)同族,都以山水诗见长,世称"二谢",唐代时称谢灵运为大谢,谢朓为小谢。有人认为,这两句诗是李白借以自许,如唐汝询《唐诗解》说:"子(李云)校书蓬莱宫,文有建安骨;我(李白)若小谢,亦清发多奇。"李白主张诗要自然天成,说:"清水出芙蓉,天然去雕饰。"对六朝文学,他批评道:"自从建安来,绮丽不足珍。"他反对的是那种绮丽浮艳的文风,对一些诗人还是比较推重的,尤其是谢朓。谢朓的诗清新隽永,遣词自然,音韵和谐,如李白所说,具有"清发"的特点,也就是清新秀发;秀发就是草木欣欣向荣的样子。杜甫说"谢诗每篇堪讽诵",一些名句如:"大江流日夜,客心悲未央","余霞散成绮,澄江静如练","天际识归舟,云中辨江树","朔风吹飞雨,萧条江上来","鱼戏新荷动,鸟散余花落",等等。谢朓在当世就享有盛名,萧衍说:"三日不读谢诗,便觉口臭。"谢朓曾出任宣城太守,其流传至今的诗歌,大多是宣城时期流所写,所以后人又称谢朓为"谢宣城"。李白在宣城期间,经常游赏谢朓旧迹,并挥毫抒怀,如"谁念北楼上,临风怀谢公","我吟谢朓诗上语,朔风飒飒吹飞雨",等等。李白诗中引用、点化其诗多达十余处。所以清人王士稹在《论诗绝句》中说,李白"一生低首谢宣城"。

> 俱怀逸兴壮思飞,欲上青天揽明月。

李白临风把酒,纵论古今,酒酣兴发,飘然欲飞。他说:我们都满怀豪情逸兴,雄心飞扬,直想飞上青天,去摘下那一轮明月。面对的是秋空晴昼,想到的却是登天揽月,足见其豪放飘逸之情。"揽",极度夸张而又显得轻巧自如。不知诗人上天揽月是否有所寄托,但青天、明月给人的感觉无疑是明净、皎洁的,不应有黑暗与污浊;是广阔无边、自由自在的,不应有喧嚣与纷扰,因此,可以见出诗人对朗朗乾坤、对理想自由境界的向往追求。这两句笔墨酣畅,淋漓尽致,把面对"长风万里送秋雁"激起的昂扬情绪推向了高潮,仿佛现实中的一切黑暗污浊都已经一扫而光,心头的所有烦恼都已经丢到了九霄云外。在这里,豪放与天真达到了和谐统一。但是"揽"的结果必然是更大的失望,因为幻想越高,跌得越重。

抽刀断水水更流，举杯销愁愁更愁。

这两句是酒醒之后，从幻想世界又回到现实世界，感到更加愤懑。表现了诗情的强烈跌宕转折。诗人刚才还忘乎所以，现实中的污浊仿佛一扫而光，心头的烦忧也都抛向九霄云外。然而，当这种昂扬情绪达到最高潮后，诗人仿佛一下子从天上掉到地上，从翘首仰望变成低眉垂眼，情绪一落千丈。他尽可以在幻想中遨游驰骋，但又怎能摆脱现实的纷扰。理想与现实的矛盾，使他的精神如此苦闷。他想要排遣，却怎么都难以解脱。就像抽刀去斩流水，水不但没有被斩断，反而流得更急；想要举杯喝酒，一醉解千愁，但只是激起更多的忧愁。这两句不仅自然生动，具有生活气息，而且富于哲学的思辨意味。

这前一句的比喻奇特而且富于独创性，同时又是自然贴切而富于生活气息的。谢公楼前，就是终年长流的清澈透明的宛溪水，不尽的流水与无穷的烦愁之间本来就极易产生联想，因而很自然地由排遣烦忧的强烈愿望中引发出"抽刀断水"的意念。同时也显示出诗人力图摆脱精神苦闷的努力，与沉溺于苦闷而不能自拔者有明显区别。另外，这两句运用重言复词，形成流转圆润的句法，如水晶如意玉连环，前后粘连，循环往复，缠绵递进，很适合表达那种忧思郁结、盘络纠缠的情感状态。即语言形式与情感内容达到了完美的统一。

人生在世不称意，明朝散发弄扁舟。

既然在这个世界上，昨天、今天都不如意，还不如明天就披散头发荡舟江湖，抽身隐居算了。这结尾不免消极，甚至带着逃避现实的成分，但历史与他所处的时代以及他所代表的社会阶层都规定了他不可能找到更好的出路。李白一心要"济苍生"，"安社稷"，他所最"不称意"的，乃是报国无门，壮志难酬。李白的"散发扁舟"是愤激之语，是对黑暗现实的抗议，是在无法摆脱现实与理想的矛盾状态下，在无法脱去精神枷锁的条件下，别无选择的选择。他的归隐多少带着未能成功的遗憾，不是心甘情愿的寄情山水，他为了寻求精神解脱，但又无法达到范蠡的那种人生境界。这是古代知识分子最普遍的悲剧命运。不过，李白并非真的要无所作为。他晚年流放归来，在六十一岁时仍壮心不已，请缨杀敌，只是因病而半道返回。因此，这两句实为无奈忧愤之语。

宋人评论李白和杜甫的诗说："杜诗思苦而语奇，李诗思疾而语豪。"这首诗几乎每一句都是流传千古的名句。诗歌的跳跃性也是极强的，往往一波未平，一波又起，在开阖动荡中坦露变幻无常的感情活动。诗虽极写烦忧苦闷，却并不阴郁低沉。只有像李白那样，既有阔大的胸襟抱负、豪放坦率的性格，又有高度驾驭语言的能力，才能达到豪放与自然和谐统一的境界。

李商隐的《无题二首》

昨夜星辰昨夜风，画楼西畔桂堂东。

身无彩凤双飞翼，心有灵犀一点通。

隔座送钩春酒暖，分曹射覆蜡灯红。

嗟余听鼓应官去，走马兰台类转蓬。

【题解】

"无题"诗是李商隐的一种独创诗题，共有二十首，绝大部分以男女相思离别为题材，其中一部分继承了诗经楚辞以来借美人香草、男女之情寄托政治遭遇的传统，还有一部分寄托的痕迹似有似无，多数和纯粹的爱情诗非常相似（如"相见时难别亦难""昨夜星辰昨夜风""凤尾香罗薄几重""来是空言去绝踪""飒飒东南细雨来"），抒写了爱情生活中的离别与间阻、期待与失望、执着与缠绵、苦闷与悲愤、温馨与浪漫、慰藉与幸福等复杂的情感状态，表现了悲剧性的爱情心理，也表达了人类情感的尊严。当然，也有几首是格调不高的艳情游冶之作。

【句解】

昨夜星辰昨夜风，画楼西畔桂堂东。

今夕追忆昨夜的一段情味难言的爱情经历。首联只交代了一个并不具体的时间和地点：昨天夜晚，繁星闪烁的天宇下，一片清幽朦胧的雾霭轻轻笼罩着山川大地、树木村庄，在精致玲珑的画楼与雕饰芬芳的桂堂之间的林荫深处，我们悄然相遇了。这是一份怎样的激动与惊喜！因为我们之间有许多难以逾越的障碍，所以这倾心尽情的一见显得多么难能可贵，值得珍惜流连！

身无彩凤双飞翼，心有灵犀一点通。

因今夕的相隔而抒慨：虽然我没有彩凤那样的双翅，能够飞越重重阻隔与你再见，但是我们彼此的心灵却像神异的犀牛角有一脉暗通。这是千古爱情名句。写出了多少真心相爱却无法相依者心灵的状态：或因为身份地位、贫富悬殊、年龄代沟，或因为空间阻隔、时间错过、命运舛误，或因为"恨不相逢未嫁时"，或因为"一见钟情成永隔"，等等，正如《传奇》歌曲所唱的那样，"宁愿用这一生等你发现，我一直在你身旁从未走远"，真心相爱却不能甜蜜相依相偎。诗句将间隔中的契合、苦闷中的欣喜、寂寞中的慰藉、思念中的无奈、想象中的温馨等对立情感的相互渗透与交融表现得深刻细致、缠绵悱恻、悲壮崇高！诗句能给你沁人心脾的滋润。

隔座送钩春酒暖，分曹射覆蜡灯红。

追忆昨夜参与的一次热闹的宴会：酒席上酒暖灯红，觥筹交错，在隔座送钩、分曹射覆的瞬间，你美目流盼、暗送秋波，而我则心旌摇动、心鼓喧阗。虽然你芳心暗许，但是我们却不能大胆表白，只能在红烛摇曳的光芒里，在芬芳醉人的酒气中，在珠光宝气的氛围里，在情难自已的追慕中，默默感受你就在我身边的温馨，品赏你的温柔恬静、靓丽清纯，想象你的娴雅高贵、万种风情。

李商隐用精致的诗歌语言，暗示了这是一场心灵渴求难以实现的追恋，因为"她"是一位贵家的姬妾，贫寒如李商隐的才子也只能是独抒可望而不可即的悲叹了。正是这种"所谓伊人，在水一方"的企慕情境让爱情变得崇高而悲壮！

嗟余听鼓应官去，走马兰台类转蓬。

拂晓的黎明已经来临，温馨的夜晚已经消逝，我不得不离开心爱的女神，因为要去秘书省官署上班了，沉沦下僚的命运就像那随风飞卷的蓬草不由自主，只剩下一声悲怆的叹息！诗的末联有深沉的身世之感，因为在李商隐那样的时代，像李商隐这样的才子诗人，没有高贵的出身，没有强有力的援引，没有殷实的家底，而又偏偏孤傲高洁、正直善良，所以只落得"虚负凌云万丈才，一生襟抱未曾开"的命运！追求爱情也如追求功名

242

事业、追求仕宦前程一样，都是事与愿违，以失败告终。爱情、事业、前程都如九天云霄绚丽夺目的海市蜃楼，那只不过是一片心灵的幻影，是闪烁在苍穹中一点慰藉的孤光，是漂浮在碧蓝大海上的一叶永远无法到达彼岸的白帆。

其二

> 来是空言去绝踪，月斜楼上五更钟。
> 梦为远别啼难唤，书被催成墨未浓。
> 蜡照半笼金翡翠，麝熏微度绣芙蓉。
> 刘郎已恨蓬山远，更隔蓬山一万重。

【题解】

这首无题诗，题材显然也是关于爱情方面的，抒情主人公由男方换成了女方。前一首诗写男子与一位高贵的女子在一次气氛热烈的宴会上相遇、相恋，但无法接近、无法倾诉衷肠，天亮后又不得不离去，深感可望而不可即的悲伤惆怅。这首诗则写一位女子在深闺等待心爱的情郎，虽然有梦有书信，但是身处华丽而寂寞的深闺，却无法到达情人的身边，只能默默经受远隔万水千山的痛苦煎熬。

相同之处：两心相爱都是真挚专一的，但是都有间隔难通的苦痛，都写得隐约朦胧，注重环境气氛的渲染，都运用暗示与象征，都呈现给读者梦境般的华美碎片印象，尤其是浓重的色块组合，很像法国印象派画家的油画，都是意识流的写法，很难寻觅常规的逻辑联系。不同的是：前者写男方的感受，此诗写女子思念的痛楚。前者写追慕者那种可望而不可即的心理特征，有爱恋也有追慕，有期待更有想象；此诗写面对失约的心爱情郎而产生的那种爱恨交加的心路历程，有幽怨也有幻梦，是欣喜更是绝望。

【句解】

来是空言去绝踪，月斜楼上五更钟。

首联是点染，第一句是梦醒后女主人公的一声叹息：唉！说来看我只不过是一句骗人的空言，一去之后就杳无踪影。（你说过两天来看我，我一等就是一年多。三百六十五天日子不好过，你心里根本没有我。看今天你怎么说？）后一句渲染氛围：夜来入梦，忽得相见，一觉醒来，只见朦胧的斜月空照楼阁，远处传来悠长而凄清的报晓钟声。一轮残月增添的无非是独守空床的寂寞，几声钟鸣带来的也只不过是难以排遣的惆怅。环境的清冷空寂烘托出女子内心深处的孤独悲凉。

> 梦为远别啼难唤，书被催成墨未浓。

颔联与上联形成交错的联系，既点明因为远别而思虑成梦，梦中远别，不禁悲伤地啼哭，撕心裂肺却哭不出声来；梦醒之后，被强烈的思念所催迫，急切地草成给对方的书信，这才发现匆忙中竟连墨还未磨浓。（墨未浓，是一个精妙的细节，可谓是墨淡情浓，纸短情长。与白居易《长恨歌》"揽衣推枕起徘徊，珠箔银屏迤逦开。云鬓半偏新睡觉，花冠不整下堂来"写仙山上太真"闻道汉家天子使"时的急切心情，有异曲同工之妙）这四句梦境与现实，前因与后果，环境与人物，行为与心理交错缠络，既真切自然，又真幻莫辨。

> 蜡照半笼金翡翠，麝熏微度绣芙蓉。

颈联是最具李商隐特色的诗句，充满珠光宝气的装饰意味，将视觉、味觉、触觉等感觉搅和在一起，创造出一个玲珑剔透、精致温馨、充满阴柔美且脂粉气味浓郁的闺阁空间，尽管意象繁复，但是充溢在其中的却是无边的空虚与寂寞。外物与内心形成冲突与映衬。

"金翡翠"，有两种解释：一指用金线绣成翡翠鸟图案的帷帐（翡翠也可能是指床褥，白居易《长恨歌》："鸳鸯瓦冷霜华重，翡翠衾寒谁与共"）；一指画有翡翠鸟的烛台上的罗罩笼（温庭筠《菩萨蛮》："画罗金翡翠，香烛销成泪"）。"绣芙蓉"，指绣有芙蓉图案的床褥，也可以指绣有芙蓉图案的帷帐（白居易《长恨歌》："芙蓉帐暖度春宵"）。"烛照"，也有两解：一作名词，指烛光；一作主谓结构短语，指蜡烛照射。"麝熏"，也有两解：一作名词，指古代富贵人家将名贵香料放在香炉中熏被帐衣物，指麝香的芬芳气味；一作主谓结构短语，指麝香熏出香味。"半笼"，因为有灯罩遮住上面的光线，所以烛光只能照射一半的帷帐。"微度"，指香气幽微浅淡，若有若无，轻轻熏过床褥。这两个词具有典型的柔弱低沉格调，显然缺乏李白诗歌"塞满"画幅的阳刚之气，带有女性柔媚温软的特质，与那种缠绵悱恻的伤感情调非常切合。加上前面几个词语的多重能指和不能确指，造成一种朦胧隐约的氛围。与梦醒时分迷离恍惚的感觉十分切合：烛光半笼，室内或明或暗，恍然犹在梦中；而麝熏微度，更疑所爱的人真的来过这里，还留下依稀的余香。上句以实境为梦境，下句疑梦境为实境，写一时的错觉和幻觉生动传神。

刘郎已恨蓬山远，更隔蓬山一万重。

"刘郎"指刘义庆《幽明录》中那位遇仙的刘晨，他是东汉时期的剡县人，曾和阮肇一起入天台山采药迷路，遇二仙女，被邀至家，半年后返回故乡，发现子孙已经七世了。"刘郎"就是女子思念的情人。"蓬山"，海上仙山，此处指女子居住的地方。这尾联中的"恨"又是一个所指多端的词：可以是女子的"恨"，她所处的"蓬山"本来就与心爱的刘郎相隔遥远，更何况还有千万重"蓬山"阻隔在其中，哪里还有见面的可能?! 也可以是男子的"恨"，他本来是要去赴约的，无奈他们之间阻隔了重重困难因而未能相见，尽管他们之间可能就近在咫尺，但是分明就是远在天涯，更何况他与心爱的女神所处的地方相隔着万重蓬山! 总而言之，都是一个永远无法见面的长恨。

与其说这是一个李商隐式的夸张（李商隐还有这样的类似诗句，如"如何雪月交光夜，更在瑶台十二层"，"嫦娥应悔偷灵药，碧海青天夜夜心"），不如说这是李商隐在描述人类心灵的一种渺茫无望心态，是展现人类的心灵空间的无比阔大。如果说李白的诗歌展现的是自身之外的浩瀚空间的话，那么李商隐则是发掘自身之内的一个更为神秘莫测的心灵空间。因此，李商隐被称为"发掘心灵世界的诗人"。有一句话说得好：世界上最广阔的是海洋，比海洋更广阔的是天空，而比天空更广阔的是人的心灵。

一、爱情的朦胧与不朦胧的爱情

李商隐的爱情诗所写的是爱恋中的人们那种独特的感受，而略去大量真切细致的情节。爱情诗不管你写得多么含蓄隐晦，但总会涉及对方的音容笑貌，会写一些与爱情生活相关的情节或细节。像叙事诗《长恨歌》就将李隆基与杨玉环的初次见面、结合、恩爱、死别、寻觅、致辞等生前死后的过程作了全面细致的叙述。即使是抒情的作品，如《秦风·蒹葭》："蒹葭苍苍，白露为霜。所谓伊人，在水一方。"尽管朦胧，但还是点出了那个变幻莫测的"伊人"存在。牛希济《生查子》："春山烟欲收，天淡星稀少，残月脸边明，别泪临清晓。 语已多，情未了。回首犹重道：'记得绿罗裙，处处怜芳草。'"女子对男子的深情宛然如画。韦庄《菩萨蛮》："红楼别夜堪惆怅，香灯半卷流苏帐。残月出门时，美人和泪辞。 琵琶金翠羽，弦上黄莺语。劝我早归家，绿窗人似花。"写与情人离别时的情景及其心情真切自然。《应天长》："别来半岁音书绝，一寸离肠千万结。难相见，易相别，又是玉楼花似雪。 暗相思，无处说，惆怅夜来烟月。想得此时情切，泪沾红袖黦。"写女人离别后痛苦的相思令人叹惋。欧阳修《踏莎行》："离愁渐远渐无穷，迢迢不断如春水。"这是男方的缠绵多情。"寸寸柔肠，盈盈粉泪，楼高莫近危阑倚。"这是女方别后的相思。晏几道《临江仙》："梦后楼台高锁，酒醒帘幕低垂。去年春恨却来时，落花人独立，微雨燕双飞。 记得小苹初见，两重心字罗衣。琵琶弦上说相思，当时明月在，曾照彩云归。"写生离死别后对情人的追忆。等等，都让你一下子明白是写爱情。而李商隐写爱情，为什么总是含糊其辞，为什么一点儿具体情况都不作交代或者描写（对方是什么人？究竟为什么离别？），只是单纯地写抽象的相思离别之情呢？这就让人怀疑他写诗时，心中到底有没有一个具体的女性存在。也就是说，他到底是真的在思念某一个女子，还是运用这种形式，比喻象征，寄托某种感情。再说，从爱情的排他性、专一性来看，一生只有一次的爱情应该是唯一的，就像贾宝玉与林黛玉那样，或者像梁山伯与祝英台那样，而李商隐诗中所写的女性众多，有贵家姬妾、有邻家的商人之女柳枝、还有道观里的女冠，似乎是一个泛爱主义者，这就有违爱情纯洁的道德观念。我们应该这样理解：现实生活中的李商隐其实是一个忠于爱情的人，他的妻子王氏去世后，幕主给他找了一个叫张懿仙的歌妓，为他缝缝补补，照顾他的生活，他毅然拒绝了，晚年的李商隐就在对王氏的绵绵思念中走完人生余程。所以，李商隐的无题诗应该看作是抒发人类爱情体验的一种形式。

二、李商隐对中国古代诗歌比兴传统的新贡献

我国古代诗歌，从《诗经》《楚辞》开始，就形成了运用美人香草寄托政治情感的比兴传统。如《诗经·关雎》以"关关雎鸠，在河之洲"来起兴，古人认为是"咏后妃之德也"。本来是一首爱情诗，却被赋予道德说教的政治寓意。屈原在《离骚》里以大量的篇幅描写了三次求女的经历，他

一忽儿把自己比作众女所嫉妒的"蛾眉"，一忽儿又身为男性，去追求"宓妃""有娀氏之佚女"，但是屈原的求女，是人们公认的象征他对美政理想的追求。这种比兴手法，此后的诗人们不断使用。如曹植《杂诗》（"南国有佳人"），阮籍《咏怀》（"北方有佳人"），陶潜《拟古》（"日暮天无云"），到陈子昂《感遇》、李白《古风》，张九龄《感遇》，杜甫《佳人》等，都不断以求女、思念美人来寄托对某种思想的追求。李商隐自己也曾说："借美人以喻君子，为芳草以怨王孙。"（淮南小山《招隐士》："芳草兮凄凄，王孙兮不归。"用以比喻相离别的人，也就是自己想追求而得不到的对象）李商隐在上述诗人的基础上，又有新的进展。

从总体上看，《诗经》的比兴寄托，具有意象单纯、寓意简朴的特点，显得自然天成；《楚辞》的比兴寄托具有意象复杂、辞藻华赡的特点，显得雕琢华赡；阮籍的比兴寄托具有朦胧晦涩、主旨难测的特点，显得隐晦深邃；陈子昂、李白的比兴寄托具有主旨明晰、主观性强的特点，显得明晰真切；张九龄、杜甫的比兴寄托具有委婉含蓄、强调客观的特点，显得含蓄深沉。而李商隐这类以求女来寄托某种感情的作品，比起他的前辈来，一方面是要把要寄托的感情隐藏得更深；一方面是把求女写得更像是在相思爱恋，而不是像曹植、李白等人的同类作品那样，读者一看就知道是在比兴寄托，而不是真正追求思念女性。李商隐的这类诗正因为有这两方面的特点，所以往往使人感到真假难辨。这种把藉以寄托的爱情，写得真切而形象，把寄托的内容写得抽象而朦胧，正是李商隐对比兴寄托传统的发展。即李商隐将寄托与形象完美融合统一起来，因此他的诗歌（尤其是无题诗）获得了多重含义，可以作多方面的理解。换一句话说，李商隐无题诗写出了一种涵盖多重感情的"通情"，创造出了一种包括多重境界的"通境"。

三、李商隐的诗歌与李白诗歌在运用意象上的区别

李白很少孤居局限在比较狭小的房间里，即使极度的孤独苦闷，一个人喝闷酒，也要到室外邀明月对饮，"举杯邀明月，对影成三人"；他喝酒时候，要么看到"黄河之水天上来"，要么面对"长空万里送秋雁"；即使写幽闭深宫的小宫女，也是坐在玉阶上望着玲珑的秋月，即使她回到房中，还是要拉下水晶帘，望着窗外辽阔深邃的夜空。还有像"明月出天

山，苍茫云海间。长风几万里，吹度玉门关"、"登高壮观天地间，大江茫茫去不还。黄云万里动风色，白波九道流雪山"，等等，都是向辽阔的身外世界展开怀抱，他的眼光总是携带着惊人的想象飞越万水千山，因此李白的诗歌境界无比阔大，充满恢弘豪迈的气概，具有雄壮浑厚的盛唐气象。而李商隐的诗歌总是将人物（多为女性）生活空间局限在闺阁之内，弥漫着浓重的脂粉气息，那五彩纷呈的精致小空间里充满柔媚雅致的情调，如真似幻的梦境与现实交织在一起，再配上金碧红黄的香艳颜色，因此显示的是温馥绮靡的格调。

心灵的世界神秘幽邃，因为那里没有时空的限制，既可以思接千载，也可以视通万里，还能够在现实世界与幽冥世界自由穿越，能够在天上人间来回往返，所以深邃浩淼、变幻莫测。如果说李白的诗歌描写的现实世界是秩序井然的历历楼台的话，那么李商隐的无题诗则是展现心灵世界混沌无序的一片渺渺云烟。

二者都是诗国的奇观。

第十二讲　千古诗谜《锦瑟》

> 锦瑟无端五十弦，一弦一柱思华年。
> 庄生晓梦迷蝴蝶，望帝春心托杜鹃。
> 沧海月明珠有泪，蓝田日暖玉生烟。
> 此情可待成追忆，只是当时已惘然。

【句解】

> 锦瑟无端五十弦，一弦一柱思华年。

锦瑟：绘有锦绣般美丽花纹的瑟。瑟是古代一种弦乐器。传说古瑟本为五十弦，后改为二十五弦。《汉书·郊祀志》："泰帝使素女鼓五十弦瑟，悲，帝禁不止，故破其瑟为二十五弦。"李商隐《七月二十八夜与王郑二秀才听雨后梦作》有"雨打湘灵五十弦"之句，可见瑟言五十弦者多有。无端：副词，没由来地，平白无故。柱：系弦的木柱，可以上下移动，以定声音的清浊高低。每弦各有一柱。

两句说，锦瑟无端而有五十根弦，听到这弦弦柱柱所弹奏出的悲声，不禁追忆起自己的华年身世。"思华年"既因"五十弦"的数目而触发，也因"一弦一柱"所发出的悲音而引起，因而这三字是全诗的主意。

> 庄生晓梦迷蝴蝶，望帝春心托杜鹃。

庄生梦蝶：《庄子·齐物论》："昔者庄周梦为蝴蝶，栩栩然蝴蝶也；自喻适志与？不知周也。俄然觉，则蘧蘧然周也。不知周之梦为蝴蝶与？蝴蝶之梦为周与？"这句用庄周梦为蝴蝶、不辨物我的典故写瑟声之如梦似幻，令人迷惘，着意处在"梦"字"迷"字。而瑟声的这种境界也是诗人如梦似幻、惘然若迷的身世的象征。李商隐有"顾我有怀同大梦"（《十字水期韦潘侍御》）、"怜我秋斋梦蝴蝶"（《偶成转韵》）、"枕寒庄蝶去"（《秋日晚思》）、"神女生涯原是梦"（《无题》）等句，可见李商隐常常将自己的一生经历比喻成梦幻。望帝杜鹃：古代传说，杜宇本周末蜀国君主，号望帝，后失国身死，魂魄化为杜鹃鸟，因心中悲恨很深，故啼鸣流血不止。春心：本指对爱情的向往，常用来喻指对理想的追求。也含有伤春之意，指伤时忧国、感伤身世的意思（其中含有《楚辞·招魂》"目极千里兮伤春心"的典故语言）。

这句写瑟声的凄迷哀怨，如杜鹃啼血。着意处在"春心"字"托"字，暗寓自己的满腔伤时忧国之恨、壮志不酬之悲、身世沉沦之痛，都只能寄托于哀怨凄切的诗歌。泣血悲啼的杜鹃不妨看作是作者的诗魂。

> 沧海月明珠有泪，蓝田日暖玉生烟。

沧海：青苍色的大海。月明珠有泪：古代认为海中蚌珠的圆缺和月的盈亏相应，所以把"月明"和"珠"联系起来；又有海底鲛人泪能变珠的传说，所以又把"珠"和"泪"联系起来。又《新唐书·狄仁杰传》："黜陟使阎立本召讯，异其才，谢曰：'仲尼称观过知仁，君可谓沧海遗珠矣。'"这句糅合以上几个典故，构成沧海遗珠的意象：明月映照着空阔的沧海，被遗弃的明珠晶莹圆润，正如盈盈泪珠。这是形容瑟声的清寥悲苦，与"望帝"句虽同受悲凄之境，但一则近乎凄厉，一则近乎寂寥，自由区别。珠有泪，仿佛无理，而正所以见此人格化的珍珠内心的悲苦寂寞。此句托遇才能不为世用的悲哀，意较明显。蓝田：又名玉山，在今陕西蓝田县，是著名的产玉地。司空图《与极浦书》："戴容州（叔伦）云：'诗家之景，如蓝田日暖，良玉生烟，可望而不可置于眉睫之前也。'"

这句形容瑟声之缥缈朦胧，如良玉生烟，可望而不可即，以寄寓自己的种种向往追求，都望之若有，近之则无，属于虚无飘渺之域。

> 此情可待成追忆，只是当时已惘然。

此情：统指颔联、颈联所回忆的种种境界情事。可待：何待，岂待。惘然：怅然若失的样子。二字概括"思华年"的全部感受。

两句说，这一切情境岂待今日成为追忆时才不胜怅惘，即使在事情发生的当时就令人惘然若失了。

【诗意笺释】

这首诗可能是诗人晚年回顾平生际遇、抒写身世之感的篇章。清人张采田系于大中十二年罢盐铁推官病废居郑州时，似可从。这一年诗人四十七岁，与首句见五十弦琴而心惊之语正合。本篇素称难解，歧说纷纷。刘学锴先生说：实则首尾两联已经明言这是思华年而不胜惘然之作。华年之思，即因目睹锦瑟之形（五十弦）、耳闻锦瑟之声（弦弦柱柱所发的悲声）而生。所以颔联、颈联即承"一弦一柱思华年"，既摹写锦瑟所奏的迷幻、哀怨、清寥、缥缈的音乐意境，又借助于描摹音乐意境的象征性图景对华年所历所感作概括而形象的反映。锦瑟既是诗人兴感的凭借，又是诗人不幸身世的象征。从总体看，它和诗人许多托物自寓的篇章性质是相近的。但由于他在回顾华年往事时没有采取通常的历叙平生的方式，而是将自己的悲剧身世和悲剧心理幻化为一幅幅各自独立的含义朦胧的象征性图景，因此它既缺乏通常抒情方式所具有的明确性，又具有通常抒情方式所缺乏的丰富的暗示性，能引起读者多方面的联想。歧解纷出的主要原因也正在此。但只要抓住"思华年"和"惘然"这条主线，结合诗人身世、创作，对颔联、颈联所展示的图景从意象到语言文字细加揣摩，则其中所寓的象外之意——身世遭逢如梦似幻、伤春忧世似杜鹃泣血、才而见弃如沧海遗珠、追求向往终归缥缈虚幻，却不难默会。这些象征性图景之间在时间、空间、事件、感情等方面尽管没有固定的次序，但却都是诗人在自己的诗歌创作中一再反复的主题和反复流露的心声。借助于工整的对仗、凄清的声韵、迷离的气氛等多种因素的映带联系，又使全诗笼罩着一层哀怨凄迷的情调气氛，加强了整体感。它相当典型地反映了走向没落的晚唐时代才人志士的悲剧心理和对自己的悲剧命运感到迷惘的情绪。

　　《锦瑟》被誉为"千古诗谜"。一千多年来反复被人解读、拆解甚至重构，但是至今还没有确解。这是一首最晦涩难懂的诗，又是一首家喻户晓的诗。人们愿意在李商隐创造的艺术迷宫里探索品味，寻找艺术的真谛。

一、主旨理解的多重歧义

（一）苏轼认为是咏锦瑟的音乐诗

　　南宋胡仔《苕溪渔隐丛话》前集卷二十二引《缃素杂记》：

　　（黄）山谷："余读此诗，殊不晓其意，以问东坡，东坡云：'此出《古今乐志》，云锦瑟之为器也，其弦五十，其柱如之，其声也，适、怨、清、和。'案：李诗'庄生晓梦迷蝴蝶'，适也；'望帝春心托杜鹃'，怨也；'沧海月明珠有泪'，清也；'蓝田日暖玉生烟'，和也。一篇之中，曲尽其意，史称其瑰迈奇古，信然。"[按：苏轼认为《锦瑟》咏"适怨清和"的音乐境界，具有一定的合理性。]因为唐人诗歌描摹了音乐创造的神奇境界，在李商隐之前有许多生动的例子。如白居易《琵琶行》、韩愈《听颖师弹琴》、李贺《李凭箜篌引》等。李商隐《锦瑟》较中唐诗人有所推进的地方是：对音乐境界作了概括总结，在悲伤为主的情调下，写出了音乐的虚幻迷适、哀怨悲切、清旷幽奇、温润阳和的四重境界。宗白华先生曾说诗歌的最高境界是通向音乐境界，则李商隐的这首诗可以作为描写音乐境界成就卓著的篇章。当然，由于音乐语言是完全由乐音长短高低参差交织而成，本身就具有难以确指只可意会的特点，乐音与情感之间的沟通更是相当微妙，具有见仁见智的审美独特性，因此要想用语言准确诠释一首音乐作品是一件很困难的事情，而要想运用诗歌将这种困难的事情表述清楚，那必定是更加难以办到的。所以，从音乐角度来理解李商隐的《锦瑟》，也只能是解诗一途，切不可拘泥固执。

（二）元好问叹此诗难解

望帝春心托杜鹃，佳人锦瑟怨华年。
诗家总爱西昆好，独恨无人作郑笺。

元好问强调"托""怨"二字，而且最早将"佳人"与"锦瑟"相连，暗示后人将锦瑟与某位女性联系起来的解释思路，实际上是悼亡说或咏贵家姬妾、令狐青衣等说的滥觞。元好问针对北宋初期西昆派学习模拟李商隐诗歌的风气，感叹没有人真正懂得李商隐诗歌的内蕴，不能对义山的寄托深微作出准确的理解。元好问追求确解的努力，或者说寻求对义山诗进行确解的意图，正是后来者不断笺释提出新解的动力源泉，也是对元好问的呼应。

（三）朱鹤龄认为锦瑟是起兴，并非专咏锦瑟

清代朱鹤龄《李义山诗集笺注》："按义山《房中曲》：'归来已不见，锦瑟长于人。'此诗寓意略同，非专赋锦瑟也。《缃素杂记》引东坡适怨清和之说，吾不谓然，恐是伪托耳。刘贡父诗话云：'锦瑟，当时贵人爱姬之

名.'或遂实以令狐楚青衣,说尤诬妄,当亟正之。"[按:朱鹤龄是清代笺注李商隐诗歌的大家。]他否定了宋人诗话引苏东坡对黄庭坚所说的"适怨清和"之说,即否定《锦瑟》为一首纯粹的音乐诗,又否定了刘贡父《中山诗话》提出的"锦瑟"为"贵人爱姬之名"的说法,更否定有人坐实"锦瑟"为"令狐楚青衣(婢女)"的说法,即否定以"锦瑟"借代人名的观点。朱鹤龄将《房中曲》中"归来已不见,锦瑟长于人"的含有悼念亡人的寓意与《锦瑟》相比附,但又反对"亡人"是"贵家姬妾"或"令狐青衣",这就暗示此"亡人"为义山妻子王氏,为后来的"悼亡说"提供了思路。将《锦瑟》的寓意由音乐境界引向"悼亡",是朱鹤龄的贡献。但是,朱鹤龄没有确指,说明他也只是模糊觉得这首诗歌主旨是属于悼念亡人方面的。朱鹤龄反对坐实而取模糊理解的方法有积极意义,也有缺陷,为后来人继续探索提供了线索与可能。

(四)何焯认为是"悼亡诗"

清代何焯《义门读书记》:"此悼亡之诗也。首特借素女鼓五十弦之瑟而悲,泰帝禁不可止以发端,言悲思之情有不可得而止者。次连则悲其遽化为异物。腹连又悲其不能复起之九原也。曰'思华年',曰'追忆',指趣晓然,何事纷纷附会乎?钱饮光(钱良择)亦以为悼亡之诗,与吾意合。庄生句,取义于鼓盆也。……亡友程衡湘(程嘉燧)谓此义山自题其诗以开集首者,次联言作诗之旨趣,中联又自明其匠巧也。余初亦颇喜其说之新,然义山诗三卷出于后人缀拾,非自定,则程说固无据也。"[清]朱彝尊《李义山诗集辑评》:朱彝尊曰:"此悼亡诗也。意亡者喜弹此,故睹物思人,因而托物起兴也。瑟本二十五弦,弦断而为五十矣,故曰'无端'也,取断弦之意也。'一弦一柱'而接'思华年',二十五而殁也。蝴蝶、杜鹃,言已化去也。珠有泪,哭之也;玉生烟,已葬也,犹言埋香瘗玉也。此情岂待成追忆乎?是当时生存之日,已常忧其至此而预为之惘然,必其婉弱多病,故云然也。"按:何焯的"悼亡"说,来自朱鹤龄的悼念亡人说,其贡献是将《锦瑟》理解为义山悼念亡妻的诗歌,并作了一些较为合理的解释,如首联言思悲之情有不可得而止,次联悲其化为异物,腹联悲其不可起其九原,末联点明追忆惘然若失的心情。除了沧海蓝田句解释比较牵强之外,其他也还能自圆其说。相比而言,朱彝尊的解说更推进了一步,他说首联睹物起兴,并解释五十弦为二十五弦"断弦"而至,

253

第十二讲 千古诗谜《锦瑟》

而"断弦"正是丧妻的隐喻；次联蝴蝶、杜鹃是说妻子已经化为异物，表达悲伤之情；三联珠有泪是哭泣妻子的离去，玉生烟是"埋玉"，即埋葬妻子，当然要悲伤迷茫；最后说当她活着的时候就已经常常忧虑而感到前途难测，并不需要等到现在追忆的时候才如此惘然。朱彝尊此说显然比较圆通，但他推测义山妻子婉弱多病，死在二十五岁时，却缺乏证据。这两条材料还有一点特别值得注意，就是何焯提到的程衡湘提出的"自题其诗以开集首"说，何焯虽然喜欢此说的新颖，但是他根据李义山诗集三卷为后人所编，因而《锦瑟》编于卷首未必是义山本意，所以否定程说。后来钱钟书对此加以发挥，将程说发扬光大。

（五）自伤身世说

清代朱彝尊《李义山诗集辑评》录朱笔笺语云："此篇乃自伤之词，骚人所谓美人迟暮也。庄生句言付之梦寐；望帝句言待之来世；沧海、蓝田，言埋而不得自见；月明、日暖，则清时而独为不遇之人，尤可悲也。义山集三卷，犹是宋本相传旧次，始之以《锦瑟》，终之以《井泥》，合二诗观之，则吾谓自伤者更无可疑矣。感华年之易迈，借锦瑟以发端。'思华年'三字，一篇之骨。三四赋'思'也。五六赋'华年'也。末仍结归'思'字。庄生句，言其思历乱；望帝句，诉其情哀苦；珠泪、玉烟，以自喻其文采。"清代汪师韩《诗学纂闻》曰："锦瑟乃是以古瑟自况。……世所用者，二十五弦之瑟，而此乃五十弦之古制，不为时尚。成此才学，有此文章，即己亦不解其故，故曰'无端'，犹言无谓也。自顾头颅老大，一弦一柱，盖已半百之年矣。'晓梦'喻少年时事，义山早负才名，登第入仕，都如一梦。春心者，壮心也，壮志消歇，如望帝之化为杜鹃，已成隔世。珠、玉皆宝货，珠在沧海，则有遗珠之叹，惟见月照而泪。生烟者，玉之精气，玉虽不为人采，而日中之精气，自在蓝田。……"［按：提出"悼亡说"的朱彝尊又用朱笔写下"自伤身世"说，其说得到汪师韩的认同。］朱彝尊的"自伤身世说"具有很大的影响，刘学锴先生就是在此基础上提出"融通众解，不废单解"的主张，得到学界广泛的认同。朱说最有卓见的地方是他将"思华年"三字作为一篇之骨，说庄生句言人生理想付之一梦，望帝句言只能待之来世，沧海、蓝田句说平生沉沦下僚埋没不能自见，月明、日暖说清明时世自己独自成为不遇之人，因此内心深处无比悲伤。并说颔联是表述"思"字，思人生思命运，一切皆空；颈联是表达

"华年"，一切理想皆成梦幻，只留下遗珠之叹和良玉生烟的迷幻。结句再归到"思"字，形成首尾呼应。还说庄生句，言其思历乱；望帝句，诉其情哀苦；珠泪、玉烟，以自喻其文采。等等，都是具有真知灼见的，可能他太赞同悼亡说，所以将"自伤身世说"作为衍生说法，其实他的自伤说更加圆融。汪师韩在朱彝尊的基础上又作出新的推进，他抓住"无端""晓梦""春心"等关键词加以解释，尤其对"春心"的解释最为精彩，他说"春心者，壮心也，壮志消歇，如望帝之化为杜鹃，已成隔世。珠、玉皆宝货，珠在沧海，则有遗珠之叹，惟见月照而泪。生烟者，玉之精气，玉虽不为人采，而日中之精气，自在蓝田"，让人信服。

（六）张采田认为是为一部诗集作解

张采田《玉溪生年谱会笺》："首句谓行年无端将近五十。庄生梦蝶，状时局之变迁；望帝春心，叹文章之空托，而悼亡斥外之痛，皆于言外包之。沧海、蓝田二句，则卫公毅魄久已与珠海同枯，令狐相业方且如玉田不老。卫公贬珠崖而卒，而令狐秉钧赫赫，用'蓝田'喻之，即'节彼南山'意也。结言此种遭际，思之真为可痛，而当日则为人颠倒，实惘然若坠五里雾中耳。所谓'一弦一柱思华年'也，隐然为一部诗集作解。"[按：张采田是民国时期对李商隐研究进行集大成的总结性人物，他的《玉溪生年谱会笺》被王国维认为是"治义山诗者案头必备之书"。]观张采田的笺释，已经有囊括前人成说的意图，如将庄生梦蝶和望帝春心就把义山对时局的变迁、文章的空托、悼亡之痛等等包含其中，更进一步还把李德裕贬死崖州、令狐绹相业赫赫等也包含进来，对比何焯、朱彝尊、汪师韩等人显然是新的见解，但是过分的坐实，却带来对李商隐诗索引探微的不良影响。他从融通包举的起点却走向追求达诂确解的终点，可惜的是起点未能决定终点。张说的穿凿附会招致学人很多批评，也多为吾师所纠正。

（七）岑仲勉认为是伤唐室之残破

《隋唐史·下册》："余颇疑此诗是伤唐室之残破，与恋爱无关。好问金之遗民，宜其特取此诗以立说。"[按：岑仲勉是著名的隋唐史专家，他在探索了元好问遗民心态的基础上，认为李义山《锦瑟》是伤唐室残破的政治寓意诗，与恋爱无关，但是这样未必是李商隐的原意，也可能不是元好问探索确解的主意。]

（八）钱钟书认为是编集的自序

《冯注玉溪生诗集诠评》："自题其诗，开宗明义，略同编集之自序。……首二句言华年已逝，篇什犹留，毕世心力，平生欢戚，清和适怨，开卷历历。庄生一联言作诗之法也。心之所思，情之所感，寓言假物，譬喻拟象，如飞蝶征庄生之逸兴，啼鹃见望帝之沉哀，均义归比兴，无取直白。举事宜心，故曰'托'，旨隐词婉，故易'迷'。……沧海一联言成诗之风格或境界，以见虽化圆珠，已成珍玩，尚带酸辛，具宝质而不失人气。暖玉生烟，此物此志，言不同常玉之坚冷。盖喻己诗虽琢炼精莹，而真情流露，生气蓬勃，异于雕绘夺情、工巧伤气之作。……·珠泪玉烟亦正以形象体示抽象之诗品也。"［按：钱钟书被称为20世纪的"文化昆仑"，他将清人程衡湘的说法，发扬光大，成为《锦瑟》众多解释中颇具影响力和魅力的一种，他运用文学、美学、语言学、文艺理论等知识进行阐释，能够自圆其说，且富于启发性，颇让人感受到义山此诗的神奇与艺术魅力。］

二、产生歧义的原因试探

（一）《锦瑟》的比喻特征

要理解这篇作品，就要先理解李商隐比喻的特点。我们知道一个标准化的比喻一般有"本体""喻体（喻象）""比喻词（联系词）"三个部分。如：

芙蓉	如	面	柳	如	眉
喻象	比喻词	本体	喻体	比喻词	本体

"面（脸庞）""眉（眉毛）"是本体，是被比喻的事物本身，"芙蓉（鲜艳娇媚的荷花）""柳（弯弯细长的柳叶）"是用来做比喻的形象或意象，叫喻体或喻象，"如"将本体与喻体联系起来，沟通二者在质地、颜色、形状等方面的相似性，以达到使诗中人物或事物形象生动的目的，来增强艺术表现力。如果没有本体，没有喻体，就不构成比喻，然而，如果只出现喻象，不出现本体，虽然也可以成为比喻，但是比喻就变得比较模糊、朦胧。

李商隐的诗歌常常大量出现带比喻性的或象征性的形象、意象，但被比喻、被象征的本体往往被隐藏起来或故意省去，因此难以捉摸，不可确指。这首《锦瑟》就是典型的代表。第一联里"五十弦的锦瑟"是个象喻，但比喻什么，它所比喻的本体没有交待。诗句跨过了这个本体，直接说锦瑟（作为喻象的锦瑟）使他"思华年"，引起了他的追忆和情思。隐藏了本体，直接由喻象跨越到情思，这就造成一种难以捉摸的朦胧之感。有人认为锦瑟五十弦是自伤身世和华年流逝，比喻自己"无端"到了五十岁。有人说琴瑟和谐比喻夫妇，瑟本二十五弦，现在成了五十弦，说明弦断了，断弦比喻妻子去世。于是出现了两说：（1）自伤身世，（2）悼亡。第二联"庄生梦蝶""望帝春心"，又是两个象喻，由两个典故故事造成的意象，本体又没有出现。在这种朦胧的象喻面前，持自伤身世说的认为：是说自己身世犹如一场幻梦，只有像杜鹃哀鸣一样，把遗恨托之于诗歌。持悼亡说的则认为：庄子梦蝴蝶和望帝变杜鹃都是身化异物，因此，这两个象喻仍然是暗示妻子去世，表现他那种悼亡的伤痛。第三联"沧海月明珠有泪，蓝田日暖玉生烟"，两个喻象不仅本体仍然没有出现，而且喻象本身也更朦胧。明月照大海，大海有遗珠，珠上有泪，这已经够模糊朦胧了；蓝田地下有玉，玉又生烟，这已经是纯粹的意中之象，连画面也难有了。这种象喻，象征什么呢？自伤身世说，认为大海遗珠比喻自己才能被人世抛弃，因而有泪。蓝田日暖，良玉生烟，比喻只有文采，不可掩没。悼亡说则认为珠有泪是哭泣，玉生烟，比喻玉体埋葬地下，是埋玉。

　　五个喻象具有这样几个特点：（1）喻象的本体都没有出现。（2）喻象自身就带有朦胧的多层次的性质。（3）喻象之间都没有明确的、逻辑的联系。这和《无题》（相见时难别亦难）又不同。"相见"诗中，虽然比喻的本体没有出现，但那个爱情事件本身、那些场面及那些外在形象本身多半还是有联系的，让你看到了一个离别相思的过程。可是《锦瑟》这些象喻本身就不连贯。这说明《锦瑟》本身非常朦胧，程度远远超过无题诗。除了象喻朦胧模糊之外，这些象喻本身还带有浓烈的情思，即象喻与情感状态异质同构。如果我们抛弃传统的追求"达诂"的解诗思路，不用形式逻辑的方法去机械推论，如果我们从情绪上、感情状态上去看，那么就可以看到这种象喻的形象里面，又带着浓烈的情思。作者那种情感状态和那些象喻的形象融为一体了。锦瑟的一弦一柱中有无限的怅惘；庄生梦蝶中有迷惘的慨叹；杜鹃啼血与沧海珠泪中有凄恻的感伤；蓝田日暖、良玉生烟。则是一种迷茫的希望与迷茫的失望交错纠结。可以说，作者所要象喻的，也就是这种沉湎于回忆里的迷惘感伤情绪。可以说，作者的心象，作者的感情状态和象喻的本身，同形同构，那些象喻，就是心象的外化，即以"心象熔铸物象"。这些象喻、这些心象仿佛一个个画面重叠着，是多层次的，上面又弥漫着一层浓重的怅惘迷茫的感伤的情思之雾，连诗人自己也觉得似隐似现，难以把握，一切都是那么迷惘。因此，我们可以说，《锦瑟》所要表达的，就是多层次的朦胧境界与浓重的怅惘、感伤的情思。

我们不要去指实，也不可能指实。把它的内涵指实在某一点上，反而缩小了诗的内涵。追忆往事，往事如烟，百感交集，回忆的图像既重叠出现，忆念情思又错综纠结，他要表现的就是这些。

这种写法是一种全新的写法，它完全表现一种意识流，一种情绪的状态。如果说李、杜的诗是历历楼台，那么李商隐的这首诗就是渺渺云烟。他继承了李贺，用一种更典型、更绝对的形象思维。把一切交待、叙述、说明都舍掉，几乎只剩下朦胧的图象、层层的画面。但是却给人多样的象征暗示。这是李、杜所没有的诗。《锦瑟》这首诗，它拨动人的琴弦不只是一根，至少有五十之数。情种从《锦瑟》中伤痛爱情，诗家从《锦瑟》中发现诗心，天涯漂泊的游子吟《锦瑟》思乡垂泪，一生不幸的人从中感到刻骨的凄凉……它给人们留下了极大的艺术空间。

（二）《锦瑟》运用典故的特征

李商隐运用典故具有很高的艺术成就。他运用典故灵活多变，主要有以下三种方式：第一，李商隐运用典故来借代现实中某种现象，让人可以意会，显得比较隐含曲折。如《随师东》中"军令未闻诛马谡，捷书唯是报孙歆"用诸葛亮斩违抗军令而失街亭的马谡和伐吴晋将王濬虚报斩获吴国都督孙歆首级两个典故，通过"未闻"与"唯是"的虚实映照，托古讽今，讽刺讨伐不臣藩镇将领的唐军军纪败坏、虚报战功的现象。类似的例子还有像《重有感》中"窦融表已来关右，陶侃军宜次石头"，《安定城楼》中"贾生年少虚垂涕，王粲春来更远游"等，也是如此。第二，李商隐对典故的故事进行重新虚构，运用强烈的咏叹语气，表达强烈的讽喻或深沉的感喟。如《梦泽》："梦泽悲风动白茅，楚王葬尽满城娇。未知歌舞能多少，虚减宫厨为细腰。"对"楚灵王好细腰，国中多饿人"的典故进行夸张的描写，既表现出对为了求得君王宠幸而不惜饿死的宫女们的愚昧的嘲讽又对她们被"葬尽"的悲惨命运深表同情，同时对楚灵王的愚顽和残暴加以深深的挞伐。最有代表性的例子是《隋宫》："紫泉宫殿锁烟霞，欲取芜城作帝家。玉玺不缘归日角，锦帆应是到天涯。于今腐草无萤火，终古垂杨有暮鸦。地下若逢陈后主，岂宜重问后庭花？"这首诗运用典型化的艺术手法，深入揭示讽刺对象的本质与灵魂。颔联、尾联运用虚拟的推想，从已然推想未然，从生前预拟死后，深刻揭露隋炀帝的贪婪昏顽、至死不悟的本性。在深刻揭示讽刺对象本质、抒写深沉感慨的同时，也展现出诗人自己既尖刻又含蓄、既嬉笑怒骂又深沉严肃的形象。典故在李商隐高超的想象与组合中，在虚词的盘旋咏叹中，变得浑融有味，耐人咀嚼。

第三，是以《锦瑟》为代表的运用典故具有朦胧多义的特征，这是李商隐用典最独特的地方。如颔联"庄生晓梦迷蝴蝶，望帝春心托杜鹃"的两个典故并没有难解之处，其奥妙在于李商隐不是原文复述典故故事，而是加以改造，给人的印象是表现"庄生"和"望帝"两位典故中的人物的情态与心境，是庄生在一场晓梦之中深感迷惘，望帝悲怨不屈的春心在死后仍然要化成杜鹃啼血哀鸣，典故里的已经作古的人物因而成为鲜活的形象，因而能够引起现实中人们相似的感慨，产生多方面的联想与沟通，加上李商隐故意隐去典故喻象的本体，因此就将原典的多种解释的可能性发掘出来，无形之中造成理解上的困难，也带来诗歌风格的朦胧。再看颈联"沧海月明珠有泪，蓝田日暖玉生烟"，如果说上联是对典故中的人物进行刻画的话，那么这一联就是对典故中的景物境界进行描摹。在苍茫的大海上在无边的皎洁的月光中，呈现出来的却是颗颗闪耀着柔润的清辉和闪闪泪光的珍珠；在暖洋洋的太阳照射下，在苍翠深幽高峻的蓝田山中，呈现出来的却是美玉温润的若有若无的轻烟。两个境界要么清旷阔大，要么清雄宏雅，极富于象征性。如果从典故的原文来看，无论如可是没有如此歧义的可能性的，但是一旦到了李商隐的笔下，就展现出如此奇异的景观，如此的能指多端，实属奇迹。李商隐运用典故的创造性表现在他开掘出了典故所蕴含的多重含义，以及在他的咏叹、联想之中，典故获得了新生，是化腐朽为神奇。后来宋人学习李商隐运用典故只不过是徒有其表而未得义山精髓，他们所谓的"点铁成金""夺胎换骨"，也只不过是在选择典故字面时候进行一些小结裹式的花样翻新，或者专门寻找偏僻的典故故作高深以炫神奇，但李商隐这样的擅长融化典故进行新的艺术构思的技巧，以及将自己对现实人生的深沉感叹融入典故之中，形成唱叹有神、传神空际的韵味，他们是没有学到的。李商隐运用典故可以说达到了杜甫之后新的艺术高峰。

三、王蒙的"通情通境"、"混沌心灵场"说

当代著名意识流作家王蒙先生，对李商隐的无题诗有独特的体会，他的一篇文章《通情与通境——也谈李商隐的〈无题〉七律》①认为李商隐的无题诗虽然写了许多事物、情景场面、典故、神话，但是这些诗没有提供形象之间、诗句之间、诗联之间的联结、关系、逻辑与秩序。孤立地一句一句或两句两句地看，这些诗句并无难解之处，它们大多是具体的、形象的或平实的、确切的，但整首诗连起来，却因为诗联之间，空隙很大、空白很大、跳跃很大，使你往往弄不清全诗的主旨、弄不清主题，甚至弄不清题材。这是因为李商隐运用了一种叫"蒙太奇"的结构手法，筑构、熔铸了诗人的诗象与诗境，建造了一个与外部世界有关联又不大相同的深幽的内心情感世界。诗句与诗联之间的空白、空隙、间离、间隔构成了十分美丽幽深曲折有致的艺术空间，这种空间便是通境与通情，即一种能涵盖许多不同心境的境界，一种能融通各种不同情感的通情。"通情通境"说比较好地解释了李商隐诗朦胧多义的原因，与刘学锴师、余恕诚师提出"创作缘起时触绪多端，当以心象熔铸物象成诗后，涵盖多方面的人生体验，因而能引起读者多方面的联想"的见解可以相互发明。

在另一篇文章《混沌的心灵场——谈李商隐无题诗的结构》②中，王蒙先生认为李商隐的无题诗中每个意象每个事典，都既是人生的风景的又是内心的回转。这里景即是心，心即是景。这里的景、心关系与一般写景文字的寓情于景、于景见情不同，是景实情虚，因景而情。而李诗是以心灵为源为核心，派生投射为意象与典实，为特殊的风景。并进而认为义山这类诗的最大成就之一就是他直观地捕捉住了掌握了语言的最高层次——超语言。李商隐的无题诗表现为一种心灵场结构，这些诗是无序中的有序，有序中的无序，无线索有线，有线中的无线。王蒙特别以《锦瑟》为例，他说《锦瑟》强硬来解并无难处：首联，兴而思之；颔联，思而迷茫难托；颈联，因有而无，从无而有，荒漠中不无温暖，温暖中终于荒漠；尾联点明"追忆"与"惘然"。但由于迹似有似无，求起来往往各执一词，借

---

① 王蒙《通情与通境——也谈李商隐的〈无题〉七律》，载《中外文学》1990年第4期。
② 王蒙《混沌的心灵场——谈李商隐无题诗的结构》，载《文学遗产》1995年第3期。

题发挥，难得愿意，强加于诗人。不若明白其为心灵场结构而以心解之，拥混沌而拒凿窍，得潜气而弃小儿之所谓明白，不损诗情诗意诗美也。

后来，我在王蒙启发下，又将心灵场画成下面的样子：

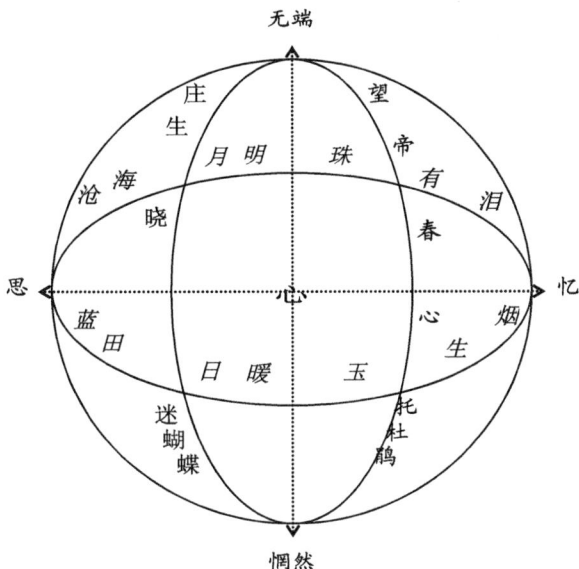

（图：心灵场。上端"无端"，下端"惘然"，左端"思"，右端"忆"，中心"心"；球面分布诸意象："庄生"、"望帝"、"沧海"、"月明珠"、"有泪"、"晓"、"春"、"蓝田"、"日暖玉"、"心生烟"、"迷蝴蝶"、"托杜鹃"等。）

并解释说：《锦瑟》先由虚词"无端"生成一个无边无际的情感宇宙与末句的"惘然"相结合，形成一个包裹形的抒情结构，再让歧义四射的意象，在这个宇宙中幻化成朦胧的情思，产生表面上看五彩缤纷，实质上又无迹无踪，但读起来却令人玩索不尽的艺术境界。

中间四句正如有人解释的那样，充满了禅学意味，"锦瑟华年是时间的空，庄生梦蝶是四大的空，望帝鹃啼是身世的空，沧海遗珠是抱负的空，蓝玉生烟是理想的空，当时已惘然追忆更难堪的'此情'是情感的空。……然而，正是在这空中，幻出锦瑟华年的一系列色相。见色生情，传神入色，因色悟空，又因空生色，陷入难以自拔的深渊。"这些由华丽辞藻典饰的意象，变成朦胧的渺远无迹的永恒空幻世界，然而无论怎样的"空幻"，最终还是脱离不了"无端"设下的情感空间。由此看来，首尾两联虽虚却实，中间两联似实却虚，虚实变化，奇妙无穷。

总体大于部分之和。这首诗有许多种说法，只要说法不荒谬，可以说都讲到了这首诗的某一方面。这首诗中可能有这种意思，但它又超过这种意思。写作缘起，可能很微小、确实，但成功的作品往往包含巨大深刻得多的内容，包含作家的人格修养追求和毕生体验。这就是"形象大于思想"。本来作品的艺术形象就是由作家和欣赏者共同创造的。不同时代、地域、民族，不同艺术修养的读者对作品的阐释成为作品的接受史。要真正读懂《锦瑟》就应该不拘泥于一解，要融通众解，采取圆融通达的读法，这样才能成为《锦瑟》的知音、解人。

第十三讲 杜牧的律诗和绝句

杜牧（803—852年），字牧之，京兆万年（今陕西西安市）人。祖父杜祐是中唐著名宰相，著《通典》二百卷。大和二年（828年）进士及第，为弘文馆校书郎，曾在沈传师江西观察使、宣歙观察使即牛僧儒淮南节度使幕府任职。历监察御史，膳部、比部及司勋员外郎，黄州、池州、睦州、湖州刺史，官终中书舍人。世称杜樊川，与李商隐并称"小李杜"。

杜牧工诗、赋及古文，以诗的成就最高。尤长于七律和绝句，兼容杜甫的骨骼，李白的神俊，故骨气豪迈而神采飘逸。刘熙载说："杜樊川雄姿英发，李樊南深情绵邈。"（《艺概》）指出两人异曲同工，各具特色。

今人吴在庆有《杜牧集系年校注》。

《题宣州开元寺水阁》

六朝文物草连空，天淡云闲今古同。

鸟去鸟来山色里，人歌人哭水声中。

深秋帘幕千家雨，落日楼头一笛风。

惆怅无因见范蠡，参差烟树五湖东。

【赏析】

题目中的开元寺，即宣城县城中的景德寺，晋代名永安寺，唐朝称开元寺，原因是唐玄宗开元年间，令天下州郡各建一大寺，于是改用此名。寺前有两层楼阁，临水而建，四望空阔，可以凭高远眺，称水阁。这水就是著名的宛溪，发源于宣城东南峄山，流绕城东为宛溪，至县东北一里许与句溪汇合，风景优美，李白诗句"两水夹明镜，双桥落彩虹"就是描写宛溪与句溪的景象。古人登高望远，必抒怀抱，想当年宣城太守谢朓在敬亭山下修建北楼，曾经饮酒赋诗，眺望过这里的美景，数百年后，李白又到这里盘桓，既赞赏此地的美景，又高吟"古今一相接，长歌怀旧游"，如今又一百多年过去了，杜牧也来到了这里，开成三年（838年）的深秋，时任宣州团练判官的杜牧登上这水阁，挥毫写下了这首类似于怀古的抒情诗。

这首七律抒写诗人在开元寺水阁上，俯瞰宛溪，眺望敬亭时的古今感慨。

首联写登临览景，勾起古今联想，造成一种笼罩全篇的氛围：六朝的繁华已成为遗迹，放眼望去，只见草色连空，那天淡云闲的景象，自古到今没有改变，那些荒废的文物中仿佛透出一种历史的悲凉。颔联从自然和人生两方面来写景：敬亭山如一面巨大的翠色屏风，展开在宣城的近旁，飞鸟来去出没都在山色的掩映之中；宛溪两岸，百姓临河夹居，人歌人哭，伴奏着水声，随着岁月一起流逝。颈联从时间中走出来，再写眼前景物：深秋时节的密雨，像给千家万户挂上了层层雨帘，而落日时分，又雨过天晴，夕阳掩映着楼台，在晚风中传来悠扬的笛声。尾联写诗人惆怅的人生情怀和意趣：面对永恒的江山联想到古今盛衰兴替、人世沉浮，仿佛一下子明白了人生的意义，于是心头浮起对偏舟五湖的范蠡的无限向往，却无由相会，只好无奈地遥望着五湖方向的一片参差烟树。

264　　　　这首诗境界开阔、情调沉郁，语言清峻峭拔，节奏语调轻快流走，但带着晚唐时代特有的落寞萧条气象，深秋帘幕、落日楼台与参差烟树构成一种迷离怅惘的氛围，而与此相应的是诗人同样的无可奈何的情怀，草、天、云、鸟、水、雨、日、笛等有声有色的明丽景物与惆怅情怀形成的反衬，尽管诗人能从广阔的空间和悠远的时间中体味历史兴亡、人生悲乐的思考，但似乎还不及明代杨慎《临江仙》词的洒脱，词曰："滚滚长江东逝水，浪花淘尽英雄。是非成败转头空，青山依旧在，几度夕阳红。白发渔樵江渚上，惯看秋月春风。一壶浊酒喜相逢，古今多少事，都付笑谈中。"能将古今的是非成败都付诸笑谈，是何等透彻与洒脱的胸襟。而杜牧只能体味想有所作为而不能作为的那种无奈与悲凉。罗宗强先生认为这首诗是"大概括、意象高度压缩、情思丰富，而表达又明快俊爽，可以说是杜牧咏史怀古诗的一个创造。"[1]而刘学锴先生认为"它抒写的只是一种带有普遍哲理意味的自然永恒、人事易变的历史感慨、人生感慨。"[2]

《秋　夕》

银烛秋光冷画屏，轻罗小扇扑流萤。

---

① 罗宗强《唐诗小史》，第274页，陕西人民出版社1987年版。

② 刘学锴《唐诗选注评鉴》下册，第2109页，中州古籍出版社2013年版。

天阶夜色凉如水，坐看牵牛织女星。

【赏析】

诗题也作"七夕"，即农历七月初七之夜，相传这天晚上牵牛、织女二星会在鹊桥上相会。与天上神仙相会相对应是人间此夜正是乞巧节，女孩子们怀着虔诚的祈祷，希望织女能将女红的绝技赐给她们，但是一些处于深闺之中孤独寂寞的女子则会失落伤怀，因为她们渴望的爱情遥不可及，或已经消失，或永远不会出现。杜牧的这首诗就是写一个失意宫女的孤独生活和凄凉心情。

前两句描绘出一幅深宫生活的图景：在一个深秋的夜晚，银白色的蜡烛发出微弱的光，给屏风上的图画增添了几分暗淡而幽冷的色调，深宫幽院充满悲凉的凄清秋意；一个孤单的宫女突然发现空中流萤飞舞，因此挥动手中的小扇扑打这幽灵一般的飞萤。"轻罗小扇"可见宫女的温柔可爱，而"扑流萤"的动作在天真活泼中透出宫女内心的寂寞无聊，只能以这样的活动来排遣孤独。第三句写深宫闺院的景物，夜已深沉，寒气袭人，月光洒满玉石台阶，如一滩冰凉的秋水。宫女孤独地坐在石阶上，仰望着灿烂的星空，默默地注视着天河两旁的牵牛星与织女星。是羡慕他们今晚能够温馨的相会吗？还是幻想自己将来也会有这样的时刻呢？就像李白《玉阶怨》的小宫女那样，"却下水晶帘，玲珑望秋月"，玲珑剔透的宫女却有一颗无比寂寞的春心，而杜牧此诗更多的是一份深情渴望的期待，虽然四周包围她的一种清凉如水的夜色。全诗沉浸着一种清冷的寒色，表现了宫女对爱情的向往和她的孤苦情怀。尽管孤苦，但毕竟还是一种充满向往的期待，相比元稹《行宫》"寥落古行宫，宫花寂寞红。白头宫女在，闲坐说玄宗"那位白发宫女则要轻盈淡荡许多，她已经葬送了美好的青春岁月，只能在晚年说着一些盛世的往事，一生的凄凉已经成为一个彻头彻尾的大悲剧。而白居易《燕子楼》诗："满窗明月满帘霜，被冷灯残拂卧床。燕子楼中霜月夜，秋来只为一人长。"其中的女主人公，虽然也是孤苦寂寞，但是她是坚韧的，为了心上的人儿，甘心忍耐这无边的寂寞与凄凉，悲剧中包含一些悲壮色彩。

《赠别》

娉娉袅袅十三余，豆蔻梢头二月初。

春风十里扬州路，卷上珠帘总不如。

【赏析】

唐代的扬州，是长江下游经济文化繁荣的城市，有"扬一益二"之说，加上古代有"腰缠十万贯，骑鹤上扬州"的传说，因此其富庶繁华和温柔旖旎，就成为官吏、文人和商贾们悠游盘桓的理想处所，当年孟浩然下扬州，李白写诗送别，以"烟花三月下扬州"来表达无比的艳羡。到了杜牧生活的晚唐时代，由于国家整体上的不景气，扬州更成为一个令人销魂的风流烟花之地，杜牧曾在牛僧儒的淮南节度使幕府长期任职，有诗自嘲曰"十年一觉扬州梦，留得青楼薄幸名"。由于胸藏甲兵的杜牧长期怀才不遇、沉沦下僚，所以常常出入青楼楚馆，去脂粉烟花场所买醉消愁，他经常接触红粉佳人，日久生情，也许在这些歌儿舞女的身上看到了相似的沦落之痛，所以给歌女们写了不少的诗歌，赢得一个风流才子的美名。其实，杜牧诗中的歌妓身上，也体现出杜牧对女性的审美观。如这首《赠别》就是一个典型的代表。

这是一首赠别歌女的诗，着力描写她的青春貌美，表达诗人的爱慕之情。

前两句刻画妙龄歌女的亮丽容颜：她只有十三四岁，身姿轻盈美好，亭亭玉立，好像那初春二月含苞欲放的豆蔻花，一副倾城倾国的容貌，充满青春的气息。"娉娉袅袅"一词，展示歌女窈窕美好的身材和令人着迷的绰约风姿，加上豆蔻花开的妙喻，给人一种清纯靓丽、含苞欲放的美感，这样的美少女本身就是美的化身，体现了杜牧对女性的审美观照。

后两句用陪衬手法，突出意中人的芳姿独绝：繁华的扬州都市，在烟花三月的季节，十里长街多少青楼绣户，珠帘卷起，露出无数红衣翠袖的美人，但在诗人看来，她们总比不上自己心上人那样清韵天然、美丽多姿。先用新颖比喻描写心上人的美，再用压低扬州所有美人来突出心上人之美，产生众星拱月的效果，是这首诗艺术上独到之处。他的另一首《赠别》："多情却似总无情，唯觉尊前笑不成。蜡烛有心还惜别，替人垂泪到天明。"不写歌女的容貌美，只着重书写她在离别前夜的情态和心境，并以蜡烛垂泪的形象来比拟，与此诗有相映成趣之妙。

中国古诗中本就不缺乏对女性容貌的描写，如《诗经》中的"硕人"那"巧笑倩兮，美目盼兮"就比她的"肤如凝脂，齿如瓠犀，蝤首蛾眉"

仿佛更有魅力，楚辞中的山鬼等更是另一种奇诡的媚态，她"披薜荔兮带女萝""乘赤豹兮从文狸"，站在山坳里，"既含睇兮又宜笑，子慕予兮善窈窕"，着装怪异却饱含深情，令人惊悚。汉乐府中更有大量的美女描写，秦罗敷、刘兰芝、采莲女，等等，不胜枚举，到了南朝宫体诗中，更是美女如云，但是对女性的审美还有待进一步提高。李白的乐府短章描写"眉目艳星月"的长干吴女、洁白如雪又"新妆荡新波，光景两奇绝"的耶溪女，则给人一种纯净皎洁且充满野性情调的美，白居易的"回眸一笑百媚生，六宫粉黛无颜色"带给人的是一种带有宫廷气象的高雅美，韩愈的"艳姬蹋筵舞，清眸刺剑戟"则带给人一种妖艳浓重的刺激美。杜牧描写美女多着眼于情窦初开的年纪，似乎更喜欢年龄偏小的处女，如颜色白如脂"不劳朱粉施"的杜秋，"玉质随月满，艳态逐春舒"的张好好，都是年纪十三四岁的青春美少女形象。因为这个年纪的少女给人以青春活力四射的印象，也是女性人生旅途中最动人的阶段。所以杜牧对歌女的这种感情就具有一种普遍的审美意义。

267

第十四讲　郑嵎《津阳门诗并序》

序曰：

津阳门者，华清宫[1]之外阙，南局禁闱[2]，北走京道。开成中[3]，嵎常得群书，下帷于石瓮僧院[4]，而甚闻宫中陈迹焉。今年冬，自虢[5]而来，暮及山下，因解鞍谋餐，求客旅邸。而主翁年且艾[6]，自言世事明皇[7]，夜阑酒余，复为嵎道承平故实。翌日，于马上辄裁刻俚叟之话，为长句七言诗，凡一千四百字，成一百韵止，以门题为之目云耳。

诗曰：

津阳门北临通逵[8]，雪风猎猎飘酒旗。

泥寒款段蹶不进[9]，疲童退问前何为？

酒家顾客催解装，案前罗列樽与巵。

青钱琐屑安足数，白醪软美甘如饴。

开垆引满相献酬[10]，枯肠渴肺忘朝饥[11]。

愁忧似见出门去，渐觉春色入四肢[12]。

主翁移客挑华灯，双肩隐膝乌帽欹。

笑云鲐老[13]不为礼，飘萧雪鬓双垂颐。

问余何往凌寒曦，顾翁枯朽郎岂知。

翁曾豪盛客不见，我自为君陈昔时。

【第一段】（10韵）郑嵎自叙在严寒的冬天，自虢而下，泥泞难行、人困马饥之时，夜宿山下酒肆，得到主翁的热情接待，主翁主动向他陈述当年的"豪盛"光景。

时平亲卫号羽林，我才十五为孤儿[14]。

射熊搏虎众莫敌，弯弧出入随伩飞[15]。

此时初创观风楼，檐高百尺堆华榱。

楼南更起斗鸡殿，晨光山影相参差[16]。

其年十月移禁仗，山下栉比罗百司。

朝元阁成老君见，会昌县以新丰移[17]。

幽州晓进供奉马，玉珂宝勒黄金羁[18]。

五王扈驾夹城路，传声校猎渭水湄。

羽林六军各出射，笼山络野张罝维[19]。

雕弓绣韣[20]不知数，翻身灭没皆蛾眉。

赤鹰黄鹘云中来，妖狐狡兔无所依。

人烦马殆禽兽尽，百里腥膻禾黍稀[21]。

（一）（12韵）主翁回忆十五岁当玄宗羽林禁卫军士兵时，随皇帝、诸王、嫔妃们射猎渭水之滨的情景。不仅宝马装饰华丽，武器精良，而且人马杂沓，规模宏大，杀猎甚众，四处腥膻，百里之内老百姓的庄稼被践踏殆尽。写出了明皇只顾自己豪奢享乐而不惜民力的特点。

暖山度腊东风微，宫娃赐浴长汤池。

刻成玉莲喷香液，漱回烟浪深逶迤[22]。

犀屏象荐杂罗列，锦凫绣雁相追随。

破簪碎钿不足拾，金沟残溜和缨緌。

（二）（4韵）描写华清宫冬天避寒时，后宫美人洗浴淫乱奢靡的情景。可与杜甫《自京赴奉先县咏怀五百字》中描写的想象之境加以对照："瑶池气郁律，羽林相摩戛。君臣留欢娱，乐动殷胶葛。赐浴皆长缨，与宴非短褐。……中堂舞神仙，烟雾蒙玉质。暖客貂鼠裘，悲管逐清瑟。劝客驼蹄羹，霜橙压香橘。"杜诗这段对上层统治者极尽奢华糜烂之能事的描写，是为了与"朱门酒肉臭，路有冻死骨"的严峻现实进行对比，预感到将会出现巨大的社会危机。白居易《长恨歌》也有类似的描写："春寒赐浴华清池，温泉水滑洗凝脂。侍儿扶起娇无力，始是新承恩泽时。"白诗着力刻画杨妃出浴的娇媚情态，表现明皇对她的恩宠，有理想化、典型化的特点。而郑嵎的描写显然更为客观，也带有一点夸张的成分，不单是杨妃奢华淫靡，而且一大群宫女都是这样的淫荡浪费，这就更见问题的严重性了。

上皇宽容易承事，十家三国[23]争光辉。

绕床呼卢恣樗博，张灯达昼相谩欺。

相君侈拟纵骄横，日从秦虢多游嬉。

朱衫马前未满足，更驱武卒罗旌旗[24]。

画轮宝轴从天来，云中笑语声融怡。

鸣鞭后骑何蹙蹀[25]，宫妆襟袖皆仙姿。

青门紫陌多春风，风中数日残春遗。

骊驹吐沫一奋迅，路人拥篲争珠玑[26]。

八姨新起合欢堂，翔鹍贺燕无由窥。

万金酬工不肯去，矜能恃巧犹嗟咨[27]。

四方节制倾附媚，穷奢极侈沽恩私。

堂中特设夜明枕，银烛不张光鉴帷[28]。

270　　　（三）（12韵）描写明皇因宠幸杨妃而肆意滥赏杨氏一门，导致诸杨生活腐败淫靡。这段与杜甫《丽人行》和白居易《长恨歌》相关描写有继承也有新变。杜诗描写长安三月曲江丽人游春情景，主要突出外戚"椒房亲"的杨氏三姐妹"态浓意远淑且真，肌理细腻骨肉匀。绣罗衣裳照暮春，蹙金孔雀银麒麟。头上何所有？翠为匐叶垂鬓唇。背后何所见？珠压腰衱稳称身"的姿态服饰之美，"紫驼之峰出翠釜，水精之盘行素鳞。犀筋厌饫久未下，鸾刀缕切空纷纶。黄门飞鞚不动尘，御厨络绎送八珍"的饮食之精，及"杨花雪落覆白苹，青鸟飞去衔红巾"所暗示的杨国忠与堂妹暧昧私情的无耻行径，可以说是极尽讥讽之能事。正如浦起龙所说："无一刺讥语，描摹处，语语刺讥；无一慨叹声，点痘处，声声慨叹。"白居易的《长恨歌》写明皇因宠幸贵妃而恩及杨氏一门是"兄弟姊妹皆裂土，可怜光彩生门户。遂令天下父母心，不重生男重生女"。而郑熏的诗歌则与白诗异趣，遥承杜诗，将杨氏一门穷奢极欲的具体表现刻画出来，令人触目惊心，让人感到杜诗所写"况闻内金盘，尽在卫霍室"的传闻事实尽在目前，令人齿冷愤恨。郑诗展现了白诗竭力掩盖和省略的东西，其主题当然随之发生转变，看了白诗或许沉迷于李杨爱情的甜蜜遐想之中，而看了杜诗和郑诗则只能拍案而起了！这是反思历史的讽喻意识的表露，也可以看出晚唐时代已经抹去了盛唐的豪情逸兴，也减少了中唐时代的浪漫幻象，变得真实峻切。

瑶光楼南皆紫禁，梨园仙宴临花枝。

迎娘歌喉玉窈窕，蛮儿舞带金葳蕤[29]。

三郎紫笛弄烟月，怨如别鹤呼羁雌。

玉奴琵琶龙香拨，倚歌促酒声娇悲[30]。

饮鹿泉边春露晞，粉梅檀杏飘朱墀。

金沙洞口长生殿，玉蕊峰头王母祠[31]。

禁庭术士多幻化，上前较胜纷相持。

罗公如意夺颜色，三藏袈裟成散丝[32]。

蓬莱池上望秋月，无云万里悬清辉。

上皇夜半月中去，三十六宫愁不归。

月中秘乐天半闻，丁玹玉石和埙箎。

宸聪听览未终曲，却到人间迷是非[33]。

千秋御节在八月，会同万国朝华夷。

花萼楼南大合乐，八音九奏鸾来仪。

都卢寻橦[34]诚龌龊，公孙剑伎方神奇。

马知舞彻下床榻，人惜曲终更羽衣[35]。

（四）（16韵）描写明皇梨园宴乐的情景，将杜诗"中堂舞神仙""乐动殷胶葛""悲管逐清瑟"和白诗"骊宫高处入青云，仙乐风飘处处闻。缓歌慢舞凝丝竹，尽日君王看不足"的概貌描写真切的展现出细节来，梨园仙宴，美女如云，花枝招展；迎娘歌喉婉转动听，三郎紫笛节奏清亮高亢，蛮儿舞姿劲健飞腾，变化莫测，玉奴琵琶快慢低昂，如疾风暴雨；要是到了明皇诞辰的千秋节，那更是举国欢庆，喧阗非凡，除了音乐歌舞还有千姿百态的杂技表演，真实再现了大唐盛世的舞乐文化。还特地添加了和尚道士掺和其中，弄得乌烟瘴气，也加进了民间传说明皇游月宫偷取月宫仙曲情节，让诗歌富有传奇性，但决不会像白诗那样引起歧义，讥刺的兵锋始终指向唐玄宗的荒淫误国。

禄山此时侍御侧，金鸡画障当罘罳[36]。

绣襦衣褥日员赑[37]，甘言狡计愈娇痴[38]。

271

第十四讲 郑嵎《津阳门诗并序》

诏令上路建甲第，楼通走马如飞翚。

大开内府恣供给，玉缶金筐银籔箕[39]。

异谋潜炽促归去，临轩赐带盈十围[40]。

忠臣张公识逆状，日日切谏上弗疑[41]。

汤成召浴果不至，潼关已溢渔阳师。

（五）（7韵）写明皇不听贤相张九龄的逆耳忠言而宠信安禄山，最终导致安史之乱爆发。言辞充满对安禄山这个野心家、阴谋家的憎恶，对贤相张公的敬仰和对明皇昏聩不悟的惋惜。

御街一夕无禁鼓，玉辂顺动西南驰[42]。

九门回望尘坌多，六龙夜驭兵卫疲。

县官无人具军顿，行宫彻屋屠云螭[43]。

马嵬驿前驾不发，宰相射杀冤者谁。

长眉矗发作凝血，空有君王潜涕洟。

青泥坂上到三蜀，金堤城边止九旗。

移文泣祭昔臣墓，度曲悲歌秋雁辞[44]。

（六）（7韵）写潼关失守之后，明皇率六军仓皇西逃，在马嵬坡突遇兵变，被迫缢杀杨贵妃，还特地点出对张九龄的奠祭，以表达明皇的悔恨心情。较白诗"六军不发无奈何，宛转蛾眉马前死"的描写和杜诗"不闻夏殷衰，中自诛褒妲"（《北征》）的评论，更显历史的真实性，因为郑诗是依据历史事实进行的诗意改编。

明年尚父上捷书，洗清观阙收封畿。

两君相见望贤顿，君臣鼓舞皆歔欷[45]。

宫中亲呼高骠骑，潜令改葬杨真妃。

花肤雪艳不复见，空有香囊和泪滋[46]。

銮舆却入华清宫，满山红实垂相思。

飞霜殿前月悄悄，迎春亭下风飔飔[47]。

雪衣女失玉笼在，长生鹿瘦铜牌垂。

象床尘凝罨飒被，画檐虫网颇梨碑[48]。

碧菱花覆云母陵，风箑雨菊低离披。

真人影帐偏生草，果老药堂空掩扉[49]。

鼎湖一日失弓剑，桥山烟草俄霏霏[50]。

空闻玉碗入金市，但见铜壶飘翠帷。

（七）（12韵）写收复两京之后，玄宗在返回长安途中进入华清宫，让高力士重新安葬贵妃，并通过宫殿凄凉荒芜景象的描写来表达玄宗的苍凉感慨和对贵妃的无穷思念。较白诗"夕殿萤飞思悄然，孤灯挑尽未成眠。迟迟钟鼓初长夜，耿耿星河欲曙天。鸳鸯瓦冷霜华重，翡翠衾寒谁与共"的转转反侧的诗意描写，郑诗更显真切逼人。

开元到今逾十纪，当初事迹皆残黟。

竹花唯养栖梧凤，水藻周游巢叶龟[51]。

会昌御宇斥内典，去留二教分黄缯。

庆山污潴石瓮毁，红楼绿阁皆支离。

奇松怪柏为樵苏，童山智谷亡崚嶒。

烟中壁碎摩诘画，云间字失玄宗诗[52]。

石鱼岩底百寻井，银床下卷红绠迟。

当时清影荫红叶，一旦飞埃埋素规[53]。

韩家烛台倚林杪，千枝灿若山霞摛。

昔年光彩夺天月，昨日销熔当路岐[54]。

龙宫御榜高可惜，火焚牛挽临崎崿。

孔雀松残赤琥珀，鸳鸯瓦碎青琉璃[55]。

（八）（12韵）描写远离开元盛世的百年之后，尤其是会昌毁佛之后，华清宫遭遇的陵谷变迁，大有昔盛今衰的感慨，历史的"豪盛"与眼前的凄凉形成鲜明的对比，令人有不胜欷歔之叹。

[第二段]写主翁述说亲眼所见的华清宫中发生过的自开元盛世到经历安史之乱再到会昌毁佛之后的历史事实，引起昔盛今衰的苍凉感慨。

今我前程能几许，徒有余息筋力羸。

逢君话此空洒涕，却忆欢娱无见期。

主翁莫泣听我语，宁劳感旧休吁嘻。

河清海宴不难睹，我皇已上升平基。

湟中土地昔湮没，昨夜收复无疮痍[56]。

戎王北走弃青冢[57]，虏马西奔空月支。

两逢尧年岂易偶，愿翁颐养丰肤肌。

平明酒醒便分首，今夕一樽翁莫违。

【第三段】（8韵）写作者对前途的感慨，既深感个人前途难卜，又对当下宣宗皇帝的有所作为充满期待，祝愿主翁"两逢尧年"，安慰他要颐养天年享受太平，并以杯酒话别。作者以一首旅行诗首尾呼应的格式，将百年沧桑的历史镶嵌其中，表达了对历史的苍茫感慨，也总结了历史的经验教训。

【注释】

[1]故址在今陕西省临潼骊山。皇宫前面两边的楼台，中间有道路。

[2]津阳门朝北，故其南面是宫殿楼观。

[3]按：据考证，此诗作于大中四年冬天郑嵎经临潼赴京参加进士考试时。参梁超然《唐才子传校笺·郑嵎》第三册第365页，中华书局1990年版。

[4]石瓮寺，开元中以创造华清宫余材修缮，在华清宫东面。宋敏求《长安志》卷十五《临潼县》云："福严寺，《两京道里记》曰：在县东五里南山半腹临石瓮谷，有悬泉激石成臼，似瓮形，因以谷名石瓮寺。"郑嵎登进士第之前在此寺庙读书。

[5]虢州，即今河南灵宝县。郑嵎可能就是虢州人。

[6]年纪老大。《方言》："艾，长老也，东齐鲁卫之间，凡尊老谓之叟，或谓之艾。"又《礼·曲礼》曰："人生十年曰幼，学。……·五十曰艾，服官服。"按：据下文，此酒店主翁是百岁以上老人，而诗序却说是近五十岁的老者，前后矛盾，未知孰是。

[7]本诗作于大中四年（850年），明皇于上元二年（761年）去世，期间相距九十年，则主翁应该是年逾百岁的老人，难以令人置信，故所谓"世事明皇"者或其先人欤？抑或故意以传奇笔法渲染前朝故事欤？

[8]大道，序言"北走京道"。

[9]款段，马行迟缓的样子。

[10]垆，盛酒的坛子。

[11]形容又饥又渴的情状。

[12]喝酒之后，身体恢复体力，全身感到温暖如春。

[13]老年人皮肤有类似鲐鱼的斑点，故称鲐老。

[14]汉武帝置羽林骑，选从军战死将军子弟健壮者，养之宫中，掌宿卫侍从，号羽林孤儿。此指明皇的禁卫军。

[15]伎飞：古代勇士。作者自注：开元中未有东西神策军，但以六军为亲卫。按：此翁开元中十五岁就做了羽林军侍卫，则他应该生于开元初年（713），到大中四年（850）将近一百四十岁，即便按开成（836—840）年间计算，也有120岁左右，实属怪诞虚妄。

[16]自注：观风楼在宫之外东北隅，属夹城而连上内，前临驰道，周视山川。宝应中，鱼朝恩毁之以修章敬，今遗址尚存，唯斗鸡殿与毬场迤逦尚在。按：《类编长安志》卷九，"达上内"作"达于内"，"宝应"作"大历"。章敬，寺名。

[17]自注：时有诏改新丰为会昌县，移自阴鏊故城，置于山下。至明年十月，老君见于朝元阁南，而于其处置降圣观。复改新丰为昭应县。廨宇始成，令大将军高力士率禁乐以落之。按：《旧唐书·玄宗纪》谓老君见于朝元阁在天宝七载十二月。天宝三载，析新丰置会昌县；七载省新丰，改会昌为昭应县。

[18]自注：安禄山每进马，必殊特而极衔勒之饰。

[19]罝维：捕猎鸟兽的罗网。

[20]韔：弓套。

[21]自注：申王有高丽赤鹰，岐王有北山黄鹘，逸翮奇姿，特异他等。上爱之，每弋猎，必置于驾前，目为决胜儿。

[22]自注：宫内除供奉两汤池，内外更有汤十六所。长汤每赐诸嫔御，其修广与诸汤不侔。甃以文瑶宝石，中央有玉莲捧汤泉，喷以成池。又缝缀绮绣为凫雁于水中，上时于其间泛极镂小舟以嬉游焉。

[23]十家：即十宅，谓诸王也。玄宗于骊山筑罗城，置百司及十宅。三国：杨贵妃有姊三人，长曰大姨，封韩国夫人；三姨，封虢国夫人；八姨，封秦国夫人。并承恩泽，出入宫掖，势倾天下。

[24]自注：杨国忠为宰相，带剑南节度使，常与秦、虢联辔而出，更于马前以两川旌节为导也。

[25]蹩躠：小步走的样子。

[26]自注：事尽载在国史中，此下更重叙其事。

[27]自注：虢国创一堂，价费万金。堂成，工人偿价之外，更邀赏伎之直。复受绛罗五千段，工者嗤而不顾。虢国异之，问其由。工曰：某平生之能，殚于此焉。苟不知信，愿得蝼蚁、蜥蜴、蜂虿之类，去其目而置堂中，使有隙，失一物，即不论工直也。于是又以缯彩珍贝与之。山下人至今话故事者，尚以第行呼诸姨焉。

[28]自注：虢国夜明枕，光烛一室。西川节度使所进。事载国史，略书之。

[29]自注：瑶光楼即飞霜殿之北门，迎娘、蛮儿乃梨园弟子之名闻者。

[30]上皇善吹笛，常宝一紫玉管。贵妃妙弹琵琶，其乐器闻于人间者，有逻逤檀为槽，龙香柏为拨者。上每执酒卮，必令迎娘歌《水调曲遍》，而太真辄弹弦倚歌，为上送酒。内中皆以上为三郎，玉奴乃太真小字也。

[31]自注：山城内多驯鹿，流涧号为饮鹿。有长生殿，乃斋殿也。有事于朝元阁，即御长生殿以沐浴也。

276

[32]自注：上颇崇罗公远，杨妃尤信金刚三藏。上尝幸功德院，将谒七圣殿，忽然背痒，公远折竹枝化作七宝如意以进。上大喜，顾谓金刚曰："上人能致此乎？"三藏曰："此幻术耳。僧为陛下取真物。"乃于袖中出如意，七宝炳耀，而公远所进，即时复为竹枝耳。后一日，杨妃始以二人定优劣。时禁中创小殿，三藏乃举一鸿梁于空中，将中公远之首，公远不为动容，上连命止之。公远飞符于他处，窃三藏金栏袈裟于箧中，守者不之见。三藏怒，又咒取之，须臾而至。公远复噀水龙符于袈裟上，散为丝缕以尽也。

[33]自注：叶法善引上入月宫，时已深秋，上苦凄冷，不能久留。归，于天半尚闻仙乐。及上归，且记忆其半，遂于笛中写之。会西凉都督杨敬述进《婆罗门曲》，与其声调相符，遂以月中所闻为之散序，用敬述所进曲作其腔，而名《霓裳羽衣法曲》。

[34]都卢、寻橦：爬杆登高的杂技。

[35]自注：上始以诞圣日为千秋节，每大酺会，必于勤政楼下使华夷纵观。有公孙大娘舞剑，当时号为神妙。又设连榻，令马舞其上。马衣纨绮而被铃铎，骧首奋鬣，举趾翘尾，变态动容，皆中音律。又命宫妓梳九骑仙髻，衣孔雀翠衣，佩七宝璎珞，为《霓裳羽衣》之类。曲终，珠翠可扫。其舞马，禄山亦将数匹以归，而私习之。其后田承嗣代安，有存者。

一旦于厩上闻鼓声，顿挫其舞。厩人恶之，举篲以击之。其马尚为怒未妍妙，更因奋击婉转，曲尽其态。厮恐，以告，承嗣以为妖，遂戮之，而舞马自此绝矣。

[36]罘罳：指屏风。

[37]屃赑：强劲有力的样子，指安禄山日益骄横。

[38]自注：上每坐及宴会，必令禄山坐于御座侧，而以金鸡障隔之，赐其箕踞。太真又以为子，时襁褓戏而加之，上亦呼之禄儿，每入宫，必先拜贵妃，然后拜上。上笑而问其故，辄对曰："臣本蕃中人，礼先拜母后拜父，是以然也。"

[39]自注：时于亲仁里南陌为禄山建甲第，令中贵人督其事，仍谓之曰："卿善为部署，禄山眼孔大，勿冷笑我。"至于筹筐簸箕釜缶之具，咸金银为之。今四元观，即其故第耳。

[40]自注：禄山肥博过人，腹垂而缓，带十五围方周体。

[41]自注：张曲江先识其必逆反状，数数言于上。上曰："卿勿以王夷甫识石勒而误疑禄山耳。"按：《晋书·石勒载记》：石勒年十四，随邑人贩洛阳，王夷甫（衍）见而异之，曰："向者，胡雏，吾观其声视有奇志，恐将为天下之患。"驰遣收之，会勒已去。

[42]自注：其年，赐柑子使回，泣诉禄山反状云："臣几不得生还。"上犹疑其言，复遣使，喻云："我为卿造一汤，待卿至。"使回，答言反状，上然后忧疑，即寇军至潼关矣。

[43]自注：时郊畿草扰，无御顿之备，上命彻行宫木，宰御马，以飨士卒。

[44]自注：驾至蜀，召中贵人驰祭张曲江墓，悔不纳其谏。又过剑阁下，望山川，忽忆《水调辞》云："山川满目泪沾衣，唯有年年秋雁飞。"上泫然流涕，顾左右曰："此谁人诗？"从臣对曰："此李峤诗。"复掩泣曰："李峤真可谓才子也。"

[45]自注：望贤宫在咸阳之东数里，时明皇自蜀回，肃宗迎驾，上皇自致传国玺于上，上唏嘘拜受。左右皆泣曰："不图今日复观两君相见之礼。"驾将入开远门，上皇疑先后入门不决，顾问从臣。不能对。高力士前曰："上皇虽尊，皇帝，主也。上皇偏门而先行，皇帝正门而入，后行。"耆老皆呼万岁，当时皆是之。按：此处有误，传国玺不当在此时授予肃宗，当是明皇回宫后，肃宗送回传国玺，上皇不受。

[46]自注：时肃宗诏令改葬太真，高力士知其所瘗，在嵬坡驿西北十余步。当时乘舆匆遽，无复备周身之具，但以紫缛裹之。及改葬之时，皆已朽坏，唯有胸前紫绣香囊中，尚得冰麝香，时以进上皇，上皇泣而佩之。

[47]自注：飞霜殿即寝殿，而白傅《长恨歌》以长生殿为寝殿，殊误矣。自此遂移处西内中矣。

[48]自注：太真养白鹦鹉，西国所贡，辨惠多辞，上尤爱之，字为雪衣女。上尝于芙蓉园中获白鹿，惟山人王旻识之，曰："此汉时鹿也。"上异之，令左右周视之，乃于角际雪毛中得铜牌子，刻之曰"宜春苑中白鹿"。上由是愈爱之，移于北山，目之曰仙客。上止华清，瞾飒公主尝为上晨召，听按《新水调》。主爱起晚，遽冒珍珠被而出。及寇至，仓惶随驾出宫，后不知省。及上归南内，一旦再入此宫，而当时瞾飒之被，宛然而积尘矣。上尤感焉。温泉堂碑，其石莹彻，见人形影，宫中号颇梨碑。

[49]自注：真人李顺兴，后周时修道北山，神尧皇帝受禅，真人潜告符契，至今山下有祠宇。宫中有七圣殿，字神尧至睿宗逮窦后皆立，衣衮衣。绕殿石榴树皆太真所植，俱臃肿矣。南有功德院，其间瑶坛羽帐皆在焉。顺兴影堂、果老药室，亦在禁中也。

[50]传说黄帝铸鼎于荆山下，鼎成，有龙垂胡髯下迎黄帝。黄帝骑龙升天，小臣攀龙髯，龙髯拔落，堕黄帝之弓。后世因名其处曰鼎湖。桥山：《史记·五帝本纪》："黄帝崩，葬桥山。"此借指玄宗泰陵。

[51]巢叶龟：千年龟。《史记·龟策列传》："龟千岁，乃游莲叶之上。"又褚先生补："神龟在江南嘉林中，常巢于芳莲之上。"

[52]自注：持国寺，本名庆山寺，德宗始改其额。寺有绿额，复道而上。天后朝，以禁臣取宫中制度结构之。石瓮寺，开元中以创造华清宫余材修缮。佛殿中玉石像，皆幽州进来，与朝元阁道像同日而至，精妙无比，扣之如磬。余像并杨惠之手塑。肢空像皆元伽儿之制，能妙纤丽，旷古无俦。红楼在佛殿之西岩，下临绝壁，楼中有玄宗题诗，草、八分每一篇一体。王右丞山水两壁，寺毁之后，皆失之矣。摩诘乃王维之字也。

[53]自注：石鱼岩下有天丝石，其形如瓮，以贮飞泉，故上以石瓮为寺名。寺僧于上层飞楼中悬辘轳，叙引修筜长二百余尺以汲，瓮泉出于红楼乔树之杪。寺既拆毁，石瓮今已埋没矣。

[54]自注：韩国为千枝灯台，高八十尺，置于山上。每至上元夜则然之，千光夺月，凡百里之内，皆可望焉。

[55]自注：寺额，睿宗在藩邸中所题也，标于危楼之上。世传孔雀松下有赤茯苓，入土千年则成琥珀。寺之前峰，古松老柏，泊乎嘉草，今皆樵苏荡除矣。

[56]湟中：今青海湟水两岸地区。安史之乱后入吐蕃。大中五年（851年），沙洲民众首领张义潮以所收复的瓜、沙、鄯、河等十一州归唐。

[57]青冢：汉王昭君墓。在今内蒙古呼和浩特南。

【讲解】

郑嵎，字宾光，两《唐书》无传，生平事迹不详。据元代辛文房《唐才子传》知他中大中五年（851年）李郜榜进士。又据五代孙光宪《北梦琐言》得知他与李都、崔雍、孙瑝齐名，在士子中名气很大，当时有谚曰："欲得命通，问瑝嵎都雍。"郑嵎仅存《津阳门诗并序》（《全唐诗》卷567）一首，这是晚唐大量文献毁灭后幸存的硕果之一，是以隆基与杨贵妃婚姻爱情为主线描写历史盛衰并总结历史经验教训的规模宏大的史诗。但是，长期被白居易《长恨歌》的光辉掩盖，故不为人们所熟知。其实，此诗表现了晚唐人对盛唐由盛转衰的冷静思考，具有强烈的历史意识，因此对这首诗进行研究也有重要的文学史意义，可以作为考察李杨爱情故事演变诸文体的一个独特环节。

一

此诗属唐代诗歌与序文并存的作品。序文着眼于当下情境，交代创作此诗的背景。序曰：

> 津阳门者，华清宫之外阙，南局禁闱，北走京道。开成中，嵎常得群书，下帷于石瓮僧院，而甚闻宫中陈迹焉。今年冬，自虢而来，暮及山下，因解鞍谋餐，求客旅邸。而主翁年且艾，自言世事明皇，夜阑酒余，复为嵎道承平故实。翌日，于马上辄裁刻俚叟之话，为长句七言诗，凡一千四百字，成一百韵止，以门题为之目云耳。

津阳门是建筑在陕西临潼骊山北麓的华清宫宫殿群的北门，有大道直通京城长安。郑嵎登进士第之前，开成年间曾寄宿在石瓮寺读书，这石瓮寺在华清宫东面，开元中以建造华清宫余材修缮而成。宋敏求《长安志》云："福严寺，《两京道里记》曰：在县东五里南山半腹临石瓮谷，有悬泉激石成臼，似瓮形，因以谷名名石瓮寺。"读书期间，郑嵎得知华清宫中曾经发生过的故事并游览了古迹，对那段由盛转衰的辉煌又惨烈的历史留下了深刻的印象。大中四年冬天，郑嵎从故乡虢州灵宝县出发，沿临潼过骊山而下，赴京参加进士考试。傍晚住宿在山下的一家旅店，一位年近花甲的主翁热情接待了郑嵎，老人自言曾经侍奉过玄宗皇帝，在酒席将结束的时候，老人讲起了承平盛世的往事。第二天清晨，郑嵎离开酒店，在马背上将老人讲述的故事写成这首长达100韵1 400字的七言古诗。从诗序来看，此诗创作的起因是老人讲述的特殊见闻触动了郑嵎先前石瓮寺读书的历史记忆，因而产生了昔盛今衰的感慨，加上曾经读过杜甫、白居易相关题材的诗作及大量的关于明皇与贵妃的野史，所以情不自禁的要写出这段为历史烟尘掩埋了近一个世纪的故事，既为当下也为未来提供借鉴。

二

这首诗从结构上看分成三大段，开头十韵（从开头到"我自为君陈昔时"）为第一大段；中间八十二韵（从"平时亲卫号羽林"到"鸳鸯瓦碎青琉璃"）为第二大段；最后八韵（从"今我前程能几许"到结尾）为第三大段。

第一段（10韵），写郑嵎自叙在严寒的冬天，自虢而下，泥泞难行、人困马饥之时，夜宿山下酒肆，得到主翁的热情接待，主翁主动向他陈述当年的"豪盛"光景。

第二段分为八个小节：（一）（12韵）主翁回忆十五岁当玄宗羽林禁卫军士兵时，随皇帝、诸王、嫔妃们射猎渭水之滨的情景。不仅宝马装饰华丽，武器精良，而且人马杂沓，规模宏大，杀猎甚众，四处腥膻，百里之内老百姓的庄稼被践踏殆尽。写出了明皇骄矜自得只顾自己豪奢享乐而不惜民力的特点。（二）（4韵）描写每年冬天十一月在华清宫避寒时，后宫美人洗浴淫乱奢靡的情景。（三）（12韵）描写明皇因宠幸杨妃而肆意滥赏杨氏一门，导致诸杨生活腐败淫靡。如果联系作者的自注，其奢靡简直到了登峰造极的地步。这段与杜甫《丽人行》和白居易《长恨歌》相关描写有继承也有新变。郑嵎的诗歌则与白诗异趣，遥承杜诗，将杨氏一门穷奢极欲的具体表现刻画出来，令人触目惊心。郑诗展现了白诗竭力淡化和省略的东西，其主题当然也随之发生转变，看了白诗或许沉迷于李、杨爱情的甜蜜遐想之中，而看了郑诗则只能拍案而起了！这是反思历史的讽喻意识的表露。（四）16韵）描写明皇梨园宴乐的情景，将杜诗和白诗的概貌描写真切的展现出细节来。梨园仙宴，花灯璀璨，美女如云，婀娜多姿；三郎紫笛节奏清亮，如清泉流淌，迎娘歌喉婉转动听，似黄莺脆鸣，蛮儿舞姿劲健飞腾，如疾风莫测，玉奴琵琶快慢低昂，似暴雨倾盆；要是到了明皇诞辰的千秋节，那更是举国欢庆，喧阗非凡，除了音乐歌舞还有千姿百态的杂技表演，既真实再现了大唐盛世的舞乐文化空前的盛况，也表现了盛世光环掩盖下空前的奢靡与浪费。（五）（7韵）写明皇不听贤相张九龄的逆耳忠言而宠信安禄山，最终导致安史之乱爆发。言辞充满对安禄山这个野心家、阴谋家的憎恶，对贤相张九龄的敬仰和对明皇昏聩不悟的惋惜。（六）（7韵）写潼关失守之后，明皇率六军仓皇西逃，在马嵬坡突遇兵变，被迫缢杀杨贵妃，还特地点出对张九龄的奠祭，以表达明皇的悔恨心情。较白诗"六军不发无奈何，宛转蛾眉马前死"的描写和杜诗"不闻夏殷衰，中自诛褒妲"（《北征》）的评论，更显历史的真实性。（七）（12韵）写收复两京之后，玄宗在返回长安途中进入华清宫，让高力士重新安葬贵妃，并通过宫殿凄凉荒芜景象的描写来表达玄宗的苍凉感慨和对贵妃的无穷思念。（八）（12韵）描写远离开元盛世的百年之后，尤其是会昌毁佛之后，华清宫遭遇的陵谷变迁，大有昔盛今衰的感慨，历史的"豪盛"与眼前的凄凉形成鲜明的对比，令人有不胜欷歔之叹。整个第二段写主翁述说亲眼所见的华清宫中发生过的自开元盛世到经历安史之乱再到会昌毁佛之后的历史事实，引起昔盛今衰的苍凉感慨。

第三段（8韵），写作者对前途的感慨，既深感个人前途难卜，又对当下宣宗皇帝的有所作为充满期待，祝愿主翁"两逢尧年"，安慰他要颐养天年享受太平，并以杯酒话别。

三

本诗代表了郑嵎的最高水平，因为整个晚唐几乎是律诗和绝句的时代，郑嵎写作超越杜牧、李商隐甚至白居易、杜甫的七古规模体制的长篇颇能显示其气魄。单就这孤篇来看，有如下的艺术特点。

（1）继承杜甫诗歌的现实主义精神，讽喻唐玄宗荒淫误国的主题鲜明突出。对盛唐繁华掩盖下尖锐社会矛盾进行揭露是杜甫困守长安时期诗歌的重要主题，安史之乱前后的诗歌对明皇宠幸贵妃而恩及杨氏一门，进而宠信安禄山，最终导致盛世毁灭的悲剧，在《丽人行》、《咏怀五百字》、《哀江头》、《北征》等诗中有深刻的表现。一方面，杜甫写的是"史"诗，他是站在维护大唐国家体制的政治立场，用政治观点来评论当代人物的是与非，所以将杨贵妃比成周幽王的宠姬褒姒、殷纣王的嬖后妲己、夏桀王的嬖妾妹喜等历史上被视为祸水的女宠；另一方面，对于杨贵妃在马嵬坡惨死后玄宗逃亡蜀郡的悲剧又予以一定的同情，说："明眸皓齿今何在？血污游魂归不得。清渭东流剑阁深，去住彼此无消息。人生有情泪沾臆，江草江花岂终极？"（《哀江头》）在追寻治乱的根源时，杜甫对诸杨依恃皇帝的恩宠过着奢华淫靡醉生梦死的生活又进行辛辣的讽刺，间接地也对玄宗晚年的昏聩表示谴责。白居易的《长恨歌》显然中心在"情"字上，结尾"在天愿为比翼鸟，在地愿为连理枝"的爱情理想和"天长地久有时尽，此恨绵绵无绝期"的爱情遗恨是明显的证据，因此对明皇专宠贵妃并无过多指责，倒给人"遂令天下父母心，不重生男重生女"的艳羡感觉，甚至将贵妃进宫的经历由"潜搜外宫"改为"一朝选在君王侧"，把公公夺取儿媳的乱伦秽行说成是名正言顺，不惜改变历史真相来对李杨爱情进行回护。对"渔阳鞞鼓动地来""九重城阙烟尘生"的悲剧也采取简略的一笔带过的写法，并未见对杨国忠、安禄山等人的政治批判，因此白居易此诗讽喻的寓意显然掩盖于歌颂爱情的主题之下。相比之下，郑嵎的诗歌讽喻性鲜明而强烈，较杜甫更为广泛深刻全面，杜甫写的是当时历史，自然对有些还活着的当事人（像唐明皇、杨国忠等）必须采取隐晦的手法，另外，像华清宫避寒的歌舞场面杜甫没有亲身经历也只能是想象性的描写，加上历史与民间传说相结合的叠加效应，所以处于晚唐的郑嵎在占有材料方面显然更为全面，评价也更为客观。郑嵎通过亲历者的讲述，对开元盛世的斗鸡、射猎、游宴、歌舞等都进行了讽刺，如射猎渭滨，不仅规模空前，而且羽林与宫娥齐上阵，更有甚者将方圆百里之内的庄稼践踏殆尽。又如赐浴华清池温汤的描写，就不再只突出贵妃一人，而是遍及整个后宫嫔妃：泉水从雕刻的玉莲花蕊中喷射香液，可见浴池建筑的精美，漱洗时烟雾缭绕，浪花四溅，回廊深深，逶迤伸展，可见洗浴者众多，场面宏大；用犀牛角和象牙装饰的屏风杂陈罗列，绣有野兔和大雁的锦绣床褥的房间里出浴美人在嬉戏追闹，破损的玉簪和弄碎的金钿随地丢弃，真丝巾帕与五彩缨络和着化妆的剩脂残水漂浮在金光闪闪的沟渠。再如由于"上皇宽容易承事"，所以"十家三国争光辉"，导致了明皇的无节制的恩赐滥赏，尤其是杨贵妃的八姐虢国夫人，这位"却嫌脂粉污颜色，淡扫蛾眉朝至尊"的妖媚妇人，依仗贵妃专宠和堂兄为相而为所欲为，不仅势倾朝野而且富可敌国，她为建造合欢堂而一掷万金，地板和墙壁的严密合缝甚至爬不进一只蚂蚁，可见精雕细刻何其工致！而建造的工匠竟然对五千匹锦缎的工钱嫌少嗤而不顾。在堂中特设西川节度使进贡的夜明枕，晚上放射的光芒，照亮一室，以致掩盖了银烛的光亮能使宝镜和帐帷熠熠生辉，其奢华真是无与伦比！还有玄宗宠信安禄山而不听张九龄的忠谏，竟为他在御侧特设"金鸡画障"，每坐及宴会，必令禄山坐于御座侧，赐其箕踞；又让贵妃收禄山为义子，为他举办洗礼让宫女们以锦缎绷带行襁褓之戏，上亦呼之禄儿，每入宫，必先拜贵妃，然后拜上；还在亲仁里南陌为禄山建甲第，极尽奢华，不仅楼阁相连，阁道可以走马，而且笲筐簸箕釜缶之具，都是金银铸造。这些不见于杜诗和白诗中的内容，郑嵎一概如实写出，足见他讽喻范围拓展到整个历史事件的各个方面，因而更见深刻，也更为警醒。

（2）强烈的历史意识。诗歌与历史互证本是中国古典诗歌的一个传统，古人有所谓的"六经皆史"的说法，《诗经》存在大量根据史料创作的诗歌已经成为常识，但是到魏晋南北朝进入"文的自觉"阶段以后，诗歌渐渐脱离经学、史学的束缚，朝言情绮靡的方向发展，独抒性灵的感性空间使诗歌远离历史，偏重于抒情与想象。然而，机缘也有凑巧，到了唐代中后期，由于大量历史题材重新进入诗歌，特别是从杜甫大量写作当代历史事实的诗歌被称为"诗史"以来，不仅咏史怀古诗歌的数量大增，而且长篇叙事诗史也不断涌现，像杜甫的《北征》、白居易的《长恨歌》、元稹的《连昌宫词》、韩愈的《永贞行》、杜牧的《杜秋娘诗并序》、李商隐的《行次西郊作一百韵》、郑嵎的《津阳门诗并序》等，都可以称之为一代史诗。史诗的重要内涵就是"历史意识"，即通过对古代或当代历史的书写，表达作者的史识，史识不仅仅是对历史事实的回顾与评价，而是要在征实的基础上总结历史经验，为当代提供借鉴。面对大唐开天盛世的由盛转衰这段历史，中晚唐诗人更是投注了深情而理智的目光，仅以李、杨婚姻爱情为吟咏对象的诗歌就多达几百首，其中以本文探讨的几篇规模最大，影响也最深远。如果说杜甫相关的作品书写的是当代史，属于时事评论的话，那么白居易、元稹等人的相关作品则对那段历史作了较为冷静的判断，揭示了更为本质的内涵，总结了历史的经验教训。到了郑嵎，更在历史文献与民间传说产生累积叠加效应的基础上，历史意识更为强烈集中全面深刻。他在这篇长诗中添加四十多条"自注"就是这种历史意识的表现。如果说白居易的《长恨歌》是以安史之乱前后的历史作为背景而重点突出李杨之间的所谓帝王爱情的话，那么郑嵎的《津阳门诗并序》则是以李杨婚姻爱情为主线而全面深刻的展现整个历史进程。

这些"自注"有的是关于楼阁建筑物的，如华清宫玉莲汤池，自注曰："宫内除供奉两汤池，内外更有汤十六所。长汤每赐诸嫔御，其修广与诸汤不侔。甃以文瑶宝石，中央有玉莲捧汤泉，喷以成池。又缝缀绮绣为凫雁于水中，上时于其间泛钑镂小舟以嬉游焉。"有的是关于人物故事的，如玄宗月宫偷曲的民间传说，自注曰："叶法善引上入月宫，时已深秋，上苦凄冷，不能久留。归，于天半尚闻仙乐。及上归，且记忆其半，遂于笛中写之。会西凉都督杨敬述进《婆罗门曲》，与其声调相符，遂以月中所闻为之散序，用敬述所进曲作其腔，而名《霓裳羽衣法曲》。"这对清代《长生殿》中《游月宫》一曲影响较大。也有关于节日风俗的，如"上始以诞圣日为千秋节，每大酺会，必于勤政楼下使华夷纵观。有公孙大娘舞剑，当时号为雄妙。又设连榻，令马舞其上。马衣纨绮而被铃铎，骧首奋鬣，举趾翘尾，变态动容，皆中音律。又令宫妓梳九骑仙髻，衣孔雀翠衣，佩七宝璎珞，为《霓裳羽衣》之类。曲终，珠翠可扫。其舞马，禄山亦将数匹以归，而私习之。……一旦于厩上闻鼓声，顿挫其舞。厩人恶之，举箠以击之。其马尚为怒未妍妙，更因奋击婉转，曲尽其态……"可见当年繁华奢靡的节日气氛。简直就是一部盛唐时代的宫廷生活简史。正是这些史实构成了《津阳门诗并序》主要内容。结尾还写到"大中五年（851年），沙洲民众首领张义潮以所收复的瓜、沙、鄯、河等十一州归唐"，表现了对宣宗皇帝有所作为的期待，可见他详细记录开天之际的史事目的还是对当今皇上提供借鉴。

（3）结构严谨，语言生动凝练。本诗以行旅历程为基本构架，以与酒店老翁相遇、老翁讲述开天往事、天明与老翁离别为线索，构成首尾呼应、结构完整的叙事诗。本诗语言凝练富于艺术表现力。如描写渭滨射猎、温汤洗浴、虢国奢华、安禄山觐见、马嵬缢杀贵妃、华清宫毁坏等场面或情境，都堪称"如画"，像"枯肠渴肺忘朝饥""渐觉春色入四肢"写饥饿感及酒力发热后四肢回暖感，"刻成玉莲喷香液，漱回烟浪深逶迤"写后宫群妃洗浴景象，"蓬莱池上望秋月，无云万里悬清辉。上皇夜半月中去，三十六宫愁不归"写明皇夜半游月宫的神幻景象，"马知舞彻下床榻，人惜曲终更羽衣"写人与马陶醉在歌舞境界中的感受，"长眉鬓发作凝血，空有君王潜涕洟"写玄宗失去爱妃的绞绞痛楚，"花肤雪艳不复见，空有香囊和泪滋。銮舆却入华清宫，满山红实垂相思"写玄宗幸蜀归来物是人非的痛苦心态，"龙宫御榜高可惜，火焚牛挽临崎岖。孔雀松残赤琥珀，鸳鸯瓦碎青琉璃"写会昌毁佛后华清宫的残破景象，等等，都是形象生动并富于表现力的佳句。

郑嵎《津阳门诗并序》历代不受重视的原因，主要有如下几点：①杨慎《升庵诗话》认为"其（叙）事皆与杂录小说符合，然其诗警策清越不及元、白多矣"。②王世贞《艺苑卮言》认为此诗"卑冗"之极与卢仝《月蚀》的"怪俗"一样，是"俱不足法"的。③翁方纲《石洲诗话》认为"只作明皇内苑事实看，不可以七古格调论之"。④《读雪山房诗序例》则认为"此篇正恨其读之不响"。不可讳言，郑诗确实存在这些缺点，但总体上看，虽然其艺术性比不上杜甫的相关作品，也难以与白居易、元稹等人的相似题材诗歌比肩，但自注中记录了大量史实，讽刺的兵锋始终指向皇帝"荒淫必误国"这个核心，主旨明晰，也是其优点。另外，诗中表达晚唐人深感日落黄昏的时代悲凉，但仍真诚期待中兴的良好愿望，也值得尊重。

第十五讲 唐诗与科举

一、唐代的科举制度及其意义

我们在讲唐诗繁荣的原因时，曾经提到唐代的科举考试是促进唐诗繁荣的外部原因之一，因为科举考试主要有明经、进士两科，其中进士科考试必须加试"杂文（诗赋）"一道。这项制度使唐代的士子必须练习写作符合程式规则的律诗（主要是五言排律），否则就会与进士无缘。因此，唐代读书人很早就要学习写诗，有的人甚至将诗歌当作自己终身追求的事业，如杜甫就说过"诗是吾家事"的话。唐代的科举考试尽管也有弊端，但是在那个时代，科举考试毕竟为寒门弟子打开了一扇通向仕途的大门，很多中下层读书人通过科举这一关实现了自己的人生理想，或者为这一目标而不懈努力，甚至是奋斗终生。唐代的科举制度无疑是唐代文化最具有特色也最有意义的一部分。陈飞先生认为：科举考试是唐代"文德政治"的前提和基础，也是"文德政治"深入而盛大的要求和表现；因为科举考试培养的士人必须具有儒家的性格情怀，又要具有文学的艺能，所以考试诗赋就是必然的选择。[①]也因此，科举与唐诗的发展建立了密切的关系。科举考试的形式和内容，以及相关的各方面生活、现象都成为唐诗的组成部分，诗人们参加科举考试建立自己的人生理想，成功者飞黄腾达，而落第者却黯然神伤。无论成功还是失败，科举考试都将深刻而持久地影响诗人们的情绪，在他们心中落下印痕。宋代的严羽曾经说：

> 或问："唐诗何以胜我朝？"唐以诗取士，故多专门之学，我朝之诗所以不及也。[②]

这里，严羽将唐诗超越宋诗的原因归结为"以诗取士"制度带来了关于诗

[①]《唐诗与科举》，第22页，漓江出版社1996年版

[②]郭绍虞《沧浪诗话校释》，第147页，人民文学出版社1961年版。

歌的专门之学。实际上，这个结论带有片面性，因为科举考试的考场上至少曾经诞生了应制诗歌16万首（据有关资料统计，唐代289年中，有近十六万人次参加了考试）以上，但是真正流传下来的举场诗在现存的五万首唐诗中仅占极小的一部分。相反，严羽却认为："唐人好诗，多是征戍、迁谪、行旅、离别之作，往往能感动激发人意。"[1]这是很有见地的结论，在社会生活完全诗化的唐代，诗歌具有广泛的现实应用功能，诗歌的内核是情感，因此，在从军边塞、贬谪途中、羁旅行役、赠别送行的场合，诗人们往往流露出真切深挚的感情，这些诗才是唐诗中的精品佳作。当然，这些好诗中肯定有相当一部分与科举考试直接或间接相关，因此，科举与唐诗的精华部分也有一定的关系，这是我们研究这一课题的原因。

二、唐代的科举考试内容及形式

科举制度打开了诗人的政治视野，激发了他们的生命激情，科举成为当时的热门。《唐摭言》载：

> 进士科始于隋大业中，盛于贞观、永徽之际。搢绅虽位极人臣，不由进士者，终不为美，以至岁贡常不减八九百人。其推重谓之"白衣公卿"，又曰"一品白衫"。其艰难谓之"三十老明经，五十少进士"。……其有老死于文场者，亦无所恨。故有诗云："太宗皇帝真长策，赚得英雄尽白头。"

宰相薛元超把没有凭借进士身份擢第看作自己平生最大的憾事。由此可见，科举考试在唐人心中的分量。那么，唐代的科举考试有哪些具体的程式和内容呢？下面择要作一些简介。

（1）考试时间：正、二月某子日。一般每年十一月（冬月）开始报名，次年春考试。

（2）考试地点：尚书省礼部南贡院，有时皇帝在洛阳，就在洛阳考试。还有特例，在南方划片设立考试点。如开元二十五年，王维就曾经知南选（在岭南举行科举考试）。一般情况下，主考为礼部侍郎。

（3）招考对象：即"生徒"、"乡贡"、"制举"。

生徒：国子监、弘文馆、崇文馆等国家最高学府和各地方州县的官办学校结业的一部分学生。

---

[1]郭绍虞《沧浪诗话校释》，第198页，人民文学出版社1961年版。

乡贡：凡不在校学习而自学成才者，提出书面申请，先参加州一级考试，合格者经推荐送达京城参加考试，称"乡贡进士"。

制举：皇帝临时下诏选拔非常之才，即以皇帝的名义征召各地有专门才能的知名人士，统称为"制举"。它与明经、进士等常科考试的不同主要为：制举考试的科目和时间都由皇帝临时下诏决定，而常科考试的科目和时间都是固定不变的（当然也有特例，如高宗麟德二年（665年）春二月，因为东封泰山而停选，导致王勃到次年才应制举，中第后授朝散郎职务，并入沛王府任文学修撰）；应制举人一般是各府州长官举荐的知名之士，而应常科举人则是经过逐级考试选拔出来的优胜者；制举一般只试策论，其内容与时事政治密切相关，而常科考试内容则含有策论、经论和杂文等；常科及第后尚须经过吏部考试合格方能授官，而制举一经登第，一般立即授官。所以，制举比起常科，是一条快捷的入仕道路。如白居易在宪宗元和元年，应"才识兼茂明于体用科"与元稹等一起中第（入四等，乙等），授周至县尉。高适生平喜谈王霸大略，齿预常科，天宝八年（749年）在张九皋的荐举下，应制举中"有道科"，授陈留郡（汴州）封丘县尉。

（4）报考程序：①举子们到达京城后，先要到尚书省有关部门"疏名列到"，即办理报名手续；②上"文解"，即由地方官府发给举子的推荐证件，还有"家状"，即由举子本人填写的籍贯、三代名讳等方面的家庭状况表；③接下来要"结款通保及所居"，要求举子们以三人为一组来互相担保，并写明在长安的暂时住所；④准备参加两项集体活动：一项是在元旦节那天参加由皇帝接见的仪式，另一项是由国子监举行的拜谒孔子像的仪式。

（5）考试形式：主要有五种：口试、帖经、墨义、策问、杂文。如明经科考试如下："先帖文，然后口试，经问大义十条，答时务策三道。"贴文是考经典文句（相当于现在的填空题），只有对经文及有关知识记得精熟，才能在随便哪段空缺（即帖处）中填上正确的内容；而问大义（即墨义）则是考查他们对经义的理解情况，这需要融会贯通，有一定的分析理解以及口头表达能力；时务策，则是考查士子运用儒家经典解决现实政治问题的态度、方法、能力和水平；杂文即是诗赋，徐松《登科记考》卷二"永隆二年（682年）诏注"中说："按杂文两首，谓箴铭论表之类，开元间始以赋居其一，或以诗居其一，亦有全用诗赋者，非定制也。杂文之专用诗赋，当在天宝之季。"

（6）考试科目：文科和武科。文科分常科（秀才、明经、进士）与制科。

附录：唐代制科目录表：

志烈秋霜　幽素　辞殚文律　岳牧　辞标文苑　蓄文藻之思　抱儒之业

临难不顾殉节宁邦　长才广度沉迹下僚　文艺优长　绝伦　拔萃　疾恶

龚黄　才膺管乐　才高位下　才堪经邦　贤良方正　抱器怀能　茂才异等

文经邦国　藻思清华　寄以宣风则能兴化变俗　道侔伊吕　直言极谏

手笔俊拔超越流辈　哲人奇士逸伦钓屠　良才异等　文儒异等　文史兼优

博学通艺　文辞雅丽　将帅　武足安边　高才沉沦草泽自举　博学宏词

才高未达沉迹下僚　多才　王伯　智谋将帅　文辞秀逸　风雅古调　辞藻宏丽

乐道安贫　讽谏主文　能言极谏　文辞清丽　经学优深　高蹈丘园　军谋越众

孝弟力田闻于乡闾　博通坟典通于教化　详明政术可以理人　才识兼茂明于体用

达于吏治可使从政　军谋宏达材任将帅　详明吏治达于教化　军谋宏达材任边将

详明吏理达于教化　军谋宏达堪任将帅

三、科举考试与唐代士风

科举考试是一块"敲门砖"。大家非常熟悉的白居易《赋得古原草送别》："离离原上草，一岁一枯荣。野火烧不尽，春风吹又生。远芳侵古道，晴翠接荒城。又送王孙去，萋萋满别情。"就是一首应考的习作，也是白居易向顾况投献的行卷诗歌。【按：考场规定，凡指定、限定的诗题，题目前须加"赋得"二字，作法与咏物相类，要破题明意，要起承转合，对仗精工，要空灵浑成，清真雅正，方称得体。因束缚很严，故很少佳作流传。】

【行卷】这是唐代士子最为独特的一种作风，因为唐代的科举考试还没有后代严密的密封试卷的做法，主考官可以看到每一位考生的姓名，在决定"去取高下"时，不仅要阅评试卷的优劣，还要参考平日所作诗文及其声望，以及照顾推荐者的意见，说情者的面子，权势者的人情。这些因素综合影响下，应试主人为增加及第的可能和争取名次，多将自己平时诗文编辑成集，写成卷轴，考试以前送呈当时在社会上、政治上和文坛上有地位的人，请求他们向主司即主持考试的礼部侍郎推荐，从而增加自己及第的声望，此后形成风尚，称为"行卷"。

【温卷】如果第一次行卷没有结果或者没有达到目的，那么过一段时间又将自己所作的诗文再次投献，或者数次投献，称为"温卷"。

由于进士科录取人数很少（每年一般二十人左右，唐代最多也只有三十人，占总应考人数的百分之一），登第艰难，所以准备独特题材行卷是应举者的重要活动。行卷的地域和对象很广泛，并不限于京城，而是遍及天下，因此行卷的内容贵精不贵多，少者一卷，诗数首，赋几篇。多者则多达几十卷，如杜牧行诗一卷，一百五十篇，赋一篇《阿房宫赋》；皮日休以《皮子文薮》十卷二百篇作为行卷。据说有一个叫薛宝逊的大中时期人，好行巨卷，自号"金刚杵"，他的这些卷子让看门的老太婆很高兴，因为能卖钱管几个月的蜡烛费。

通过行卷，一批无权无势的优秀书生或具有真才实学的诗人脱颖而出，留下很多文坛佳话。

四、科举考试与唐诗的关系

（一）行卷故事：

【深浅画眉朱庆馀】

《近试上张水部》：

洞房昨夜停红烛，待晓堂前拜舅姑。

妆罢低声问夫婿，画眉深浅入时无。

这是朱庆馀在临考前献给水部员外郎张籍的行卷诗，借以征求意见，试探张籍的态度。采用借喻的手法，通过塑造一个新嫁娘的温柔甜美形象，来婉转含蓄地试探张水部对自己诗歌的看法。全诗以"入时无"为核心，新娘打扮得是否入时得体，能否讨得公婆的欢心，最好先问问新郎，如此精心设问寓意，用意的婉转令人回味令人叹服。张籍看了这首创意新颖的小诗，立刻写了回答诗《酬朱庆馀》：

越女新妆出镜心，自知明艳更沉吟。
齐纨未足时人贵，一曲菱歌敌万金。

张籍将朱庆馀比作越州镜湖的采菱女，不仅长得艳丽动人，而且有绝妙的歌喉，这是身着贵重丝绸的其他越女所不能比拟的。肯定了朱庆馀诗歌的价值并赞美了他玲珑剔透的心灵。文人相重，酬答俱妙，千古佳话，流誉诗坛。

【逢人说项杨敬之】

项斯科举落第，功名不就，会昌三年（843年）听说国子祭酒杨敬之"性爱士类"，最喜提携后辈，便带着自己的诗作前去谒见。杨敬之非常喜爱项斯的诗歌，赠诗云：

几度见诗诗总好，及观标格过于诗。
平生不解藏人善，到处逢人说项斯。

一时广为传颂，而项斯便在第二年考中进士，且名列第二。从杨敬之的诗里我们可以看出，他对项斯的诗歌及人品道德都甚为赞赏，欣喜之余，逢人便说，四处推荐。张籍也有一首赠项斯的诗歌《赠项斯》："端坐吟诗忘忍饥，万人中觅似君稀。门连野水风常到，驴放秋原夜不归。日暖剩收新落叶，天寒更着旧生衣。曲江亭上频频见，为爱鸬鹚雨里飞。"可以想见项斯吟诗刻苦，生活清贫，品德高尚，他像闲云野鹤一般过着安贫乐道的生活，为人贞静闲雅，很有隐士风度。"逢人说项"成为称善他人的一条成语，也成为文坛流传千古的佳话。

【顾况"白居"不"易"】

十六岁的白居易从江南来长安，向前辈诗人顾况行卷。一开始，顾况见他的名字打趣说："长安米贵，白居不易啊！"当看到"野火烧不尽，春风吹又生"时，马上赞叹道："有这样的诗才，实在难得，就是走遍天下白居也易啊！""因为之延誉，声名遂振"。顾况的推奖，为白居易后来的科举考试取得好成绩奠定了基础。

【第一仙人许状头】

卢储于元和十四年（819年）入京，向尚书李翱投卷，求他荐举。李翱以礼相待，因有急事外出，便将其诗文置于案上。李翱长女刚刚十五岁，来此偶阅卢卷，爱不释手，连阅数遍，对侍女说："此人必为状头。"李翱刚巧回到室外，闻听此言深以为异。过了一会儿，便命下属到邮驿向卢储表明招婿之意，卢先是婉言谢绝，一个月后又应允。因为李翱的延誉，卢储第二年果然状元及第。随后，这位状元与这位红颜知己洞房花烛，乘兴挥笔写下一首催妆诗：

> 昔年将去玉京游，第一仙人许状头。
>
> 今日幸为秦晋会，早教鸾凤下妆楼。

后来，卢储为官，将迎夫人到任所，适逢园中有鲜花盛开，又即兴题诗一首："芍药斩新栽，当庭数朵开。东风与拘束，留待细君来。"从而为行卷增添一段风流韵事。

此外，从《太平广记》一书记载来看，如陈子昂、王维、杜牧、牛僧孺、李固言等诗人、宰相，他们当年的进士及第与行卷都有一些关系，只是方式略有不同。由此可知，在激烈的社会竞争局面下所产生的行卷风气，对于选拔人才，确实有一定的积极作用，使一些怀抱利器的士人，可以寻找机会展示自己的才华，一旦遇上有眼力的前辈，便得到评鉴推奖。而且，这种风气也促使考生在平日就注意提高个人的文化修养，客观上对促进唐代文学的繁荣起到了推动作用。当然，行卷也难免有人鱼目混珠。到宋代，进士科考试，先后采取糊名及誊录制度，除试典型策论外，不需以其他文学创作来谋取科第，因而严格意义上的行卷也随之消失。

（二）考试过程：

【三条烛】

唐代科举考试的时间大约是一天。白居易《早送举人入试》：

> 凤驾送举人，东方犹未明。自谓出太早，已有车马行。
>
> 骑火高低影，街鼓参差声。可怜早朝者，相看意气生。

日出尘埃飞，群动互营营。营营各何求？无非利与名。

而我常晏起，虚住长安城。春深官又满，日有归山情。

此诗中描写了考生一大早赶赴考场的情景。后面抒发了欲摆脱名利纠缠归隐山林的愿望。唐代的举子考试在白天开始，考场之外，严兵把守，贡院之内，荆棘围隔。考生都要自备照明用的脂烛，取暖用的木炭，饮食用的器具，写字用的水墨等，手提肩负，本已显出一副狼狈模样，而这时胥吏又点名盘问，查对证件，呵斥搜身，有辱斯文。只有应制举的考生，因沾皇帝的光，不在贡院考试，可以免去这样的窘迫境遇。

在考试时间上允许举子们夜以继日，即白天未答完，晚上可继续作，但以点完三条烛为限。韦承贻《策试夜潜纪长句于都堂西南隅》诗曰：

褒义博带满尘埃，独自都堂纳卷回。

蓬巷几时闻吉语，棘篱何日免重来？

三条烛尽钟初动，九转丹成鼎未开。

残月渐低人扰扰，不知谁是谪仙才？

三条烛没烧完，谁拿第一还说不定。《诗林广记》中曾记载这样一段对话："举人试日已晚，试官权德舆于帘下戏曰：三条烛尽，烧残举子之心。举子遽答云：八韵赋成，惊破侍郎之胆。"说明夜里三条烛燃尽，就是交卷的最后时限。

【八韵赋】

进士科考试特重诗赋，从高宗到玄宗末年，正是唐代诗歌创作日益发展兴盛的时期，上至帝王将相，下至牧童竖子，都喜欢吟诗作赋，现实化中的各种事物，都可以用诗赋来描述，而且刻意求工，争强斗胜。在上层社会，诗赋更成为日常交往的重要工具。所以诗赋被引入科举考试，"正是诗歌的发展繁荣对当时社会生活产生广泛影响的结果。"诗赋在写作技巧和结构上的要求越来越严格。如唐玄宗开元十二年，进士科考试题目是《终南山望余雪》诗，祖咏仅做了四句："终南阴岭秀，积雪浮云端。林表明霁色，城中增暮寒。"就交卷，考官诘问何以不完卷，他回答说："意尽。"最后祖咏中了进士。

中唐时期诗赋考试已有限六十字作成五言排律的规定，韵脚也随题目有所限定。如天宝十载，进士科考试《省试湘灵鼓瑟》，钱起的诗歌很有名，诗曰：

> 善鼓云和瑟，常闻帝子灵。冯夷空自舞，楚客不堪听。
> 苦调凄金石，清音入杳冥。苍梧来怨慕，白芷动芳馨。
> 流水传湘浦，悲风过洞庭。曲中人不见，江上数峰青。

这首诗的亮点是末联，"曲终人不见"表现消逝，"江上数峰青"表现的是永恒。曲终人散，一个情思绵邈的音乐世界仿佛突然间消失了，给人一种深深的失落感，这是人生难堪的瞬间，但是一转眼峰回路转，扑入眼帘的是江水激滟的中央耸立着几座清秀的山峰，好像几点绿色的慰藉，情感又找到了寄托的处所。不仅如此，伊人此曲果真消逝了吗？这一曲缠绵悱恻的音乐有没有惊动山灵？它没有传出江上青峰的妩媚与严肃？它没有深深地印在这妩媚和严肃里面？山青处几许风流，乐曲中多少因缘，青山永恒，瑟声和鼓瑟的人也就永在了。达到了令人神远，回味无穷的境界，不愧为省试中的佳作。

赋的考试主要是律赋，讲究平仄押韵，一般为八韵，字数一般限于三百五十字，韵脚也有规定。要求"入句见题"，"偶属典丽"。如白居易与诗同时所作的《省试性习相近远赋》，以"君子之所慎焉"为韵。诗赋命题限意限韵的实质就是出难题，因而后来出题偏难，因难见巧，可以考人的才智。这双重限定表明，律赋考查的绝不仅仅是辞藻和声律的斟酌，还有熔铸经史、驱使六籍的功夫。读书人为了求取功名，自然会对典籍的内涵用心揣摩，深入体会，进而接受其中的政治思想和价值观，而国家也正要通过这个普遍而又带强制性的手段，达到塑造知识分子、控制文化精英的目的。任何事物都有两面性，诗赋考试整体上提高了全社会读书人的文化水平，但过于严格的规定，又严重束缚考生主体性情的张扬，浪漫主义激情被程式化的规范和强烈的功名利禄观念冲淡，因此唐诗并没有在应制和科考中走向繁荣，这确实值得深思。

【释褐试】

在唐代，凡考取常科的士人，只是有了个出身，即取得了做官的资格，还要经过吏部铨选考试，称铨试或选试，合格的才能授予官职。这种考试称为"释褐试"，即通过选试合格的人，可脱去粗布衣服而换上官服，离开平民阶层而进入官吏行列。也叫"关试"，就是礼部将及第者的材料移交给吏部，再由其进行选试。"关试，吏部试也。进士放榜敕下后，礼部始关吏部，吏部试判两节，授春关，谓之关试。始属吏部守选。"关试时间一般在春天，故又称"春关"。

吏部选试的内容有四项：

（1）身：看其形象是否端正丰伟

（2）言：看其说话是否口齿清楚

（3）书：看其楷书写得是否工整遒美

（4）判：看其判词作得是否文理通达

以这几方面综合考核其行政能力。选试的程序是：先考试书、判，叫做试；后考察身、言，叫做铨；若都合格，则当面征询其人的意见，以权衡授予何种官职，叫做注；而后集合录用者，当众点名分授官职，叫做唱。凡通过礼部又通过吏部选试的人，一般授予八、九品的县尉、拾遗之类的官职，官阶虽然不高，但是足以避世安亲了。如杜荀鹤《送福昌周繇少府归宁兼谋隐》：

> 少见古人无远虑，如君真得古人情。
>
> 登科作尉官虽小，避世安亲禄已荣。
>
> 一路水云生隐思，几山猿鸟认吟声。
>
> 知君未作终焉计，要着文章待太平。

能考中制举在当时非常荣耀，因此一些已经为宦者，想做天子的门生，仍可应考。如黄滔的《御试》：

> 已表隋珠各自携，更从琼殿立丹梯。
>
> 九华灯作三条烛，万乘君悬四首题。
>
> 灵凤敢期翻雪羽，洞箫应或讽金闺。
>
> 明朝莫惜场场醉，青桂新香有紫泥。

这首诗表现的情景充满皇家气派，用词华贵，表现了应试者踌躇满志的艳羡心态，因为"紫泥"封着的录取诏书是读书人梦寐以求的。而且还可以一睹龙颜，为今后在京城做官铺垫。更何况在考试时，皇上还要赐食。元稹《宫词》说："延英引对碧衣郎，江砚宣毫各别床。天子下帘亲考试，宫人手里过茶汤。"你看，考试的用具都是地方名产的文房四宝，还有宫中美人端茶送汤。考试晚了，还特地派兵士护送归宿。可见待遇非常优渥。但是，在社会上的名望，制举还是不及进士科。

【放榜日】

放榜也叫放牒。是最激动人心的时刻，也是几家欢乐几家愁的时刻，因为举子的命运就决定于那几张黄纸写的进士榜。其字用淡墨书写。礼部贴榜的地方在尚书省南院的东墙。这是一扇特筑的墙，高一丈多，上面有檐，四周是空地。春夜未晓，执事就从北院捧着榜，到南院张贴。许多人早已等候多时。据说元和六年国子监的学生从东面一拥而入，踏破了棘篱墙，把贴榜的墙一下子拥倒了。"车马争来满禁城"说的就是这种狂热场面。有时安排在东都放榜，西京过堂。杜牧有诗曰：

> 东都放榜未花开，三十三人走马回。
>
> 秦地少年多酿酒，却将春色入关来。

意思是说，在洛阳放榜的时候，花还没有开放，33名考中的人骑着马到长安去参加过堂，喝着秦地少年们酿的美酒，进士们把春色也带进了长安，把新科进士的春风得意心情表达出来了。

这是一个百感交集的时刻。唐朝每年的进士及第人数比较少，前期一般每年17至19名，中唐之后少多一些，平均每年30名左右。据统计，唐代289年间，进士及第仅6427人。在整个封建时代的十万进士中只占6.5%。物以稀为贵，进士考试程序复杂，考试严格，录取又非常精粹，因此在社会上地位高，名声显赫。科考成为一种牵连家庭、亲族、故乡、姓氏荣辱的事业。有人甚至把记录及第进士简况的《登科记》当作"千佛名经"来顶礼膜拜。在这样的氛围下，及第者自然志满意得情思飞扬，觉得过去的十年应试生活，只是鲲鹏之迁南海，蛰龙之处幽泉，不过艰难等待而已；现在姓名高悬，占尽春光，自信得可以通神了。如袁皓《及第后作》：

> 金榜高悬姓字真，分明折得一枝春。
>
> 蓬瀛乍接神仙侣，江海回思耕钓人。
>
> 九万抟扶排羽翼，十年辛苦涉风尘。
>
> 升平时节逢公道，不觉龙门是险津。

与中第的春风得意形成对比的是落第的悲苦凄凉新境。这一点孟郊最为典型，后面会专门讲孟郊。这里再录几首其他诗人写的落第诗。如郑谷《送进士赵能卿下第南归》：

> 不归何慰亲，归去旧风尘。洒泪惭关吏，无言对越人。
>
> 远帆花月夜，微岸水天春。莫便随渔钓，平生已苦辛。

真是"莫道还家便容易，人间多少事堪愁"，落第者失败归家，在心理上真是千难万难，首先是难以面对京城相处的好朋友们，特别是那些已经高中的朋友；踏上归乡的旅途，面对关口的小吏，或许他们曾经给予过照顾，或许他们也曾经有所期待，而今落魄而归，只有洒泪而别；回到家乡，又难以面对故乡的熟人，更难以面对自己的亲人，真是"无颜见江东父老"。因此，尽管一路风景不殊，但是心里早已产生了渔钓归隐的念头。但想到十年的辛苦，总会于心不甘，还想来年再战。可见落第者心理压力巨大。"落第逢人恸哭初，平生志业欲何如。鬓毛洒尽一枝桂，泪血滴来千里书。谷外风高催羽翮，江边春在忆樵渔。唯应感激知恩地，不待功成死有余。"许多落第者都是带着这样声泪俱下的失败感踏上归程。因此，安慰落第者，就成为唐诗赠别中的一个特别的种类，甚至还有大量写诗序赠给落第者的现象。如盛唐名士陶翰。陶翰的心中，多豪情壮思，多雄迈的自信，而眼中即使看到失败，也决不气馁。这一点在他的慰人落第诗序中表现得很充分。如《送王大拔萃不第归睢阳序》[1]：

> 才格可得而仰也，文章可知而畏也，故往年有公连之捷矣。九流之学日盛，三鼓之音未歇，今兹有天官之阨矣。天将启子于世，故命以才；授子于亨，故先以屈。屈伸理也，才位时也。子姑感激毫翰，增修词律，冲天之举，吾倚而待焉！欢洽岂常，离言实早。河岳西别，悠哉镐京；庭闱东瞻，谁谓家远？草色将变，云天浩然，诗而咏言，将以述志。

一开篇就写王大昔日的辉煌："才格可得而仰也，文章可知而畏也，故往年有公连之捷矣"，接着叙写学业日进"九流之学日盛，三鼓之音未歇"，正是高奏凯歌之时，文气昂扬直逼云霄，陡然一转："今兹有天官之阨矣。"

297

---

① [清]董浩等编《全唐文4》卷334，第3381页，中华书局1982年版。

将人生落第的巨大伤痛化为这轻轻的"一阨"，这只是一个小小的顿挫，因为这是"天将启子于世，故命以才；授于於亨，故先以屈。屈伸理也。"化用孟子"天将降大任于斯人"的典故，劝勉友人明白屈伸之理，接着以自信的雄笔鼓励友人"才位时也。子姑感激毫翰，增修词律，冲天之举，吾倚而待焉！"这种真挚的慰勉，诚恳的期待，化解了友人所有的忧郁（压根儿文中就看不见忧郁）。最后转入钱别："欢洽岂常，离言实早。河岳西别，悠哉镐京；庭闱东瞻，谁谓家远？草色将变，云天浩然。"陶翰的这篇诗序可以说是浩气横空，豪兴干云，根本不把落第的感伤失意当作一回事，体现了盛唐人特有的透脱洞彻的胸襟，对比中晚唐人落第的感伤，更让人无限神往那个兴会彪举、淋漓酣畅的诗歌盛唐。

这种情怀不是偶然的夸饰，而是陶翰一贯的心理态势。请看："三岁不觌""魁岸特达"的卢涓落第后，陶翰写道："灞城春润，风喧景迟，莺声始调，柳色堪醉。当此而裹足千里，背口而东，岂意者欤？众皆赋诗，以慰行旅。"（《送卢涓落第东还序》）似乎是一次平常的送别，看不到一丝一毫的悲意。再如谢氏昆季双双落第，陶翰这样安慰说："他日之奋六翮，登九霄，未为后耳。春水尚寒，郊草无色，何以赠别？必在乎斯文。"（《送谢氏昆季下第归南阳序》）这是一种势在必成的自信。又如："勿以三年未鸣、六翮小挫，则遂有清溪白云之意。夫才也者，命在其中矣；屈也者，伸在其中矣。"（《送田八落第东归序》）陶翰的诗序典型地反映了唐人对待挫折的态度：通脱而自信，自强而自尊，有一份铮铮奇骨挺立于天地之间，这正是那个健康的时代赋予了诗人们独特的诗性品质。从某种角度看，陶翰的诗序具有诗的意境、情趣，只可惜这些序中提到的诗都遗佚了，不然更可以窥视唐人那浩渺无际、雄莽阔大的心胸，感受到他们飞腾壮阔的想象，激情澎湃的生命活力。

一方面是高度压抑，另一方面是极度推崇，这就给新科进士提供了宣泄的理由。社会上围绕举子应试而产生许多风俗习称和例行活动。举子之间互相称呼就叫"秀才"，考中进士的人自称"前进士"，及第进士之间互相推敬则称为"先辈"，同榜进士称为"同年"，主考官称"座主"，考生则为门生。考中的人将姓名题写在慈恩寺塔墙壁上的活动叫"题名会"，选试之后在曲江池亭子举行宴会叫"曲江会"，未考中者痛饮大醉就说是"打毷氉"，等等。

从放榜之日起，等待新科进士们的就是鲜花、美酒、美女和忘我的境界。

【曲江会】

唐代的曲江园林，位于陕西西安东南6公里处的曲江村。早在秦汉时期，这里就是上林苑中的"宜春苑""宜春宫"，因有曲折多姿的水域，故名曲江。隋初，开黄渠引水入池；文帝嫌"曲"名不正，改名为芙蓉池，苑名"芙蓉园"。唐玄宗开元初期，对曲江园林进行了大规模的扩建，在池南建造专供帝王后妃登临观赏的"紫云楼"、"彩霞亭"，池西辟建"杏园"，池周增殖以柳树为主的各种树木和奇花异草，池中备有彩绘的画船；皇亲国戚们在这里建造了许多私人的亭台楼阁。从而使曲江成为京城长安风光旖旎的半开放的国家园林。每遇春夏之交，来踏青的仕女幼妇摩肩接踵，人山人海。"曲江水满花千树"，非常迷人，"经过柳陌与桃溪，寻逐风光着处迷。鸟度时时冲絮起，花繁衮衮压枝低。"一派烂漫繁华景象。姚合《杏园》诗曰：

江头数顷杏花开，车马争先尽此来。

欲待无人连夜看，黄昏树树满尘埃。

299

数顷杏花盛开，如霞似锦，烂漫芬芳，又适逢新科进士在曲江池设宴庆祝金榜题名，所以到此游赏的人特别多，以至于"遮路乱花迎马红"。由于游人摩肩接踵，根本无法欣赏，只有期待游人去后的夜间来观赏，但是，黄昏时分鲜花竟然染满了一层厚厚的灰尘。由此可见踏青的仕女士子的热情是多么高涨。

唐诗就这样把曲江池和游赏欢宴联系在一起。上自帝王，下至士庶在这里举行类型繁多、情趣各异的宴会中，科考放榜新科进士举行的庆宴，是最热闹的活动。曲江大会是唐代延续时间最长、内容最为丰富的游宴活动，从中宗神龙年间到晚唐僖宗乾符年间，延续了一百七十多年。这种宴会在历史文献和唐、五代诗赋中，有很多别名。如"关宴"（关试之后举行），"杏园宴"、"樱桃宴"、"闻喜宴"、"离宴"等。

"曲江大会"的主要内容是探花，所以又叫"探花宴"。所谓探花就是在同一榜进士之中选出两位年少美貌的，称作两街探花使，也叫探花郎，让他俩骑着马遍游长安城内外的名园，摘取名花。如果被他人折得先开放的牡丹、芍药等花朵而来，则两位探花郎就要受罚。这时候，歌女们最活

第十五讲　唐诗与科举

跃，她们巴不得少年进士失败，这样她们就可以发挥专长。郑谷《曲江红杏》诗曰："遮莫江头柳色遮，日浓莺睡一枝斜。女郎折得殷勤看，道是春风及第花。"采来花枝，大家一起欣赏簪戴，然后幕天席地，饮酒赋诗。有的还携带乐工歌妓泛舟饮酒；有的则摘冠脱履，解衣露体在草坪上"癫饮"。此时，则只有狂欢痛饮才能表达心中的感情。有一个叫翁承赞的探花使作有《擢探花使三首》，其一曰：

> 洪崖差遣探花来，检点芳丛饮数杯。
> 深紫浓香三百朵，明朝为我一时开。

其三曰：

> 探花时节日偏长，恬淡春风称意忙。
> 每到黄昏醉归去，纻衣染得牡丹香。

300

又如刘沧《及第后宴曲江》云：

> 及第新春选胜游，杏园初宴曲江头。
> 紫毫粉壁题仙籍，柳色箫声拂御楼。
> 霁景露光明远岸，晚空山翠坠芳洲。
> 归时不省花间醉，绮陌香车似水流。

再如赵嘏《喜张濆及第》曰：

> 九转丹成最上仙，青天暖日踏云轩。
> 春风贺喜无言语，排比花枝满杏园。

然而，安史之乱后，曲江残破，园林荒芜，一片狼藉。杜甫《哀江头》这样描述：

少陵野老吞声哭，春日潜行曲江曲。江头宫殿锁千门，细柳新蒲为谁绿？
忆昔霓旌下南苑，苑中万物生颜色。昭阳殿里第一人，同辇随君侍君侧。

辇前才人带弓箭，白马嚼啮黄金勒。翻身向天仰射云，一笑正坠双飞翼。
明眸皓齿今何在？血污游魂归不得。清渭东流剑阁深，去住彼此无消息。
人生有情泪沾臆，江水江花岂终极。黄昏胡骑尘满城，欲往城南望城北。

八十多年后，唐文宗李昂读了杜甫的这首诗，感慨不已，遂于大和九年（835年）重新修复了紫云楼和彩霞亭，对整个曲江风景区也作了修整，但昔日的盛况不复再现。此后，曲江由于黄渠水断，汉武泉枯，以致池底干涸，变为田圃；四州园林荒芜，楼台亭榭或自然倒塌，或遭人为破坏，到北宋时，旧景不复存在。今天就只剩下一些遗迹了。好在当今陕西西安市人民政府意识到历史古迹的价值，遂斥资23亿重修"大唐芙蓉园"和曲江景区，夜晚十里曲江灯火辉煌，湖中千盏荷花灯漂浮水上，映出弓形、圆形、半圆形的桥洞，桥上游人来往，非常繁华，可以说有盛于当年的情景。可惜的是随着唐诗背影的远去，和曲江景区高楼大厦的崛起，人们已经做不出诗了，游人到此不免遗憾。

【题名会】

题名会的地点是慈恩寺，即大雁塔。这是唐高宗即位前为母亲文德皇后所建的一所愿寺，位于长安城外东南隅的晋昌坊，也就是皇城东第一街，南临曲江。652年（永徽三年）玄奘奏请皇帝在寺内建塔，用来保存他从印度带回来的大量佛经和佛像。高宗欣然同意，玄奘于是亲自设计建塔草图甚至参加劳动。这就是慈恩寺塔，直到文宗大和年间，许玫登进士才正式以"雁塔"为诗题。据说释迦牟尼曾化身为鸽救生，鸽为鸟类，唐人习俗崇尚雁，凡说到鸟，常以雁代之，所以叫做"大雁塔"。唐高宗《谒大慈恩寺》诗曰：

> 日宫开万仞，月殿耸千寻。花盖飞团影，幡虹曳曲阴。
> 霞绮遥笼帐，丛珠细网林。寥廓烟云表，超然物外心。

卢纶《同崔峒补阙慈恩寺避暑》：

> 寺凉高树合，卧石绿荫中。伴鹤惭仙侣，依僧学老翁。
> 鱼沉荷叶露，鸟散竹林风。始悟尘居者，应将火宅同。

徐夤《卿相题名因成四韵》：

> 雁塔挽空映九衢，每看华宇每踟蹰。
> 题名尽是台衡迹，满壁堪为宰辅图。
> 鸾凤岂巢荆棘树，虬龙多蛰帝王都。
> 谁知袁珂思归梦，夜夜无船自过湖。

张籍《哭孟寂》：

> 曲江院里题名处，十九人中最少年。
> 今日春光君不见，杏花零落寺门前。

【平康里】

平康里是唐代长安娼妓居住的地方，举子新及第或进士未做官前，都喜欢来这里寻欢作乐。新科进士与妓女们的关系非常奇妙。如李景让考中进士后，在妓院尽情喝酒玩乐，赵嘏写了一首诗："天上高高月桂丛，分明三十一枝风。满怀春色向人动，遮路乱花迎马红。鹤驭回飘云雨外，兰亭不在管弦中。居然自是前贤事，何必青楼依翠空。"又如裴思谦状元及第后，亲自写了几十张红笺名纸，送到平康里，晚上在那里幽会美人。一大早还觉意犹未尽，于是赋诗描述昨夜的旖旎风光："银缸斜背解鸣珰，小语偷声贺玉郎。从此不知兰麝贵，夜来新惹桂枝香。"再如《唐摭言》里记载了郑合敬及第后夜宿平康里的诗歌"春来无处不闲行，楚润相看别有情。好是五更残酒醒，时时闻唤状头声。"平康里夜会，在当时是非常风流雅致的，著名女诗人鱼玄机就出身于此，京都名妓李娃也步行其间，还有无数的歌舞女子，是她们架起了诗与歌的桥梁。当然，这些狎妓的诗歌，尽管反映了当时特有的一种文化现象，记录了唐代士人们的真实生活状况，但是由于内容方面注重声色感官享受，因而缺乏深刻的社会意义。

五、经典诗作欣赏

我们在讲中唐文学史时知道有一个追求奇险的"韩孟诗派"，其中的孟，是孟郊（751—814年），字东野。他生于天宝十年，即著名诗人孟浩然去世十一年后（孟浩然死于740年），童年在天宝后期度过。基本上没有杜甫那样对盛世的概念，因为他一出生仿佛就是家境非常贫寒。他是湖州武康人，父亲孟庭珍官昆山尉，孟郊还有两个弟弟：孟酆、孟郢。孟郊随父亲居住洛阳，由于父亲死得早，所以孟郊奉母居住，家境非常贫穷。他吟诗刻苦，不趋时尚，隐居嵩山，称为处士。认识韩愈后，得到韩愈的极力推崇，韩愈《醉留东野》中说："吾愿身为云，东野变为龙。四方上下逐东野，虽有离别无由逢。"他和张籍、卢仝、李观、李翱等为契友。他应进士试自贞元七年（791年）起，三次参加进士考试，贞元十二年（796年）始登第。贞元十六年（800年）才做了溧阳（今江苏溧阳县）尉，由于好吟诗，不善处理官事，被罚半俸，不得不再请人为他处理事务，他拿着一半俸禄一边奉母一边继续吟诗。这样的日子过了四年，无法养母，于是在贞元二十年（804年）年辞职回归洛阳。元和年间，韩愈回到长安，在韩愈的推荐下，孟郊于元和元年（806年）入河南尹郑余庆幕府，职司河南水陆运从事，试协律郎，随即定居洛阳。四年后解职居母丧。元和九年（814年），郑余庆为兴元尹、山南西道节度使，孟郊受聘节度参谋，试大理评事。是年八月赴任途中暴卒于河南阌乡（今河南阌乡县），终年64岁。死后，朋友们赠他一个私谥"贞曜"。苏轼《祭柳子玉文》："元轻白俗，郊寒岛瘦。"[①]苏轼对孟郊的整体感受是正确的，因为在政治追求的失落和物质生活的困乏，使他对现实中阴暗抑郁的、具有否定意义的现象很敏感，在他的诗中表现的士人在社会生活中对各种丑恶虚伪欺诈的感受，常常同饥饿、寒冷、病痛、衰老等生理上的痛苦体验纠结在一起，形成了一种阴郁冷峭的独特心态。他的诗歌便是表现这种心态的，因而形成一种奇险冷峭的风格。如《秋怀十五首》之二：

> 秋月颜色冰，老客志气单。冷露滴梦破，峭风梳骨寒。
> 席上印病文，肠中转愁盘。疑怀无所凭，虚听多无端。
> 梧桐枯峥嵘，声响如衰弹。

衰老无依、梦想破灭、意气单弱的诗人，对秋夜的感受是：月色如冰，露滴声冷，峭风梳骨，凄神寒骨，给人一种阴冷阴郁的感觉。冷与痛成了感觉系统中最敏锐的部分。席上四句写病痛，床席上竟会难以想象地被印上病文，这是一种只可意会不可言传的感受，不仅强调长期卧病在床，而且

第十五讲 唐诗与科举

---

① 《苏轼文集》（第五册）卷63，第1938－1939页，中华书局1986年版。

表现迷离错乱的病态感觉；肠中句把精神性的愁情郁结同内脏因饥病而运转失调时的淤塞、绞痛凝结在一起，精神上的压抑与生理机能的不适相互重叠、纠结，成了无从分解、难以名状的独特感觉。怀疑二句写精神恍惚，无端疑惧，出现幻觉，既是病态老态，也是长期紧张不安等痛苦的精神生活之积酿。结尾两句写梧桐已枯，仍不失峥嵘之态；虽是凤栖制琴的美材，秋风掠过时却发出悲声；生命虽枯萎，精神却不卑屈，自卑而自是，矢志而不平。这首诗冷痛枯瘁中略见沉郁峭拔，就表现阴郁冷峭的心态而言，是非常典型的。

孟郊久困科场的一些诗歌，可以更好理解科举与诗人和诗歌的关系。孟郊是中唐韩孟诗派的代表人物，他的诗与韩愈齐名，古朴苍劲，阴郁冷峭，以奇险著称。韩愈称他作诗是"刿目鈬心，钩章棘句，掐擢胃肾，神施鬼设，间见层出。"可见他的创作方法是：刻意搜求尖酸怪异的意象，呕心苦吟地锤炼诗歌语言。他的诗又与贾岛齐名，苏轼评为"郊寒岛瘦"。其实"郊寒"只是就其总体印象而言，因为孟郊久困科场，中第之后也只是沉沦下僚，终生饥寒困苦，因此他的诗中对荒寒、饥饿、困顿、劳碌多有表现。当然，他也有一些诗写得清峻阔大，气象峥嵘。如《游终南山》就是这样的代表作。下面来看看孟郊的科举诗歌：

《落第》

晓月难为光，愁人难为肠。
谁言春物荣，独见叶上霜。
雕鹗失势病，鹪鹩假翼翔。
弃置复弃置，情如刀剑伤。

这可能是孟郊第一次落第时写的一首直抒胸臆的一首古诗，因为中间两联形式像对仗，仔细分析就知道不合平仄，只能算是以对仗因素入古诗。在落第者的眼里，晓月是难以发光的，大约拂晓时候看到的一弯晓月，朦胧阴翳，昏暗无光。这是移情的作用，因为诗人心里痛苦，肠回九段也难以表达失意的煎熬。接下来两句以顿折拗矫的句法，说哪里有什么春天欣欣向荣的美好景物，我所看到的只有草叶上厚厚的霜花，这是在春天里感到了冷酷的秋意。这是运用议论的方式托物言怀，强烈的对比烘托出希望破灭的悲哀与凄凉。第三联推开一层，运用对比性的比喻，将自己比作"雕鹗失势"，将世俗者比作"鸱鸮假翼"，自己虽胸怀大志，志趣高洁，在严酷的现实面前却失势无路，无法冲向蓝天展翅高翔；而那些平庸之辈却能够如鱼得水，借助得力者的帮助，像小小的鸱鸮反而高翔苍穹。这个比喻性的对比，既写出了现实世界秩序的混乱和社会的黑暗，又写出了自己沉沦下僚郁郁不得志的愤懑。诗句沉着苍劲，很有力度。最后两句抒情：悲叹自己被弃置的痛苦心情，就如刀剑刺伤一般难以承受。诚如韩愈所言"刿目鉥心，掐擢胃肾"。

《再下第》

> 一夕九起嗟，梦短不到家。
> 两度长安陌，空将泪见花。

这是第二次落第时候写的一首五言绝句，实际上也是五古体。前两句叙事带抒情，由于再次落第，三年时间的心血化为满腔悲愤，打击实在太重，使诗人夜不能寐辗转床榻，竟然九次起来嗟叹！期间或许短暂入睡，但是梦中还没有到家就被痛楚惊醒，连梦中回家的短暂温馨都不能实现，其实要真到了家，会更痛苦的，因为再次落第更无颜见江东父老啊！直白的两句小诗写出了很深的痛苦，只有亲历其境才能体会。最后两句也是叙事带抒情，交代两度来到长安求取功名的经历，但落下的只是在美好的春天用泪眼观赏烂漫的春花，真是"感时花溅泪"啊，与杜甫不同的是孟郊是为自己的命运而泪落花瓣。因为，孟郊的悲剧具有代表性，每年落第者有上千人，悲伤的清泪足以汇成一个大湖，湖面上跳跃的只有为数不多的得第者欢乐的浪花。

《下第归海别长安知己》

> 共照日月影，独为愁思人。
> 岂知鶗鴂鸣，瑶草不得春。
> 一片两片云，千里万里身。
> 云归嵩之阳，身寄江之滨。
> 弃置复何道，楚情吟白苹。

落第之后，朋友之间总会有一些应酬，这是孟郊落第后离别长安知己的留别诗，也是一首含有对仗的古体诗，运律入古是孟郊的一贯技巧。这位或几位知己朋友应该是中第了，所以首两句说，我们曾经都沐浴在日月的光辉之下，但只有我是满腔愁思的落魄之人。接下两句又是用顿折句法，说在鹍鶂飞鸣的三春季节，我虽具有瑶草的芬芳美质，却得不到春风春雨的滋润，不能放射芳香。写出了春天里伤春的悲苦心情，悲叹中多少含着一点自尊自励。接下四句宕开写自己要归海返乡过隐居生活，天上那漂浮的一片两片云彩，就是我漂泊天涯的写照，云彩会归向嵩山的南面，而我将寄身于江海之滨。这四句境界开阔，意象双承又类比，寓情于景，充满归思之想又满含失意无奈的悲慨。最后抒情，既然被弃置还有什么话说，只有学习逐臣屈原在江汉之滨吟诵白苹来安慰自己的心灵。

《下第东南行》

越风东南清，楚日潇湘明。

试逐伯鸾去，还作灵均行。

江蓠伴我泣，海月投人惊。

失意容貌改，畏途性命轻。

时闻丧侣猿，一叫千愁并。

这是第二次落第回家途中的一首写景抒怀诗，也是运律入古的写法。首二句写景，越风从东南吹来，带着故乡的味道，带着清爽宜人的气息，楚日升上蔚蓝的南国天宇，金黄色的光辉照耀着潇湘滚滚的碧波，四野一片清旷空明。如果不看下面的诗句，你也许能感到南国春天明媚迷人的魅力。接下来猛然一转，诗人并没有享受到春光的淡荡和美妙，因为他是像梁鸿窜逃海滨，像屈原贬逐潇湘一样落魄东归。孟郊此时并没有做官的经历，却说自己就像被皇帝弃置的逐臣，尽管有点过分，但是却表达了落第者那种独有的被遗弃的心理感受。在这样的心境观照下，外面的景物都在变异移情，江边的香花香草伴我哭泣，夜晚的那轮来自海上的明月仿佛也是投来震惊的光辉，而我的心里也更是惊惧震颤。因为失意，青春的容颜变得衰老，前途迷茫连性命也仿佛轻如鸿毛。恰好正在这时，听到失去伴侣的孤独哀猿的声声悲鸣，猿声本来就凄厉酸楚，在漂泊失意孤苦无依的境况中，这猿声一时使我百感交集，所有的愁思如蚕丝将我死死缠绕起来，简直无法摆脱无可自拔。这首诗清峻通脱，情真意切，结尾处情感达到高潮，让人不堪卒读。

《失意归吴因寄东台刘复侍御》

自念西上身，忽随东风归。
长安日下影，又落江湖中。
离娄岂不明，子野岂不聪。
至宝非眼别，至音非耳通。
因缄俗外词，仰寄高天鸿。

这是再次落第回到家乡之后寄给朋友刘复侍御史的一首诗歌，还是运律入古的做法。首二句顿折叙事，西上长安的我，忽然随着春风回到故乡，点明落第。长安的日影再次落到江湖之中，写景境界开阔，还带有比兴色彩，其中"又"字化实为虚，满含得不到皇恩眷顾的失落感和凄凉感。接下四句振起，用两个"岂"字和两个"非"字来表达自己才思品性，离娄的眼力是那样的明察秋毫，师旷（子野）的耳朵是那样的善辨音律，但是我这块至宝就是不能入离娄的视野，我唱出的至音，就是不能进入师旷的耳鼓。言下之意很明显：就是还希望刘侍御能展离娄之眼，开师旷之聪，能够为我推荐扬誉，使我能够振翼飞翔，实现心中的梦想。所以最后讲我寄给您一些物外的言辞，仰望高天飞翔的鸿鹄。这首诗是一首求人举荐的诗，但是孟郊高自位置，不做寒酸乞怜之态，表现了高傲孤洁的心胸，在失意之中仍然充满高飞远举的志向，是值得肯定的。

《登科后》

昔日龌龊不足夸，今朝放荡思无涯。
春风得意马蹄疾，一日看尽长安花。

这首诗写于贞元十二年（796年），孟郊第三次应举终于如愿，是年46岁。这是一首七绝，轻快流走，情绪轻松愉快，以前两次落第的阴霾一扫而光，写出了云开日出青天现的舒畅。可以算作孟郊生平第一首快诗。前两句对照互相映衬，昔日的局促窘迫痛苦压抑悲伤酸楚等等都不值一提了，俱往矣，且看今朝的我浑身舒展，思绪飞扬情思飞腾，仿佛那天空也显得太狭小了，竟容不下我驰骋奔迅的想象。六年来第一次感受到春风的甜美酣畅，马儿仿佛也得意起来，跑得轻快迅捷，一日之间我就看遍了长安的名花香草。只感觉自己飘飘然飞扬在长安城的上空，春风怡荡，花草芬芳，美女如云，欢歌似潮，笑语如海，整个春天仿佛为我而生，长久压抑释放之后，精神上得到放松，感觉到春天原来如此美丽，生活原来如此美好，更加美好的前程将要接踵而至，怎不叫人激动得近乎疯狂？这首诗可以看出唐代的读书人中第之后的心态，具有重要的审美价值和认识价值。这首诗记录了一个痛苦的灵魂轻快舒畅的生命瞬间，我们为他的成功而激动，也为他将来的终身失意而悲叹。唐代的科举考试是唐代士人生命的一部分，用生命的血泪和欢乐凝成的诗歌无疑具有永恒的艺术价值和审美价值。

第十六讲　唐诗与舞蹈

一、唐代舞蹈艺术的发展概况

我们在讲唐诗繁荣的原因时，提到一个重要的因素：其他姊妹艺术的繁荣及其艺术因子向唐诗渗透，丰富了唐诗的体裁，丰满了唐诗的肌体，充实了唐诗的内涵，提升了唐诗的精神意蕴。马克思在《政治经济学》导言中说："关于艺术，大家知道，它的一定的繁盛时期决不是同社会的一般发展成比例的，因而也决不是同仿佛是同社会组织的骨骼的物质基础的一般发展成比例的。"[1]即认为物质生产的发展同艺术生产的发展存在不平衡关系，高度发达的艺术往往是在物质不发达的时代产生并达到繁盛，如希腊雕塑艺术，反之物质文明高度发达的时期艺术却走向低谷。这个判断出现了例外，唐朝是世界文化史上物质文明和精神文明同时达到辉煌的时代。唐诗固不必说，音乐、书法、雕塑、舞蹈等同时出现繁盛景象。舞蹈这门古老的艺术，宛如艺术百花园中盛开的一朵奇葩，娇艳芬芳，带着青春的朝气，蓬勃的生命活力，焕发出璀璨夺目的光芒，在唐代文化史上写下了辉煌的篇章。

舞蹈在中国有悠久的历史。远古初期，先民部落便产生了作为图腾崇拜仪式和巫术仪式的舞蹈。《吕氏春秋·古乐》："葛天氏之乐，三人操牛尾，投足以歌八阕。"这是最早的关于歌舞的记载，随着社会生产力的发展，艺术的门类渐渐丰富起来，于是舞蹈逐渐从与音乐、诗歌等其他文学艺术形式的相互依附中独立出来，形成具有独立艺术品质和优良传统的门类。进入奴隶社会以后，出现了以表演歌舞为生的职业歌舞艺人——女乐，实际上就是表演乐舞的女奴。相传夏桀的宫中蓄养的女乐多达三万人！春秋战国时期，各诸侯国宫廷中也备有大量女乐，如齐景公一次就送给鲁国国君女乐88人。屈原《招魂》中就有用女乐为怀王招魂的描写：

---

[1]《马克思主义文艺论著选讲》，第181页，中国人民大学出版社1982年版。

"肴羞未通，女乐罗些。陈钟按鼓，造新歌些。……美人既醉，朱颜酡些。娭光眇视，目曾波些。被文服纤，丽而不奇些。长发曼鬋，艳陆离些。二八齐容，起郑舞些……"陈钟击鼓，引吭高歌，美人微醉，满面春色，美目流盼，长发飘飘，苗条丰盈。十六个女子排成两行，翩翩起舞，进退旋转，挥襟甩袖，节奏鲜明，和谐统一。可见当时女乐之盛。

秦统一六国后，将六国的金银财宝和宫嫔、女乐都掳掠到咸阳，据史料记载，当时宫中女乐有万人之多。杜牧《阿房宫赋》中描写的"歌台暖响，春光融融；舞殿冷袖，风雨凄凄。一日之内，一宫之间，而气候不齐"，虽有夸张，却并非毫无根据。

两汉时期，舞乐艺术进一步发展，汉武帝时期设立了专管乐舞的官方机构——乐府，创制了一批优美动人的舞蹈，如《长袖舞》《对舞》《巾舞》《建鼓舞》《七盘舞》等。这些舞蹈多以手、腰等上体动作为主要表演手段，尤其注重舞袖。如《长袖舞》便是由舞女舒展长袖而舞，借助舞衣光滑轻柔的质感，在袖的舞动中创造袅娜飘逸的境界。东汉文人傅毅《舞赋》中这样描写《七盘舞》："其始兴也，若俯若仰，若来若往。雍容惆怅，不可为象。其少进也，若翔若行，若竦若倾。兀动赴度，指顾应声。罗衣从风，长袖交横。……绰约闲靡，机迅体轻。"非常形象生动，达到了很高的艺术境界。这一时期，出现了很多著名的舞蹈艺人，如汉武帝的那位倾城倾国的李夫人，汉成帝的那位能在掌中舞蹈的皇后赵飞燕，都是著名的善舞者。

曹魏时期，成立了舞乐管理机构——清商署，以表演清商乐为主。曹操死后还要他生前的姬妾和歌舞艺人在铜雀台上"每月旦、十五日，自朝至午"，望他所葬的西陵歌舞。此后历代统治者都十分重视清商乐舞，从而保证了作为"华夏正声"的汉民族传统舞乐文化，在经历了各民族文化的不断交流、碰撞之后，仍然得以延续下去。

魏晋南北朝是乐舞的变革时期。一方面，由于东晋政权南移，促进了江南民间乐舞的发展，使得乐舞在"中南旧曲"的基础上，又添"吴歌""西曲"等江南新声。另一方面，鲜卑族拓跋氏在北方建立政权，带有浓郁民族风格的西北少数民族乐舞传入中原，并在上层社会中迅速普及开来，"胡乐""胡舞"风靡一时。胡乐、胡舞的传入，不仅使乐舞形式更为丰富多彩，而且对后来舞蹈的总体风貌产生了深刻影响。这一时期的著名舞蹈《白纻舞》《大垂手》《小垂手》《前溪舞》等，一直到唐代仍盛行不衰。

唐代开国之初，便承袭隋制，在隋《九部乐》的基础上，增制《燕乐》，为《十部乐》。即《燕乐》《清乐》《西凉乐》《天竺乐》《高丽乐》《龟兹乐》《安国乐》《疏勒乐》《康国乐》《高昌乐》。除《燕乐》是贞观年间所创制，《清乐》是汉魏六朝传统乐舞，其余几部都是边疆少数民族或域外乐舞。十部乐体现了民族文化交流与融合的舞乐方面的成果。

唐代的确是中外文化交流的极盛时期，而古今中外的历史证明：一个地区或一个民族的文化，只有通过交流、吸收、融合其他地区或其他民族的文化，才能生生不息，不断丰富和发展。这是文化史上的一种规律性现象，自然也符合乐舞的发展规律，唐代乐舞的兴盛及高度成就，正是这一空前广泛的文化交流背景下出现的。

唐代舞蹈的发展分初唐、盛唐、中晚唐三个时期。

（一）初唐舞乐具有强烈的功利色彩

（1）气势宏大，仪式严谨。一般在宫廷庄严隆重的场合表演，如《秦王破阵乐》表演时，要擂大鼓，杂以龟兹之乐，声震百里，动荡山谷。充分显示出唐帝国强大的声威和宏伟的气魄。（2）体现以我为主基础上的民族文化的大交融、大交流。如《高丽舞》是朝鲜乐舞，服饰是朝鲜族装扮，以绛抹额，金黄色裙襦，长袖，乌皮鞋，所以乐器有十四种，其中打击乐用腰鼓、齐鼓、担鼓等，包含了很多的外来因素。（3）表现手法富有现实性。这一时期创制的舞蹈，多取材于与统治阶级有关的历史事件和日常生活，用写实手法加以再现。如《破阵乐》就是按太宗所绘《破阵舞图》设计的，据说可以表现太宗杀敌破阵的军事思想和兵法要略。又如高宗《上元乐》，舞者180人，画云衣备五色，以象元气。初唐时期舞蹈主要追求舞蹈的象征意义和一种整体气氛，而不是舞蹈艺术本身的审美效应。

（二）盛唐乐舞具有浪漫情调

（1）打破了初唐宫廷舞蹈的谨严呆板程式化，表现出朝气蓬勃的精神和丰富大胆的想象。如《剑器舞》在上古已有悠久的历史，在盛唐时代发展到高峰，斐旻将军和公孙大娘将这一舞蹈的神韵发挥得淋漓尽致，达到炉火纯青的艺术境界，得到诗人李白、书法家张旭、画家吴道子的高度赞赏。同样斐旻剑舞、李白诗歌、张旭书法被称为"三绝"。（2）由崇尚功利转向注重娱乐性。玄宗对法曲、俗舞的喜爱和倡导，建立教坊、梨园等专门机构，使得以观赏娱乐为主的舞蹈，摆脱了初唐时难于同礼仪性乐舞抗衡争胜的局面，由附庸蔚为大国。

（三）晚唐乐舞富于世俗化

（1）舞蹈较前更为繁荣，风格更加多样化。如一些表演性的舞蹈《胡旋》《胡腾》《剑器》《柘枝》等广为流行，而且走出宫廷，流传民间。（2）回归现实主义传统。与这一时期兴儒复古政治倾向和诗坛现实主义思潮相适应，舞蹈也从浪漫色彩回到现实世界，更加贴近现实生活，更加亲切富有人情味，同时也更加世俗化。如《胡腾舞》就表现了"胡腾儿"因国土沦丧有家难回的感伤，使得观众深受感染，以致"安西旧牧收泪看，洛下词人抄曲与"。

综上，唐代舞蹈的总体风貌及其在不同历史阶段所具有的文化特征，在舞蹈和其他文学艺术特别是诗歌之间有着惊人的相似，说明诗歌与舞蹈生长于同一社会背景和文化土壤，适应了特定时代的审美要求。

二、唐代的著名舞蹈介绍

（一）破阵乐

破阵乐是初唐最著名的乐舞，此舞依民间歌谣《秦王破阵乐》编制而成。贞观七年（633年）更名为《七德舞》（七德：禁暴、戢兵、保大、保功、安民、和众、丰财），与《九功舞》《上元舞》并称初唐三大乐舞，也是唐代影响最大的舞乐之一，以宏大的气势、壮阔的场面，歌颂了李唐王朝的开国功业。

舞队由128名披甲执戟的壮士组成，布成战阵。舞分三段，每段四阵。舞者来往击刺，疾徐应节，抑扬顿挫，声情慷慨。以磅礴的气势再现了战争的场面和氛围，表现了新兴王朝蓬勃向上的时代精神。

此舞在流传过程中形式不断发生变化。初唐时代象征战阵风格到晚唐时代则变成了艺术表演，舞者只有十人而已。再后来竟然成了杂技表演，艺人可以在百尺竿头舞此曲。

（二）剑器舞

剑器舞属教坊健舞，由民间武术中舞剑的竞技、格斗演变而来的一种

武舞,在我国有悠久的历史。鸿门宴上项庄所舞就是剑舞。《独异志》中有斐旻舞剑的记载:

> 开元中,将军斐旻居母丧,诣吴道子请于东都天宫寺画鬼神数壁,以资冥助。道子答曰"废画已久,若将军有意为吾缠结舞剑一曲,庶因猛励或通幽冥。"于是脱去缞服,若常时装束,走马如飞,左旋右抽,掷剑入云,高数十丈,若电光下射。旻引手执鞘承之,剑透室而入。观者数千百人,无不惊栗。道子于是援毫图壁,飒然风起,为天下之壮观。道子平生所画,得意无出于此。

此外,公孙大娘也擅长剑器舞,据说她的舞蹈让书法家张旭悟到草书笔法精髓,从此书艺大进。

(三)胡旋舞

胡旋舞是从中亚传来的一种以旋转见长的舞蹈,玄宗开元时期,传入中国,很快风靡一时。这种舞蹈旋转迅疾,舞姿灵活,动作刚柔相济,舞容新颖独特。《旧唐书·安禄山传》:(安禄山)晚年益肥壮,腹垂过膝,重三百三十斤。每行以肩膊左右抬挽其身,方能移步。至玄宗前,作《胡旋舞》,疾如风焉。

白居易《胡旋女》描写了胡旋舞的舞容:"胡旋女,胡旋女,心应旋,手应鼓。弦鼓一声双袖举,回雪飘飖转蓬舞。左旋右旋不知疲,千匝万周无已时。人间物类无可比,奔车轮缓旋风迟。"

此舞也有独舞和双人舞两种,中唐以后逐渐衰落。

(四)胡腾舞

胡腾舞原出于石国(今乌兹别克斯坦的塔什干一带),与胡旋舞的旋转如风不同,这种舞以快速多变的腾跳踢踏动作为主,而且是男子独舞。所谓"扬眉动目踏花毡,红汗交流珠帽偏","跳身转毂宝带鸣,弄脚缤纷锦靴软"。观者只见锦靴闪动,腾踏生风,令人眼花缭乱,目不暇接。

(五)柘枝舞

柘枝舞是最有影响的健舞之一。来源有异说:一说来自石国;一说来自南蛮诸国。有健舞和软舞的区别。相同的特征是:一是用鼓伴奏,健舞尤其如此，所谓"小船隔水催桃叶，大鼓当风舞柘枝"（杨巨源诗），"柘枝蛮鼓殷晴雷"（杜牧《怀钟陵旧游》），"平铺一合锦筵开，连击三声画鼓催"（白居易《柘枝妓》）。二是节奏鲜明急促，气氛热烈；舞姿刚柔相济，富于变化。如"鼓催残拍腰身软，汗透罗衣雨点花"（刘禹锡《和乐天柘枝》），"带垂钿胯花腰重，帽转金铃雪面回"（白居易《柘枝妓》）。这一舞在整个唐代舞蹈中独具一格。三是注重面部表情，尤重眼神的运用，诗赋中特别描写舞者眼波的魅力。刘禹锡诗曰"曲尽回身去，曾波犹注人。"沈亚之《柘枝舞赋》说"鹜游思之情香兮，注光波于秾睇"。柘枝舞以美妙动人的舞姿，热烈欢快的节奏备受人们青睐，因此出现了专擅此舞的"柘枝妓"。此舞不仅风行于上层社会，民间也很流行，唐诗人写到观赏《柘枝舞》的地点，就有杭州、常州、潭州、同州等。白居易《和同州杨侍郎夸柘枝见寄》："细吟冯翊使君诗，忆作余杭太守时。君有一般输我事，柘枝看校十年迟。"此舞一直延续到清代。

314

（六）绿腰舞

绿腰舞是一种软舞。舞者身着长袖舞衣，舞姿轻盈柔婉，富于变化。时而像翠鸟在兰草上轻快飞翔，时而像游龙婉转升入九天。舞起来长袖飞动，舞腰轻转，回旋恰似风浪中的莲花，纷繁急速又如流风回雪。当舞者轻扬舞袖作飞举动作时，简直像要凌空飞举。李群玉《长沙九日登东楼观舞二首》："南国有佳人，轻盈绿腰舞。华筵九秋暮，飞袂拂云雨。翩如兰苕翠，婉若游龙举。越艳罢前溪，吴姬停白纻。""慢态不能穷，繁姿曲向终。低回莲破浪，凌乱雪萦风。坠珥时流盼，修裾欲溯空。唯愁捉不住，飞去逐惊鸿。"

（七）春莺啭

春莺啭是一种软舞。张祜《春莺啭》："兴庆池南柳未开，太真先把一枝梅。内人已唱春莺啭，花下偓佺软舞来。"这是唯一关于此舞的资料。

（八）杨柳枝

杨柳枝本为古曲《折杨柳》，至隋始为此名。属于载歌载舞的软舞。白居易闲居洛阳时翻为新调，其本调辞中说："古歌旧曲君休听，听取新翻杨柳枝。"

（九）霓裳羽衣舞

唐代的歌舞大曲，即一种由音乐、舞蹈、歌唱组成的多段体大型歌舞。其结构包括散序、中序、破三个部分。散序就是序曲，由器乐演奏，无歌无舞；中序（或称歌）是大曲的主体，以声乐为主，有时只歌不舞，有时舞随歌入；破为结束部分，以舞为主，伴以歌、乐。《霓裳羽衣舞》是玄宗在《婆罗门》基础上增删、改编而成的，又是唐乐舞中著名的法曲。法曲，是用于佛教法令的法乐与清商乐的融合，其音清而近雅，其器有铙、钹、磬、幢、琵琶。玄宗酷爱法曲，成立了专门教习法曲的机构——梨园，而且亲自教练，号皇帝梨园弟子。相传此曲最早是在玄宗册封杨贵妃之日演奏，并由杨妃亲自舞蹈。白居易元和二年至十年（807—815年）在长安任集贤院校理、左拾遗、翰林学士，亲眼看到过宫中表演此舞。写有《霓裳羽衣歌》。先看舞者的服饰：

> 案前舞者颜如玉，不着人家俗衣服。
>
> 虹裳霞帔步摇冠，钿璎累累佩珊珊。

舞服如云霞虹霓，素雅飘逸，使舞者宛若仙子。再看舞蹈的全过程，一开始是演奏散序：

> 磬箫筝笛递相搀，击擫弹吹声逦迤。
>
> 散序六奏未动衣，阳台宿云慵不飞。

散序一共演奏六遍，舒缓悠扬的乐曲回荡在舞场的上空，而舞者还未出场，继而转入中序：

> 中序擘騞初入拍，秋竹竿裂春冰坼。

随着优美抒情的乐曲，仙子翩翩起舞，舞姿轻盈柔婉：

> 飘然转旋回雪轻，嫣然纵送游龙惊。
>
> 小垂手后柳无力，斜曳裾时云欲生。
>
> 烟蛾敛略不胜态，风袖低昂如有情。

舞者时而像流风回雪，时而像游龙惊飞。袅娜处如柳丝低垂，舞动时似彩云漂浮。举手投足，一颦一笑，皆有情意。接下来是入破：

> 繁音急节十二遍，跳珠撼玉何铿铮。

曲终时，在有如鹤唳一般的一声长引中，舞者仿佛是飞鸾收翅，结束了全舞；

> 翔鸾舞了却收翅，唳鹤曲终长引声。

从中可见此舞从服饰到动作，都力求富有仙意，借助轻柔婉转的舞腰和流动飘逸的舞袖，创造出美丽多情的仙女形象，唤起观者对神话传说中仙子"素练霓裳，舞于广庭"的美好联想。

（十）白纻舞

316

白纻舞是晋代著名舞蹈。起源于三国时期的这一舞蹈最初是表现纺织白纻的村姑劳动的，后来进入宫廷，舞容和风格都发生了变化。此舞舞服轻盈高雅，舞袖动作优美动人。李白《白纻词》中有"长袖拂面为君起"、"扬眉转袖若雪飞"的描写。元稹《冬白纻》也说"雪纻翻翻鹤翎散，促节牵繁舞腰懒"。

三、唐代舞蹈诗的价值及意义

（一）历史价值

舞蹈是在音乐的配合下通过人体动作的节奏和姿态表达思想感情的艺术，具有很强的时间性，所以最难保存又最容易散失。因而唐代舞乐诗歌保存了大量关于舞蹈的生动形象的记载，成为后人了解和研究唐代舞乐的珍贵史料。

记录舞乐的书籍有乐谱和敦煌壁画，还有像崔令钦《教坊记》、南卓《羯鼓录》、段安节《乐府杂录》等，这些书籍不如诗歌描述的生动形象，因为诗歌大都是诗人亲眼所见的舞蹈表演和传播的情形，内容真实可信，在一定程度上弥补了书籍的缺陷。

如《柘枝舞》，据不完全统计就有近二十家诗人写了三十多首关于柘枝舞的诗歌，其中包括白居易、元稹、刘禹锡、温庭筠、李群玉等著名的中晚唐诗人。像白居易《柘枝妓》：

> 平铺一合锦筵开，连击三声画鼓催。
> 红蜡烛移桃叶起，紫罗衫动柘枝来。
> 带垂钿胯花腰重，帽转金铃雪面回。
> 看即曲终留不住，云飘雨送向阳台。

张祜《周员外席上观柘枝》：

> 画鼓拖环锦臂攘，小娥双换舞衣裳。
> 金丝蹙雾红衫薄，银蔓垂花紫带长。
> 鸾影乍回头并举，凤声初歇翅齐张。
> 一时欹腕招残拍，斜敛轻身拜玉郎。

一对舞女，同样的装束，同样的动作，宛如比翼齐飞的鸾凤，妙不可言。将此舞的演奏方法、服饰和舞蹈的手、眼、身、法、步，以及单舞与双舞的区别，运用精妙的诗歌语言表现出来了。

此外，如教坊名曲《何满子》，相传是天宝中著名歌人何满子所作。何满子歌声婉转，又擅长作曲，后因故被玄宗处死，临刑前作此曲以赎罪，竟不被赦免。此曲声调凄切哀婉，白居易诗云："世传满子是人名，临就刑时曲始成。一曲四调歌八叠，从头便是断肠声。"（《何满子》）

（二）文化史价值

舞蹈艺术作为一种社会意识形态，本身就是一种最深刻、最典型的文化表现，其中积淀着不同时期、不同社会、不同民族的物质、精神、文化、审美等多重观念，因此是人们了解文化发展演变的重要窗口。

唐代乐舞诗的文化史价值首先体现在，它生动反映了由于西域及亚洲各民族乐舞大量传入所带来的乐舞的兴盛，从而反映出处于民族大融合高潮中的唐代社会里民族文化与中外文化之间的交流和碰撞，揭示了中华民族文化繁荣发展的一个原因。如岑参的边塞诗就描写了边塞胡汉乐舞交流的具体场景。《酒泉太守席上醉后作》：

琵琶长笛曲相和，羌儿胡雏齐唱歌。

浑炙犁牛烹野驼，交河美酒金叵箩。

三更醉后军中寝，无奈秦山归梦何。

另一首《酒泉太守席上醉后作》说：

酒泉太守能剑舞，高堂置酒夜击鼓。

胡笳一曲断人肠，座上相看泪如雨。

其次，唐代舞乐诗还多方面反映了引进和吸收外来舞蹈给唐代舞蹈风貌和发展带来的变化。如在选择描写对象上，更注重描写与中原舞蹈差异较大的健舞，而较少描写受传统舞蹈影响很深的软舞；具体描写健舞时，也突出表现它们舞姿的新颖和独特的风格，以及给人带来的视听感受，以此来显示唐代舞蹈的丰富多彩和发展变化。

第三，唐代乐舞诗歌的文化史价值，还体现在发展了唐代民间舞蹈的风采。如刘禹锡的《踏歌行》："春江月初大堤平，堤上女郎连袂行。唱尽新词欢不尽，红霞映树鹧鸪鸣。""新词婉转递相传，振袖倾鬟风露前。月落乌啼云雨散，游童陌上拾花钿。"

第四，唐代舞乐诗表现了当时从朝廷祭祀到民间祠神、做道场、祈雨等各种活动中的舞蹈，从中透射出一定的文化现象。如张祜《正月十五夜灯》："千门开锁万灯明，正月中旬动帝京。三百内人连袖舞，一时天上著词声。"

（三）社会价值

舞蹈作为一种艺术活动，也是社会生活的反映。唐代舞乐诗不仅为后人提供了一幅幅形象鲜明的民俗风情画，还反映了多方面的社会内容，如社会现实、时代变迁、各阶层人物尤其是乐伎和诗人的生活与心态。

（1）中晚唐诗人亲身感受到国家面临的危机和日趋衰落的颓势，不满于统治者的醉生梦死，沉迷声色，于是将舞乐兴盛的表象与国家衰微的现实联系起来，借舞乐题材揭露社会弊端，讽喻统治者。白居易、元稹的《七德舞》《法曲》《立部妓》《骠国乐》等就是这类诗歌的代表。其中《胡旋女》寓意最为明显，都把朝政的衰败、安史之乱的发生归咎于《胡旋舞》的传入。白诗说：

> 禄山胡旋迷君眼，兵过黄河疑未反。
> 贵妃胡旋惑君心，死弃马嵬念更深。
> 从兹地轴天维转，五十年来制不禁。

元诗：

> 天宝欲末胡欲乱，胡人献女能胡旋。
> 旋得君王不觉迷，妖胡奄道长生殿。

（2）晚唐江河日下，日落黄昏的颓势不可逆转，因此晚唐舞乐诗的一个特点是用借古喻今的形式讽刺当朝统治者。如杜牧《过华清宫绝句》：

> 新丰绿树起黄埃，数骑渔阳探使回。
> 霓裳一曲千峰上，舞破中原始下来。

> 万国笙歌醉太平，倚天楼殿月分明。
> 云中乱拍禄山舞，风过重峦下笑声。

李商隐《华清宫》

> 朝元阁迥羽衣新，首按昭阳第一人。
> 当日不来高处舞，可能天下有胡尘？

李商隐《歌舞》

> 遏云歌响清，回雪舞腰轻。
> 只要君流眄，君倾国自倾。

（3）一部分乐舞诗表达了感时伤事的寓意，从中折射出时代的盛衰变化。最有代表性的是杜甫的《观公孙大娘弟子舞剑器行并序》。

四、唐代舞蹈名诗欣赏

凄凉落寞中追忆盛唐之舞
——读杜甫《观公孙大娘弟子舞剑器行并序》

安史之乱以后，盛世的毁灭给诗人和诗歌带来许多重大的变化。诗人们目睹盛世的消失，有的遁隐山林，有的漂泊江海，有的殒身战乱，有的辗转沟壑，有的屈仕伪朝，有的贬官边鄙，有的惊愕无声，有的暗哑缄口，繁花似锦的诗坛在暴风骤雨的摧残下变得狼藉不堪，呈现一派衰飒颓败的气象，剩下一些不甘寂寞的歌手则由先前的歌唱理想变为悲叹时势的凄凉。由于和平宁静的生活被一群嚎叫的豺狼虎豹撕成碎片，辉煌壮丽的城池宫殿被战血烽烟涂抹烧残，灿如云锦蒸蒸日上的理想世界突然跌入黑暗幽微阴森恐怖的无底深渊，因此抚今思昔的感慨和对社会民生的关注成为诗歌的两大主题。这样的历史关头，往往是产生史诗的重要时刻。如果时代风云与人生际遇相结合，融化为含蕴深厚的诗篇，那么这些诗歌就具有诗史价值。杜甫的诗歌，尤其晚年漂泊夔州岳阳一带的诗歌，许多都是心思浩茫感慨雄深的艺术精品。这些作品的字里行间充溢着对盛世的无限追怀，荡漾在杜甫心头挥之不去的是盛世的风采，使这些诗歌具有雄壮浑厚的盛唐气象。诗歌的盛唐含蕴非常广泛，诗人们亲身经历的一些生活情景，往往在一些具体的人和事物的触动下，浮现于记忆的大海，呈现出美妙的图画。盛唐歌舞就是一个重要的方面，当年诗人们沉浸于轻歌曼舞诗酒风流的浪漫欢恬的情境中，也许忙于感官的享受，并没有觉察到什么特殊的意义，但是当这一切突然毁灭之后，方才感到无比的惋惜。强烈的对比冲击形成巨大的心理落差，因此苍茫悲凉落寞凄楚的感慨就产生了，这种感慨是诗人成熟的标志，也是诗歌成熟的标志。杜甫《观公孙大娘弟子舞剑器行并序》（《全唐诗》卷222）就是这样的一篇史诗：

大历二年十月十九日，夔府别驾元持宅，见临颍李十二娘舞《剑器》，壮其蔚跂。问其所师，曰："余公孙大娘弟子也。"开元五载，余尚童稚，记于郾城观公孙氏舞《剑器浑脱》，浏漓顿挫，独出冠时。自高头宜春梨园二伎坊内人，泊外供奉，晓是舞者，圣文神武皇帝初，公孙一人而已。玉貌锦衣，况余白首；今兹弟子，亦匪盛颜。既辨其由来，知波澜莫二。抚事慷慨，聊为《剑器行》。往者吴人张旭，善草书帖，数常于邺县见公孙大娘舞《西河剑器》，自此草书长进，豪荡感激，即公孙可知矣。

诗曰：

> 昔有佳人公孙氏，一舞剑气动四方。
> 观者如山色沮丧，天地为之久低昂。
> 㸌如羿射九日落，矫如群帝骖龙翔。
> 来如雷霆收震怒，罢如江海凝清光。
> 绛唇珠袖两寂寞，晚有弟子传芬芳。
> 临颍美人在白帝，妙舞此曲神扬扬。
> 与余问答既有以，感时抚事增惋伤。
> 先帝侍女八千人，公孙剑器初第一。
> 五十年间似反掌，风尘倾动昏王室。
> 梨园子弟散如烟，女乐余姿映寒日。
> 金粟堆南木已拱，瞿唐石城草萧瑟。
> 玳筵急管曲复终，乐极哀来月东出。
> 老夫不知其所往，足茧荒山转愁疾。

先来解释一下什么是"剑器舞"。从北周开始，西域乐曲和舞蹈逐渐传入中国，经过初唐盛唐的大量吸收和改造，以供宫廷欣赏，到唐玄宗时已达极盛状况。剑器舞就是一种由西域传来的健舞，与当时南方流行的软舞不同，舞者为女子，身着戎装，执剑（一说执某种发光体，另一说不执物，只是徒手），表现战斗的姿态，这种舞蹈节奏浏漓顿挫，动作迅疾奔放刚健有力，呈现出一种力与美相结合的雄健威武精神，是盛唐气象在舞蹈艺术中的典型表现。开元年间，擅长剑器舞的是公孙大娘，《明皇杂录》中说："时有公孙大娘者，善舞剑，能为《邻里曲》及《裴将军满堂势》、《西河剑器浑脱》，遗妍妙，皆冠绝于时也。"（钱谦益杜诗注引）直到晚唐，她还被诗人们一再称颂。如郑嵎《津阳门诗》："公孙剑伎方神奇。"司空图《剑器》："楼下公孙昔擅场，空教女子爱军装。"公孙大娘的舞蹈代表了那不可再造的时代精神。

这篇诗序叙述了大历二年杜甫在夔府观看了公孙大娘弟子表演剑器舞，因而回忆起小时候在郾城亲见公孙大娘的舞蹈，通过说明唐玄宗时期教坊内外公孙大娘剑器舞独享盛名的情况，将一个消失了的盛世和当下的衰败现状勾连起来，将巨大的时代感慨包融在其中，形成沉郁顿挫的艺术风格。廖仲安先生认为杜甫这篇诗序"正是以诗为文。不仅主语虚词大半省略，而且在感慨转折之处，还用跳跃跌宕的笔法。"①这个说法非常有见地，我认为诗序的好处在于牵引，一方面引出公孙大娘两代艺术家遭遇历史沧桑巨变的经历，另一方面引出自己独特的时代感慨，表现自己对那个消逝的伟大时代的无限追忆，为诗歌展开一个厚重苍凉的背景；而诗歌主要笔墨则通过描摹往昔的表演盛况和自己的感慨。

开头八句描写六七岁时在郾城观看公孙大娘表演剑器舞的情景，完全是刻录于记忆深处的动人画面：公孙大娘善舞剑器的名声传遍了四面八方，所以凡是她表演的地方都是人山人海，她的舞蹈让观者惊讶失色，仿佛整个天地也在随着她的剑器舞而起伏低昂，无法恢复平静。她手持剑器作旋转翻滚的舞蹈动作时，好像一个接一个的火球从高空坠下，光华四散简直就是那神话中后羿射落九个太阳的情景再现；忽然她又翩翩轻举，腾空飞翔，宛如一群天神驾驭飞龙翱翔太空；开场的时候，鼓乐喧阗，形成一种紧张的战斗气氛，鼓声一落，舞者登场，仿佛雷霆收起震怒的吼叫；舞蹈结束的时候，舞场内外肃静空阔，好像江海水光清澈风平浪静，只见一锦衣玉貌的女子亭亭玉立在场中，也是久久地立在记忆的历史时空之中。这就是公孙大娘在开元盛世表演舞蹈的美妙情景。可是如今"绛唇珠袖两寂寞"，人与舞俱灭，变得寂寥无闻，幸好晚年还有弟子继承了她的才艺。临颍的美人李十二娘流落到白帝城重舞剑器，还有当年公孙大娘神采飞扬的气概。杜甫非常兴奋没有想到小时候喜爱的舞蹈今天能在夔府孤城再次观赏。当他与李十二娘一席谈话之后，不仅知道了她舞技的师传渊源，更多的还是引起了抚今追昔的无尽感慨。杜甫没有再满怀激情地描写李十二娘的舞姿美妙，而是转而回忆五十年前的盛况：开元之初，政治清明，国力强盛，唐玄宗不仅励精图治，还大力加强文化建设，亲自建立了教坊和梨园，亲选乐工，亲教法曲，带来了盛唐歌舞艺术的空前繁荣，当时宫廷内外教坊的歌舞女乐就有八千人，而公孙大娘的剑器舞又在八千人

---

① 萧涤非等编《唐诗鉴赏辞典》，第588页，上海辞书出版社1983年版。

322

中名冠第一。可是五十年的历史变化沧海桑田！一场安史之乱毁灭了一百多年建构起来的辉煌壮丽的盛唐宫殿，烽烟遍地，天昏地暗，山河呜咽，支离破碎。唐明皇一手精心培养的梨园弟子歌舞人才，也在这场浩劫中烟消云散了，如今只有这个残存的教坊艺人李十二娘的舞姿，还在冬日残阳的余晖中映出美丽凄凉的倩影。对曾经亲见开元盛世的舞乐繁荣，曾经亲见公孙大娘剑器舞的诗人杜甫来说，这是多么难得的精神安慰，而安慰中又饱含多么凄凉的感伤，毕竟那个美好的时代已经永远地消逝了，再也难觅盛世的踪影了。诗人接着上面的深沉感慨，说玄宗已经死了六年了，金粟山上他的陵墓前的树木已经双手拱抱了，而自己这个玄宗时代的小臣，却流落在这个草木萧条的白帝城里。夔府别驾宅里的盛筵在又一曲急管繁弦的歌舞之后结束了，这时一轮下玄月已经升上东方的天幕，杜甫却怎么也快乐不起来，乐极悲来的情绪丝丝缠绕着他，使他四顾苍茫，百端交集，行不知所往，止不知所居，长满老茧的双脚，载着一个衰老久病的身躯，在寒月荒山踽踽独行。

这首七言歌行具有很高的艺术价值和认识价值。艺术上具有前后对比映照之妙，公孙大娘和弟子李十二娘的舞姿、舞蹈背景、舞蹈场面、观者氛围、遭遇命运等，都是互相映照，在对比的巨大历史时空中浓缩了盛世和衰世的变化，对比的强烈冲突又产生了昔盛今衰的深沉感慨。其次，剪裁上有详略得当之妙，一开始先声夺人，激情满怀地描写昔日公孙大娘的健美舞姿，再现盛世的风采，赞美高超的舞技，令人一下子回到五十年前的开元盛世，诗情昂扬奋发，雄壮浑厚，接着却略写李十二娘的舞蹈情况，一方面避免了重复用笔，一方面暗示面前的舞蹈很难再现当年的风采，这是一种虚实相生的写法。公孙之舞是虚，只存在于记忆之中，杜甫却出以仿佛真实的描写；李十二娘之舞是实，本该详细描写，诗人却略去，让读者去想象，而将读者的注意力引向对历史的深沉感慨。这就是所谓的沉郁顿挫的艺术手法。王嗣奭说："此诗见剑器而伤往事，所谓抚事慷慨也。故咏李氏，却思公孙；咏公孙，却思先帝；全是为开元天宝五十年治乱兴衰而发。不然，一舞女，何足摇其笔端哉！"（《杜诗详注》引《杜臆》）第三，这首诗具有历史的认识价值，通过公孙、李氏两代舞女，揭开了历史的真实面纱，可以看到舞乐文化在盛唐的繁荣景象和安史之乱后落寞凄凉的境况，引起读者进行深入的思考。最后，这首诗的艺术风格，既有"浏漓顿挫"的气势节奏，又有"豪荡感激"的情感力量，是七言歌行中沉郁悲壮的杰作。全诗既有浑融完整的意境美，又见语言浑阔锤炼的功力。跌宕起伏的情感波涛随着诗境的变化而变化，尤其结尾两句，凝重哽咽，展现他那"篇终接浑茫"的情感世界。

主要参考书目

1. [清]彭定求等主编《全唐诗》，中华书局1960年版。

2. 陈贻焮主编《增订注释全唐诗》，文化艺术出版社2001年版。

3. 中国社会科学院文学研究所编《唐诗选》，人民文学出版社1978年版。

4. 马茂元《唐诗选》，上海古籍出版社1999年版。

5. 刘学锴《唐诗选注评鉴》，中州古籍出版社2013年版。

6. 闻一多《唐诗杂论》，中华书局2009年版。

7. 余恕诚《唐诗风貌》，安徽大学出版社1997年版。

8. 余恕诚《唐诗讲演录》，北京大学出版社2015年版。

9. 余恕诚《唐音宋韵》，北京大学出版社2015年版。

10. 施蛰存《唐诗百话》，华东师大出版社2001年版。

11. 莫砺锋《莫砺锋说唐诗》，凤凰出版社2008年版。

12. 萧涤非、程千帆等撰写《唐诗鉴赏辞典》，上海辞书出版社1983年版。

后　记

　　我从 1998 年 9 月 1 日，来到安徽师范大学，师从著名唐诗研究大家刘学锴先生、余恕诚先生，到 2008 年 7 月止，先后获得硕士、博士学位，在二位先生门下受教十年之久，期间主要的课程就是研读唐诗。毕业留校后，一边从事教学与科研，一边还在余恕诚先生指导下做一些解读具体作家作品的工作，这就渐渐形成了这本小书。书中的内容很多以论文形式发表在一些学术杂志上，如在《古典文学知识》就发表了十篇。在此，谨向该杂志的责编樊昕先生表示感谢，如果没有他的帮助，我很难完成这本书的写作。

　　承蒙安徽师范大学文学院领导的厚爱，将本书选为 2016 年版教学计划的教材，故能在全校开设一门通识课程"唐诗品读"。在安徽师范大学这个人才济济的地方要讲授唐诗是必须有底气和功力的，我显然不太够格。加上成书仓促，肯定还存在很多缺点，欢迎广大读者提出批评意见，我一定虚心接受，对教材进行认真修订。

　　最后，是安徽师范大学科研处提供了出版资助，才使本书能够顺利出版，特此向科研处处长陆林先生及相关领导、老师们表示由衷的谢意！也要感谢安徽师范大学出版社社长汪鹏生先生、副总编侯宏堂先生；感谢责编胡志恒先生，他为本书的出版来往奔波，付出了艰辛劳动。

吴振华

2016 年 6 月 28 日